*Collection dirigée par Glenn Tavennec*

## L'AUTEUR

Ancien écrivain politique, journaliste criminel et d'investigation, C.J. Daugherty est aussi l'auteur de guides de voyage sur l'Irlande, l'Angleterre et la France. Bien qu'elle ait quitté le monde du reportage policier depuis plusieurs années, elle n'a jamais perdu sa fascination pour ce qui motive certains à perpétrer des actes atroces, ainsi que pour ceux qui font tout pour les en empêcher. La série *Night School* en est le fruit.

C.J. vit dans le sud de l'Angleterre avec son mari et une ménagerie d'animaux domestiques. Vous pouvez en apprendre plus à propos d'elle sur son site www.cjdaugherty.com.

C.J. Daugherty

# Night School

## Héritage

LIVRE II

traduit de l'anglais (Angleterre) par Francine Derovan

roman

---

ISBN 978-2-221-13091-9
(édition originale : ISBN : 978-1-907411-22-9), ATOM, an imprint of Little, Brown Book Group (an Hachette UK Company), London

*À Jack,*
*mon navigateur*

*Une pour le chagrin,*
*Deux pour la joie,*
*Trois pour une fille,*
*Quatre pour un garçon,*
*Cinq pour l'argent,*
*Six pour l'or,*
*Sept pour un secret,*
*Que personne ne dévoilera jamais.*

Sans titre, vieille comptine anglaise

# 1.

— Au secours, Isabelle ! J'ai besoin d'aide !

Accroupie dans le noir, Allie chuchotait dans son téléphone. Durant une courte minute, elle écouta la voix à l'autre bout du fil. De temps à autre, elle acquiesçait d'un hochement de tête, ses longs cheveux bruns oscillant en rythme. Lorsque la conversation s'interrompit, elle agrippa le téléphone à deux mains pour l'ouvrir et en retirer la batterie. Puis elle enleva la carte SIM et l'écrasa de son talon.

Presque invisible par cette nuit sans lune, elle escalada le petit mur de brique qui entourait le minuscule jardin londonien dans lequel elle se cachait, puis elle se mit à courir dans la rue déserte, ne ralentissant que pour jeter le cadavre de son téléphone dans une poubelle. Quelques rues plus loin, elle balança la batterie par-dessus la barrière d'un autre jardin.

C'est à ce moment-là qu'elle entendit un bruit qui n'avait rien à voir avec celui de sa course. Aussitôt, elle plongea derrière une camionnette blanche garée au coin de la rue, puis, aux aguets, elle retint son souffle.

Des bruits de pas.

Les yeux plissés, elle examina la rue bordée de belles maisons, mais qui n'offrait guère de place pour se planquer. Son poursuivant se rapprochait à vive allure. Le temps pressait !

D'un mouvement souple, Allie s'allongea sur le sol puis se faufila sous la camionnette. Une puissante odeur d'asphalte et d'essence emplit aussitôt ses narines. Elle avait la joue plaquée sur le goudron rugueux, froid et humide à cause de la pluie tombée un peu plus tôt dans la journée.

Elle tendit l'oreille. Si seulement son cœur voulait bien cesser de battre la chamade !

Les pas se rapprochaient. Lorsqu'ils arrivèrent à la camionnette, elle retint son souffle. Par chance, son poursuivant ne ralentit pas, et dépassa sa cachette.

Ouf !

Hélas, les pas s'arrêtèrent.

Soudain, le temps sembla suspendu, et durant un instant Allie ne perçut plus aucun bruit. Un juron étouffé la fit tressaillir.

Quelques secondes plus tard, elle entendit une voix masculine chuchoter :

— C'est moi. Je l'ai perdue.

Il y eut une pause puis, sur la défensive, l'inconnu reprit :

— Je sais, je sais… Mais elle est rapide, et comme tu disais, elle connaît le coin.

Une autre pause.

— Je suis sur…

L'homme se déplaça en traînant des pieds pour vérifier le nom de la rue.

— … Croxted Street. OK, je t'attends ici.

Le silence qui s'ensuivit fut si long qu'Allie se demanda si l'inconnu s'était éloigné. Pourtant, elle était sûre qu'il n'avait pas bougé.

Ses muscles, engourdis par l'immobilité forcée, la tiraillaient. Tout à coup, un nouveau bruit lui flanqua la chair de poule.

D'autres pas.

Qui résonnaient dans la nuit fraîche.

Et venaient droit vers elle.

La peur la saisit de plus belle. Les battements de son cœur se mirent à tambouriner à ses oreilles, et ses paumes se couvrirent aussitôt de sueur.

« Reste calme ! »

Elle commença à pratiquer les techniques de respiration que Carter lui avait enseignées durant l'été – se concentrer sur son souffle l'aidait à éviter les attaques de panique qui pouvaient devenir incontrôlables.

« Inspire trois fois, expire deux fois. »

Au bout de quelques minutes, elle parvint à se détendre enfin.

— Elle était où quand tu l'as vue pour la dernière fois ? demanda soudain une voix sourde et menaçante au-dessus d'elle.

— Environ deux rues plus haut.

Allie entendit le bruissement de sa veste lorsque l'homme tendit le bras pour indiquer l'endroit où il avait perdu sa trace.

— Elle a dû tourner quelque part ou se cacher dans un jardin. Bon, on revient sur nos pas. Regarde derrière les bennes à ordures – elle n'est pas bien grosse, elle pourrait se planquer à côté. Elle est encore habillée en noir, ce soir ?

L'autre ne répondit rien, mais Allie songea qu'il avait dû acquiescer d'un hochement de tête, parce que, oui, elle portait du noir.

Le second homme poussa un soupir.

— Si on la perd, Nathaniel ne va pas apprécier. Tu as entendu ce qu'il a dit. On ferait mieux de la retrouver vite fait !

— Elle est rapide comme l'éclair, rétorqua l'autre, d'un ton nerveux.

— Oui, mais ça, on le savait déjà. Bon, toi tu prends ce côté de la rue, et moi, celui-là.

Les deux hommes s'éloignèrent. Allie resta immobile tant que l'écho de leurs pas n'eut pas complètement disparu. Et même à ce moment-là, elle prit encore la précaution de compter jusqu'à cinquante avant de s'extirper de dessous la camionnette. Une fois sur ses pieds, elle se cacha entre les voitures et scruta l'obscurité aussi loin qu'elle pouvait, dans toutes les directions.

Aucun signe des deux types.

Elle reprit sa course. En temps normal, elle adorait courir, et même ce soir, malgré sa peur, ses jambes adoptaient naturellement un rythme soutenu. Son souffle se régulait au fil de ses foulées. Pourtant cette soirée n'avait rien de normal, loin de là. Allie se força à ne pas regarder par-dessus son épaule, car si jamais elle trébuchait et se blessait ses poursuivants risqueraient de la découvrir.

Qui savait ce qui lui arriverait, alors ?

Elle continua à courir, encore et encore. Dans l'obscurité, les maisons semblaient voler à ses côtés. Il était tard – cette période de la nuit au calme assourdissant avant que les insomniaques n'aillent au lit et que les lève-tôt ne se réveillent.

D'autres ennemis sournois guettaient ses moindres gestes : les capteurs de mouvements. Si elle courait sur le trottoir, les lumières des porches se déclencheraient, l'aveuglant et l'exposant en même temps. Elle prenait donc garde à se déplacer au milieu de la rue, même si la lueur des réverbères révélait sa silhouette.

Soudain, elle parvint à un carrefour. Le souffle court, elle s'arrêta pour lire les pancartes.

« Foxborough Drive. Qu'est-ce qu'Isabelle a dit ? »

Elle se frotta le front pour raviver ses souvenirs.

« Prendre à gauche sur Foxborough, décida-t-elle au bout de quelques instants puis à droite sur High Street. »

Enfin… elle n'en était plus très sûre. Tout s'était passé si vite !

Dès qu'elle tourna à gauche, elle vit au loin les lumières de High Street et sut qu'elle avait pris le bon chemin.

Elle fonça dans cette direction. La présence des taxis, bus et camions qui passaient dans la rue n'était qu'un mince soulagement. Si elle n'avait désormais plus besoin de se déplacer en silence, il lui était impossible d'entendre si quelqu'un se rapprochait.

Malgré ses doutes, elle se hâta vers High Street, à la recherche de l'endroit qu'Isabelle lui avait indiqué.

Là-bas !

Au carrefour suivant, Allie fila à droite juste après la minuscule échoppe de sandwiches, aux couleurs criardes, et trouva la petite allée dans laquelle la directrice de Cimmeria lui avait demandé d'attendre. Sans même se retourner, elle plongea dans l'ombre entre deux énormes poubelles, puis se plaqua contre le mur pour reprendre son souffle. Ses cheveux lui tombaient dans les yeux et se collaient sur son visage en sueur. Elle repoussa une mèche tout en plissant le nez.

« Qu'est-ce qui pue comme ça ? »

Les poubelles empestaient, et dans l'air flottait une autre odeur nauséabonde. Berk ! Mieux valait se concentrer sur le meilleur moyen de déguerpir d'ici en gardant un œil sur l'entrée de l'allée. Isabelle lui avait assuré qu'elle n'aurait pas à attendre trop longtemps…

Mais alors que les minutes s'égrenaient avec une lenteur exaspérante, Allie sentit croître son impatience. Même là, dans l'obscurité, elle demeurait vulnérable. On pourrait la découvrir trop facilement.

« Si j'étais à la recherche de quelqu'un, c'est ici que je viendrais en premier… »

Inquiète et perdue dans ses sombres pensées, elle commença à se ronger l'ongle du pouce sans même y prendre garde, jusqu'à ce qu'un bruit à terre attire son attention. Baissant les yeux, elle vit les restes d'un emballage de sandwich qui bougeaient tout seuls. Au début, elle ne comprit pas ce qui se passait. Puis la boîte se mit à avancer dans sa direction et, stupéfaite, Allie ouvrit la bouche en grand. Ce ne fut qu'à l'instant où la chose sortit de l'ombre qu'elle remarqua l'horrible queue maigre qui traînait sur le sol derrière l'emballage.

Elle se couvrit la bouche de ses mains pour étouffer un cri.

« Un rat ! Quelle horreur ! »

Désespérée, elle regarda autour d'elle, mais il n'y avait aucun autre endroit où se terrer. Tandis que l'emballage du sandwich avançait inexorablement vers elle, la panique la saisit, pourtant elle se força à ne pas bouger. Il fallait à tout prix qu'elle reste cachée.

Mais lorsque le morceau de carton effleura son pied gauche, elle bondit hors de l'allée comme si on lui avait jeté de l'huile bouillante. Quand elle s'arrêta enfin, elle se retrouva de nouveau dans la rue principale sans savoir que faire.

Au même instant, une berline à la ligne élancée dérapa et s'immobilisa juste devant elle. Avant qu'elle n'ait le temps de réagir, un homme de haute taille jaillit du siège conducteur et se tourna vers elle.

— Allie ! Vite ! Monte dans la voiture !

Elle le dévisagea d'un air incrédule. Isabelle lui avait dit qu'elle enverrait des personnes pour l'aider. Elle n'avait pas précisé : « J'enverrai un homme, seul, dans une voiture de luxe. » Celui-là ressemblait trop à ceux qui l'avaient pourchassée un peu plus tôt – il portait un costume élégant et ses cheveux sombres étaient coupés très court.

Elle le regarda d'un air de défi.

« Pas question que je monte là-dedans ! »

Mais, à l'instant où elle se retournait pour s'échapper, deux silhouettes surgirent de l'obscurité sur Foxborough Road.

Deux silhouettes qui couraient droit vers elle.

Elle était prise au piège. Pivotant vers l'homme de la voiture, elle vit qu'il l'observait d'un air inquiet. Il avait laissé le moteur en marche, et l'automobile ronronnait, tel un tigre observant sa proie. Hésitante, Allie reculait déjà d'un pas pour s'éloigner de lui, mais l'inconnu tendit la main vers elle.

— Allie, je m'appelle Raj Patel, lâcha-t-il avec précipitation. Je suis le père de Rachel. C'est Isabelle qui m'envoie te chercher. Je t'en prie, dépêche-toi de monter dans cette voiture !

Tandis qu'il s'interrompait pour reprendre son souffle, l'incitant du regard à obtempérer, la petite voix intérieure d'Allie lui susurra que cet homme disait la vérité. De toute façon, comment pourrait-il être au courant de l'existence de son amie Rachel, s'il n'était pas ce qu'il prétendait ?

— Je ne crois pas que tu aies envie que ces hommes s'en prennent à toi…

Ce fut soudain comme s'il avait prononcé les mots magiques. Allie courut vers la berline, agrippa la portière et bondit sur le siège passager.

À peine était-elle installée, que le bolide fila à vive allure. Et à l'instant où elle boucla sa ceinture, ils fonçaient déjà quasiment à cent kilomètres à l'heure.

# 2.

À dire vrai, tout avait bien commencé.

Pour la première fois depuis des mois, Allie était sortie avec ses vieux copains Mark et Harry. C'était avec eux qu'elle traînait à l'époque où elle avait toujours des problèmes – d'ailleurs, elle avait été arrêtée avec Mark quelques mois plus tôt.

Ses parents détestaient ses deux copains.

Lorsqu'elle avait annoncé ses plans pour la soirée, elle s'était attendue à un refus. Mais ses parents n'avaient pas objecté le moins du monde. Sa mère lui avait juste demandé d'être rentrée à minuit, rien de plus. C'était tellement bizarre de se voir accorder une permission sans la plus petite dispute. Et plus étrange encore de retourner dans le parc où Mark, Harry et elle avaient l'habitude de déambuler tous les soirs, et de les trouver en train de se balancer sur les barres d'exercices de l'aire de jeux comme des gamins attardés.

— Vous ne changerez jamais, lança-t-elle en ouvrant la grille.

— Allie ! s'exclamèrent-ils en accourant vers elle.

Quel bonheur de les retrouver ! Eux aussi semblaient ravis de la revoir – ils se jetèrent à son cou en hurlant, avant de lui glisser une canette de bière tiède dans la main.

Mais une fois installés, les deux garçons sur les balançoires et Allie en haut du toboggan, la conversation retomba. Les garçons ne parlèrent que de sécher les cours, de se faufiler dans le métro pour taguer, ou de piquer des baskets chez Footlocker. Tous ces sujets dont ils avaient l'habitude de discuter tous les trois.

Sauf que maintenant, cela paraissait…

Inintéressant.

Cela ne faisait que deux mois qu'Allie n'avait pas vu ses amis, mais elle avait l'impression que leur dernière rencontre remontait à une éternité. Tant de choses s'étaient passées durant son trimestre estival à Cimmeria. Elle avait aidé à sauver son lycée des flammes. Elle avait failli mourir. Et elle avait découvert une étudiante assassinée au beau milieu de la pelouse.

Au souvenir du décès de Ruth, Allie frissonna. À coup sûr, Mark et Harry ne comprendraient pas si elle essayait de leur expliquer ce qu'était Cimmeria. Quand ils lui posèrent des questions sur son école, elle resta évasive, mentionnant juste qu'il s'agissait d'un endroit un peu dingue, mais plutôt cool.

— Tous les élèves sont de vrais aristos ? dcmanda Harry, en fronçant les sourcils.

Il écrasa une canette de bière dans sa main et la jeta sur la pelouse. Allie fixa la boîte en alu qui luisait au milieu des feuilles.

— Oui, il me semble.

« Et plusieurs d'entre eux sont mes amis. »

— J'espère qu'ils ne te traitent pas comme leur bonne !

Mark la dévisageait avec attention, mais elle évitait son regard.

— Certains le font, concéda Allie en songeant à Katie Gilmore et au groupe de pestes qui l'accompagnait à longueur de journée.

Mais à la fin du trimestre, Katie avait lutté à ses côtés contre l'incendie, et un respect mutuel s'était instauré entre elles.

— Ils ne sont pas si mauvais, tu sais, ajouta-t-elle, laconique.

— Moi, perso, j'aurais du mal à aller en cours avec des gens comme ça !

Harry se mit debout sur sa balançoire et s'élança de plus belle dans l'obscurité. Sa voix semblait flotter à côté d'eux au rythme de ses allées et venues.

— Je crois que je les enverrais tous se faire foutre !

— Il faudrait déjà qu'ils te laissent entrer dans cette école ! ricana Mark.

Il poussa les chaînes de la balançoire d'Harry jusqu'à la faire tournoyer.

— Tu retournes là-bas ? demanda-t-il à Allie, d'un ton soudain sérieux.

— Oui, mes parents y tiennent. Et moi… Ça me plaît bien, tu vois.

Cette fois, elle soutient son regard, espérant qu'il la comprendrait.

Mark avait grandi dans une famille complètement différente de la sienne – il vivait seul avec sa mère dans un immeuble, son père les ayant quittés depuis des années. Sa mère n'était pas comme les autres parents : elle sortait en boîte et dans les bars. Deux ans plus tôt, lorsque Christopher avait disparu, Mark était devenu comme un second frère pour Allie. Elle savait bien que, depuis son départ pour Cimmeria, elle lui manquait. Mais à dire vrai, au fil du temps, elle l'avait un peu oublié.

— Je t'écrirai, promit-elle, rongée par la culpabilité.

Le sourire sarcastique de Mark lui rappela furtivement Carter.

— C'est vrai ?

Mark ouvrit une nouvelle canette et sauta sur un autre siège de la balançoire.

— Dans ce cas, je taguerai des messages pour toi dans le métro.

Se propulsant d'un pied, il s'élança vers Harry qui chantonnait d'un air absent.

Assise sur le toboggan, Allie les observait en silence. Elle n'avait pas touché à sa bière. Les deux garçons s'amusaient à tirer sur les balançoires comme pour les décrocher du portique.

Il était presque minuit lorsque le téléphone d'Harry sonna. Après une brève conversation, il s'entretint avec Mark avant de se tourner vers Allie.

— On va jusqu'au dépôt de bus à Brixton, histoire de foutre un peu le bordel. Tu viens avec nous ?

Après un instant, Allie secoua la tête.

— Non, j'ai promis à mes parents de rentrer de bonne heure, mentit-elle. Je n'ai pas le choix, de toute façon, ils me traitent toujours comme une criminelle.

Harry leva le poing en l'air, et elle cogna le sien contre, en un geste fraternel. Lorsqu'il ramassa son sac, il y eut un cliquetis de ferraille. Apparemment, Harry avait prévu un bon stock de canettes en réserve !

— À plus tard, Sheridan, lança-t-il en se dirigeant vers la sortie. Ne laisse pas ces putains de snobs te mener par le bout du nez !

Mark s'attarda un moment.

— Si tu veux m'écrire, Allie, ce serait super sympa...

— Je le ferai, assura-t-elle, bien décidée à tenir son engagement.

— Personne ne m'a jamais envoyé de lettre.

Sur ces paroles, il se retourna et courut derrière Harry. Durant quelques instants, elle les entendit discuter et rire pendant qu'ils s'éloignaient. Lorsque le bruit de leurs voix s'évanouit, elle glissa à bas du toboggan et récupéra toutes les canettes vides, puis les jeta dans une poubelle. Une fois fait, elle remit sa cagoule sur la tête, et prit le chemin du retour, perdue dans ses pensées.

Elle était presque arrivée chez elle lorsque, soudain, elle les remarqua : quatre hommes postés devant sa maison. Ils étaient vêtus de costumes sur mesure et avaient les cheveux coupés très court. L'un d'entre eux portait des lunettes de soleil. Alors qu'elle le fixait, son cœur se mit à battre la chamade. Son allure athlétique et l'extrême concentration de son visage... Tout en lui évoquait Gabe.

Elle se figea. Ce fut sa première erreur – elle aurait mieux fait d'avancer jusqu'au jardin de Mme Burson, et de se faufiler par l'arrière.

Trop tard !

Lorsqu'elle s'arrêta, l'inconnu le plus proche se retourna. Elle était à moitié cachée par la pénombre, mais il eut l'air de la reconnaître.

— Hé ! s'exclama-t-il en claquant deux fois des doigts.

Ses comparses pivotèrent aussitôt vers elle.

Avec prudence, Allie recula d'un pas.

— Allie Sheridan ? demanda le premier homme.

Un second pas en arrière.

— Nous voulons juste vous parler, lâcha un autre, d'un ton qui se voulait faussement détaché.

La phrase de trop. Allie tourna les talons et déguerpit sur-le-champ. Vive comme l'éclair, elle sauta par-dessus la petite barrière de Mme Burson, courut à la grille arrière qui n'était jamais verrouillée, et se sauva à toute allure. Derrière elle, les hommes poussaient des jurons en se débattant dans l'obscurité avec la grille. Elle fonça jusqu'au parc, traversa la pelouse humide et s'enfuit par la clôture à l'opposé.

Zigzaguant dans les rues du quartier, elle sprinta jusqu'à ce qu'elle n'entende plus ses poursuivants derrière elle. Alors, elle escalada le muret d'un jardin et rampa au sol pour se réfugier sous une haie. Tapie dans le noir, elle reprit son souffle.

Lorsqu'elle fut certaine de ne pas avoir été suivie, elle saisit son téléphone dans sa poche, les mains tremblantes.

À présent, elle était confortablement installée dans le siège en cuir de l'Audi noire, et observait le père de Rachel se faufiler avec habileté dans la circulation de la South Circular à une vitesse bien au-delà de la limite autorisée.

« C'est fou comme Rachel lui ressemble. »

Mais la peau de Raj Patel était bien plus sombre que celle de sa fille, et ses cheveux épais et drus, contrairement à ceux de Rachel, tout en adorables boucles soyeuses.

M. Patel ne prononça pas un seul mot jusqu'à ce que les alignements de pavillons s'effacent peu à peu, laissant place à des pâturages.

— Tu vas bien ? demanda-t-il alors.

Il s'était exprimé d'un ton un peu bourru, mais Allie percevait l'inquiétude dans sa voix.

Elle se redressa sur son siège.

— Oui, merci. Mais j'avoue que tout ça m'a fait un peu flipper.

— Merci d'avoir eu confiance en moi, Allie. Je n'étais pas sûr de ta réaction.

— Vous lui ressemblez... À Rachel, je veux dire. C'est pour ça que je me suis fiée à vous.

Pour la première fois, M. Patel laissa échapper un sourire, les yeux toujours rivés sur la route.

— Ne lui dis pas ça. Elle a hérité de la beauté de sa mère.

Sa mine enjouée lui donnait désormais une allure plus amicale, et Allie se détendit un peu.

— Que s'est-il passé ? reprit M. Patel. Nous avons quitté ton domicile il y a deux heures et tout allait bien.

Elle se crispa de nouveau.

— Vous étiez chez moi ?

— Pas à l'intérieur, rassure-toi, mais nous étions dans le coin. Isabelle m'a demandé de veiller sur toi. Un de mes hommes faisait la planque là-bas chaque jour.

Allie n'avait jamais rien remarqué, et apprendre soudain qu'elle était surveillée au quotidien lui flanqua la frousse. Mais elle s'efforça de garder un air détaché.

— Tout était OK, confirma-t-elle. Il n'y avait personne dans ma rue quand je suis sortie pour aller au parc. Par contre, lorsque je suis revenue, ces types étaient près de chez moi. Ils m'ont reconnue…

À ces mots, M. Patel lui jeta un coup d'œil.

— Est-ce qu'ils ont essayé de t'attraper ?

— Ils m'ont dit qu'ils voulaient juste me parler, mais je ne les ai pas crus. Alors je me suis enfuie, et ils n'ont pas pu me mettre la main dessus.

— Bravo !

Allie ressentit une pointe de fierté en entendant le père de Rachel la complimenter.

— Cela dit, je suis surpris que tu aies pu leur échapper. Ils sont plutôt doués.

Allie haussa les épaules d'un air modeste.

— Je suis assez rapide à la course, et je connais le quartier par cœur. J'ai réussi à les semer.

— Et tu es vêtue de noir.

— Oui, c'est Isabelle qui m'a recommandé de m'habiller comme ça, le soir, au cas où.

Après avoir jeté un coup d'œil dans le rétroviseur extérieur, Raj Patel s'engagea sur la M25.

— Je regrette qu'elle ait eu raison, marmonna-t-il.

— Moi aussi.

Allie se blottit un peu plus dans son siège et contempla les véhicules qui disparaissaient derrière eux, au fur et à mesure que Raj Patel accélérait. Maintenant qu'elle était en sécurité, toute l'adrénaline refluait de son corps. Elle ferma les paupières.

— Et mes parents ?

— Isabelle va leur téléphoner et leur expliquer la situation. Ils sauront que tu n'as rien à craindre.

Allie se laissa aller contre le repose-tête.

— OK. Je ne veux pas qu'ils se fassent de souci, murmura-t-elle.

Quelques minutes plus tard, elle dormait.

Un courant d'air frais la réveilla en sursaut.

La voiture était à l'arrêt, et la portière conducteur grande ouverte. Allie était seule.

Contrairement à Londres, la nuit ici en imposait par son calme stupéfiant. Il n'y avait aucun bruit de circulation. Aucune sirène hurlante. Soudain, elle entendit les voix toutes proches d'un homme et d'une femme.

Se redressant, elle se recoiffa d'une main et tendit l'oreille.

— Tu es sûr que personne ne t'a suivi ? demanda la femme.

— Certain.

— La pauvre petite. Elle doit être épuisée. Je n'ai pas réveillé Rachel, nous lui expliquerons demain.

Quand Allie ouvrit la portière, leur conversation s'interrompit aussitôt.

M. Patel discutait avec une jolie femme aux cheveux d'un châtain léger et à la peau claire. Elle portait un jean et un long gilet bleu ceinturé à la taille.

— Heu… bonsoir, dit Allie d'un ton hésitant.

M. Patel se tourna vers elle.

— Allie, je te présente la mère de Rachel, Linda.

Il faisait si sombre qu'Allie ne voyait pas grand-chose. Elle percevait juste la forme de la bâtisse derrière eux et remarqua qu'une des pièces du rez-de-chaussée était allumée.

Mme Patel lui passa un bras autour de la taille et l'entraîna vers la maison.

— Allie, je t'ai préparé une tasse de chocolat chaud. Tu vas vite monter te coucher. J'ai mis quelques vêtements de Rachel dans ta chambre – ils seront peut-être un peu grands pour toi, mais ça devrait aller. De toute façon, ce n'est pas pour très longtemps...

Mme Patel lui glissa la tasse de chocolat fumant entre les mains, puis l'emmena à l'étage vers une chambre spacieuse aux murs peints en jaune pâle. Un large tapis ivoire décorait le sol. La lampe de chevet diffusait une douce lueur dans la pièce, et le lit à deux places, garni d'une couette couleur citron dont les draps avaient été rabattus, semblait lui tendre les bras.

— La salle de bains se trouve là, annonça Mme Patel en indiquant une porte du doigt. Et les tenues que je t'ai préparées sont dans l'armoire. Fais comme chez toi. Rachel viendra te voir demain matin et vous descendrez prendre le petit déjeuner ensemble. Dors bien. On discutera de tout ça plus tard.

Elle lui sourit, puis referma la porte derrière elle.

Le regard dans le vide, Allie resta assise sur le lit pendant un long moment. Bon, elle ferait sans doute mieux d'aller se débarbouiller et de se changer pour la nuit. Mais elle était si épuisée ! Elle se contenta de retirer ses chaussures et s'allongea. Puis, roulant sur le côté, elle serra un oreiller entre ses bras et se mit à compter ses respirations.

# 3.

— Contente de te voir de retour !

Descendant d'un pas léger l'escalier de pierre de l'impressionnant bâtiment victorien qui hébergeait l'école privée Cimmeria, Isabelle passa un bras autour des épaules d'Allie et l'étreignit.

— Et encore plus, de te retrouver en un seul morceau !

Après avoir échappé à ses poursuivants dans les rues de Londres, Allie avait séjourné quelques jours chez les Patel – période qui avait consisté principalement en longues séances de farniente au bord de la piscine et durant laquelle elle avait aussi effectué sa première promenade à cheval. Mais le père de Rachel et Isabelle avaient décidé qu'elle serait plus en sécurité à Cimmeria.

Aux yeux d'Allie, l'école était toujours la même que durant l'été – solide et intimidante à la fois – surtout à cause de son toit en ardoise et à l'alignement de pics gothiques, dont les pointes en fer forgé s'élançaient vers le ciel comme des séries de sombres couteaux acérés. Les interminables rangées de fenêtres en ogive semblaient observer leur petit groupe tandis qu'ils sortaient les bagages du véhicule. Quoi qu'il en soit, c'était désormais là, sa maison.

— Merci d'avoir envoyé M. P. à ma rescousse, Isabelle. J'ignore ce qui se serait passé s'il n'était pas arrivé à temps !

La directrice l'enveloppa d'un regard empli de fierté.

— Tu as suivi mes instructions à la perfection, Allie. Tu t'es montrée très courageuse. Je ne peux pas te dire à quel point je suis fière de toi.

Allie rougit et baissa les yeux.

Se détournant subrepticement d'elle, Isabelle s'adressa à Rachel :

— Dieu merci, mon étudiante la plus assidue est aussi de retour. La bibliothèque a besoin de toi, tu sais. Eloise va être contente de te revoir. Bonjour, Raj.

Alors qu'elle serrait la main du père de Rachel, Isabelle haussa un sourcil.

— Ou devrais-je plutôt vous appeler monsieur P. ?

— Comme vous voudrez, répondit-il avec un petit sourire ironique. Il semble que je n'ai pas voix au chapitre…

— Mille mercis d'avoir ramené Allie saine et sauve !

Le sourire de M. Patel disparut.

— Ces hommes ont failli la capturer quand elle était sous notre surveillance. Comme je vous l'ai annoncé au téléphone, nous allons mener une enquête pour comprendre comment cela a pu arriver.

Une ombre passa sur le visage d'Isabelle.

— À ce sujet, j'ai une proposition à vous faire. J'aimerais beaucoup en discuter avec vous. Pourriez-vous me retrouver dans mon bureau avant de repartir ?

Puis Isabelle se tourna et contempla l'amoncellement de valises et de sacs à côté de la voiture.

— J'imagine qu'une bonne partie contient tes livres, n'est-ce pas, Rachel ? Je t'ai déjà dit que tu pouvais les laisser ici pendant les vacances. Ne t'inquiète pas, nous ne les jetterons pas.

Rachel esquissa un sourire, saisit l'un des sacs et en jeta la bandoulière sur son épaule.

— Vous me connaissez, Isabelle…

— Inutile de me le rappeler ! Bon, allons vous installer. Tout le monde s'active aux réparations, alors nous devrons nous débrouiller seuls avec vos affaires.

Attrapant l'un des sacs, Isabelle se dirigea d'un pas vif vers la porte du bâtiment, et les autres, croulant sous les bagages, la suivirent jusqu'au grand hall d'entrée. Aujourd'hui, les nuages obscurcissaient le ciel et aucun rayon de soleil ne filtrait à travers les immenses vitraux. Tout était sombre. Allie remarqua que la tapisserie ancienne, d'ordinaire accrochée près de la porte, n'était plus là, mais très vite, il devint évident que bien des choses avaient changé depuis la dernière fois où elle avait vu son école. Depuis la nuit où Cimmeria avait failli être réduite en cendres.

— Carter, Sylvain et Jo sont déjà là.

La voix d'Isabelle résonna comme un écho tandis qu'ils traversaient le hall d'entrée, où le sol en pierre apportait de la fraîcheur en toute saison.

— Julie sera de retour dans quelques jours, ainsi que Lucas et d'autres élèves plus jeunes, mais nous ne serons guère nombreux avant que le trimestre ne commence. J'ai bien peur que nous soyons obligés de vous enrôler pour les travaux, alors préparez-vous à mettre la main à la pâte !

Dans le vaste hall principal, les parquets étaient recouverts de vilaines bâches pleines de poussière. Les peintures à l'huile qui, en temps habituel, décoraient les murs lambrissés de boiseries en chêne avaient été retirées.

En tête de leur petit groupe, Isabelle discutait toujours avec enthousiasme, mais pour la première fois Allie remarqua que sa voix était haut perchée ; à l'évidence, leur directrice faisait son possible pour masquer son stress.

— Plusieurs pièces ont été endommagées par le feu, donc les chambres et les salles de classe ont été transférées, annonça Isabelle. Les autres élèves seront là d'ici une dizaine de jours maximum. Nous devons être prêts. Vous allez vite vous rendre compte que chacun doit apporter son aide.

Sans plus attendre, elle les entraîna dans le large escalier, où l'immense chandelier de cristal qui trônait audessus de leurs têtes avait été drapé dans une fine toile de protection. Allie accéléra le pas pour rattraper Isabelle. En arrière-fond, elle entendait les coups de marteau, les voix des ouvriers qui criaient des ordres, et le bruit de quelque chose que l'on traînait à terre.

Allie savait que Cimmeria avait besoin de réparations, mais jamais elle n'avait imaginé que l'école semblerait aussi... dénudée. Dépouillée de son élégant mobilier et de tous les objets d'art qui lui donnaient l'allure d'un château de conte de fées, Cimmeria ressemblait à présent à un animal blessé, et Allie ne put s'empêcher de caresser la rampe en chêne poli, comme pour la réconforter.

Une fois arrivé sur un premier palier leur petit groupe se dirigea vers un escalier plus étroit qui les conduisit à un autre hall, puis à une seconde volée de marches. Discrète jusqu'à présent, l'odeur de fumée était plus forte ici. Allie tressaillit au souvenir de cette horrible nuit où elle avait vu Christopher dans le hall, une torche à la main, mettre le feu à l'école.

Comme si elle avait lu dans ses pensées, Isabelle se rapprocha et lui glissa un bras autour des épaules pour l'entraîner plus loin.

— Ta chambre a été endommagée par les flammes et l'eau, Allie, alors nous t'avons installée de l'autre côté du couloir.

Elles dépassèrent l'ancienne chambre d'Allie, et avancèrent jusqu'à la porte 371.

— Tes affaires ont déjà été transférées là-bas, précisa Isabelle.

— Hé ! Tu es juste à côté de moi ! s'exclama Rachel en ouvrant la porte 372.

Comme elle entrait dans sa chambre, Allie l'entendit déclarer :

— Bonjour, mon adorable petit espace personnel ! Comme je t'aime !

Isabelle pénétra dans la nouvelle chambre d'Allie.

— C'est un peu plus grand que ton ancien chez-toi, sinon, rien n'a changé.

La pièce, meublée avec simplicité, sentait la peinture fraîche. Allie demeura un instant sur le seuil tandis qu'Isabelle ouvrait les volets en grand pour laisser entrer la lumière, puis elle s'avança et contempla les lieux. La chambre était effectivement plus spacieuse que son ancienne, et les deux vastes étagères étaient déjà remplies de ses livres. Le lit était recouvert d'une douillette couette blanche, et une couverture bleu marine était soigneusement pliée au pied.

— Super.

Isabelle s'apprêtait déjà à partir, mais elle s'arrêta à la porte, une main posée sur la poignée.

— Tes parents t'ont envoyé quelques affaires. Elles sont dans l'armoire. Une fois que tu seras installée, viens me retrouver au rez-de-chaussée, que nous discutions un peu.

Aussitôt, le cœur d'Allie bondit dans sa poitrine. Durant l'été, Isabelle lui avait promis de lui révéler tout ce que sa mère refuserait de lui dire sur sa famille. Elle devait aussi lui expliquer pourquoi on essayait de la kidnapper.

Mais avant qu'elle n'ait le temps de répondre, Isabelle avait déjà refermé la porte derrière elle.

Se dirigeant vers l'armoire, Allie en extirpa la petite valise que ses parents lui avaient fait parvenir, et l'ouvrit.

Elle avait bien précisé ce qu'elle voulait recevoir. Quelques livres, ses cahiers, quelques vêtements de rechange et…

Elle eut un grand sourire.

Les voilà ! Ses Doc Martens rouge sombre, qui montaient jusqu'aux genoux. D'une main, elle caressa le cuir, et de l'autre, elle saisit le message que sa mère avait glissé parmi ses effets.

Ainsi commençait la lettre :

*J'ignore pourquoi tu en as besoin…*

Allie pouffa.

« Ça, je m'en doute, maman ! »

Elle parcourut rapidement le billet et le posa de côté, puis commença à vider ses bagages et à glisser ses vêtements dans les tiroirs. Mais tout lui semblait beaucoup trop long. Abandonnant sa valise ouverte, elle se précipita dans le couloir. Après avoir frappé avec impatience à la porte de Rachel, elle entra sans attendre sa réponse. Son amie était assise par terre, entourée d'une pile de bouquins, un livre ouvert sur ses genoux.

— Allez, viens, on rangera plus tard ! s'exclama Allie en sautillant d'un pied sur l'autre. Tu n'as pas envie d'aller voir la bibliothèque ?

— Tu veux dire plutôt, est-ce que je ne meurs pas d'impatience d'aller retrouver Carter ?

Rachel referma son livre et se leva, un sourire indulgent aux lèvres.

— Bien sûr que si, j'ai hâte.

Pendant son court séjour chez les Patel, Allie avait éprouvé la délicieuse sensation d'avoir trouvé en Rachel la sœur qu'elle avait toujours voulue en secret. Durant leurs baignades dans la piscine ou lors de leurs promenades sur les terres de la ferme familiale, elles avaient discuté de tout : de Carter, de Nathaniel, de la mère d'Allie et du père de Rachel. Allie savait qu'elle pouvait ouvrir son cœur à Rachel, et que son amie ne la jugerait pas. Et mieux, elle pouvait lui faire confiance. Jamais Rachel ne trahirait ses secrets.

Mme Patel avait été comme une seconde mère pour elle, lui préparant de bons petits plats et se tracassant pour sa sécurité. Quant à Minal, la jeune sœur de Rachel, elle les avait suivies partout, fière d'être autorisée à se joindre à leurs activités. Mais ces agréables journées avaient un goût doux-amer : les Patel formaient la famille dont Allie avait souvent rêvé. Une famille unie comme la sienne l'avait été, autrefois.

Cependant, en descendant l'escalier avec Rachel, elle se dit qu'elle était contente d'être de retour à Cimmeria. Désormais, l'école était pour elle ce qui ressemblait le plus à un foyer.

Au rez-de-chaussée, l'agitation régnait. Les coups de marteau résonnaient dans l'aile des salles de classe où des ouvriers faisaient tomber le plâtre endommagé. Des lambris de boiseries noircies par le feu étaient posés contre un mur, dans l'attente d'une rénovation. Un bureau roussi par les flammes était abandonné à proximité. Les ouvriers entraient et sortaient en un flot sans fin. Des échafaudages décoraient les murs de leurs structures d'argent. Plus loin, les choses semblaient aller mieux. Le réfectoire n'avait subi aucun dégât, et le foyer, où les élèves aimaient se réunir le soir, demeurait tel qu'avant l'incendie.

Lorsqu'elles parvinrent dans la salle de bal, elles virent que la pièce n'avait pas été non plus endommagée, mais elle était si remplie qu'elles ne purent que jeter un coup d'œil à l'intérieur. Apparemment, la plupart des meubles étaient stockés ici pendant les travaux.

Rachel avança avec précaution, évitant le pied d'une chaise couchée sous un bureau.

— Je me demandais où...

Au même instant, la porte s'ouvrit en grand et Sylvain se précipita à l'intérieur, les bras chargés d'un lourd tapis d'Orient. Il était si occupé à tenter de faire passer sa cargaison par la porte, qu'il ne remarqua pas tout de suite leur présence. Puis il leva la tête, et ses yeux d'un bleu vif et pénétrant croisèrent ceux d'Allie. Stupéfait, il perdit l'équilibre et le tapis se mit à osciller dangereusement. Allie et Rachel s'écartèrent de son passage tandis que Sylvain luttait pour remettre son chargement d'aplomb. Finalement, le tapis tomba par terre dans un grand bruit sourd, soulevant un petit nuage de poussière.

Dans le silence gêné qui s'ensuivit, Allie s'aperçut que les mèches brunes de Sylvain lui tombaient sur le front, et que sa peau hâlée luisait sous l'effort.

Mais pourquoi remarquait-elle donc tous ces détails ?

Les paroles de Rachel la tirèrent de sa rêverie.

— Salut, Sylvain. On ne voulait pas t'effrayer.

— Bonjour, Rachel. Bon retour parmi nous !

En entendant sa voix familière à l'accent français si élégant, Allie ressentit une émotion indéfinissable. Comme s'il avait deviné sa présence, Sylvain se tourna vers elle.

— Bonjour, Allie.

— Salut, Sylvain. Je... Heu... Comment vas-tu ?

— Ça va.

Sa façon de parler, un peu cérémonieuse, lui donnait un style hyper raffiné pour ses dix-sept ans. D'ailleurs, la première fois qu'elle l'avait rencontré, un simple mot de lui suffisait à la faire fondre.

« Mais ça, c'était il y a une éternité. »

— Et toi, comment ça va ? demanda Sylvain, à son tour.

Aussi mal à l'aise l'un que l'autre, ils faisaient des efforts surhumains pour maintenir un semblant de conversation. Rachel en profita pour battre en retraite vers la porte.

— Euh... j'ai un truc à faire, bredouilla-t-elle avant de se ruer dehors.

Lorsqu'elle fut partie, Allie s'approcha de Sylvain, essayant de déchiffrer son expression. Il paraissait tellement sur ses gardes !

— Je... Ça va.

Nerveuse, elle déglutit avant de poursuivre :

— En fait... Je... Je n'ai jamais eu l'occasion de te remercier, après l'incendie.

Elle tendit la main vers lui.

— Tu m'as sauvé la vie, Sylvain.

Lorsqu'elle lui effleura le bras, une décharge électrique les saisit. Aussitôt, Allie écarta sa main en poussant un petit cri. Reculant d'un pas, elle trébucha sur le tapis. Sylvain la rattrapa juste à l'instant où elle allait tomber. Un bras passé autour de sa taille, il l'aida à récupérer son équilibre. Durant un instant, elle se retrouva si près de lui qu'elle sentit son souffle sur sa peau.

— Fais attention, dit-il en la relâchant.

Ce n'était pas du tout ainsi qu'elle avait envisagé leurs retrouvailles. Elle aurait voulu afficher un air décontracté au lieu de se comporter comme une idiote.

Ses joues s'empourprèrent.

— Je suis désolée. Je dois... Heu... Y aller, et...

Sans même finir sa phrase, et ignorant le regard déçu de Sylvain, elle se retourna et s'enfuit.

Une fois en sécurité au coin du couloir, elle s'adossa au mur et ferma les yeux.

« Quel désastre ! »

Elle rejoua la scène de leur rencontre dans son esprit en donnant des coups de tête dans le mur derrière elle.

— Salut, Sylvain, murmura-t-elle d'un ton sarcastique. Je suis une vraie débile. Tu le savais ?

Poussant un long soupir, elle se redressa et se hâta vers le hall, où elle tomba droit dans les bras de Carter. Ce dernier l'enlaça illico et la souleva de terre en riant aux éclats.

— J'ai entendu dire que tu étais de retour !

Sa chemise était couverte d'éclaboussures de peinture, et ses cheveux emmêlés. Même son front était orné d'une trace blanche.

— Que veux-tu, les mauvaises nouvelles s'ébruitent toujours très vite, plaisanta Allie en lui tendant sa bouche.

La chaleur de leur baiser se répandit en elle. Elle écarta ses lèvres sous les siennes, resserrant ses bras autour de son cou tandis qu'il lui caressait le dos. Au bout de quelques instants, Carter posa son front sur le sien et chuchota :

— Mon Dieu, ce que tu m'as manqué !

Elle le regarda droit dans les yeux, sans le lâcher, et lui sourit.

— Toi aussi, tu m'as manqué.

— Tu as l'air en forme, dit Carter en se redressant. Tu vas bien ? Isabelle m'a raconté ce qui s'était passé à Londres. J'étais…

Il ne termina pas sa phrase, mais Allie vit sa mâchoire se crisper.

— Enfin, quand elle m'a annoncé la nouvelle, nous savions que tu étais hors de danger, mais… Tout va bien, n'est-ce pas ?

— Oui, ne t'en fais pas. Le père de Rachel est venu à mon secours, Il est… C'est difficile à dire… Il est aussi incroyable qu'une… qu'une rock star.

— Oui, il paraît qu'il assure un max. Même Zelazny parle de lui comme s'il était le Dark Knight.

Au nom du professeur qu'elle appréciait le moins, Allie esquissa une grimace. D'un air taquin, Carter lui agita un doigt sous le nez.

— Il va bien falloir que vous appreniez à faire ami-ami, tous les deux, Allie.

— Je sais, je sais, marmonna-t-elle. Mais ce n'est pas de ma faute – c'est lui qui m'a détestée en premier. Je n'ai fait que lui rendre la pareille.

Carter éclata de rire.

— Ça, c'est l'excuse la plus naze que j'aie jamais entendue.

Allie avait du mal à croire qu'elle était vraiment de retour, et qu'elle se chamaillait déjà avec Carter, comme ils en avaient l'habitude. La joie l'envahit et elle entremêla ses doigts aux siens.

— Tu m'as beaucoup manqué, tu sais.

Sans dire un mot, Carter l'entraîna dans un recoin à côté du grand escalier, et l'embrassa de nouveau, avec une passion accrue. Puis ses lèvres descendirent dans son cou, déclenchant en elle de délicieux frissons. Elle se cramponna à ses épaules musclées, et Carter laissa échapper un soupir de plaisir avant de plaquer ses lèvres sur les siennes.

— Toi aussi, murmura-t-il, son souffle emplissant la bouche d'Allie.

— Ah, Carter ! Te voilà !

Dès qu'il entendit la voix d'Isabelle, Carter se retourna. Allie se passa une main nerveuse dans les cheveux, essayant d'adopter un air innocent, mais Isabelle haussa un sourcil, lui indiquant par là qu'elle n'était pas dupe.

— Carter, Eloise te cherche. Toi aussi, Allie, je pense qu'elle apprécierait ton aide. Si tu n'es pas trop occupée, bien sûr... Viens me voir quand tu auras terminé, je tiens à ce que nous ayons enfin notre petite conversation.

Allie rougit sous la remarque d'Isabelle, tandis que Carter réprimait un rire.

— Je ne vois pas ce qu'il y a de si drôle ! rétorqua Allie alors que Carter, riant de plus belle, la poussait gentiment en direction de la bibliothèque.

— Allez, Allie ! Tu sais bien qu'Isabelle est cool. Elle ne va pas nous filer une colle parce qu'on a flirté dans un coin.

Comme elle continuait à faire la moue, Carter la chatouilla jusqu'à ce qu'elle rie aussi et consente à le suivre. Cependant, dès qu'ils s'approchèrent de la porte de la bibliothèque, Allie se rembrunit. Lâchant la main de Carter, elle ralentit puis, finalement, s'arrêta.

Carter, qui était un pas devant elle, se retourna et la regarda d'un air inquiet.

— Tu es déjà revenue ici depuis l'incendie ?

Les yeux rivés à la porte, Allie secoua la tête en silence.

— Tu es prête à y entrer ?

De nouveau, Allie secoua la tête.

— Pas du tout.

Carter lui reprit la main.

— Tu n'es pas obligée, tu sais. Tu peux revenir plus tard, si tu préfères.

Sans détourner les yeux de la porte, Allie hocha la tête.

— Je sais, mais plus j'attendrai, plus ce sera difficile.

Son regard allait de Carter à la porte.

— Je dois en terminer avec ça… Et puis, j'aurais bien besoin d'y entrer un jour ou l'autre. C'est là que sont conservées toutes les connaissances du monde.

Sa tentative de plaisanterie tomba à l'eau, et Carter serra ses doigts un peu plus fort.

— Bon, dans ce cas, n'oublie pas de respirer calmement, d'accord ?

Les yeux toujours rivés sur la lourde porte en chêne, Allie fit signe que oui. Elle savait parfaitement qu'il ne s'agissait que de pénétrer dans une salle en travaux. Mais une salle dans laquelle elle avait failli mourir.

Tout en l'observant, Carter tendit la main vers la poignée.

— Prête ?

Le cœur battant, Allie acquiesça.

La porte s'ouvrit en grand.

— Oh, mon Dieu ! murmura-t-elle en se couvrant la bouche.

L'entrée de ce qui avait été une pièce magnifique était complètement détruite. Tout ce qui restait du vaste bureau antique, qui se trouvait auparavant à côté de la porte, c'était un cadavre de bois brûlé, abandonné à terre. Des rayons entiers d'étagères avaient disparu, et une partie des panneaux de bois lambrissés aux savantes découpes, qui dataient du XVIIIe siècle, était réduite en cendres. L'odeur âcre de la fumée imprégnait les lieux.

— Je sais, ça a l'air horrible, concéda Carter, mais crois-moi, c'est déjà beaucoup mieux que cela ne l'a été.

Allie éprouva soudain une immense vague de chagrin. Avant l'incendie, la bibliothèque était l'un de ses endroits préférés à Cimmeria. Elle était toujours bondée d'élèves, qui, installés dans ses profonds fauteuils de cuir, leurs pieds reposant sur les épais tapis d'Orient, lisaient à la lueur des lampes aux abat-jour verts.

Tout avait disparu.

Les meubles avaient été retirés et le sol, brûlé, dénudé, semblait à l'abandon.

— Tout est fichu, chuchota Allie.

— J'ai eu la même réaction que toi quand je suis revenue ici…

Eloise Derleth, la bibliothécaire, venait de s'approcher, ses longs cheveux bruns attachés en queue-de-cheval, son T-shirt et son jean aussi maculés que ceux de Carter. Elle avait même un peu de peinture sur l'une des branches de ses lunettes.

— Bonjour, Allie. Bon retour parmi nous.

— Eloise, quel cauchemar ! s'exclama Allie d'une voix lourde d'émotion. Ta magnifique bibliothèque !

Eloise observa la pièce d'un air stoïque.

— Ce n'est pas aussi catastrophique que ça en a l'air. D'une certaine façon, nous avons eu de la chance.

Elle s'approcha de l'endroit où se dressait auparavant son bureau.

— Nous avons perdu l'ensemble des fiches qui étaient conservées ici, et ça, c'est une vraie tragédie, parce qu'elles dataient d'un siècle. Mais les dossiers plus anciens sont stockés dans le grenier, et ils ont été épargnés.

D'un geste de la main, elle désigna une partie de la pièce qui avait brûlé, et où, avant l'incendie, des étagères saturées s'élevaient jusqu'au plafond.

— Les livres qui se trouvaient là étaient nos dernières acquisitions, et n'avaient donc que peu de valeur. Les plus vieux, les volumes en grec et en latin, étaient rangés de l'autre côté de la salle. La plupart ont survécu à l'incendie, même si certains ont souffert de la fumée et de l'eau. Mais nous avons engagé l'une des meilleures sociétés de restauration qui existent au monde, et ces gens vont faire tout leur possible pour sauver nos exemplaires.

Elle afficha un sourire triste.

— Alors tu vois, les choses auraient pu être pires.

Aux yeux d'Allie, la situation demeurait une véritable catastrophe, mais elle n'en dit rien. Elle savait que l'incendie avait dû briser le cœur d'Eloise.

Elle se força donc à sourire, elle aussi.

— Tu as raison. Cela peut être réparé. Qu'y a-t-il à faire pour t'aider ?

# 4.

— Je n'arrive pas à atteindre cette tache, là-haut.

Allie indiqua du doigt un pan du mur de la bibliothèque, noirci de fumée.

— Même en me haussant sur la pointe des pieds, ajouta-t-elle.

Bob Ellison examina la zone en question en levant les yeux par-dessus ses lunettes à monture métallique.

— Ne t'en fais pas. Contente-toi de nettoyer ce que tu peux. Une autre équipe viendra plus tard avec des échelles et se chargera du haut des murs et des plafonds.

M. Ellison, le gardien de Cimmeria, supervisait l'organisation quotidienne des travaux de réfection. Il avait inclus Allie dans le groupe qui lavait les murs de la bibliothèque. Les mains protégées par d'épais gants en caoutchouc jaune vif qui lui montaient jusqu'au coude, Allie plongeait une brosse à récurer aussi grosse qu'une brique dans un seau, puis frottait sans relâche tant que l'eau sale coulait du mur jusqu'à la bâche qui recouvrait le sol.

— Ce serait plus drôle avec un iPod, marmonna-t-elle en lessivant de toutes ses forces.

— Je ne crois pas, non.

En entendant cette voix familière, Allie se retourna et découvrit une fille menue aux cheveux blonds, coupés court, qui lui souriait avec une timidité inhabituelle.

— Jo !

Allie jeta sa brosse dans le seau et se précipita vers son amie.

— Je suis si contente de te revoir !

Méfiante, Jo soutenait son regard.

— Je me demandais ce que tu allais dire.

La dépression nerveuse de Jo, à la fin du trimestre estival, avait bouleversé l'univers d'Allie, déjà fort agité. Et c'était le petit copain de Jo, Gabe, qui avait assassiné Ruth lors du bal d'été. Jo avait eu un comportement des plus étranges, couvrant Gabe, même lorsqu'elle savait que des vies étaient en danger.

Mais Allie avait subi trois arrestations – question mauvais choix, elle en connaissait un rayon.

— Bien sûr que je suis contente !

Remarquant un seau et une brosse à récurer aux pieds de Jo, elle changea aussitôt de sujet. Ce n'était pas le moment d'évoquer ce qui s'était passé durant le trimestre dernier.

— Toi aussi, tu fais partie de la brigade de nettoyage ?

Jo acquiesça.

— Dans ce cas, tu vas pouvoir me servir d'iPod.

Allie se tourna vers le gardien.

— Monsieur Ellison, est-ce que Jo peut travailler avec moi ?

— À condition que vous frottiez autant que vous bavardez.

Le ton bourru de sa voix était démenti par la petite lueur d'amusement qui luisait dans ses yeux, et Allie le remercia d'un large sourire.

— Super ! dit Jo en posant son seau à côté de celui d'Allie. Quand es-tu revenue ?

— Il y a environ une heure. On a juste eu le temps de jeter un coup d'œil aux dégâts, et voilà !

Jo enfila ses gants en caoutchouc.

— Rachel est rentrée avec toi ?

— Oui, elle est de l'autre côté. Elle s'occupe des livres avec Eloise et l'équipe de restauration.

Allie se mit à frotter le mur en effectuant de grands cercles.

— Je crois que c'est elle qui a le meilleur boulot.

— Carrément, répondit Jo. Au fait, j'ai entendu parler de ce qui t'est arrivé à Londres. Tu vas bien ?

— Tu m'étonnes. Il faut plus que quatre bodybuildés en costume sur mesure et rapides comme des flèches pour m'effrayer !

Jo lui sourit.

— Il paraît, oui…

Une ombre passa sur le visage de Jo.

— Ce n'était pas Gabe, n'est-ce pas ? demanda-t-elle en baissant la voix. Il n'était pas avec ces hommes ?

— Oh, non, Jo, je te promets ! Ces types étaient plus âgés – ils avaient une bonne vingtaine d'années, voire plus. Gabe ne faisait pas partie de leur groupe, j'en suis certaine.

— Tant mieux.

Jo eut un petit hochement de tête, comme si la réponse d'Allie était celle qu'elle avait espérée, puis elle se remit à brosser le mur avec énergie.

— Je ne pourrais pas supporter de savoir que…

Sa voix se brisa, et elle s'activa de plus belle, en se détournant afin qu'Allie ne puisse l'observer.

Allie astiqua le mur d'un air absent en réfléchissant à ce qu'elle allait dire.

— Est-ce que tu as eu… des nouvelles de Gabe depuis cette nuit-là ?

Jo secoua la tête avec vigueur.

Allie se trouvait partagée : d'un côté, elle avait envie d'enlacer son amie et de l'assurer que tout était pardonné, mais de l'autre, elle aurait aimé lui faire remarquer qu'elle avait besoin de grandir un peu et de se montrer plus responsable.

Mais elle n'en fit rien. Mieux valait s'inquiéter de son état présent.

— Tu vas bien ?

Jo s'arrêta aussitôt de frotter le mur, mais quelques secondes s'écoulèrent avant qu'elle ne réponde.

— Je ne sais pas... Quand tout le monde est parti et que nous n'étions plus qu'un petit groupe ici... Quand je voyais l'école brûlée... j'avais la sensation...

Elle parlait si bas qu'Allie avait du mal à l'entendre.

— J'avais l'impression d'être responsable, tu comprends ? Comme si j'avais pu empêcher ça.

Avant qu'elle ne puisse rétorquer Jo continua sur sa lancée. Mais à présent, sa voix était plus ferme. Allie avait presque l'impression qu'elle répétait un discours appris par cœur.

— Cela dit, Isabelle et Eloise ont été géniales avec moi, et maintenant je vois un psy. Ça m'aide beaucoup. On ne cesse de me dire que je ne suis pas le pire monstre de tous les temps, mais je persiste à me sentir comme... Je ne sais pas... Le pire monstre de tous les temps, je crois bien.

Jo eut un petit rire crispé, et en cet instant Allie eut envie de lui pardonner. Ce n'était pas elle qui avait assassiné Ruth. Cependant, Jo avait couvert Gabe, malgré ses actes monstrueux.

Même après qu'il eut menacé la vie d'Allie...

« Et c'est là que tout est parti en vrille. »

Jo la fixait désormais avec intensité, ses grands yeux d'un bleu cristallin emplis d'espoir. Elle avait été sa meilleure amie avant que les choses ne dérapent. Et au fond, ce n'était pas une mauvaise personne. Elle semblait juste...

Qu'est-ce que Rachel avait dit à son sujet durant l'été ? Ah, oui, que Jo était « fragile ».

Allie choisit ses mots avec précaution.

— Écoute, Jo, c'est Gabe qui a commis ces atrocités. C'est lui le meurtrier, pas toi.

Elle s'arrêta un instant.

— C'est lui le pire monstre de tous les temps. Pas toi ! D'accord ? insista-t-elle, comme pour se convaincre.

Le soulagement qui s'afficha sur le visage de Jo fut sa récompense.

— Au secours..., gémit Jo. Je crois que je suis dans le coma !

L'horloge affichait dix-neuf heures. Les murs de la bibliothèque étaient enfin propres. Rien qu'à l'idée de lever une nouvelle fois les bras, Allie ressentait des douleurs dans le cou et les épaules.

Elle s'assit par terre sur la bâche, à côté de Jo, qui sirotait quelques gorgées d'une bouteille d'eau tiède.

— Tu as mal aux bras ? demanda Allie en lui massant les épaules.

— Oh que oui !

— Dans ce cas, tu n'es pas dans le coma.

Avec précaution, Allie étendit ses jambes.

— Non mais, dans quel bordel je me suis fourrée ? Chez Rachel il y a des chevaux et une piscine. Une piscine, Jo ! Je pourrais être en train de me gaver de chocolats et de caresser les doux naseaux de ses étalons, si j'étais toujours chez elle.

Jo se tourna pour lui faire face.

— Hé ! Moi aussi j'ai le bout du nez tout doux. Tu n'as qu'à le caresser.

Allie lui effleura le nez.

— Génial ! J'ai l'impression d'être chez Rachel. Où est la piscine ?

— Il n'y en a pas.

— Quelle merde !

— Carrément.

— Vous avez l'intention de rester plantées là à vous plaindre ? Ou vous venez dîner ?

Allie leva les yeux et vit Carter qui les toisait d'un air sceptique.

— Jo est dans le coma, lâcha-t-elle. Elle n'a plus besoin de s'alimenter.

Jo bondit sur ses pieds.

— Attends, tu as parlé de nourriture ? Je crois que je suis bien réveillée, en fait.

— Oh, mon Dieu, un miracle ! s'exclama Allie.

Carter tendit la main vers elle pour l'aider à se redresser.

— Ça ne fait qu'un jour que tu bosses sur le chantier, Sheridan. Tu ne peux pas être déjà fatiguée.

— J'ai mal partout. Aux épaules, aux bras, au dos...

— Aux jambes, aux pieds, à la tête..., compléta Jo.

— Aux chevilles. Aux tibias. Tu peux prononcer le nom de n'importe quelle partie de mon corps. Je souffre le martyre.

Carter ne semblait pas le moins du monde impressionné.

— Manger effacera vos douleurs, plaisanta-t-il en les entraînant vers le réfectoire.

Allie se tourna vers Jo et lui dit d'un ton malicieux :

— Carter est un homme très avisé.

— Carrément.

Comme la plupart des élèves se trouvaient encore en vacances, seules quelques tables avaient été dressées. Eloise était installée à l'une d'elles avec Jerry Cole, le professeur de sciences naturelles, et un petit groupe. Un peu plus loin, Sylvain était assis seul à une table.

En le voyant, Allie sentit son cœur chavirer. Jamais elle n'avait imaginé partager ses repas avec Carter et Sylvain en même temps.

« Ça va être bizarre. »

Jo l'empêcha de se retrouver entre les deux garçons en se glissant sur le siège à côté de Sylvain.

— Aide-moi, Sylvain, j'ai mal partout.

Rachel s'approcha et tira la chaise à côté d'Allie.

— Qu'est-ce qui vous arrive ? s'enquit-elle. Pourquoi Jo a l'air d'avoir été torturée ?

— On a bossé hyper dur, expliqua Allie.

— M'en parle pas ! J'adore les livres, mais je me demande pourquoi il y en a autant dans cette école, grimaça Rachel en s'étirant. De toute façon, quelle quantité de savoir peut-on ingurgiter ?

— On ne pourrait pas retourner chez toi ? suggéra Allie. C'était mieux là-bas.

— Vous n'êtes que des poupées en sucre, grommela Carter d'un air exaspéré. Moi, j'ai bougé des meubles toute la journée. Vous n'avez fait que lessiver des murs et ramasser des bouquins…

— C'est déjà énorme ! s'écrièrent les filles outrées, à l'unisson.

Au même instant, les portes à l'autre extrémité du réfectoire s'ouvrirent et les membres du personnel apparurent, portant de grands plateaux. Des plats de pâtes fumantes furent placés sur chaque table.

— Ah, génial ! marmonna Carter avec sarcasme. Encore des pâtes !

— Super, moi, j'adore ça ! s'exclama Jo. Elles sont au fromage ?

— Pourquoi est-ce que tu dis « encore » ? demanda Allie alors qu'un serveur déposait un plat copieusement garni sur leur table.

— Parce qu'on en a mangé presque tous les jours, répondit Carter en baissant la voix alors que le serveur s'éloignait. Les cuisiniers passent déjà une partie de leur temps à aider aux travaux. Ils sont trop occupés pour nous préparer autre chose.

— Vous êtes au courant pour Lisa ? demanda Jo en changeant de sujet.

Chacun se passait le plat, et le bruit léger des conversations emplissait la salle.

— Comment va-t-elle ? s'enquit Allie en se servant.

— Elle ne revient pas.

— Quoi ? s'exclamèrent-ils tous en chœur.

Stupéfaite, Allie laissa tomber sa cuillère. Soudain, tout le monde se mit à parler en même temps.

— Pourquoi ?

— Qu'est-ce qui s'est passé ?

— Elle va bien ?

Jo leva la main pour les inciter au calme.

— Après tout ce qui est arrivé durant l'été…

Elle haussa les épaules avant de continuer :

— Lisa voulait revenir, mais ses parents ont préféré l'envoyer en pension en Suisse.

Un profond silence s'ensuivit.

— J'avoue que je les comprends, dit Rachel. Lisa a failli mourir. À mon avis, elle ne sera pas la seule à ne pas revenir.

— Peut-être qu'à la prochaine rentrée… Vu que ce sera notre dernière année, ils la laisseront rejoindre Cimmeria, avança Jo.

— Tu veux dire, insista Rachel d'un ton sec, si personne ne se fait assassiner ce trimestre, peut-être que nous aurons une chance de revoir Lisa ?

— On peut dire les choses comme ça, oui, répondit Jo.

Allie leva son verre d'eau.

— Alors, à Lisa ! En espérant qu'il n'y ait pas d'autre meurtre.

Chacun leva son verre à son tour et ils trinquèrent à l'unisson.

— À Lisa !

— Et plus de cadavres ! ajouta Jo.

À la fin du repas, Carter fit un discret signe de tête à Allie et lui indiqua la porte. La petite lueur qui dansait dans ses yeux la fit frissonner d'anticipation.

Mais ils n'avaient pas encore quitté le réfectoire qu'Isabelle les interceptait.

— Ah, Allie, te voilà ! Je te cherchais. Allons discuter !

Allie jeta un regard navré à Carter avant de suivre Isabelle.

Le bureau de la directrice se trouvait au-delà de l'escalier principal. Sa porte se fondait avec une telle discrétion dans les boiseries de chêne qu'elle était invisible à qui en ignorait l'existence. Pendant qu'Allie se laissait tomber dans l'un des deux fauteuils en cuir devant la table de travail, Isabelle mit la bouilloire en marche. Alors qu'elle s'affairait à préparer le thé, Allie remarqua le fouillis régnant dans l'élégante pièce habituellement si ordonnée. Des piles de papiers étaient entassées sur chaque surface. Plusieurs tiroirs étaient entrouverts, et un gilet avait été jeté sur une chaise sur laquelle trônaient des documents éparpillés. Allie fronça les sourcils. Isabelle avait-elle des problèmes ? Avant qu'elle n'ait le temps d'ouvrir la bouche, la directrice de Cimmeria lui mit une tasse de thé fumant entre les mains et s'installa à côté d'elle. Allie remarqua soudain les cernes sous ses yeux noisette. Isabelle avait également l'air plus mince.

Cependant, se trouver en sa présence était toujours aussi réconfortant, songea-t-elle, tandis qu'Isabelle faisait glisser ses lunettes sur le sommet de sa tête avant de les poser sur la table à côté d'elle.

Allie s'attendait à discuter de ce qui s'était passé lors de cette fameuse nuit à Londres – elles avaient déjà évoqué l'incident au téléphone, mais elle était certaine qu'aujourd'hui Isabelle aurait davantage d'informations à lui communiquer. Aussi, les premiers mots d'Isabelle, prononcés sur un ton plutôt sec, la prirent-ils par surprise.

— Dis-moi, Allie, lorsque tu étais chez toi, as-tu eu la possibilité de parler de Lucinda avec ta mère ?

Allie la contempla avec curiosité.

— Oui, répondit-elle. Et maintenant, je sais.

Elle essayait de rester concentrée sur le moment présent, mais son esprit ne cessait de revenir à ce jour où elle avait enfin pu s'asseoir avec sa mère pour lui demander des explications.

Au sujet de tout.

— Maman… Isabelle a dit qu'il était grand temps que tu me parles de Lucinda.

Allie avait observé sa mère avec attention.

— Et je crois qu'elle a raison, avait-elle poursuivi. Lucinda… C'est ma grand-mère, n'est-ce pas ?

Durant un bref instant, Allie avait songé que sa mère allait lui mentir. Si elle l'avait fait, elle ne lui aurait jamais pardonné. Mais elle avait vu les épaules de sa mère s'affaisser en quelques secondes.

— J'ai toujours su que tu découvrirais la vérité un jour. Oui, Lucinda est ma mère – ta grand-mère.

Vu qu'elle était certaine de la réponse, Allie aurait dû être prête à l'entendre. Mais l'émotion lui avait donné le vertige. Dire qu'elle avait cru que tous ses grands-parents étaient décédés.

« J'ai une grand-mère vivante. »

Elle s'était calée dans son siège et avait fixé sa mère comme si c'était la première fois qu'elle la voyait.

— Pourquoi ? Pourquoi m'as-tu menti sur un sujet aussi important ? Elle et moi… Nous aurions pu apprendre à nous connaître…

Sa voix s'était étranglée.

— Je sais qu'il est difficile pour toi de me croire, ma chérie, mais tout ce que j'ai fait, c'était pour te protéger. Pour que tu sois en sécurité.

— Mais tu as menti à ta propre fille ! Tu m'as laissée croire que ma grand-mère était morte ! C'est horrible.

Sa mère avait poussé un profond soupir.

— Oui, c'est... C'était une chose terrible. Et tu m'en vois désolée. Mais je ne savais pas quoi faire d'autre ! Peut-être aurais-je dû te dire la vérité. Mais j'avais peur que tu insistes pour la rencontrer, et tout aurait été gâché.

Allie était abasourdie.

— Comment le fait de connaître ma grand-mère aurait-il pu gâcher quoi que ce soit ?

Sa mère avait répliqué sans hésiter.

— Parce que dans ce cas elle t'aurait prise. Et je t'aurais perdue.

— Comment ça ? Elle m'aurait kidnappée peut-être ?

Allie avait croisé les bras sur sa poitrine. La colère faisait battre son cœur de plus en plus fort.

Malgré ses reproches, sa mère n'avait pas fléchi.

— Tu ne comprends pas, Alyson. Tu ignores tout d'elle. Lucinda est une femme puissante et dangereuse. Elle obtient toujours ce qu'elle veut. C'est comme ça. Jamais elle ne laisse quoi que ce soit, ni qui que ce soit se mettre en travers de son chemin. Je...

Elle s'était interrompue pour réfléchir un moment. Lorsqu'elle avait repris ses explications, sa voix était plus calme.

— Lorsque j'avais ton âge, j'étais très différente de ma mère. C'est une femme qui veut tout contrôler, et elle a dirigé ma vie jusque dans ses moindres détails. Les vêtements que je portais, les personnes que je fréquentais, mes études, mes sorties... Tout devait être décidé par elle. Au début, j'ai accepté, mais plus tard, lorsque j'ai grandi je me suis rebellée. Je ne voulais pas lui ressembler. Je refusais d'être riche et malheureuse. Son univers me faisait horreur. Je voulais qu'elle me laisse prendre mes propres décisions.

Elle avait observé Allie d'un œil inquisiteur.

— Je pense que si quelqu'un peut comprendre ça, c'est bien toi !

Oui, Allie comprenait sa mère. Mais cela n'avait aucun sens.

— Très bien, maman. Si Lucinda est comme ça, alors tu as peut-être bien fait de la quitter. Mais tu as eu tort de me mentir. J'aurais dû pouvoir faire mes propres choix, moi aussi. Tout comme toi.

Sa mère avait eu un sourire amer.

— Isabelle m'a dit exactement la même chose.

En entendant le prénom de sa directrice, Allie s'était rappelé qu'elle avait d'autres questions.

— Isabelle est ton amie, n'est-ce pas ? Vous avez étudié ensemble à Cimmeria. Tu m'as menti sur tout !

Soudain, sa mère s'était empourprée, mais son regard n'avait pas flanché.

— Oui, je t'ai laissée croire que je ne connaissais ni Isabelle ni Cimmeria. J'avais mes raisons pour ça.

Elle avait fait une pause avant d'ajouter :

— De plus, j'étais fâchée contre toi.

Même s'il était douloureux d'entendre sa mère évoquer sa colère envers elle, Allie avait essayé de garder un air détaché. Il y avait tant d'autres vérités qu'elle voulait découvrir.

— Qui est Lucinda ? avait demandé Allie. Tout le monde semble dire qu'il s'agit d'une VVIP. Qui est-ce ? La Reine ? Dieu ?

Le petit sourire ironique qu'avait affiché sa mère à ces derniers mots lui avait fait craindre le pire.

— Presque.

— Qu'est-ce que tu veux me faire comprendre ?

Sa mère avait répondu avec une lenteur délibérée.

— Son nom de famille – et mon nom de jeune fille – est Meldrum.

Cette fois, Allie n'avait pas réussi à masquer son étonnement.

— Tu plaisantes ?

— Ma grand-mère est Lucinda Meldrum, lâcha Allie dans un souffle.

Isabelle inclina légèrement la tête comme pour confirmer.

Allie n'en revenait pas de prononcer ce nom. Comment était-ce possible ? Lucinda Meldrum était la femme la plus célèbre et influente du milieu politique britannique. La première femme chancelière, qui se trouvait désormais à la tête de la Banque mondiale. Elle conseillait des présidents, des Premiers ministres et des rois. Même Rachel en avait été impressionnée quand elle lui avait annoncé la nouvelle.

— Merci d'avoir demandé à ma mère de tout me révéler. Ça signifie beaucoup pour moi.

— Il était temps pour toi de savoir. Plus que temps, en fait.

Isabelle se redressa dans son siège.

— Avant d'en parler plus longuement, je voudrais revenir sur ta mésaventure à Londres, et t'expliquer ce qui va désormais se passer.

Allie resta de marbre, mais une pointe d'excitation l'envahit.

« Quelque chose se prépare. »

— Comme tu le sais désormais, continua Isabelle, il aurait dû y avoir quelqu'un pour surveiller ton domicile cette nuit-là – un garde était toujours en faction près de chez toi quand tu t'y trouvais.

Allie acquiesça d'un signe de tête.

— Mais le garde a quitté son poste peu après vingt-trois heures, suite à un coup de téléphone paniqué de sa femme lui annonçant que leur enfant était gravement malade. Il a appelé Raj pour le prévenir – d'ailleurs, il lui a parlé en personne et Raj l'a autorisé à partir.

Lorsque Isabelle s'interrompit, Allie frissonna, saisie d'un mauvais pressentiment.

— Or, Raj n'a jamais reçu cet appel. Il n'a pas parlé à son employé. Et l'épouse de ce vigile ne lui a pas téléphoné non plus. Leur enfant se portait très bien.

— Nathaniel…, devina Allie.

Isabelle acquiesça.

— La mémoire du téléphone du vigile confirme ses dires – il a bien contacté Raj et leur conversation a duré plusieurs minutes. Mais son appel a été détourné.

Au souvenir de ces terrifiants bruits de pas derrière elle dans la nuit, Allie se crispa. Elle posa brusquement sa tasse, et le thé oscilla dangereusement.

— Pourquoi est-ce qu'il fait cela, Isabelle ? Je ne comprends pas. Pourquoi suis-je si importante à ses yeux ?

— L'obsession de Nathaniel remonte à… très loin. Et si je tentais de te l'expliquer, nous en aurions pour des heures. Mais tu dois savoir que ce n'est pas toi qu'il vise. La personne qu'il cherche à atteindre… C'est moi.

— Mais pourquoi ? insista Allie en haussant la voix. Vous me mettez toujours à l'écart lorsque j'essaie de découvrir ce qui se passe, mais il s'agit aussi de ma vie ! Et même si c'est vrai que c'est après vous qu'il en a, pour vous atteindre il s'en prend à moi. Je n'ai pas du tout envie que ça se renouvelle ! Alors, pourquoi ne pas me révéler enfin ce qu'il veut ? Qu'est-ce qui a tant d'importance pour lui ? J'ai bien mérité de savoir ce qui se trame !

Isabelle se massa les tempes.

— Il me faudrait un temps infini pour te raconter l'histoire entière. Je me contenterai de te dire que, lui et moi, nous avons des points de vue fort différents sur la façon dont le monde doit être dirigé. Mais comme

Lucinda me fait confiance, mon avis a plus de poids. Non qu'elle suive mes conseils, mais au moins, elle m'écoute.

Isabelle saisit sa tasse de thé et en but une gorgée, l'air pensif.

— Et c'est ce que Nathaniel espère changer, ajouta-t-elle.

Perplexe, Allie essayait d'assembler les pièces du puzzle.

— Pardon, mais je ne comprends toujours pas. Qu'est-ce que Nathaniel cherche exactement ?

— Ne t'excuse pas. L'obsession de Nathaniel est une forme de folie. Ne pas la comprendre est plutôt logique.

Isabelle eut alors un sourire triste.

— Ce n'est pas Cimmeria qu'il convoite. Il désire juste s'en servir comme tremplin. Vois-tu, ce qu'il vise, c'est une organisation beaucoup plus vaste dont Cimmeria n'est qu'une petite partie. Lucinda est à la tête de cette organisation, et moi je suis son bras droit.

Elle soutint le regard d'Allie.

— Nous sommes un groupe très puissant… et Nathaniel souhaite en prendre les commandes.

Allie la fixa d'un air incrédule.

— Je ne vous suis pas. Comment peut-il atteindre cette organisation à travers Cimmeria ?

— C'est difficile à expliquer, mais disons que Cimmeria – où tout a commencé – est le cœur du groupe. Le conseil d'administration de Cimmeria préside plus que cette école. Il supervise l'entière Organisation.

Isabelle eut un large geste du bras.

— Nous sommes au centre de tout. Ce que veut Nathaniel, c'est se débarrasser de moi puis de Lucinda. Il pense qu'ainsi le comité le désignera comme chef unique. C'est un plan fou, mais il est convaincu qu'il fonctionnera. Tu sais, ce n'est pas la première fois qu'il cherche à nous éliminer, Lucinda et moi – il fait tout son possible pour prouver que je suis incapable de diriger l'école, de protéger mes élèves et…

Sa voix se brisa.

— Enfin, reprit-elle après quelques secondes, maintenant tu as une idée de ce qui se passe.

À l'évidence mal à l'aise, Isabelle se leva et redressa une pile de papiers au bord de son bureau.

— Tu n'es qu'un pion dans sa stratégie, Allie. Moi, je suis comme la tour aux échecs. Celle qui protège la Reine.

— La reine Lucinda, murmura Allie.

Isabelle s'éclaircit la gorge et poursuivit d'un ton plus affirmé :

— Voilà pourquoi nous devons veiller les uns sur les autres. À présent, nous connaissons l'Organisation de Nathaniel et son fonctionnement. Hélas, ce que nous avons découvert est plutôt inquiétant. Il a d'excellentes recrues, et rien ne l'arrêtera.

Une pensée traversa l'esprit d'Allie.

— Lucinda peut sûrement l'arrêter, elle. Si vous lui expliquez ce qui se passe… Si elle apprend que je me trouve en danger… Elle nous apportera son aide, non ?

— Lucinda est au courant de la situation.

Isabelle semblait choisir ses mots avec précaution.

— Et elle ne souhaite pas s'impliquer.

— Comment ? s'écria Allie, éberluée. Mais pourquoi ?

— Allie, je sais que tu aimerais que je te révèle tout, mais…

La directrice lui jeta un regard d'avertissement.

— Fais-moi confiance. Je t'assure que cela est très compliqué. Je le répète, nous devons être attentifs les uns aux autres, et sans attendre l'aide de Lucinda ou de qui que ce soit. C'est pour cela que j'ai engagé Raj et sa société pour protéger Cimmeria. Mis à part moi, il en sait plus que n'importe qui sur Nathaniel.

Allie resta songeuse un moment, contemplant ses mains. Une fois de plus, sa sécurité dépendait de personnes dont elle ignorait presque tout. Une fois de plus, elle se sentait comme... prisonnière.

Lorsqu'elle releva les yeux, elle vit qu'Isabelle la fixait comme si elle lisait dans ses pensées.

— Cette nuit-là, à Londres, tu as fait preuve d'un sang-froid incroyable, malgré le danger. Tu as suivi mes instructions à la perfection. Je sais que bien d'autres en auraient été incapables. Donc, au vu de ton comportement et de tes notes qui se sont améliorées durant le dernier trimestre, j'ai proposé que tu sois acceptée aux Nocturnes, dans une session de formation accélérée.

Allie était si excitée qu'elle avait du mal à respirer.

— Je... Je..., balbutia-t-elle.

— La formation de ce trimestre sera axée principalement sur les cours d'autodéfense, continua Isabelle, et tu t'entraîneras avec les personnes les plus qualifiées.

Elle lui prit la main, puis la regarda au fond des yeux avec une telle intensité qu'Allie en fut presque effrayée.

— Ce qui est arrivé à Londres ne doit jamais se reproduire.

# 5.

À peine sortie du bureau d'Isabelle, Allie se précipita dans le couloir, dansant presque d'excitation. Elle prit à droite, puis à gauche, et s'arrêta pour tournoyer sur elle-même.

« Carter ! Je dois le dire à Carter ! »

Elle se mit à courir. Ça promettait d'être génial ! Ils allaient s'entraîner et passer beaucoup de temps ensemble. Carter pourrait même lui donner des conseils !

« Et nous n'aurons plus de secrets l'un pour l'autre. »

Carter ne se trouvait pas dans le foyer. Lorsqu'elle ouvrit la porte du réfectoire, elle vit qu'il était désert. Seul résonnait le cliquetis des assiettes que le personnel lavait dans l'arrière-cuisine. À peine venait-elle de tourner au coin pour se diriger vers les salles de classe, qu'elle faillit percuter Rachel qui arrivait dans l'autre sens, les bras chargés de livres.

— Eh ben ! s'exclama Rachel. Qu'est-ce qui se passe ?

Allie aurait aimé rester zen, et ne rien révéler de son nouveau statut. D'ailleurs, il lui était interdit de parler des Nocturnes. Mais les mots franchirent ses lèvres avant qu'elle ne s'en rende compte.

— Je sors de mon entretien avec Isabelle ! Je vais faire partie des Nocturnes ! Dans une session de formation accélérée ! Tu as vu Carter ?

— Oh !

Au lieu de partager sa joie, Rachel semblait blessée.

— Non, je n'ai pas vu Carter, répliqua-t-elle d'un ton un peu sec.

Puis elle tourna les talons et s'éloigna. Pendant de longues secondes, Allie se contenta de la fixer de dos, puis elle se ressaisit et lui courut après.

— Hé, Rachel ! Ne t'enfuis pas comme ça. Je viens de briser genre quatre-vingt-dix-sept règles en te confiant ça, et tu as l'air…

Une fois qu'elle l'eut rattrapée, elle lui saisit le bras.

— Quel est le problème ?

— C'est juste que… après tout ce qui est arrivé pendant l'été, je n'arrive pas à croire que tu veuilles faire partie de ce truc.

Rachel plaqua ses livres sur une hanche et, d'une main rageuse, écarta une boucle de ses yeux en amande, lourds de colère.

— Franchement, je t'imaginais plus intelligente que ça, Allie !

— Hé ! Ne sois pas aussi vache. On peut en parler, non ?

— Tu me trouves vache ?

Rachel secoua la tête d'un air désespéré.

— J'essaie de te sauver, Allie. Tu vois, la Night School… Ce n'est pas seulement un truc à caser dans notre emploi du temps… Ni un divertissement dont on se souviendra avec nostalgie pendant notre retraite. Quand on commence, c'est pour la vie ! Et ce qu'ils nous enseignent est complètement faux. Tu ne devrais pas y entrer. Mais si tu y tiens…

Rachel recula d'un pas.

— D'ailleurs, vu que je n'en fais pas partie, il vaudrait mieux que nous cessions d'en discuter. Tu pourrais avoir des problèmes – de gros problèmes – si tu en parles avec moi, ou avec d'autres élèves qui n'en sont pas membres.

Rachel s'éloigna, et cette fois Allie la laissa partir.

« Eh ben ! Si je m'attendais à ça ! »

Allie grimpa l'escalier jusqu'au dortoir des filles en bougonnant. Elle ouvrit la porte de sa chambre, tellement plongée dans ses pensées qu'elle ne remarqua pas que la pièce était déjà allumée jusqu'à ce qu'elle perçoive un mouvement.

Soudain elle poussa un petit cri et fit un pas en arrière.

— Salut, dit Carter d'une voix ensommeillée. Inutile d'appeler les flics, ce n'est que moi.

Toujours fâchée contre Rachel, Allie le toisa, tandis que les battements de son cœur se calmaient peu à peu.

— Qu'est-ce que tu fabriques ici ?

Même si cette aile du lycée était quasiment vide, Allie ne put s'empêcher de chuchoter : les garçons n'avaient pas le droit de se trouver dans le dortoir des filles.

— Tu m'as fichu une de ces frousses !

— Désolé, j'attendais juste ton retour pour qu'on puisse discuter.

Carter avait les cheveux ébouriffés et la mine chiffonnée.

— Je crois que je me suis endormi, poursuivit-il. Tu as mis un de ces temps !

— Écoute, Isabelle m'a demandé de passer la voir dans son bureau, et ensuite j'ai rencontré Rachel qui m'a paru… bizarre, répliqua-t-elle d'une voix plus cassante qu'elle ne l'aurait souhaité. Tout ça prend du temps.

Carter pencha la tête sur le côté et l'observa.

— Rachel ? Bizarre ? Qu'est-ce qui s'est passé ?

Encore sous le coup de la colère, Allie se lança illico dans le récit des événements.

— Je lui ai appris que j'allais intégrer les Nocturnes, et elle s'en est prise à moi, prétextant que la Night School allait ruiner ma vie, et que j'étais stupide de vouloir en faire partie. À l'entendre, j'avais l'impression d'être le diable. Quel est son problème ?

Carter la fixa d'un air stupéfait.

— Tu vas participer aux Nocturnes ?

Il semblait horrifié.

— C'est ce qu'Isabelle t'a dit ?

Décidément, personne ne réagissait comme elle l'avait espéré.

« Pourquoi ne sont-ils pas contents pour moi ? Pourquoi ne me félicitent-ils pas de cette opportunité ? »

— Putain, mais qu'est-ce que vous avez tous ? Pourquoi est-ce que personne ne se réjouit pour moi ?

— Désolé... Je suis surpris, c'est tout. Je ne pensais pas... On n'en a jamais parlé. C'est un sacré changement, Allie.

— Je le sais bien ! Je ne suis pas complètement idiote, rétorqua-t-elle d'un ton acide. Et pour ta gouverne, j'étais ravie jusqu'à ce que je vous le raconte et que vous réagissiez tous les deux comme si j'avais la peste. Maintenant j'ai l'impression d'être... Bah, laisse tomber !

Déprimée, elle s'affala sur le lit.

Carter vint s'asseoir à côté d'elle et entremêla ses doigts aux siens. Malgré sa déception, elle était heureuse de sentir cette main chaude et puissante dans la sienne.

— Je suis content pour toi, Allie, mais étonné. Il me faut juste quelques instants pour réaliser tout ça. Qu'est-ce qu'Isabelle t'a dit, exactement ?

— Un truc du genre... comme quoi j'avais bien réagi à Londres malgré le danger et que j'étais... Je ne sais plus... Que mes notes s'étaient améliorées. Et que je devais apprendre à me protéger toute seule. C'est pour ça qu'elle m'a inscrite aux Nocturnes dans une session d'entraînement accéléré.

Carter émit un long sifflement.

— Une formation accélérée ? Tu en es sûre ? Personne n'y a jamais eu droit !

Allie hocha la tête avec force.

— Putain !

— Qu'est-ce qu'il y a ?

— Isabelle ne t'a pas expliqué ?

Comme Allie faisait signe que non, Carter poussa un profond soupir.

— Ça signifie que tu vas sauter la préparation qu'on nous a enseignée au premier trimestre, et que tu t'entraîneras avec les plus avancés du groupe.

Il l'étudia avec curiosité.

— Tu vas aller direct au fond des choses.

Sa remarque accrut sa nervosité, et elle fut contente qu'il change de sujet.

— Qu'est-ce que Rachel dit de tout ça ?

Elle lui lâcha la main et, tripotant le bas de sa jupe, elle fronça les sourcils au souvenir de sa discussion avec son amie.

— Elle s'est comportée comme si la Night School était un truc malsain, et comme si j'étais stupide d'y entrer. Elle était très en colère.

Elle resta silencieuse une seconde avant d'ajouter avec anxiété :

— Rachel ne se met jamais en colère.

Carter n'avait pas l'air étonné.

— Tu es au courant, non ? Rachel n'approuve pas les Nocturnes. Et tout le monde sait qu'on lui a déjà proposé plusieurs fois d'intégrer la Night School, mais qu'elle a toujours refusé.

Allie redressa la tête.

— Quoi ? Elle ne m'a jamais confié ça ! Elle m'a raconté que son père voulait qu'elle y entre, mais pas elle. C'est tout.

— À vrai dire… Elle déteste la Night School.

— Mais pourquoi ? Pourquoi la déteste-t-elle autant ?

— Rachel a des objections qui, à mon avis, sont plutôt raisonnables. Vois-tu, Allie, la Night School n'est pas équitable. Et ne l'a jamais été. C'est une formation qui rend les choses plus faciles pour les gosses de riches – alors qu'on ne peut pas dire qu'ils en aient vraiment besoin.

Carter étendit ses jambes devant lui.

— Mais à propos de Rachel, je crois qu'il y a autre chose… Ça a à voir avec son père. Tu devrais lui poser la question.

— J'espère qu'elle n'est pas trop fâchée contre moi, répondit Allie, soucieuse. Je n'avais pas l'intention de me montrer maladroite. C'est juste que… j'étais si contente que j'ai parlé sans réfléchir.

Carter eut un rire amer, puis redevint sérieux.

— Al…

Il semblait soudain hésitant. Allie leva les yeux vers lui, angoissée.

— Je suis heureux que tu apprennes à te défendre seule. C'est une bonne chose, mais, d'un autre côté, je ne peux pas m'empêcher de m'inquiéter. Tu sais que je n'ai aucune confiance envers les gens qui dirigent la Night School – on en a déjà discuté pendant des heures.

Comme elle ouvrait la bouche pour protester, il lui posa avec douceur un doigt sur les lèvres.

— Oui, j'en fais partie, et c'est hypocrite de ma part, mais j'avais mes raisons pour rejoindre ce groupe. Cela dit, ça ne signifie pas pour autant que je tienne à ce que tu vives cette expérience. À vrai dire, ça m'effraie plutôt que tu te retrouves au milieu de tout ça.

Allie lui saisit la main et l'écarta de ses lèvres, juste après y avoir déposé un baiser.

— Eh bien, pour ma part, j'ai l'impression d'avoir toujours été dans la Night School. Seulement, je ne le savais pas. Maintenant, peut-être que ça peut m'aider… disons… à rester en vie.

Carter garda le silence pendant un long moment, semblant réfléchir. Puis il plongea son regard dans le sien.

— OK.

— OK quoi ?

— OK pour les Nocturnes. Tu as besoin d'apprendre à te défendre seule. Alors, bienvenue à la Night School. Tout ce que j'espère, c'est que ça ne te plaira pas trop.

# 6.

Elle entendait au loin des voix crier son nom. Mais elle courait vite. Aussi vite que possible.

Bientôt les voix s'évanouirent laissant place au silence.

La nuit était claire – la pleine lune transformait la forêt en ombres bleutées.

Elle filait à vive allure sur le sentier. Elle ignorait où elle allait et même pourquoi elle fuyait ainsi, mais elle ne devait pas s'arrêter. Elle haletait et ses poumons la brûlaient. Cependant elle courait, encore et encore.

Tout à coup, du coin de l'œil, elle vit quelque chose bouger à travers les arbres. On aurait pu croire qu'il s'agissait d'un oiseau, or son instinct lui souffla qu'il n'en était rien.

Elle s'arrêta.

— Qui est là ? appela-t-elle dans le noir.

Elle poussa un petit cri lorsque la chose bougea de nouveau. Assez lentement pour qu'elle la remarque, mais trop vite pour être reconnue.

— Ce n'est pas drôle !

Elle commença à trembler. Quelque chose clochait. De toute façon, où courait-elle comme ça ? Et pourquoi se trouvait-elle dehors aussi tard ?

Soudain, derrière elle, retentit un long grognement menaçant.

Poussant un cri étouffé, Allie se redressa en sueur dans son lit. Elle remonta les draps jusqu'à son cou et regarda autour d'elle, paniquée. D'abord, elle fut désorientée. Dans quelle chambre se trouvait-elle ? Rien n'était à sa place.

— Cimmeria, murmura-t-elle en se rallongeant. Je suis à Cimmeria.

Elle ferma les yeux.

— Tout va bien, je suis en sécurité.

Après avoir englouti son petit déjeuner, Allie prit le temps de s'excuser auprès de Jo et se dirigea vers la bibliothèque, à la recherche de Rachel. Il fallait qu'elle arrange les choses avec elle. Elle n'avait aucune intention d'être fâchée avec son amie dès leur retour au lycée.

« Il est hors de question que nous nous disputions au sujet des Nocturnes. Ça mettrait une trop grande pagaille. »

À l'entrée de la bibliothèque, des peintres installaient une armée d'échelles métalliques. De gros pots de peinture et des rouleaux pelucheux y étaient accrochés – et l'air empestait le White Spirit.

Allie passa vivement devant eux et se dirigea vers la salle principale. Une large table en métal avait été placée contre le mur du fond, où Eloise et Rachel étaient déjà à l'œuvre, remplissant des cartons. Chaque rangée de livres était séparée des autres par du papier de soie craquant, et elles manipulaient les volumineux ouvrages en cuir comme s'il s'agissait de fragiles verres en cristal.

Redressant ses lunettes sur son nez, Eloise contempla Allie d'un air interrogateur.

— Puis-je parler à Rachel une minute ? demanda Allie.

Eloise jeta un coup d'œil à Rachel – qui évitait ouvertement le regard d'Allie – et ferma un carton avec un morceau de scotch brun.

— Tenez, les filles, vous devriez emmener ça ensemble à la camionnette, c'est trop lourd pour une seule personne.

Elles saisirent chacune un des côtés du carton et le transportèrent jusqu'à la porte arrière. Dehors, un fourgon blanc attendait, le coffre grand ouvert. Le conducteur se trouvait à quelques mètres de là, et discutait au téléphone, sans leur prêter attention.

Concentrée sur le bruit de leurs pas sur le gravier, Allie réfléchissait au meilleur moyen d'aborder la conversation avec Rachel. Finalement, elle décida d'y aller franco.

— Je suis désolée. Je n'ai pas songé à ce que tu pouvais éprouver au sujet de… tout. Je me suis montrée égoïste et…

Le soulagement s'afficha sur le visage de Rachel.

— Non, Allie, c'était de ma faute. Je regrette de m'être mise en colère. Tu dois faire ce qui est bon pour toi. Je ne dois pas m'attendre à ce que tu te comportes comme moi je le ferais. Je n'ai pas été cool.

— C'est juste que…

De la pointe de sa chaussure, Allie traça une ligne dans le gravier, puis releva les yeux vers Rachel.

— Je dois vraiment intégrer les Nocturnes, tu sais. Non parce que je crois aux principes qu'on y enseigne, mais à cause de ce que j'y apprendrai. Je serai enfin capable de me défendre toute seule. J'en saurai plus sur ma famille. Je serai au centre de tout. Est-ce que tu comprends mon point de vue ?

— Oui…

Le ton hésitant de Rachel indiquait clairement qu'elle avait encore des réticences.

— J'aurais préféré qu'il existe un autre moyen de garantir ta sécurité. Parce que j'ai bien peur qu'une fois que tu feras partie de la Night School, les choses soient différentes de ce à quoi tu t'attends, Allie.

Du coin de l'œil, Allie observa le chauffeur. Il discutait toujours au téléphone, mais il y avait quelque chose en lui...

Pourquoi lui trouvait-elle un air familier ?

« J'ai déjà dû le voir ici. »

Pourtant...

— J'ai d'autres choses à te raconter, chuchota-t-elle. On en discutera plus tard.

Rachel haussa un sourcil en signe d'acquiescement et changea de sujet alors qu'elles regagnaient l'intérieur du bâtiment.

— Tu travailles encore avec Jo, aujourd'hui ?

Allie hocha la tête.

— Oui, je vais peindre. Je suis une véritable artiste, tu sais.

Rachel eut un demi-sourire, mais sans se départir de son sérieux.

— Comment va-t-elle ?

Allie songea à Jo qui, la veille, riait en frottant les murs.

— Mieux que je ne m'y attendais. Bien, je crois.

— Un peu trop bien, peut-être ?

Dès que Rachel eut prononcé ces mots, Allie sut qu'elles avaient pensé à la même chose.

— Qu'est-ce que tu veux dire ?

Non, c'était impossible !

— Tu crois qu'elle fait semblant ? Tu sais, elle voit quand même un psy.

Rachel n'en parut pas pour autant rassurée.

— Jo est une experte en manipulation, mais n'importe qui ayant eu une enfance comme la sienne le serait. Ce n'est pas normal qu'elle ait vécu des trucs aussi horribles le trimestre dernier, et qu'elle fasse mine de rien.

Rachel haussa les épaules.

— Il y a quelque chose qui cloche. Tu devrais la tenir à l'œil, Allie.

— Je le ferai.

— Et sois prudente avec…

Rachel eut un vague geste de la main.

— Ce groupe dans lequel tu comptes t'impliquer. Fais gaffe à tes arrières.

— Tu sais, je ne serai pas seule, fit remarquer Allie. Ton père va veiller sur moi.

Le regard que Rachel lui lança la mit mal à l'aise.

— Ce n'est pas parce qu'il t'apprécie qu'il ne sera pas dur envers toi. Il est plus rusé que tu ne crois.

— Je suis prête, répondit Allie avec aplomb.

Mais l'était-elle vraiment ?

— Bienvenue à Cimmeria. Que tous les nouveaux élèves se mettent en ligne sur la gauche. Les autres, à droite.

Isabelle s'adressait à eux depuis une petite estrade dressée à l'extrémité de la salle de bal. Elle n'avait nul besoin de crier, sa voix puissante s'élevait au-dessus du brouhaha des deux cents élèves réunis là. C'était le premier jour du trimestre automnal. Allie et Rachel se tenaient dans la file sur la droite. Toutes deux portaient de sobres et identiques chemisiers à manches longues, décorés d'armoiries bleu marine, glissés dans de courtes jupes plissées du même bleu.

— Je n'aurais jamais cru dire ça, mais je suis contente d'endosser de nouveau cet uniforme ridicule, fit Allie en tirant sur le bas de sa jupe.

Rachel esquissa une grimace.

— Pas moi.

Elles observèrent les nouveaux élèves dans la file en face d'elle.

— Ils ont tous l'air si jeunes et si stressés, remarqua Allie. Est-ce que j'étais comme ça quand je suis arrivée ?

— Bien sûr que non !

Rachel repoussa sa longue queue-de-cheval bouclée par-dessus son épaule.

— La pièce est magnifique, tu ne trouves pas ?

— Carrément.

Allie suivit son regard jusqu'aux murs, lambrissés de boiseries de chêne, puis dans le corridor, où les parquets brillaient. Les lustres, délivrés de toute trace de poussière, étincelaient de tous leurs feux.

— J'ai du mal à croire que nous ayons accompli tout ce travail.

Pliant les doigts, elle contempla ses ampoules en voie de cicatrisation.

— C'est sûr, il y a encore bien des choses à faire, ajouta-t-elle, mais au moins le principal est terminé.

— J'espère bien, répliqua Rachel. Qu'on ne me parle plus d'emballer des livres ! Et j'ai assez frotté de murs, repeint et balayé pour le reste de ma vie !

— Tu m'étonnes !

Ces dix derniers jours avaient été intensifs. Les murs avaient été décrassés et repeints, les lourds et vénérables tapis retirés pour partir au nettoyage, puis réinstallés, les parquets cirés, et les meubles déménagés sans fin d'une pièce à l'autre. Chaque jour Allie avait accompli une somme de travail tellement épuisante que le soir elle n'avait plus de force pour rien, mis à part s'écrouler dans son lit. De nombreuses salles devaient encore être rénovées, mais l'essentiel du bâtiment avait été restauré, et le trimestre scolaire pouvait commencer à temps.

— Allie.

Elle se retourna et découvrit une fille qui l'observait. Le soleil illuminait ses longs cheveux roux et rehaussait son teint ivoire.

— Oh !

Allie glissa ses mains dans ses poches et essaya d'adopter un air détaché.

— Salut, Katie.

Katie semblait mal à l'aise – elle tripotait avec nervosité le bas de son pull bleu marine qui devait avoir été tricoté sur mesure pour lui être aussi seyant.

— Est-ce que je peux te parler une minute ? demanda Katie.

Allie et Rachel échangèrent un regard intrigué.

— Vas-y, je te garde ta place, lâcha Rachel.

Allie suivit alors Katie dans un coin tranquille.

— Tu sais, à propos de cet été... Quand tu nous as toutes aidées à échapper à l'incendie..., commença Katie.

Allie avait déjà à l'esprit une bonne centaine de réponses sarcastiques, mais elle se contenta de hocher la tête.

— Et que nous avons combattu le feu ensemble...

Un autre hochement de tête, mais suspicieux cette fois.

— Tout cela était très important, et je suis ravie que nous l'ayons fait, mais je ne pense pas que nous pourrons être amies, tu comprends ? Je veux dire... malgré ce que nous avons partagé. C'était génial, et pour une fois tu ne t'es pas montrée aussi têtue que d'habitude, mais je n'ai pas l'intention de passer plus de temps avec toi. Pour être tout à fait honnête, je ne t'apprécie pas vraiment. C'est ce que je tenais à te dire : ne t'attends pas à ce que nous devenions amies, ni même copines.

Stupéfaite, Allie cherchait une réponse pertinente. Comment une personne pouvait-elle être à la fois aussi agréable et aussi monstrueuse ?

Un long silence gêné s'installa. Puis Allie haussa les épaules et tourna les talons.

— Je m'en fiche ! lança-t-elle.

Lorsqu'elle regagna sa place, Rachel haussa un sourcil interrogateur. Écœurée, Allie secoua la tête. Inutile de s'attarder sur le sujet.

— Bon, reprit Rachel, où en étions-nous ?

— Je crois que nous discutions de notre fabuleuse capacité à restaurer l'école en un temps record.

Soudain l'absurdité des propos de Katie la frappa, et Allie se mit à pouffer, sans pouvoir se retenir.

Rachel eut l'air étonnée, pourtant elle rit de concert.

— J'ignore pourquoi je me marre comme ça, mais peu importe !

Allie reprit son souffle entre deux hoquets.

— Katie n'est qu'une… qu'une salope !

Sa remarque les fit repartir de plus belle, et elles gloussaient toujours lorsqu'elles arrivèrent à la table des inscriptions, quelques minutes plus tard. Cependant, le sourire d'Allie s'évanouit quand elle vit Zelazny, assis droit comme un I, en train de feuilleter les documents devant lui.

— Sheridan, Patel ! aboya-t-il en les fusillant du regard. Calmez-vous un peu. Patel, voici votre emploi du temps et la liste des lectures conseillées pour le trimestre.

— Merci, monsieur Zelazny, répondit Rachel, un petit peu trop poliment.

— Sheridan ! appela-t-il avant même que Rachel n'eût terminé de le remercier. Voici votre emploi du temps.

Allie était sur le point de répondre, mais il la fixa d'un regard si glacial qu'elle resta muette.

— Vous êtes attendue dans la salle d'entraînement à côté du gymnase à vingt et une heures précises, ajouta-t-il. Aucun retard de votre part ne sera toléré.

Cette fois, toute trace de sourire quitta le visage d'Allie. L'angoisse la saisit. Pourquoi était-elle convoquée au gymnase ? Elle ne participait à aucune activité en dehors des cours.

Il n'y avait qu'une explication possible.

« Ça y est, ça démarre pour de bon. Dès ce soir, je vais intégrer la Night School. »

À peine midi venait-il de sonner, qu'Allie se précipita au réfectoire. Elle s'arrêta soudain en entendant une cacophonie de voix. La pièce était bondée. Les tables, toutes espacées d'une égale distance, envahissaient la salle d'un bout à l'autre. Chacune était entourée de huit chaises en bois sculpté. Le bruit produit par deux cents élèves exubérants était impressionnant !

Jo lui fit de grands signes de la main depuis une table à côté de l'immense cheminée de pierre.

— Par ici !

Allie traversa la salle jusqu'à la table de Jo, indifférente aux élèves assis autour d'elle. D'ailleurs Allie n'en reconnut aucun.

Jo tapota la chaise vide à côté de la sienne.

— Je t'ai gardé une place pour que tu ne meures pas de faim. C'est fou le monde qu'il y a ici !

Allie engloba la pièce d'un ample geste de la main.

— Mais d'où ils sortent, ceux-là ?

Jo éclata de rire.

— Ça change de cet été, hein ! Le réf' est plein à craquer. Ces petits morveux ont même piqué notre spot.

D'un doigt, Jo indiqua la table au milieu de la salle où elles s'asseyaient d'habitude. Aujourd'hui, elle était occupée par des jeunots de quatorze ans qui mangeaient en silence.

— Je n'ai pas eu le cœur de leur demander de se déplacer, dit Jo avec un sourire béat. Ce ne sont que des bébés. J'enverrai Lucas s'en charger pour les prochains repas. Avec douceur, bien sûr.

— Tu veux dire que tu vas l'envoyer les menacer, répondit Allie en se glissant sur sa chaise.

— Tu as tout compris !

Se rappelant la remarque de Rachel – comme quoi Jo devait être plus cinglée qu'elle ne le laissait paraître – Allie l'observa avec attention. Mais elle avait l'air normale :

pétillante comme une bulle de champagne, bavarde, fofolle – comme d'habitude.

« Peut-être que Rachel se fait des idées. »

Jo plongea sa cuillère dans un bol en porcelaine de Chine qui contenait un potage d'une curieuse couleur rouge foncé.

— Du moment qu'ils abandonnent notre table d'ici demain, je leur accorderai le droit de vivre, plaisanta Jo. Alors, comment ça va aujourd'hui ?

— Qu'est-ce que c'est ? De la tomate ? demanda Allie en se penchant sur la soupe.

Suite aux réflexions de Rachel, elle demeurait attentive à l'humeur de Jo, qui semblait se porter comme un charme.

— Oui, mais je crois qu'il y a aussi de la betterave dedans, répondit Jo en plissant le nez. Cette soupe a quasi la couleur du sang, et elle empeste la terre. Peut-être qu'elle contient du poison ?

Les cuisiniers de Cimmeria étaient de véritables chefs, cependant leurs expérimentations laissaient parfois à désirer.

Allie prit la moitié d'un sandwich au pain de mie sur le plateau au milieu de la table, puis, saisissant la louche de la grande soupière en porcelaine, elle se versa un peu de potage. Après y avoir plongé sa cuillère, elle la renifla avec suspicion avant d'en goûter une gorgée.

— Je ne crois pas qu'elle soit empoisonnée, déclara-t-elle.

— Ouf, répliqua Jo en grignotant un sandwich. Me voilà sauvée. Au fait, quel est ton emploi du temps ? Tu as les mêmes cours que moi ?

Jo tendit la main vers elle.

— Passe-le-moi !

Allie enfourna le dernier quart de son sandwich dans sa bouche et fouilla dans son sac jusqu'à ce qu'elle trouve la fiche convoitée.

— Tiens, bafouilla-t-elle, la bouche pleine.

— On ne t'a jamais appris à avaler ta nourriture avant de parler ? ironisa Jo en dépliant le document.

Soudain, elle poussa un léger cri.

— Génial ! Ce trimestre, nous avons trois cours communs ! Histoire, biologie et français.

Elle jeta un coup d'œil à Allie par-dessus le morceau de papier.

— Je me demande si je pourrais convaincre Isabelle de nous mettre ensemble pour toutes les matières. Je pourrais lui promettre d'être plus gentille que jamais.

— Tu en aurais vite marre de me supporter une journée entière, dit Allie. Je ronfle.

— Ça, ce n'est pas une surprise, répondit Jo en lui rendant son emploi du temps.

Allie leva les yeux de son bol de soupe.

— Attends un peu. Comment pouvons-nous avoir cours de français ensemble ? Je croyais que tu étais en cours avancé ?

Jo se pencha pour ramasser son sac.

— Toi aussi, tu es en cours de français avancé, *ma petite chérie*[1].

Allie écarquilla les yeux.

— Tu plaisantes ?

— Ainsi qu'en histoire, biologie et littérature anglaise.

— Impossible.

Jo leva les yeux au ciel.

— Allie ! Tu n'as pas consulté ton emploi du temps ?

— Cours avancés… mon cul ! jura Allie en examinant le document qu'elle venait de lui rendre.

Jo avait raison, quasiment tous ses cours étaient des sessions avancées.

Elle eut un sourire triomphant – depuis deux ans ses notes avaient chuté vertigineusement, mais à l'évidence,

1. Dans les répliques, les mots en italique sont en français dans le texte original. (*N.d.T.*)

ses heures de révision durant l'été avaient porté leurs fruits.

— Malheureusement, tu es toujours en cours normal pour les maths, insista Jo avec un petit sourire suffisant. Ce qui est une honte.

Elle se leva.

— Alors, tu viens ?

— Peut-être. Ça dépend où tu vas.

Jo s'éloignait déjà, et sa réplique sembla flotter par-dessus son épaule.

— Au foyer. Pisser autour de mon canapé préféré pour que ces gamins n'essaient pas de nous le chiper aussi.

— Comme c'est charmant !

Allie attrapa une autre moitié de sandwich pour le manger en route et la suivit. Après le brouhaha qui régnait dans le réfectoire, le hall était une véritable oasis de calme. Allie admira la minutie avec laquelle il avait été préparé pour la rentrée. Même les augustes tableaux à l'huile embellissaient les murs de leurs coloris chatoyants.

Le foyer, auquel on accédait par une porte qui se trouvait pratiquement sous le grand escalier, comportait de profonds canapés en cuir et diverses étagères de livres. Un grand piano demi-queue occupait l'un des coins. Il n'y avait pas de télévision – Cimmeria n'autorisait pas l'électronique moderne à pénétrer entre ses murs.

Au beau milieu de la pièce, Jo se jeta sur un sofa en poussant un soupir satisfait.

— Aucun de ces sales morveux ne va me piquer mon spot préféré.

Elle s'étira avec langueur.

— J'ai du mal à croire que les cours recommencent demain, ajouta-t-elle. On dirait qu'on n'a pas cessé de travailler de tout l'été.

— Oh, arrête de te plaindre !

Elles levèrent les yeux pour voir Rachel entrer, le sourire aux lèvres, accompagnée d'un garçon à la silhouette élancée.

— Salut, Rachel. Salut, Lucas, dit Allie.

— Vous avez réussi à vous frayer un chemin parmi toutes ces troupes de débutants ? demanda Jo en s'emparant d'un magazine sur la table basse.

Lucas se laissa tomber sur le siège en face d'elles, sans plus de cérémonie.

— Ils étaient trop nombreux. Nous avons battu en retraite.

Rachel s'installa dans l'ottomane à côté de lui.

— Avec honneur, précisa-t-elle. Il y en avait quasiment des légions entières !

— Ça ne devrait pas être permis, rétorqua Jo en feuilletant le magazine sans vraiment le lire.

— Allie, dit Lucas, nous avons vu Carter dans le couloir. Il te cherchait.

Allie se leva lentement en poussant un bâillement, puis se dirigea vers la porte. Une fois sortie, elle passa devant un groupe de nouveaux élèves qui se tenaient devant le foyer, l'air égarés.

— Il n'y a pas de télé, se lamenta l'un d'entre eux. Je crois que je vais mourir.

— Et pas d'ordinateurs non plus, ajouta un autre, d'un ton désespéré. Merde, mais qu'est-ce qu'on va pouvoir faire ?

Allie s'était déjà éloignée lorsqu'elle entendit un troisième ajouter avec un gros soupir :

— Pourquoi m'ont-ils envoyé dans ce trou ? Je hais mes parents !

# 7.

Carter était adossé à la porte de la salle de réception, une jambe à demi repliée sous lui. Plongé dans un livre, il ne remarqua pas Allie qui l'observait de l'autre côté du hall. Ses mèches brunes dissimulaient ses yeux. Lorsqu'il les repoussa d'un air absent, de ce geste familier qu'elle aimait tant, Allie lâcha un profond soupir.

Carter releva la tête, et leurs regards se croisèrent.

— Salut, lança-t-elle.

— Salut à toi.

Il avait cette manière de l'examiner qui la rendait toujours nerveuse – comme si rien ne lui échappait.

Comme s'il lisait en elle.

— C'est quoi ton bouquin ?

Tendant la main, Carter l'attira à lui, et toute trace de nervosité s'évanouit aussitôt. Il tint le livre devant lui afin qu'elle puisse découvrir le nom de l'auteur au dos.

Allie plissa le front.

— Vonnegut ? Qui est-ce ? On doit l'étudier ce trimestre ?

Son petit sourire en biais la fit fondre. Lorsque Carter secouait la tête comme ça, ses cheveux avaient cette façon si craquante de lui tomber sur le visage…

— Non, mais j'aime cet auteur. C'est un type génial ! J'ai lu tout ce qu'il a écrit.

Glissant le livre sous son bras, il la serra contre lui pendant qu'il ouvrait la porte derrière eux. Riant aux éclats, ils trébuchèrent dans la salle de réception, manquant de tomber par terre.

Alors qu'ils reprenaient leur équilibre, Allie remarqua que l'immense pièce avait été débarrassée de la plupart des meubles qui y avaient été stockés. C'était à nouveau la salle de bal qu'elle connaissait, avec quelques tables et chaises empilées au fond.

— Qu'est-ce qu'on fait là ?

Carter eut un nouveau sourire... si sexy qu'elle crut fondre sur place.

— Je me disais qu'on pourrait juste... Tu sais... traîner un peu ici. Cette pièce est toujours vide, alors...

Tout en parlant, il posa son livre à terre, et recula, entraînant Allie avec lui. Elle le suivit sans résistance, son regard rivé au sien.

— Le petit moment de romantisme que nous avions prévu hier soir est tombé à l'eau, continua-t-il, alors...

Quand ils eurent presque atteint le mur du fond, Carter s'arrêta et la prit dans ses bras, une main posée au creux de son dos, l'autre enlaçant ses doigts. D'instinct, elle posa sa main libre sur son épaule. Le premier bouton de sa chemise était ouvert et, sous l'étoffe, elle sentait ses muscles fermes. Carter la fit tournoyer.

Elle leva les yeux vers lui en riant.

— Qu'est-ce que tu fais ? On danse ?

— Tu n'entends pas la musique ?

Allie fit mine d'écouter.

— Non.

Comme il l'attirait encore plus près et continuait à la faire tournoyer, elle pouffa.

— On dirait que tu ne veux pas y mettre du tien, murmura-t-il à son oreille.

Avec douceur, il lui mordilla le lobe et elle frissonna.

— Écoute un peu mieux.

Elle pencha alors la tête pour lui offrir son cou. Ses lèvres descendirent jusqu'au col de son chemisier, puis remontèrent derrière son oreille et vers sa tempe, avant de redescendre vers sa joue. Elle se blottit contre lui. Ses baisers étaient une délicieuse torture. Pourvu qu'il ne s'arrête pas !

Carter posa ses lèvres sur les siennes et chuchota :

— Tu l'entends, maintenant ?

— Je crois..., balbutia-t-elle.

Mais elle n'était pas vraiment en état de réfléchir. Seules comptaient les exquises sensations auxquelles elle s'abandonnait.

Se dressant sur la pointe des pieds, elle enfouit ses doigts dans ses cheveux soyeux et l'attira encore plus près. Alors qu'elle entrouvrait les lèvres, lui offrant sa bouche, elle sentit ses muscles se durcir et ses bras se refermèrent autour d'elle. Carter la tenait si serrée qu'elle pouvait à peine respirer, mais peu lui importait. Elle avait envie qu'il la touche partout – qu'il l'embrasse partout.

Comme s'il lisait dans ses pensées, il glissa ses mains jusqu'à sa taille. Sans détacher ses lèvres des siennes, il tira sur son chemisier, le libérant de sa jupe.

Tremblante, elle posa ses mains sur son torse et sentit sous ses doigts son cœur battre la chamade lorsqu'il effleura la peau chaude de son dos. Ses yeux sombres la fixèrent.

— Tu trembles, chuchota-t-il. Ça va ?

Elle était si émue qu'elle préféra lui répondre d'un hochement de tête. Le nez plongé dans son cou, elle huma sa senteur de santal et de grand air.

— Tu as la peau si douce, susurra Carter en lui caressant le bas du dos, déclenchant de petits frissons en elle. Je voudrais t'embrasser juste là.

— Moi aussi, j'en ai envie.

Sa voix était si faible qu'elle se demanda si elle avait parlé à voix haute. Mais elle avait bien dû le faire, parce que Carter poussa un gémissement et l'attira par terre, jusqu'à ce qu'ils se retrouvent à genoux, face à face, s'embrassant toujours. Ce ne fut qu'à cet instant qu'elle se rendit compte qu'il frissonnait, lui aussi.

— Tout va bien, murmura-t-elle en le regardant dans les yeux.

Carter rougit légèrement – peut-être tout cela était-il nouveau pour lui aussi.

— Je ne veux pas…

Il l'attira à lui, si près qu'elle sentait la chaleur de son corps.

— … je ne veux pas te blesser.

Allie eut un léger froncement de sourcils.

— Je sais que tu ne le ferais jamais.

D'un doigt, il traça une ligne sur son front, puis le long de son nez, avant de continuer sur ses joues, pour terminer sur ses lèvres, autour desquelles il s'amusa à dessiner de petits cercles avec une infinie douceur.

— Je tiens à toi, Allie Sheridan, chuchota-t-il, les yeux rivés sur sa bouche. Énormément.

— Moi aussi, je tiens à toi, Carter West. Énormément.

De sa main droite toujours plaquée sur son torse, elle saisit la sienne et la posa sur son cœur afin qu'il en perçoive les battements.

— Tu vois ? Nous éprouvons tous les deux la même chose, souffla-t-elle.

Les yeux lourds de passion, il l'embrassa alors avec une telle intensité qu'elle bascula en arrière et ils tombèrent sur le parquet. Sa jupe se releva, et Carter lui caressa la cuisse. Ils roulèrent dans les bras l'un de l'autre jusqu'à ce qu'Allie se retrouve sur le dos, les yeux levés vers lui. Alors il posa ses doigts sur le premier bouton de son chemisier, ses yeux rivés aux siens.

L'interrogeant en silence.

Elle fit un signe de tête sans dire un mot, et, prenant tout son temps, Carter détacha le bouton puis déposa des baisers langoureux sur sa peau jusqu'à ce qu'elle en ait des frissons. Quand il recommença son geste avec le bouton suivant, elle poussa de petits halètements.

Puis ses mains se posèrent sur le troisième bouton, et ses doigts effleurèrent la courbe de ses seins.

Son regard toujours rivé à elle.

Comme précédemment.

Allie en était prise de vertiges.

« Allons-nous vraiment le faire ? Ici ? »

Au même instant, quelqu'un ouvrit la porte.

Allie crut que son cœur allait s'arrêter de battre. Du regard, Carter lui fit signe de ne pas bouger. De toute façon, comment l'aurait-elle pu ? Il était quasiment allongé sur elle.

Elle ne pouvait voir qui était entré – une table et une pile de chaises lui bloquaient la vue. Soudain, elle entendit la voix de Jerry Cole, mais il parlait si bas qu'elle ne saisissait que des fragments de sa conversation. N'entendant personne d'autre, elle comprit qu'il devait être au téléphone.

— ... Je ne peux pas te parler maintenant... La situation est sérieuse... Raj Patel s'occupe de la sécurité... Je ne vois pas comment on pourrait... Non !

Il avait haussé la voix sur le dernier mot.

Carter écarquilla les yeux, mais ne bougea pas.

Jerry reprit sa conversation.

— ... tout ce que nous pourrons faire. Les alentours... Sécurité. Je ne vais pas discuter...

Carter et Allie restèrent figés sur place, respirant à peine, communiquant du regard, jusqu'à ce que la porte s'ouvre, puis se referme enfin.

Carter se redressa et examina la pièce. Puis il se coucha sur le dos à côté d'elle.

— Il est parti.

Maintenant que Carter n'était plus allongé sur elle, Allie respirait plus facilement, mais le poids de son corps lui manquait. Dire qu'ils avaient été à deux doigts de se faire surprendre ! À cette pensée, elle esquissa une grimace. En voyant son expression, Carter tendit la main vers elle et lui écarta une mèche de cheveux des yeux.

— Je ne crois pas qu'il nous aurait passé un savon, dit-il en souriant, mais il n'aurait certainement pas apprécié la situation. À mon avis, il nous aurait conduits droit au bureau d'Isabelle. Qui nous aurait pardonnés, après nous avoir fait un sermon.

Imaginant Isabelle la regardant d'un air déçu, Allie rougit et s'assit.

— Ça va, lui répondit-elle, surtout pour elle-même. Il ne nous a pas vus. Mais de quoi est-ce qu'il parlait ?

— J'ai l'impression qu'il s'entretenait avec un parent en colère.

— J'ignorais que les professeurs avaient le droit d'avoir des portables.

— Oui, certains en ont.

Allongé sur le parquet, il l'observait maintenant d'un air sérieux, tandis qu'elle reboutonnait son chemisier. Soudain saisie de timidité, Allie baissa la tête jusqu'à ce que ses cheveux dissimulent son visage. Cependant, comme elle s'apprêtait à refermer son bouton du haut, Carter lui attrapa la main.

Il s'assit à son tour, et l'attira à lui jusqu'à ce que leurs fronts se touchent et qu'elle le regarde dans les yeux.

— Laisse celui-là ouvert, chuchota-t-il.

— Mais, putain, où est-ce que je suis ?

Il était presque vingt et une heures. Allie fonça dans l'étroit couloir du sous-sol. Carter lui avait expliqué avec précision comment se rendre au gymnase, mais les minutes filaient, et elle avait l'horrible sensation d'être perdue.

Elle ne s'était encore jamais aventurée ici, et les lieux lui fichaient la trouille. Les plafonds étaient si bas qu'elle avait l'impression d'avancer dans un immense cercueil, et les lumières d'un jaune-vert fluorescent donnaient à cet endroit l'air d'une scène de crime, comme dans les séries télévisées. Le couloir était bordé de portes closes, sans aucune indication. Un coup sourd, qui semblait venir du mur à côté d'elle, la fit sursauter.

Ce ne sont que les tuyaux, se rassura-t-elle, tout en se demandant pourquoi ils feraient un tel vacarme.

Quelques secondes plus tard, quand un bruit grinçant résonna au-dessus d'elle, elle s'abstint de lever la tête.

« C'est juste quelqu'un qui marche à l'étage au-dessus. »

Mais son cœur battait la chamade. Soudain, derrière elle, il y eut comme un appel d'air et un nouveau bruit, plus léger. Avant qu'elle ne puisse réagir, quelqu'un la dépassa à vive allure, lui écrasant les orteils au passage.

Stupéfaite, Allie recula d'un pas et se plaqua contre le mur. Devant elle, une gamine minuscule aux cheveux bruns attachés en queue-de-cheval s'arrêta un instant et lui jeta un coup d'œil.

Allie attrapa son pied et se mit à sautiller.

Comment une personne si menue pouvait-elle faire mal à ce point ?

— Hé ! cria-t-elle. Ça ne te… Aïe !

La fille, qui était aussi frêle qu'un moineau, pencha la tête et l'observa durant une courte seconde.

— Eh bien ! Je n'aimerais pas être à ta place, lança-t-elle d'une voix haut perchée et peu sympathique.

Puis elle reprit sa course, tourna dans un couloir, et disparut aussi vite qu'elle était venue.

— Bordel, de bordel de merde, marmonna Allie en boitillant derrière elle.

Elle suivit le même chemin que la gamine, et une fois arrivée au coin, elle s'aperçut que le couloir semblait s'étirer jusqu'à l'infini.

— Mais où est ce putain de gymnase ? !

Comme en réponse à sa demande, elle remarqua soudain sur sa gauche une double porte en verre opaque sur laquelle était écrit « Gymnase » en lettres décolorées par le temps.

Carter lui avait dit que la salle d'entraînement se trouvait en face du gymnase. Pivotant sur elle-même, elle vit une porte avec un simple chiffre : « 1 ».

« Salle d'entraînement numéro un. »

Enfin !

Prenant une profonde inspiration, elle tourna la poignée.

La salle, de petite dimension et à peine éclairée, était bondée. Une bonne cinquantaine d'élèves se tenait autour du tapis d'entraînement bleu.

Allie était juste en train de fermer la porte derrière elle lorsque le brouhaha des conversations diminua et que Zelazny, au centre de la pièce, se mit à crier.

— Un peu de silence, s'il vous plaît ! Nous allons commencer !

Remarquant Allie près de l'entrée, il lui jeta un regard sévère.

— Comme c'est aimable de vous joindre à nous, Sheridan. Une seconde de plus, et vous auriez eu la carrière la plus courte de tous les temps à la Night School.

Quelques élèves se retournèrent pour l'observer et ricanèrent. Allie sentit ses joues s'embraser, mais elle ne dit rien. Les bras croisés devant elle, elle baissa les yeux et s'efforça au calme en songeant aux diverses manières de se venger de Zelazny. Quand elle releva la tête, elle vit Sylvain, à quelques mètres d'elle, qui fixait leur professeur en fronçant les sourcils.

— Ainsi que je le disais, reprit Zelazny, je vous souhaite un bon retour. Je sais que vous avez tous pleinement conscience de ce qui s'est passé durant l'été. Comme vous pouvez l'imaginer, nous avons donc décidé de modifier un peu notre formation ce trimestre. Nous allons désormais nous consacrer davantage à l'autodéfense et à la sécurité.

À présent que les yeux d'Allie s'étaient habitués à la pénombre, elle distinguait peu à peu les visages et reconnut une bonne partie des personnes qu'elle s'attendait à trouver là. Juste à côté de Sylvain se tenait Julie, alias miss Parfaite. Et il lui sembla voir Lucas dans le fond. Mais aucune trace de Carter. Zelazny changea de ton, et elle se retourna pour mieux l'écouter.

— Pour nous aider, poursuivit-il, nous avons fait appel à un expert en sécurité qui vous enseignera les meilleures techniques au monde. Et je dis bien les meilleures ! Ses compétences sont réclamées non seulement par de très grands dirigeants d'entreprise, mais aussi par des leaders internationaux. Cette personne sera dorénavant votre professeur spécialisé. Il s'agit de M. Raj Patel.

Un murmure parcourut le groupe, puis des applaudissements respectueux s'élevèrent. Le père de Rachel émergea de l'ombre et s'avança à côté de Zelazny.

À le voir là, Allie se sentit tout de suite mieux. Elle esquissa un sourire, mais Raj Patel ne sembla pas noter sa présence.

« Si M. P. est là, les choses ne pourront pas tourner mal. Il veillera sur moi. »

— Merci pour cet accueil chaleureux, déclara M. Patel. Je suis content d'être de retour à Cimmeria, même dans des circonstances aussi délicates. Suite aux événements de cet été, nous allons désormais nous consacrer aux techniques d'autodéfense. Votre formation comprendra un nouvel élément – que nous n'avons encore jamais essayé. Je crois que chacun d'entre vous a été informé de ce qui s'est passé avec Gabe Porthus.

Lorsque le prénom de Gabe fut prononcé, Allie eut la sensation que la moindre nanoparticule d'oxygène quittait la pièce. M. Patel, lui, ne sembla rien remarquer.

— Suite aux monstruosités commises par Gabe, nous aborderons ce trimestre le concept de trahison et de confiance. La question primordiale que je tiens à vous poser est la suivante : auriez-vous pu deviner que Gabe n'était pas digne de confiance ? Après tout, la plupart d'entre vous étaient amis avec lui. Existait-il des indices révélant qu'il avait changé de camp ? Et le plus important : y a-t-il dans cette salle une personne à qui nous ne pouvons pas nous fier ?

M. Patel observa son auditoire, ses yeux perçants semblant enregistrer chaque détail.

— Y a-t-il quelqu'un ici qui prévoit de nous trahir ? insista-t-il.

Leur nouvel instructeur se déplaçait au milieu des élèves, aussi silencieux qu'une panthère. Il s'approchait et les fixait droit dans les yeux, comme s'il pouvait lire jusqu'au fond de leurs âmes. Un lourd soupir suivit ses paroles, comme si chacun avait relâché son souffle en même temps. Regardant autour d'elle, Allie constata que tout le monde avait l'air aussi choqué qu'elle par les propos de Raj Patel. Elle tourna la tête vers lui. Il paraissait froid et distant. Rien à voir avec l'homme qui l'avait accueillie au sein de sa famille.

Son cœur se serra. Peut-être que Rachel avait raison, après tout. Elle ne le connaissait pas tant que ça. Finalement, il ne veillerait peut-être pas sur elle ainsi qu'elle l'avait espéré.

— Nous sommes convaincus que quelqu'un à Cimmeria travaille pour Nathaniel. Quelqu'un qui a aidé Gabe, et qui se trouve toujours parmi nous. Oui, cette personne est encore là, continua-t-il, ignorant le murmure inquiet qui suivit ses paroles. Mes équipes vont passer tout le monde au crible – chaque employé de cuisine, chaque professeur et chaque élève. Si l'un d'entre vous est de mèche avec Gabe ou Nathaniel, soyez assurés que nous le découvrirons. Mais j'ai décidé que vous alliez vous impliquer vous aussi dans cette mission. Vous allez enquêter les uns sur les autres.

Quelqu'un poussa un petit cri de surprise, mais M. Patel ajouta, impassible.

— Vous serez entraînés à détecter les signes de duperie. Vous vous interrogerez mutuellement, puis vous me ferez votre rapport. Et, à présent, une chose : il vous est interdit de mentir à la personne qui vous questionnera. Si vous le faites, nous le saurons. Et dans ce cas, vous serez expulsés de Cimmeria.

Ayant lâché cette bombe, Raj Patel se tourna vers Zelazny.

— À vous de jouer, Auguste.

— Du calme ! aboya Zelazny en fixant le groupe.

Pourtant, personne n'avait prononcé un mot, songea Allie.

— Nous allons commencer aujourd'hui en vous adjugeant un partenaire. Chacun d'entre vous aura un coéquipier avec lequel il s'entraînera durant le trimestre. En ce qui concerne la Night School, cette personne sera comme un double de vous-même. Vous aurez la même note que votre partenaire, alors s'il ne s'entraîne pas assez dur, je vous suggère de l'inciter à faire des efforts. Si votre partenaire échoue, vous échouez. Et l'attribution de votre coéquipier est absolument non né-go-ciable.

Il s'interrompit pour les fixer de nouveau.

— N'envisagez même pas une seule seconde de pouvoir demander à changer de coéquipier. Il n'y aura aucune exception à cette règle. Aucune.

Zelazny tourna une page de son bloc-notes.

— Henderson ! Vous serez en équipe avec Mitchell.

Allie vit deux garçons qu'elle ne connaissait pas s'approcher l'un de l'autre et se saluer en silence, d'un geste de la main.

— Richeau ! Avec Smith-Tivey !

Une fille avec de longs cheveux bruns se dirigea vers un garçon trapu et musclé.

Zelazny continua à égrener les noms. Le cœur battant, Allie se mordillait le pouce jusqu'à ce qu'il prononce un nom qu'elle connaissait bien :

— West !

Elle releva les yeux, espérant entendre son propre nom.

— Votre partenaire est Matheson.

Merde !

« Carter est en équipe avec Julie ? »

Pourquoi pas avec elle ? Ils auraient formé le binôme parfait pour s'entraider. À présent, elle allait, à coup sûr, faire équipe avec quelqu'un qu'elle ne connaissait pas, et vu à quel point Zelazny la détestait, ce ne serait évidemment pas avec un élève sympa…

Plongée dans ses pensées, elle ne comprit pas le nom de son partenaire, quand Zelazny l'appela enfin. Paniquée, elle se tourna vers la personne à côté d'elle, un garçon blond plutôt élancé, et lui tira sur la manche.

— Tu as entendu ce qu'il a dit ? Sheridan et qui ?

Le garçon la regarda d'un air dérouté, sans répondre.

— Il a dit Glass.

En entendant la voix enjouée derrière elle, Allie fit volte-face et reconnut la gamine à queue-de-cheval qui lui avait écrabouillé le pied dans le couloir.

— Glass, comme Zoé Glass, compléta la fille. C'est moi.

# 8.

— Oh, non !

Allie se tourna vers la fille, les yeux écarquillés d'horreur.

— Dis-moi que je cauchemarde !

— Génial ! répliqua Zoé en levant les yeux au ciel. La confiance entre les coéquipiers est méga-importante. Je suis donc positivement ravie que nous démarrions du bon pied.

— Ah, te voilà !

Lucas et Carter s'étaient approchés. Allie leur jeta un regard désespéré.

— Salut, Allie.

Une fille mince aux cheveux d'un blond quasi blanc – coupés en un carré très court – venait de surgir à leurs côtés.

— Bonjour, Julie.

Allie osait à peine sourire. Même si elle s'entendait mieux avec miss Parfaite, elle était toujours un peu intimidée en sa présence.

— Alors, tu vas faire équipe avec bébé junior ? demanda Lucas en donnant une pichenette sur l'oreille de Zoé.

Sans une seconde d'hésitation, Zoé répliqua en lui flanquant un coup de poing dans l'estomac, assez fort pour qu'il se plie en deux.

— Fais gaffe ! haleta-t-il. Elle est menue, mais vicieuse.

Julie et Carter échangèrent un sourire amusé. Visiblement, ce genre de scène était courant, et ils connaissaient tous Zoé très bien.

Allie se tourna vers Carter.

— Je n'arrive pas à le croire ! Je ne peux pas être sa partenaire. C'est juste… Impossible.

Carter leva les mains devant lui, montrant par là qu'il n'y pouvait rien.

— Je crois qu'elle ne m'aime pas, fit remarquer Zoé qui, à l'évidence, s'en fichait.

Julie lui tapota l'épaule.

— Ne t'inquiète pas, elle changera d'avis quand elle te connaîtra mieux.

— N'en sois pas aussi certaine, bougonna Allie. Carter, tu as entendu ce qu'il a dit ? Cette histoire d'enquêter les uns sur les autres, c'est complètement…

La voix de Zelazny l'interrompit.

— Assez de bavardages ! Vous connaissez désormais votre coéquipier. L'entraînement démarre illico ! Vous commencez par une course de compétition de huit kilomètres sur le sentier habituel, et vous continuerez par une séance d'exercices d'autodéfense avec Raj.

Tout le monde se précipita en même temps vers la sortie.

Interloquée, Allie se tourna vers Carter.

— Une course de compétition ? Qu'est-ce que c'est ?

Carter lui attrapa la main, et l'entraîna derrière le groupe qui fonçait déjà dans le couloir.

— C'est une course chronométrée, le dernier arrivé est puni. Grouille-toi !

— Puni de quelle façon ? demanda-t-elle en le suivant.

— Qu'est-ce que ça peut faire ? répliqua Lucas en les dépassant.

Dehors, une légère pluie tombait. Les élèves s'élancèrent dans l'obscurité. Ils semblaient tous capables de courir en pleine nuit sur le sentier qui menait aux limites du domaine.

— On ne devrait pas s'échauffer d'abord ? suggéra Allie tandis que Carter accélérait sa foulée. On risque d'avoir des crampes. Et je ne vois rien. Tu arrives à courir comme ça, toi ?

Zoé surgit de l'obscurité juste à côté d'eux.

— Elle ne la ferme jamais ? lança-t-elle à Carter avant de se tourner vers Allie. Hé, on ne t'a pas appris à la boucler ?

— Si... heu... Quoi ? bafouilla Allie.

Elle était tellement estomaquée qu'elle trébucha sur une racine de pin en travers du chemin. Carter lui attrapa le bras pour l'aider à se redresser.

Zoé avait l'air déroutée.

— Putain, mais qu'est-ce qui cloche avec toi ?

— En parlant de la boucler, haleta Allie, pourquoi est-ce que tu n'en ferais pas autant ?

Elle augmenta sa foulée pour s'éloigner autant que possible de cette peste.

— À ta place, je ne brûlerais pas mes réserves d'énergie si tôt ! cria Zoé derrière elle.

— La ferme ! rétorqua Allie sans se retourner.

En fait, elle savait que Zoé avait raison. Huit kilomètres, c'était long, et elle se sentait déjà fatiguée – si elle ne ralentissait pas, elle n'arriverait jamais au bout. Mais il était hors de question de donner satisfaction à Zoé.

Après environ huit cents mètres, elle passa à une vitesse plus raisonnable et remua les épaules pour assouplir ses muscles noués par l'anxiété. Très vite, même si ses pensées tournoyaient encore dans son esprit, ses foulées se firent bien plus régulières.

Comme toujours, l'exercice l'apaisa, et même si les battements de son cœur augmentaient, elle se sentait de plus en plus décontractée. À présent, elle était capable de prêter plus attention à l'environnement. Les nuages cachaient la lune, mais ses yeux commençaient à s'habituer à la nuit :

elle distinguait les grands pins autour d'elle, qui ondulaient dans la brise, et le chemin qui s'étirait sous ses pas.

Soudain elle se rendit compte qu'en accélérant, elle avait non seulement perdu Zoé, mais aussi Carter et Lucas. Elle était complètement seule, mais peu lui importait. Les endorphines se diffusaient en elle et elle avançait désormais avec plaisir et en toute confiance. Elle savait qu'elle était sur le bon chemin, car, à l'occasion, elle dépassait d'autres élèves dont les silhouettes s'évanouissaient ensuite dans la pénombre derrière elle.

Même si elle était plus détendue, faire équipe avec Zoé continuait à la perturber, tout comme le comportement de Raj Patel, qui s'était montré si dur et si froid. Était-ce là l'une des facettes de sa personnalité contre lesquelles Rachel l'avait mise en garde ? Une facette inconnue jusqu'à aujourd'hui ?

Elle devait avoir parcouru environ trois kilomètres, lorsqu'elle atteignit un passage où le sentier à travers les bois était si sombre qu'elle dut ralentir pour éviter de trébucher. L'obscurité était si intense qu'elle avait l'impression de la sentir peser sur sa peau.

Pendant qu'elle courait à petite allure, le vent se leva. Le bruit des centaines de pins qui oscillaient à l'unisson était comme un long mugissement, tel celui des vagues venant se fracasser sur une plage de galets.

Puis, au loin, un renard poussa un glapissement effrayant. Allie frissonna. Bien sûr qu'il s'agissait d'un renard. Ce n'était pas une fille en train de se faire assassiner, qui hurlait pour demander de l'aide.

« Bien sûr que non ! »

— Salut, toi ! lança Allie d'une voix timide, essayant de se rassurer.

Troublée, elle accéléra sa cadence, mais elle avait du mal à retrouver son rythme précédent. Nerveuse, elle ne cessait de regarder par-dessus son épaule – elle avait l'impression d'entendre des bruits de pas derrière elle.

Si seulement un des élèves la rattrapait et faisait un brin de chemin avec elle…

Lorsqu'elle remarqua qu'elle comptait ses foulées, elle s'ordonna de cesser. Avoir une crise de panique toute seule, là, dans la nuit, n'arrangerait rien.

« Cesse de flipper, Allie. Cesse de flipper, Allie. Cesse de flipper… »

Elle se répétait ce mantra pour la trente-septième fois, lorsqu'elle distingua soudain une silhouette masculine parmi les arbres. Cela arriva si vite qu'elle avait déjà dépassé l'inconnu avant d'avoir pleinement conscience de sa présence. Elle pila et regarda derrière elle – mais les bois étaient vides.

Avec précaution, elle revint sur ses pas, scrutant l'obscurité là où elle avait aperçu un homme vêtu d'un costume, immobile sous un arbre.

La fixant.

Mais elle était complètement seule.

Un craquement la fit sursauter, mais elle ne voyait rien d'autre que la nuit noire. Puis le vent souffla à travers les arbres, et elle tenta de se convaincre que ce qu'elle venait d'entendre n'était que le bruit des branches.

Mais elle n'y croyait pas vraiment. Alors elle reprit sa course.

S'efforçant de ne pas se retourner, elle détala aussi vite qu'elle put. Il y avait quelqu'un, elle le savait. Déjà elle imaginait cet homme en train de la suivre, courant à la même vitesse qu'elle.

Juste à côté d'elle.

Ses poumons la brûlaient, et elle fila comme une folle sur le sentier, ignorant les protestations de ses muscles. Quand elle arriva à un virage où la forêt commençait à s'éclaircir, elle vit au loin des élèves courir devant elle. Ce ne fut qu'à ce moment-là qu'elle s'autorisa enfin à regarder derrière elle.

Elle était seule.

La fin de la course était signalée par un étudiant qui tenait à la main un bâton lumineux, d'un bleu pâle fluorescent, et indiquait en silence aux coureurs de regagner le bâtiment. Allie clopina à l'intérieur, appuyant de la main sur le point de côté qui lui coupait le souffle. Elle se dirigea droit vers la salle d'entraînement numéro un et vers Raj Patel, qui discutait avec Zelazny au fond de la salle.

— J'ai vu..., haleta-t-elle, un homme... les bois.

Elle se pencha en avant, et posa ses mains sur ses genoux, regardant les gouttes de sueur qui inondaient son front tomber à terre. Elle ferma les yeux et essaya de retrouver son sang-froid.

— Qu'est-ce que vous racontez ? cria Zelazny. Qu'est-ce qui se passe, Sheridan ? Expliquez-vous !

— Elle dit qu'elle a vu un homme dans les bois.

M. Patel venait de s'exprimer d'une voix étrangement calme, et Allie tourna la tête vers lui. Il l'observait d'un air inquiet.

— Décris-le-nous, Allie.

— Cheveux... courts... Il portait... un costume.

Comme M. Patel se crispait, elle comprit qu'elle venait de dire quelque chose d'important.

— Tu l'as reconnu ? demanda-t-il tout en faisant signe à quelqu'un derrière elle.

Toujours pliée en deux, elle secoua la tête.

— Trop sombre. Juste... aperçu.

Elle commença à reprendre son souffle. Son point de côté diminuait. L'attention que prêtait M. Patel à ses propos la rendait nerveuse – car, après tout, il faisait nuit, et elle avait eu la frousse. Si son imagination lui avait joué un tour, elle passerait pour une débile.

Deux hommes très musclés vêtus de jogging et une femme dont les longs cheveux blonds étaient réunis en une tresse l'encadrèrent soudain, faisant face à M. Patel, qui s'abstint de les présenter.

— Allie a vu un homme vêtu d'un costume dans les bois, leur dit-il.

Ils échangèrent un regard entendu alors qu'il s'adressait de nouveau à elle.

— Où étais-tu exactement à ce moment-là ?

Elle lui décrivit l'endroit autant qu'elle put. Lorsqu'elle eut fini, il fit un signe de tête à son équipe qui quitta la pièce aussi vite qu'elle était apparue.

— Si cet homme est encore là, ils le trouveront.

Ces quelques mots semblaient marquer la fin de leur entretien. Allie eut envie d'évoquer l'obscurité et ses doutes, mais à l'évidence Raj Patel et Zelazny étaient impatients de reprendre leur conversation. Elle se dirigea alors vers Carter et se laissa tomber sur le tapis d'entraînement à côté de lui.

— Ça va, Allie ?

Carter, les joues rougies par l'effort, lui tendit une bouteille d'eau fraîche. À côté de lui, Lucas, Julie et un garçon qu'elle ne reconnut pas étaient affalés d'épuisement. Allie plaqua la bouteille sur son front, et acquiesça.

— Ça va. Je ne sens plus mes jambes, mais après tout... Qui a besoin de ses jambes ?

— De quoi est-ce que tu discutais avec Patel ? s'enquit Carter en l'observant. Ça avait l'air plutôt sérieux comme discussion.

Elle lui parla de l'homme aperçu dans les bois, et vit que Carter se crispait. Julie et Lucas s'approchèrent pour mieux l'écouter.

— Tu ne l'as pas bien vu ? demanda Lucas avant même qu'elle n'ait terminé.

Elle secoua la tête.

— Non, il faisait très sombre. Je l'ai à peine aperçu. Lorsque je suis revenue sur mes pas, il avait disparu.

— Tu es sûre que ce n'est pas un tour de ton imagination ? insista Carter. Personne ne pourrait te reprocher d'être un peu parano après tout ce que tu as vécu.

Sa question faisait écho à ses propres doutes, et elle se mit aussitôt sur la défensive.

— Je ne peux pas en être certaine, Carter, mais il fallait bien que je rapporte à Raj ce que j'ai vu.

— Carter ne met pas ta parole en doute, intervint Julie d'un ton apaisant. Je pense qu'il essaie juste de savoir à quel point nous devons nous inquiéter pour toi.

— Inutile de vous en faire !

Elle n'avait pu s'empêcher de répliquer avec irritation. Si n'importe quel autre élève avait remarqué ce type bizarre dans les bois, ils ne seraient pas en train d'avoir cette conversation. Chacun le croirait.

— Raj a envoyé une équipe inspecter le parc. Et nous sommes tous de retour, et en parfaite santé.

— Debout ! ordonna soudain M. Patel avec autorité.

Les élèves obtempérèrent en gémissant. Raj Patel se tenait au milieu de la salle.

— Mettez-vous avec votre partenaire et préparez-vous pour les techniques de base d'autodéfense.

Carter bondit sur ses pieds, mais Allie n'esquissa pas un seul geste.

— Il plaisante, ou quoi ?

M. Patel claqua des mains.

— Dépêchez-vous un peu !

Poussant un soupir, Allie se leva avec précaution – ses muscles la faisaient souffrir.

— Eh ben ! Tu es dans un sale état ! fit remarquer Zoé d'une voix pimpante derrière elle.

Allie prit une profonde inspiration pour se calmer avant de se retourner. Malgré la longue course qu'ils venaient d'effectuer, Zoé ne semblait nullement fatiguée. Sa queue-de-cheval était un peu défaite et un voile de transpiration couvrait son visage mais, à part ça, elle débordait toujours autant d'énergie.

— Pas du tout.

Zoé haussa les épaules d'un air dubitatif.

— Tu es prête ?

« Non », songea Allie.

— Oui, répliqua-t-elle.

— Alors, tu as déjà fait ça ?

Avant qu'elle ne puisse répondre, M. Patel reprit la parole.

— Chaque équipe doit choisir un assaillant et un attaqué, dit-il.

— Je fais l'assaillant, proposa Zoé.

— Génial ! marmonna Allie.

— L'attaque viendra de la gauche, continua M. Patel en se déplaçant dans la salle pour étudier la façon dont chacun se mettait en place. La personne attaquée devra plaquer son assaillant à terre et le maîtriser.

Mmm, tout ça ne plaisait guère à Allie qui se demandait bien comment elle allait jeter son assaillant au tapis. Cela dit, Zoé était petite et menue. Ça ne devrait pas être trop difficile.

— À trois, annonça M. Patel. Deux…

Allie se prépara, carrant les épaules. Zoé sortit de son champ de vision.

— Un ! cria M. Patel.

Des mains saisirent le bras d'Allie. Elle résista et tenta de se libérer, mais la pièce tournoya, et elle se retrouva allongée sur le dos, à contempler le plafond. Zoé avait même posé un pied sur son ventre.

— Pathétique ! déclara Zoé en reculant d'un pas.

— Putain, qu'est-ce qui s'est passé ? gémit Allie.

— Je t'ai mise KO, c'est tout.

— Bien ! déclara M. Patel. À présent, vous changez.

Allie écarquilla les yeux avec confusion. Sa coéquipière poussa un lourd soupir.

— Maintenant, c'est à toi de m'attaquer, expliqua-t-elle.

Allie se remit sur ses pieds. Pendant un instant, elle se borna à observer ses condisciples. Son regard croisa celui de Sylvain, qui semblait inquiet.

« Concentre-toi ! » s'admonesta-t-elle.

Elle inspira. Si Zoé avait réussi, ce ne devait pas être bien difficile. Il suffisait de faire comme elle.

Prenant son élan, elle lui bondit dessus.

La pièce tournoya de nouveau, et elle se retrouva à terre.

— Comment tu as fait ça ?

Les mains sur les hanches, Zoé la contemplait de haut d'un air sceptique.

— Pourquoi tu n'es pas plus douée, Sheridan ?

M. Patel apparut au-dessus d'Allie, le néon du plafond projetant comme une auréole au-dessus de sa tête.

— Beau travail, Zoé.

Raj Patel se pencha et tendit une main à Allie pour l'aider à se relever.

— Mais pourquoi n'essaierais-tu pas de lui enseigner nos techniques au lieu de te contenter de la faire souffrir ?

— Qu'est-ce que vous voulez dire ?

— C'est la première séance d'Allie. Elle n'a aucun entraînement. Si je t'ai choisie pour être son équipière, ce n'est pas pour que tu l'envoies à l'hôpital, mais pour que tu lui apprennes.

Il se tourna vers Allie.

— Zoé est l'une des meilleures du groupe. Elle est très douée. C'est pour ça que je tiens à ce que vous vous entraîniez ensemble.

De nouveau, il fit face à Zoé.

— Cesse de lui faire du mal, et aide-la, d'accord ? Ses progrès seront ta victoire.

— D'accord, répondit Zoé sans aucune rancœur. Bon, tu veux que je te montre comment m'envoyer à terre ?

— Avec plaisir, marmonna Allie.

— Mets tes mains ici.

Zoé posa les mains d'Allie sur son propre bras tandis que M. Patel s'éloignait.

— Ensuite, tu n'as plus qu'à faire ça...

Hélas, il devint vite évident qu'Allie n'était pas douée. Malgré toutes ses tentatives pour renverser Zoé, elle était à peine capable de la faire bouger de quelques centimètres. Une ou deux fois, Zoé se laissa tomber pour lui montrer comment sa prise devait fonctionner, cependant elle avait beau être petite et menue, Allie ne parvenait à rien.

Regardant autour d'elle, elle constata que les autres élèves s'en sortaient bien mieux qu'elle. Dans un coin de la salle, Julie mit Carter à terre sans aucun effort apparent. Il éclata de rire quand Julie lui tendit la main pour l'aider à se redresser, avant de lui tapoter amicalement l'épaule. L'angoisse de ne pas réussir cette parade, pourtant simple, finit par la faire paniquer. Malgré son air détaché, sa respiration se fit de plus en plus courte.

— OK, tout le monde, ça suffit !

La voix de M. Patel interrompit enfin sa torture. Il s'avança au centre de la pièce.

— Je sais que cela était plutôt facile pour la plupart d'entre vous, mais demain, ce sera plus dur. Si vous avez eu du mal avec cet exercice, je vous suggère de vous entraîner. Ce n'est que le début de ce qui vous attend.

Allie garda les yeux rivés à terre. Elle était la seule à ne pas avoir réussi. Il était clair que ce message s'adressait particulièrement à elle.

Alors que les autres élèves commençaient à s'en aller, elle s'attarda un instant, toute contusionnée, espérant se glisser hors de la salle sans se faire remarquer. Elle n'entendit pas Raj Patel s'approcher d'elle.

— Si tu veux t'entraîner un peu plus, viens de bonne heure, demain matin, proposa-t-il. Je pense que Zoé sera une bonne partenaire pour toi, mais parfois, il faut un peu de temps pour qu'une équipe fonctionne. Vous allez progresser ensemble.

Allie se mordit la lèvre et acquiesça de la tête. Elle était trop gênée pour prononcer un seul mot.

« Pas question qu'on me voie pleurer ! »

Hélas, les larmes lui brûlaient déjà les paupières. De l'autre côté de la salle, Carter la regardait avec inquiétude – ce qui ne fit qu'empirer sa déception.

Submergée par la honte, elle se retourna et s'enfuit.

Malgré sa fatigue, elle courut aussi vite qu'elle put dans le couloir et grimpa les marches jusqu'au rez-de-chaussée. Elle ignorait où elle allait, ou même si quelqu'un la suivait. Mais elle n'avait pas plus envie de discuter avec Carter qu'avec M. Patel.

D'ailleurs, elle ne voulait parler à personne.

Cette situation était si embarrassante !

Cherchant un endroit pour se cacher, elle fila par la porte arrière et s'élança sur le sentier.

*Cent douze pas. Cent treize. Cent quatorze...*

Cependant, au bout d'une minute, ses muscles épuisés par les huit kilomètres la rappelèrent à l'ordre, et elle ralentit, se contentant de marcher. La nuit était claire et fraîche – la pluie avait cessé et les nuages s'éloignaient. Le croissant de lune donnait au paysage des reflets d'argent.

Tout à coup, à travers les arbres, elle remarqua une large tache blanche. Elle retint son souffle un instant, puis se souvint.

La grotte artificielle.

Elle avait complètement oublié l'antique curiosité architecturale taillée dans la roche et dissimulée derrière une rangée d'arbres où elle s'était réfugiée avec Julie la nuit de l'incendie.

Elle s'avança.

La structure de marbre blanc au toit en coupole était encerclée de colonnes étroites. Un rayon de lune éclairait la statue – une femme nue qui dansait pour l'éternité, les bras levés au-dessus de sa tête. Allie s'assit sur les marches de marbre froid, au pied de la sculpture, et posa son front sur ses genoux. Elle aurait aimé pleurer, mais les larmes refusaient de couler, et elle se sentait… vide.

« Peut-être que je ne suis pas faite pour tout cela, finalement, songea-t-elle en s'apitoyant sur elle-même. Peut-être que je ne suis pas assez douée pour la Night School. »

Et si elle abandonnait dès le premier jour ? Que penserait Julie ? Et Lucas ? Seraient-ils toujours amis avec elle s'ils découvraient à quel point elle était nulle ?

Elle se força à raisonner.

« Jo a laissé tomber, et ça n'a pas gâché sa vie… »

Mais Jo était différente. Elle évoluait dans les mêmes cercles sociaux que Lucas, Katie et Julie. Sa famille avait un rang important. Quoi qu'elle fasse, personne ne lui tournerait le dos. Mais elle… elle n'était qu'une outsider, et ses parents… personne. Elle ne rencontrerait jamais aucun de leurs amis sur les pistes de ski durant ses séjours en Suisse, ni en faisant du shopping sur Bond Street ou la Cinquième Avenue.

Parce qu'elle ne s'était jamais rendue dans aucun de ces endroits.

« Mais je suis la petite-fille de Lucinda. »

C'était une pensée grisante.

« Alors peut-être que… »

— Allie !

En entendant son accent français si caractéristique, Allie leva les yeux. Sylvain se tenait au pied des marches. Dans l'obscurité, elle était incapable de déchiffrer son expression.

— Salut, répondit-elle en reposant la tête sur ses genoux. Qu'est-ce que tu fiches ici ?

Sylvain s'assit à côté d'elle.

— Je voulais m'assurer que tu allais bien.

Allie se redressa.

— Eh bien… Je ne suis qu'une grosse naze, mais à part ça, ça va. Alors, casse-toi. Il n'y a rien à voir ici.

— J'ai vu ce qui s'était passé.

Quand les grands yeux bleus de Sylvain croisèrent les siens, Allie sentit ses joues s'empourprer. Elle détourna la tête et haussa les épaules pour montrer à quel point elle se moquait de tout cela.

— Désolée que tu aies assisté à ce fiasco. Au moins, ça a dû te faire rire.

— Non, et ce n'est pas pour ça que je suis ici. Je sais ce qui a capoté, et je peux t'aider.

— Moi aussi, je sais ce qui a foiré, répondit-elle en évitant de croiser son regard. Je n'ai pas réussi à faire un seul mouvement. C'était plutôt facile, pourtant… je me suis plantée.

Sylvain ignora ses lamentations.

— Zoé est très douée, mais elle est aussi très jeune, expliqua-t-il. Elle n'a jamais enseigné ces prises à quiconque. Elle t'a montré ce qu'il fallait, cependant elle a omis certains détails. Tes mains étaient bien placées, mais pas tes pieds. Et dans ce cas, ça ne fonctionnera jamais. Je peux t'aider à t'améliorer, si tu veux.

Elle l'observa du coin de l'œil. Sylvain ne semblait pas se moquer d'elle – sa voix était posée et calme. Et il y avait ce petit truc en lui qui la mettait à l'aise. Peut-être pourrait-il l'aider, après tout ? Elle ne supporterait pas une autre séance d'entraînement aussi cauchemardesque.

Tandis qu'elle hésitait, une pensée la troubla.

« Carter n'apprécierait pas du tout… »

Mais Carter n'était pas là, et elle devait faire très vite de sérieux progrès.

— OK, répondit-elle, on peut essayer. Mais je te préviens : je suis archi nulle.

Sylvain eut un sourire confiant.

— Je te promets que tu seras bientôt capable de faire ce que Patel voulait.

Il l'entraîna vers une clairière proche, où les épines de pin recouvraient le sol en un matelas moelleux.

Après avoir écarté quelques pierres et des branches mortes, Sylvain se tourna vers elle.

— Maintenant, mets-toi en position d'attaque.

Allie s'accroupit, tentant de prendre un air endurci, les bras le long du corps, les poings serrés. Une lueur d'amusement dansa dans les yeux de Sylvain qui réfréna un rire.

— Là, tu as tout faux. Tu es douée pour la course, alors rappelle-toi que tes forces se situent dans tes jambes. Tiens-toi droite.

Durant les minutes qui suivirent, Sylvain lui expliqua comment adopter la meilleure posture – les jambes droites, les genoux souples, les bras relâchés le long du corps et les pieds écartés en alignement avec ses épaules. Mais quelque chose clochait toujours.

— Tourne tes pieds de cette façon, dit-il, en effectuant le mouvement.

Quand elle voulut l'imiter, il secoua la tête.

— Non, ce n'est pas encore ça.

Il s'accroupit devant elle et tendit la main vers sa jambe, mais sa proximité la troublait. Elle retint son souffle.

Il était impossible qu'il ait deviné son émoi, et pourtant Sylvain interrompit son geste, les mains toujours tendues vers elle. Il releva la tête. La lueur de la lune faisait presque scintiller le bleu de ses yeux.

— Tu permets ? demanda-t-il.

Allie se crispa.

— Oui, bredouilla-t-elle.

Elle s'éclaircit la gorge et observa Sylvain qui saisissait sa cheville pour repositionner son pied. Elle sentait la chaleur de ses mains contre sa peau.

Devinait-il à quel point elle était nerveuse ? En tout cas, il n'en laissait rien paraître. Lorsqu'elle fut dans la bonne position, il lui montra comment elle devait l'attraper. De nouveau, il lui demanda la permission avant de la toucher. Cette fois, son « oui » fut plus déterminé.

Son corps viril effleura le sien quand il lui prit une main pour la placer sur son épaule, puis l'autre sur son coude – positionnant ses doigts en douceur. Déjà des frissons l'envahissaient.

« Je m'entraîne juste à flanquer Sylvain par terre. Carter n'y verrait sûrement aucune objection... »

Reculant d'un pas, Sylvain lui indiqua comment basculer son poids d'un pied sur l'autre lorsqu'elle effectuerait sa prise. Quand elle eut répété le mouvement plusieurs fois, il décida de passer à l'action.

— Bon... maintenant je vais t'attaquer en courant. Fais la même chose, et ça fonctionnera à merveille.

— Je suis prête, répondit-elle d'un ton faussement enjoué.

« Je vais tout planter. Je vais tout planter. Je vais... »

Sylvain courut vers elle et ses craintes s'évanouirent. Attrapant le bras de Sylvain, elle effectua la prise comme il le lui avait enseigné.

Et Sylvain tomba sur le dos, à ses pieds.

Elle poussa un petit cri de joie, et attendit qu'il la félicite, mais il ne dit rien. D'ailleurs, Sylvain ne bougeait plus. Il restait allongé par terre, les yeux clos.

— Sylvain ?

Paniquée, elle s'agenouilla à côté de lui. Respirait-il encore ?

— Sylvain ? Ça va ? Je ne t'ai pas tué, au moins ?

Tout à coup, elle remarqua les tressautements de son corps. Sylvain riait. Il ouvrit ses grands yeux bleus et la fixa.

— Je savais que tu pouvais le faire ! affirma-t-il en se remettant sur ses pieds.

Allie laissa échapper un soupir.

— Ne refais jamais ça !

Mais son rire était contagieux. Elle se releva.

— J'ai réussi ! J'ai réussi ! s'exclama-t-elle en effectuant quelques pas de danse entre les arbres, les mains levées au-dessus de sa tête en signe de victoire.

Soudain, elle s'arrêta devant lui.

— Attends un peu... Tu me fais marcher, non ?

— Qu'est-ce que tu racontes ?

Allie haussa un sourcil.

— Hm, hm.

— OK... D'accord.

Il lui prit la main et la ramena au centre de la clairière. Elle sursauta au contact de ses doigts, mais le laissa faire.

— Tu t'en es très bien tirée, la rassura Sylvain. Il y a encore quelques petits ajustements à faire, mais c'était très bien.

— Apprends-moi ! demanda-t-elle avec ardeur. Je veux tout savoir.

Il lui sourit.

— OK, on va reprendre avec une attaque par la droite. Il faut que tu corriges un peu ta position.

Durant la demi-heure qui suivit, Sylvain lui enseigna l'attaque depuis des angles différents – et comment changer de tactique sans laisser le temps à l'adversaire de comprendre ce qui lui arrivait – ainsi que la meilleure façon de parer les coups. À la fin, malgré la fraîcheur de l'air, ils transpiraient tous les deux.

Sylvain se plaça ensuite derrière elle, et lui prit une main qu'il posa sur son poignet pour lui montrer comment esquiver une prise autour du cou. Au même moment, Carter apparut, sa silhouette éclairée par la lune, et se figea face à eux, interloqué.

— Allie... Qu'est-ce... Qu'est-ce qui se passe ici ?

# 9.

Stupéfaite, Allie fixa Carter pendant un instant sans pouvoir réagir.

— J'étais juste en train de... tu sais... nous..., bafouilla-t-elle, incapable de trouver ses mots.

Pendant ce temps-là, Sylvain retira son bras de son cou et recula d'un pas. Soudain, elle réalisa ce que Carter avait dû imaginer. Il avait les yeux rivés sur Sylvain – et l'air entre eux était comme chargé d'électricité.

— Sylvain me montrait comment mettre une personne à terre, insista-t-elle. On ne faisait que... s'entraîner.

Carter tourna les yeux vers elle – malgré l'obscurité elle voyait bien à quel point il était blessé.

— Je ne comprends pas. Il me semble qu'on vient d'avoir une leçon avec Raj, non ?

— Oui, mais...

Allie s'empourpra.

— Je ne sais pas si tu l'as remarqué, mais je n'ai pas été très efficace durant ce cours.

— J'aurais pu t'aider !

À présent, le regard de Carter luisait de colère.

« Ça, c'est mauvais signe. »

— Attend un peu..., poursuivit-elle. Tu ne comprends pas... je ne lui ai pas demandé. En fait, on est... heu... tombés l'un sur l'autre.

Allie était à la fois anxieuse et furieuse. Sylvain venait de passer un long moment à lui prêter main-forte, et elle avait tout de même le droit de choisir ses amis, non ? Elle jeta un regard d'avertissement à Carter.

— Tu n'es pas le seul à pouvoir m'aider. On n'est pas enchaînés l'un à l'autre comme des siamois ! Après tout, Julie et toi vous aviez l'air ravis de vous entraîner ensemble, et moi je n'ai pas piqué une crise à cause de ça !

— Tu sais très bien que ce n'est pas pareil !

La fureur rougissait les joues de Carter – une mèche de cheveux lui tombait sur un œil, et il la chassa d'un geste rageur.

Durant leur échange, Allie avait pleinement conscience de la présence de Sylvain qui les observait d'un air déconcerté. C'était tellement nul de s'engueuler devant lui !

— C'est ridicule, Allie ! cria Carter. Je ne vais pas rester à me disputer avec toi devant lui ! Le couvre-feu est passé. Julie se demandait où tu étais et elle m'a envoyé te chercher. Tu dois rentrer !

Tournant les talons, il se dirigea vers le bâtiment de l'école.

Énervée et confuse, Allie le regarda disparaître à travers les arbres. Elle était surprise par sa propre colère – Carter semblait croire qu'elle le trompait avec Sylvain juste parce qu'elle s'entraînait avec lui. N'avait-il donc aucune confiance en elle ?

Pour la première fois, elle remarqua les étoiles au-dessus d'eux, semblables à de petits flocons d'argent dans le ciel noir. Elle voulait évoquer avec Sylvain ce qui s'était passé entre eux durant l'été. Peut-être serait-il mieux d'oublier les mauvais moments pour ne se rappeler que les bons.

Peut-être était-il temps de devenir amis…

Mais elle ignorait comment exprimer tout ça sans avoir l'air d'une idiote.

Tandis qu'ils se dirigeaient en silence vers le pensionnat, elle songea à ce que Carter aimerait qu'elle lui dise aussi.

*J'ai vraiment apprécié ton aide, Sylvain, mais nous ne pourrons pas recommencer. Carter ne comprendrait pas, il n'a aucune envie de me voir traîner avec toi. Il ne veut même pas que je te parle. Ni que je respire le même air que toi.*

Mais elle se contenta d'une formule de politesse :

— Merci pour ton aide.

Sylvain lui tint la porte grande ouverte, et alors qu'elle passait devant lui, il plongea son regard dans le sien. Ses yeux étaient aussi bleus et mystérieux que la surface d'un lac.

— À votre entière disposition, *mademoiselle.*

Le lendemain matin, malgré sa fatigue, Allie ouvrit les yeux bien avant que son réveil ne sonne et fut incapable de se rendormir. Renonçant à trouver le sommeil, elle s'assit dans son lit. Ses muscles lui faisaient un mal de chien.

Poussant un soupir, elle se leva et jeta une serviette de toilette sur son épaule avant de se traîner dans le couloir toujours silencieux. La salle de bains était déserte, mais elle entendit de l'eau couler dans l'une des douches.

La dernière cabine de la rangée était sa préférée – elle semblait plus grande et plus claire.

« Les douches de bonne heure sont toujours les meilleures. »

Après avoir déposé ses chaussons sur le banc en teck, elle accrocha son peignoir à un crochet en cuivre sur le mur de carreaux ivoire. Elle resta longtemps sous le jet. L'eau chaude apaisa peu à peu ses muscles engourdis. Quand elle émergea de sa douche, elle se sentait déjà mieux – mais elle n'était plus seule. Une fille, vêtue d'un peignoir identique au sien, se tenait devant l'un des lavabos. Allie en choisit un à l'autre extrémité de la rangée, afin de préserver leur intimité. Mais alors qu'elle se brossait les dents tout en se regardant dans le miroir, la fille s'adressa à elle.

— Excuse-moi, serais-tu Allie, par hasard ?

Elle avait l'accent français, et sa voix était aussi légère qu'une mélodie.

— Oui.

La fille s'approcha. Elle paraissait frêle du haut de son mètre cinquante – par contre, elle avait de très grands yeux bruns aux cils d'une longueur incroyable. Allie lui trouvait un air familier, mais ne se rappelait pas où elle avait pu la voir.

— C'est bien ce que je me disais, répondit la fille, ravie. Sylvain m'a tant parlé de toi ! Je suis Nicole.

Allie ignorait tout d'elle.

— Oh, oui… heu…, bredouilla-t-elle. Nicole… oui, bien sûr… contente de te rencontrer.

Nicole la dévisagea en cillant.

— Tout l'été, il m'a parlé de toi dans ses lettres, j'ai presque l'impression de te connaître.

« Même ses battements de paupières sont adorables. »

Nicole était-elle la petite amie de Sylvain ? Celle dont il avait oublié de lui parler ? Et si c'était le cas, quelle importance ?

Avant toute chose, elle avait besoin de se rincer la bouche.

— Hier soir, après l'entraînement, il est parti à ta recherche, insista Nicole. Il avait remarqué que tu étais énervée. Est-ce qu'il a réussi à te trouver ?

Allie sentit le rouge lui monter aux joues.

« Les Nocturnes. C'est là que je l'ai vue. Ce qui veut dire qu'elle sait à quel point je suis nulle. »

— Oui, il m'a trouvée.

— Donc, il t'a aidée.

Il était évident que Nicole ne doutait pas un seul instant que quoi que ce soit d'autre ait pu se passer entre eux.

— Oui, et il s'est montré très efficace, rétorqua Allie avec raideur.

Elle se retourna pour rassembler ses affaires. Quand elle releva les yeux, Nicole l'observait toujours, et se mit à rire, d'un rire cristallin.

— Désolée de t'avoir dérangée comme ça. J'étais si contente de te rencontrer !

— Moi aussi, je suis ravie de faire ta connaissance, dit Allie avec un sourire contrit, en se dirigeant vers la sortie. Surtout après avoir tellement entendu parler de toi par Sylvain.

— Qui est cette Nicole et pourquoi est-elle aussi jolie et aussi... française ? demanda Allie en jetant un coup d'œil en coin à Rachel.

— Oh, c'est l'éternelle petite amie de Sylvain. Ils ne cessent de rompre et de se remettre ensemble. Elle est très sophistiquée et d'une beauté parfaite. Parfaite jusqu'à l'ennui. Pourquoi ?

— Ils en sont où, en ce moment ? Ils sortent ensemble ou pas ?

Rachel haussa un sourcil interrogateur.

— Je crois que, pour l'instant, ils sont séparés. Mais qui sait ? Pourquoi ?

Elles avançaient dans le couloir entre les salles de classe. Allie brûlait d'envie de révéler à Rachel ce qui s'était passé la nuit précédente. Hélas, elle n'était pas autorisée à en parler, et d'ailleurs Rachel n'aurait rien voulu entendre. Quelle horreur de ne plus pouvoir tout raconter à sa meilleure amie ! C'était comme lui mentir.

— Oh, pour rien, répondit-elle en haussant les épaules. Elle m'a abordée, ce matin, dans la salle de bains. Ça m'a fait flipper.

— Moi aussi, je déteste être dérangée quand je fais ma toilette, compatit Rachel en évitant un groupe de filles qui discutaient en riant. Qu'est-ce qu'elle t'a dit ?

— Juste que Sylvain lui a parlé de moi l'été dernier. C'était… étrange.

— Pourquoi ?

— Laisse tomber. J'ai une question plus importante.

— Vas-y, je t'écoute.

— Qu'est-ce que tu sais au sujet d'une créature nommée Zoé ?

— Pardon ?

Rachel avait l'air confuse.

— Zoé… Glass ? Quand est-ce que vous vous êtes rencontrées ?

Comme Allie haussait de nouveau les épaules d'un air absent, Rachel lui jeta un regard indiquant qu'elle avait compris que c'était aux Nocturnes.

— Bon, qu'est-ce que tu veux savoir sur elle ? demanda-t-elle d'un ton sec.

— Toute son histoire. Elle est bizarre. On dirait… je ne sais pas, un robot hyperviolent.

Rachel ne rit pas – aucun sujet concernant la Night School ne la faisait rire.

— Zoé est un véritable prodige. Elle n'a que treize ans, mais elle a le même niveau scolaire que nous. En fait, elle est même plus avancée que nous, elle a pris des cours avec un tuteur…

— Tu plaisantes ? l'interrompit Allie.

Elle s'arrêta si brusquement que la personne derrière elle la bouscula.

— Désolée, dit-elle par-dessus son épaule alors que le garçon de première année s'éloignait sans oser croiser son regard.

— Zoé n'a que treize ans ? insista-t-elle. Je savais qu'elle était plus jeune que nous, mais…

— Je t'assure, cette gamine est un vrai génie.

Ce n'était pas du tout la réponse à laquelle Allie s'attendait. Tout en montant l'escalier jusqu'au premier étage de l'aile des salles de classe, Rachel lui relata ce qu'elle savait sur Zoé.

— Son père est avocat de la Couronne, et sa mère journaliste, je crois. Elle vient de Londres, comme toi. Ses parents sont assez âgés, ils l'ont eue sur le tard. Peut-être par accident. Jusqu'à son arrivée ici, c'étaient ses grands-parents qui lui donnaient des cours à domicile. Donc, avant Cimmeria, elle n'a jamais passé de temps avec des enfants de son âge.

Elles parviennent au palier et ralentirent.

— Question sociabilité, elle est plutôt à côté de la plaque, continua Rachel. On croirait qu'elle a été élevée par des loups. Moi, je pense qu'elle est atteinte du syndrome d'Asperger, mais qu'elle n'en a que les bons côtés, si tu vois ce que je veux dire.

— C'est une façon gentille de dire qu'elle est psychopathe, c'est ça ?

Rachel éclata de rire.

— Non ! Mais elle n'est pas très douée pour les nouvelles rencontres, elle déteste le changement. Alors... Bonne chance ! Cela dit, si elle t'accepte, elle te sera loyale à mort.

Elles s'arrêtèrent.

— Si elle m'accepte..., marmonna Allie.

Rachel acquiesça de la tête.

— Il y a dans l'école des personnes qu'elle ignore complètement. Si elles se trouvent sur son passage, elle est capable de foncer droit dedans, comme si elles étaient invisibles.

D'une certaine façon, Allie n'était pas surprise.

— Mais est-ce que tout le monde l'accepte, elle ? Elle est quand même très bizarre.

Rachel fronça les sourcils.

— Certains ne comprennent pas son comportement, ils pensent qu'elle est grossière parce que c'est dans sa nature. Mais, moi, je ne le crois pas. Je veux dire, elle n'est pas… cruelle. Elle paraît grossière parce qu'elle est honnête, et les gens ne sont plus habitués à l'honnêteté.

Ça, Allie pouvait le comprendre. Elle sentit son cœur se serrer comme si les paroles de Rachel l'avaient touchée physiquement.

Elle jeta un coup d'œil à sa montre.

— Écoute, je dois filer ! J'ai un cours avec Zelazny. Je n'ai pas intérêt à arriver en retard !

Après un petit salut de la main, elle se précipita dans le couloir jusqu'à la salle d'histoire, où Jo lui avait gardé une place. Elle s'y glissa juste avant que Zelazny n'entre dans la salle. Il observa les élèves d'un regard sombre.

— Je vois que vous êtes tous à l'heure, aujourd'hui.

Il griffonna quelque chose sur une feuille de papier qu'il rangea dans un dossier.

— C'est très aimable à vous, poursuivit-il avec ironie. Bienvenue au cours d'histoire ancienne. Ce trimestre, nous allons nous concentrer sur les civilisations de la Grèce et de Rome.

Tout en parlant, il faisait le tour de la classe et déposait un livre sur chaque table.

— Votre participation en classe comptera pour votre moyenne générale, lâcha-t-il en posant un ouvrage devant Jo. Je vous incite donc à vous impliquer dans ce cours qui, je vous le rappelle, est de niveau avancé. Je ne tolérerai aucun relâchement.

Pendant que Zelazny continuait à se déplacer dans la salle, Jo se mit à gribouiller sur son bloc-notes. Lorsque leur professeur se fut éloigné, elle tourna son bloc vers Allie.

Il va nous faire chier grave ! avait-elle écrit.

Allie ne put retenir un éclat de rire. Elle fit mine de tousser pour se rattraper, mais Zelazny se retourna et la foudroya du regard. Elle se cala au fond de son siège en essayant de garder un visage neutre, alors que Jo abordait un air innocent et tournait la page de son bloc pour en afficher une vierge.

Cet après-midi-là, son sac lourd de livres, Allie se rendit au cours de littérature anglaise d'Isabelle, songeant à sa liste de devoirs qui s'étalait sur une page entière de son cahier.

Quand allait-elle trouver le temps de faire ça ? Mystère. Les Nocturnes commençaient à vingt-deux heures, donc tout devrait être terminé avant, d'une façon ou d'une autre.

Elle avançait, mine basse, dans le couloir lorsqu'elle se heurta à quelqu'un.

— Désolée, dit-elle, avant de lever la tête et de croiser le regard de Carter.

— Salut ! s'exclama-t-elle.

Elle lui sourit et se pencha pour l'embrasser, mais Carter recula d'un pas. Aussitôt la confusion et le doute s'insinuèrent en elle.

— Qu'est-ce qui cloche ?

Les prunelles sombres de Carter luisaient de colère.

— Attends ! Ne me dis pas que tu es encore énervé après moi parce que je me suis entraînée avec Sylvain ?

Elle n'arrivait pas à le croire !

— Tu n'es pas sérieux, Carter ?

— Est-ce que je suis encore énervé ?

Baissant la voix, il s'écarta du flot des élèves.

— Bien sûr que je le suis, Allie. Mets-toi un peu à ma place. Tu as eu du mal pendant l'entraînement, et au lieu de venir me trouver, tu as foncé droit vers Sylvain pour qu'il te réconforte. Qu'est-ce que tu penserais si je m'étais comporté ainsi avec une de mes ex ?

— Ce n'est pas cool, Carter, rétorqua-t-elle d'un ton acide. Ce n'est pas moi qui suis allée chercher Sylvain. Il est juste venu voir si je n'étais pas trop déprimée et, là, il m'a offert son aide.

— Ah ! Ah ! C'est mieux comme ça, en effet ! T'es-tu au moins demandé pourquoi il s'inquiétait de la petite amie d'un autre ?

— Carter, sérieusement...

Une colère sourde montait en elle, mais elle s'obligea à rester calme.

— Il-ne-s'est-rien-passé ! Tu dois me faire confiance.

— Vraiment ? Est-ce que toi tu me ferais confiance si c'était l'inverse ? Dis-moi, Allie, en toute honnêteté, si tu me trouvais dans les bois en train de m'entraîner avec Claire, est-ce que tu me ferais confiance ?

Allie esquissa une grimace – Claire était son ex.

— Non, parce que Claire ne fait pas partie de... tu sais ce que je veux dire. Alors ce serait plutôt étrange.

Carter leva les yeux au ciel, mais elle ne lui laissa pas le temps de l'interrompre.

— Mais si tu t'entraînais avec Julie ? ajouta-t-elle. Oui, ça me conviendrait tout à fait. Et si tu révisais avec Claire ? Oui, ça m'irait aussi. Parce que, moi, j'ai confiance en toi.

— Tu en es sûre ? Je devrais peut-être te faire passer un test pour que nous soyons fixés.

Sans lui laisser l'occasion de répliquer, il tourna les talons.

— Carter...

Il l'ignora, et s'éloigna sans un regard en arrière. Poussant un soupir exaspéré, Allie passa la bandoulière de son sac sur son épaule, et le suivit en cours en traînant les pieds.

Isabelle arrangeait toujours les tables en demi-cercle pour ce qu'elle appelait son « séminaire d'anglais ». D'humeur morose, Carter s'assit à l'une des extrémités, et étendit ses longues jambes devant lui.

Bon. Allait-elle s'installer à côté de lui, ou non ? Allie eut à peine le temps de se poser la question. Déjà, Zoé se précipitait vers elle, le regard pétillant, ses cheveux châtains lâchés sur ses épaules. Vêtue de son uniforme, avec des socquettes blanches et des mocassins, elle ressemblait plus à une petite fille qu'à une experte en arts martiaux.

— Allie ! Je t'ai cherchée partout hier soir.

— Désolée… J'étais…

Sans lui laisser le temps de terminer, Zoé continua :

— J'ai eu une longue discussion avec M. Patel, qui m'a expliqué que je ne m'y prenais pas comme il faut. *Mea culpa.* Il m'a demandé de faire plus attention les prochaines fois. Est-ce que je t'ai fait mal ?

Allie songea à quel point son dos l'avait fait souffrir, la veille, lorsqu'elle s'était glissée dans son lit, et à cette cuisante humiliation de se retrouver à contempler le plafond de la salle d'entraînement à chaque nouvelle prise. Puis elle plongea son regard dans celui de Zoé, et haussa les épaules.

— Non, ça va. Je suis toujours en un seul morceau.

— Super ! s'exclama Zoé, visiblement soulagée. Ne t'inquiète pas, je ferai gaffe ce soir, je me suis entraînée.

— Moi aussi…

La voix d'Isabelle interrompit leur conversation.

— Veuillez vous asseoir, je vous prie.

Au moment où Isabelle commençait son cours, Sylvain entra dans la salle. Durant un bref instant, ses yeux croisèrent ceux d'Allie et, terrifiée, elle pria pour qu'il ne choisisse pas le siège voisin du sien.

« Carter me tuerait. »

Par chance, Sylvain se contenta de lui sourire avant d'aller s'installer à côté de Nicole, qu'Allie n'avait pas encore remarquée. Nicole se pencha et chuchota quelque chose à l'oreille de Sylvain, qui retint un rire.

Allie se renfrogna. Pourquoi, en les voyant aussi complices, éprouvait-elle une sensation de malaise ?

Isabelle s'approcha, et déposa un livre devant chaque élève.

— Ce trimestre, nous allons nous concentrer sur la littérature du début du XXe siècle. Notre emploi du temps est serré et nous avons quatre ouvrages à lire. Le premier est un titre d'Edith Wharton, *Le Temps de l'innocence*…

Tout en l'écoutant, Allie ne pouvait s'empêcher de jeter des coups d'œil à Carter. Il fixait la couverture de son livre avec intensité, comme s'il voulait la photographier de mémoire. Pas un seul instant il ne regarda dans sa direction.

— Quelle plaie ! se plaignit Jo en sirotant un verre d'eau. J'ai assez de devoirs pour une semaine entière, et ce n'est que le premier jour.

— Moi aussi, soupira Allie.

Elles étaient assises à leur table habituelle dans le réfectoire, bruyant et bondé. Autour d'elles, la rumeur des conversations allait et venait comme le rythme du ressac.

Quand elles étaient entrées, la table était occupée par des élèves plus jeunes, mais Lucas était allé les trouver et leur avait dit quelques mots.

— Et voilà ! avait affirmé Jo avec un immense plaisir pendant que les gamins se déplaçaient, désormais ce sera notre table pour l'éternité.

Lorsque Rachel et Lucas étaient arrivés au réf' en riant, Allie n'avait pu s'empêcher de remarquer qu'ils passaient de plus en plus de temps en compagnie l'un de l'autre. Pourvu qu'ils sortent bientôt ensemble pour de bon ! Rachel avait le béguin pour Lucas depuis son premier jour à Cimmeria, mais il ne s'était jamais rien passé entre eux.

Carter les rejoignit ensuite, et ne lui adressa pas la parole, mais s'installa direct à côté de Jo. Rachel s'en aperçut et jeta un coup d'œil à Allie, en haussant un sourcil interrogateur.

Allie secoua la tête.

— Plus tard, articula-t-elle en silence.

Rachel acquiesça, et Allie laissa errer son regard sur la table adjacente, où Sylvain était assis à côté d'une fille aux longs cheveux soyeux. Il souriait aux propos de sa voisine, mais soudain, comme s'il avait senti son regard, il tourna la tête vers elle. Lorsque leurs yeux se croisèrent, il l'observa avec curiosité, semblant se demander à quoi elle pensait.

Allie rougit et piqua du nez dans son assiette.

— Alors, est-ce que tout le monde va potasser à la bibli après le dîner ? s'enquit Rachel. Moi, je n'ai pas le choix.

— Moi non plus, répondit Jo. Je crois qu'on va tous s'y retrouver. Nos heures de torture ont commencé.

— Zelazny a donné ses consignes pour les disserts ? s'enquit Allie.

— Deux mille mots, lança Lucas en mordant dans un morceau de pain. Ce type est un sadique !

Alors que ses camarades continuaient à s'apitoyer sur leur sort, Allie contempla le réfectoire. La salle était aussi jolie que durant le trimestre estival. Des nappes blanches damassées recouvraient chacune des tables rondes. Des assiettes blanches en porcelaine de Chine aux armoiries bleu marine de Cimmeria étaient dressées à chaque place, et les verres de cristal étincelaient. Au-dessus de leurs têtes, les grands lustres brillaient, mais il n'y avait plus aucune bougie. Isabelle avait annoncé qu'il en serait ainsi tant que les rideaux et les nappes ignifugés n'auraient pas été livrés. Pour l'instant les fenêtres étaient nues. Allie regrettait la douce lueur des chandelles qui donnait un air si particulier aux dîners. Tout semblait moins…

Soudain, elle poussa un cri de surprise et lâcha sa fourchette qui tomba en cliquetant sur son assiette.

Dehors, il faisait encore un peu jour. Gabe se tenait devant la baie vitrée.

Et la fixait du regard.

# 10.

Tout le monde dévisagea Allie.

Encore sous le choc, elle tendit le bras vers la fenêtre en bredouillant :

— C'est Ga… Ga…

Elle ne parvenait pas à prononcer son prénom.

Les autres regardèrent l'endroit qu'elle désignait, mais lorsque Carter se retourna vers elle, il semblait perplexe.

— Qu'est-ce que tu as vu, Allie ? Il n'y a rien là-bas.

— Gabe, articula enfin Allie. Devant la fenêtre. En train de me fixer.

— Quoi ?

Jo bondit si vite sur ses pieds qu'elle faillit renverser la table, heurtant un verre au passage.

Dès qu'elle eut réussi à expliquer ce qu'elle avait vu, Allie sentit son angoisse se calmer. Tous se tournèrent de nouveau vers la fenêtre, mais il était évident qu'il n'y avait plus personne dehors.

Seuls régnaient l'obscurité et les arbres.

— Tu en es sûre, Allie ? demanda Carter avec insistance.

Comme elle aurait aimé pouvoir lui dire « non » ! Qu'elle s'était trompée. Qu'il devait s'agir d'une illusion d'optique. Néanmoins elle avait bel et bien vu le visage de Gabe, aussi nettement qu'elle voyait celui de Rachel en face d'elle.

Elle soutint son regard.

— Absolument.

Elle tourna la tête vers le siège de Jo, mais son amie s'était précipitée vers la table d'Isabelle et s'adressait à leur directrice d'un ton désespéré. Même d'où elle était, Allie pouvait voir que Jo était quasi hystérique. Isabelle commença par froncer les sourcils, essayant de comprendre le débit rapide de Jo, puis elle se leva et fit signe aux autres professeurs de la suivre. Jerry Cole quitta la salle au pas de course, sûrement pour prévenir les vigiles de Raj Patel, et Eloise passa un bras réconfortant autour des épaules de Jo.

Regardant autour d'elle, Allie constata que les autres élèves ne semblaient pas vraiment conscients qu'un drame se jouait à leur table. La plupart continuaient à dîner en bavardant – seuls quelques-uns observèrent Isabelle d'un air intrigué quand elle s'avança.

— Allie ! Avec moi ! Immédiatement !

Isabelle s'était exprimée d'un ton sec. Allie se leva et la suivit jusqu'à la porte – et tout leur petit groupe les accompagna dans le hall silencieux.

— Tu es certaine qu'il s'agissait de Gabe ?

La voix d'Isabelle était ferme, mais Allie voyait à son dos raidi que leur directrice s'efforçait de contenir sa nervosité.

— Peut-être que tu l'as imaginé, suggéra Jo, les larmes aux yeux.

« Gabe avait une telle emprise sur elle quand ils étaient ensemble… La seule idée de son retour doit la terrifier. »

— C'était bien lui, répondit Allie avec un regard d'excuses à l'attention de Jo. Je le reconnaîtrais n'importe où. Même dans l'obscurité.

Un vigile vêtu de noir de la tête aux pieds s'approcha de leur groupe. Ils s'écartèrent tous pour lui faire de la place. Tournant le dos aux élèves afin qu'ils n'entendent pas sa conversation, l'homme s'adressa à Isabelle et Zelazny.

— Mon équipe inspecte les lieux autour du réfectoire.

Il baissa la voix.

— La terre est meuble, mais il n'y a aucune empreinte devant la fenêtre. Nous fouillerons encore le parc, juste au cas où.

« Il croit que je mens. »

Une rougeur enflamma les joues d'Allie. Elle s'adressa à Isabelle en essayant de maîtriser sa colère.

— Est-ce que cet homme…, cracha-t-elle, en montrant le vigile du doigt, est-ce qu'il pense que j'ai tout inventé ?

Carter lui jeta un regard d'avertissement – à l'évidence la situation le laissait confus.

« Il ne sait pas s'il doit me croire ou non ! »

— Non, Allie, répondit Isabelle d'une voix atone. Je lui ai demandé de me fournir un rapport, et c'est ce qu'il fait.

Isabelle s'adressa au garde :

— Merci, Paul. Continuez vos recherches et prévenez-moi immédiatement si vous découvrez quelque chose.

Après un bref hochement de tête, le vigile s'éloigna.

Zelazny se tourna vers la directrice.

— C'est à vous de décider, Isabelle, mais si j'étais à votre place, je laisserais tomber cette fouille, et j'ordonnerais aux vigiles de reprendre leurs tours de garde habituels. Elle a dû tout imaginer.

— Absolument pas ! protesta Allie.

— Quelqu'un d'autre l'a-t-il vu ? s'enquit leur professeur d'histoire avec défi.

Rachel, Carter et Jo échangèrent quelques regards. Allie leva les yeux vers Carter comme pour l'implorer, mais il fit signe que non. Il n'avait rien vu.

— Je n'ai pas…

La frustration l'empêchait presque de parler.

— Vous ne me croyez pas, c'est ça ?

Carter semblait très mal à l'aise.

— Je... Je veux bien croire que tu as vu quelque chose, Allie, mais...

Dévastée, elle le fixa.

« Comment peut-il douter de moi ? »

Devinant ses pensées, il tendit les mains devant lui en un geste d'apaisement.

— J'ai regardé là où tu le disais, Allie. Il n'y avait personne. Est-ce que ce n'est pas comme l'autre soir, quand tu as cru apercevoir quelqu'un dans les bois ?

Allie ouvrit la bouche pour protester, mais avant qu'elle n'ait le temps de prononcer un seul mot, Carter poursuivit :

— Personne ne peut t'en vouloir parce que tu crois voir certaines choses. Étant donné les circonstances...

— C'était lui, rétorqua-t-elle avec rage.

— Ça suffit !

Isabelle était visiblement en colère.

— Viens avec moi, Allie. Vous autres, continuez votre soirée normalement, jusqu'à ce que je vous fasse appeler.

Isabelle conduisit Allie à son bureau, ses talons hauts cliquetant sur le parquet ciré. Une fois arrivées, elle alluma et lui désigna un siège.

— Assieds-toi. Je reviens dans quelques minutes. Ne quitte pas cette pièce !

Lorsqu'elle sortit, Isabelle referma la porte derrière elle.

Allie demeura seule durant ce qui lui parut une éternité. Du couloir lui provenaient des bruits de pas et des voix – mais personne ne semblait agité ou inquiet, donc, quoi qu'il se passe, il n'y avait apparemment aucun danger.

Après un long moment, elle eut du mal à rester assise. Elle commença à arpenter la pièce sans fenêtre – depuis le mur sur lequel était accrochée une tapisserie représentant un chevalier et sa damoiselle près d'un cheval blanc jusqu'à celui du fond il y avait sept pas en diagonale. Elle traversa ainsi le bureau cent douze fois, lorsqu'elle entendit Isabelle parler à quelqu'un dans le couloir.

Aussitôt elle se précipita vers la porte et y plaqua son oreille. Les voix étaient toutes proches.

— Je sais que vous êtes occupée...

C'était Sylvain.

— C'est le cas ! Qu'est-ce que tu veux ?

Isabelle avait répondu d'un ton brusque. Elle semblait stressée.

— J'ai entendu ce que Paul a dit, tout à l'heure – comme quoi ses hommes n'avaient trouvé aucune empreinte sur le sol devant la fenêtre.

L'accent français de Sylvain était plus prononcé que d'habitude, lui aussi devait être nerveux.

— Ça ne signifie pas que Gabe ne se trouvait pas là, poursuivit-il. N'oubliez pas qu'il a eu le même entraînement que nous. Il saurait très bien comment s'y prendre pour ne pas laisser de traces. D'ailleurs, il y a un petit rebord de pierre au pied du mur, il aurait pu...

— Merci, Sylvain, l'interrompit Isabelle avec rudesse.

Allie serra les dents de frustration et posa son front sur la porte.

« Sylvain n'a pas tort. Pourquoi... ? »

Au même moment, la porte s'ouvrit et Allie recula d'un bond. Sans faire aucune remarque, Isabelle lui demanda de l'accompagner.

— Viens avec moi.

En silence, elles reprirent leur chemin à travers le hall qui grouillait à présent d'élèves. Allie suivait la directrice avec une inquiétude croissante.

Elles entrèrent dans le réfectoire, désormais vide, où persistaient des relents de rôti de porc grillé. Les tables avaient été débarrassées et nettoyées, et tandis qu'Isabelle l'entraînait vers celle où elle était installée durant le dîner, Allie entendit les voix du personnel en cuisine.

— Reprenons depuis le début, avant que tout le monde ne se mêle de savoir si tu as vu juste ou non. Où étais-tu assise ? demanda Isabelle.

Pendant un instant, Allie ne sut que répondre. Le vide de la pièce était déroutant. Prenant une profonde inspiration, elle se força à se concentrer et visualisa la salle pleine.

Puis elle pointa du doigt l'un des sièges qui faisaient face aux fenêtres.

— Là-bas.

— Assieds-toi, s'il te plaît, comme tu l'étais pendant le repas.

Allie se percha au bord de sa chaise et regarda Isabelle s'approcher des baies vitrées.

— Redis-moi par quelle fenêtre tu as vu le visage de Gabe.

— Celle-là, dit Allie en tendant le doigt. La troisième en commençant par la gauche.

Isabelle se planta devant la fenêtre en question.

— Celle-là ?

Allie acquiesça de la tête.

— Et où dans la fenêtre ?

— Dans le coin, en bas à gauche.

Isabelle observa la vitre, et effleura un endroit du bout des doigts, avant de se retourner vers Allie.

— Bien. Que faisait Gabe lorsque tu l'as vu ?

Le cœur d'Allie marqua un battement.

« Elle, elle me croit. »

— Il était juste… en train de nous fixer.

Fermant les yeux, elle visualisa son visage… son regard dardé sur eux.

— Carter, Jo et moi.

Elle ouvrit les yeux.

— Isabelle, comment est-ce que ça a pu arriver ? Comment a-t-il pu éviter les gardes et s'approcher autant ?

Isabelle se pinça la base du nez entre le pouce et l'index, comme pour repousser une migraine.

— Nous pensons que quelqu'un, ici, collabore avec Nathaniel.

Allie eut l'impression que l'univers venait de s'écrouler sous ses pieds.

— L'un d'entre nous ? chuchota-t-elle, suffoquée.

Isabelle soutint son regard.

— Oui, l'un d'entre nous.

Elle laissa Allie enregistrer cette information avant de revenir au sujet initial.

— À quoi ressemblait Gabe ?

Allie secoua la tête et fronça les sourcils, confuse.

— Je ne comprends pas.

— Quelle expression avait-il ? Était-il différent ? Que portait-il ? Est-ce que tu pouvais voir ses mains ? Tenait-il quelque chose ?

Elle s'interrompit avant d'ajouter :

— N'importe quel détail pourrait nous aider.

Allie ferma de nouveau les yeux et décrivit ce dont elle se souvenait.

— Je n'ai pas vu ses mains. Ses cheveux étaient coupés bien plus court que d'habitude. Il avait l'air… plus vieux. Il portait un costume.

En réalisant ce qu'elle venait de dire, elle ouvrit grand les yeux.

— Il portait un costume, répéta-t-elle. Comme l'homme que j'ai aperçu dans les bois.

Après avoir quitté Isabelle, Allie se demanda où aller. Elle avait une pile de devoirs, mais pour l'instant c'était le cadet de ses soucis. Elle brûlait d'envie de retrouver Carter, or elle savait qu'il était toujours fâché contre elle. Pas question de se disputer encore !

Apprendre la vérité à Jo ne ferait qu'empirer son état, elle flippait déjà assez comme ça. Quant à Rachel, elle voudrait tout savoir. Or, Allie ignorait ce qu'elle était autorisée à dire à ses amis.

Durant un moment, elle erra sans but dans le hall. Le foyer était bondé d'élèves qui discutaient et se distrayaient avec des jeux de société, mais elle n'y vit personne de sa connaissance.

L'endroit le plus évident où se rendre ensuite était la bibliothèque. Elle resta un instant la main sur la porte, puis changea d'avis.

« Qu'est-ce que je pourrais leur dire ? »

Elle pourrait tout raconter à Carter et à Lucas, vu qu'ils appartenaient à la Night School. Mais Rachel et Jo...

« Non, je suis incapable de leur mentir. »

Tournant les talons, elle courut vers le hall, et se précipita dans le grand escalier. Il était bondé de groupes d'élèves qui s'attardaient en discutant, et elle fonça à travers eux. Elle était déjà à mi-chemin quand elle vit Sylvain descendre de l'autre côté.

Leurs regards se croisèrent, et elle éprouva aussitôt une sensation de soulagement – Sylvain était au courant de tout. Elle pouvait lui parler et lui, au moins, la croirait. Lorsqu'il la vit se hâter dans sa direction, Sylvain ralentit, et quelques secondes plus tard, ils étaient face à face.

— Sylvain. Je t'ai entendu... parler à Isabelle, je veux dire. Gabe était là. Je sais que je l'ai vu. Merci de me croire. On dirait que personne d'autre n'en est capable.

— Je n'ai fait que dire la vérité.

La lumière qui provenait de la fenêtre toute proche rehaussait le cobalt de ses yeux.

— Il me semblait évident que...

Un élève plus jeune essaya de le dépasser, et faillit trébucher. Sylvain le rattrapa par le bras avant qu'il ne tombe, puis se tourna de nouveau vers Allie.

— Où est-ce que tu allais ? demanda-t-il. On serait mieux ailleurs que dans cet escalier pour discuter.

Ils grimpèrent côte à côte jusqu'au palier du premier étage qui s'étirait en une courbe majestueuse. Une fois là, Sylvain s'éloigna des groupes d'élèves pour se réfugier dans le recoin d'une fenêtre. Après une seconde d'hésitation, Allie le suivit.

Lorsqu'ils se retrouvèrent seuls, aucun ne sembla savoir quoi dire.

— Alors, ça va ? demanda Sylvain au bout de quelques instants.

Sans raison précise, sa question mit Allie d'humeur maussade. Pourquoi est-ce qu'elle irait mal ? Elle avait juste vu Gabe à travers une vitre. Ce n'était pas comme s'il l'avait poignardée.

— Bien sûr que ça va, mais j'ai la trouille et j'en ai ras le bol ! Je n'aime pas qu'on m'espionne ni qu'on me fasse passer pour une menteuse.

Sylvain esquissa une moue.

— Désolé, je ne savais pas quoi dire d'autre. Les circonstances sont plutôt bizarres.

— C'est vrai, remarqua Allie, apaisée. Enfin, toi, au moins, tu ne me prends pas pour une folle !

— Tu as beaucoup de défauts, Allie, mais tu n'es pas folle.

Son sourire était contagieux, et Allie se retrouva à lui sourire aussi, malgré tout ce qui s'était passé. Mais le sérieux du moment reprit le dessus.

— Sylvain, quelqu'un a aidé Gabe, n'est-ce pas ? Un complice haut placé.

— Nous savons depuis des lustres qu'une personne – l'un des professeurs, ou l'un des instructeurs des Nocturnes, voire un des élèves – travaille pour Nathaniel.

En l'entendant, Allie eut la chair de poule. Comment imaginer Zelazny ou Eloise collaborer avec Nathaniel après ce qu'il avait fait ?

— Je ne peux pas le croire, haleta-t-elle. Non, je ne peux pas croire que l'un d'entre nous ferait cela.

— Aucun de nous ne le peut, c'est bien là le problème. Ça doit être quelqu'un en qui nous avons confiance. C'est pire.

Allie croisa les bras devant elle et prit une profonde inspiration.

— Pourquoi est-ce qu'ils font ça, Sylvain ? Tu le sais ? Nathaniel et ces gens qui travaillent pour lui, qu'est-ce qu'ils veulent exactement ?

Ses prunelles s'assombrirent et Sylvain jeta un coup d'œil par la fenêtre avant de se retourner vers elle.

— Des choses que nous ne pouvons pas leur donner.

Sans réfléchir, elle lui attrapa le bras.

— Tu le sais, n'est-ce pas ? Tu sais ce qui se passe !

Il contempla sa main, puis leva lentement les yeux vers elle. Sa façon de la dévisager la troublait – c'était comme s'il lui effleurait la peau.

Elle retira sa main et baissa la tête. Lorsqu'elle osa le regarder de nouveau, la mystérieuse petite flamme avait disparu de ses yeux.

— Oui, Allie, je sais des choses que tu ignores. Cela fait longtemps que je suis ici et ma famille est plus impliquée dans Cimmeria que la tienne.

— Oh, vraiment ?

Elle en avait marre des secrets et des mensonges ! Sa réponse évasive la mit hors d'elle. Tout en s'éloignant, elle se retourna pour lui lancer une réplique bien sentie :

— À ta place, je n'en serais pas aussi certain.

Ce soir-là, lorsqu'elle arriva à la salle d'entraînement numéro un, la pièce se remplissait peu à peu, mais elle était moins bondée que la veille. Carter et Sylvain brillaient par leur absence.

En attendant le début de la séance, Allie étira ses jambes. Elle était tellement perdue dans ses pensées qu'elle remarqua à peine que Zoé s'était approchée d'elle.

— Dire que tu as vu Gabe durant le dîner. Tu as de la chance !

Allie n'en revenait pas.

— Je ne trouve pas, non !

Zoé se laissa tomber à côté d'elle et commença ses étirements. Il fallait bien reconnaître qu'elle était très souple : elle n'avait aucun mal à poser sa tête sur son genou, ses mains enserrant son pied.

— Tu parles ! Tout le monde le cherche, et tu es la première à le voir. C'est génial !

Elle continua avec agilité ses étirements sur l'autre jambe.

— Plusieurs élèves sont dehors avec les équipes de Raj pour fouiller le parc, poursuivit-elle.

Ça, Allie l'ignorait. Ainsi on la prenait au sérieux.

« Très bien. »

Raj Patel apparut au centre de la pièce.

— Nous allons entamer la séance avec les mêmes exercices qu'hier soir. S'il vous plaît, mettez-vous en équipe.

Allie aimait sa voix calme et autoritaire. Il n'avait nul besoin de crier pour se faire respecter. De plus, M. Patel ne semblait pas le moins du monde troublé par ce qui s'était passé. Pour lui, ce n'était qu'une mission parmi d'autres.

— Nous commencerons par une attaque de la gauche, ordonna-t-il.

Zoé s'approcha d'Allie.

— On devrait revoir tout ça. J'ai fait des erreurs, hier…

— Ça va aller, l'interrompit aussitôt Allie.

Elle n'avait pas encore digéré sa déconvenue.

— Je me suis entraînée hier soir. Je crois que j'ai compris le mouvement.

— Tu es sûre ?

Zoé avait l'air de douter.

— On pourrait reprendre depuis le début, insista-t-elle. Si tu veux, je te montrerai...

— Non, essayons. On verra après, dit Allie d'un ton détaché.

Inutile que Zoé se rende compte à quel point elle était impatiente de mettre les conseils de Sylvain en pratique.

— Comme tu voudras, rétorqua Zoé en haussant les épaules. Attends-toi à être KO.

— Prêts ? cria Raj.

Zoé sortit du champ de vision d'Allie.

— Allez-y !

Comme la veille, avec Sylvain, Allie sentit plus qu'elle ne vit Zoé s'approcher d'elle. Elle se campa alors fermement sur ses pieds. Lorsque Zoé lui agrippa le bras, Allie la renversa avec facilité sur le dos.

— Ça alors ! s'exclama Zoé alors qu'Allie l'aidait à se redresser. C'était génial ! Qui t'a enseigné ça ?

— Disons que j'ai eu un cours privé, répondit Allie, incapable de se départir d'un grand sourire.

— Changement d'assaillant ! ordonna Raj.

Allie se prépara en respectant les instructions de Sylvain : le dos droit, les genoux souples, les bras le long du corps. Prête à bondir comme un ressort. Elle ne voulait pas paraître trop sûre d'elle, mais son premier succès l'avait emplie de confiance.

Elle savait qu'elle pouvait y arriver.

— Allez-y !

Elle attrapa Zoé par le bras et usa des techniques de Sylvain, mais sa partenaire restait solidement campée sur ses pieds. Raj s'approcha et les observa.

— Bien. Bravo, Zoé. Allie, tes mouvements étaient parfaits, mais Zoé est très bien entraînée. Qu'aurais-tu fait en situation réelle ?

— Je l'aurais immobilisée par le cou, répondit Allie sans hésitation.

— Excellent.

M. Patel avait l'air content d'elle, et elle ne put s'empêcher de sourire.

— Très bon progrès, Allie.

Durant la demi-heure suivante, ils s'entraînèrent sans relâche à l'autodéfense. Les muscles d'Allie la brûlaient. À la fin de la leçon, Zoé lui jeta un regard appréciateur.

— Peut-être que tu n'es pas si nulle que ça, en fait.

— Merci… On dirait, oui.

Réalisant qu'elle devrait lui retourner le compliment, elle s'empressa d'ajouter :

— Tu es plutôt douée, toi aussi.

— Je sais.

Allie avait toujours le sourire aux lèvres lorsqu'elle surprit soudain Carter, dans l'embrasure de la porte, qui l'observait d'un regard sombre. Elle se précipita vers lui.

— Salut.

— Salut à toi, répondit-il avec fraîcheur.

D'un geste, elle désigna la sortie.

— Vous avez trouvé quelque chose ?

Carter secoua la tête, les lèvres crispées.

Avec tout ce qui se passait, leur dispute semblait ridicule. Allie le fixa avec intensité.

— Je t'en prie, Carter, arrête de bouder !

Elle lui attrapa la main, et l'entraîna hors de la pièce.

— Viens, on va en terminer avec cette histoire.

Elle craignait qu'il ne se dérobe, mais il la suivit dehors jusqu'à la terrasse derrière le bâtiment. Une fois parvenus à l'autre bout, Allie s'assit sur un vieux banc caché parmi les haies de buis, et força Carter à s'installer à côté d'elle. Le bois était froid et humide à cause de la pluie tombée un peu plus tôt.

— Bon, maintenant parle-moi, dit-elle.

Carter plissa les yeux.

— Pourquoi ? Tu ne m'écouterais pas, de toute façon.

Il lui avait quasiment craché ces mots à la figure, et elle eut un mouvement de recul devant tant de véhémence.

— Hé ! Carter ! Putain, mais qu'est-ce qui t'arrive ? Ça ne te ressemble pas. Parle-moi !

— Désolé, j'étais…

S'écartant d'elle, il se passa une main dans les cheveux.

— Parfois on dirait que tout n'est qu'un jeu pour toi.

Allie se força à rester calme.

— Tu n'es pas juste. Je ne m'amusais pas avec Sylvain, je m'entraînais. Et je suis désolée si tu t'es inquiété pour moi. J'étais énervée et je ne savais plus ce que je faisais. Mais je ne craignais rien. J'étais avec Sylvain.

— Et alors ? Tu crois que ça va m'aider à me sentir mieux ?

Il avait presque crié et Allie esquissa une grimace. Il baissa alors d'un ton.

— Merde, Allie ! Tu traînes avec Sylvain après ce qui s'est passé…

Sa mâchoire se crispa, et il la regarda d'un air attristé.

— C'est avec moi que tu devrais être.

Elle lui posa une main sur le bras.

— Je ne faisais que m'entraîner avec Sylvain. Pas la peine d'en faire toute une histoire.

— Tu sais que je n'aime pas te savoir avec lui, n'est-ce pas ?

À contrecœur, elle acquiesça sans mot dire.

— Alors pourquoi le fais-tu ? insista-t-il.

Elle ignorait que répondre. Ses sentiments confus envers Sylvain rendaient les choses encore plus difficiles.

— Je crois que c'est… parce qu'il est mon ami, en quelque sorte.

— Un ami qui a juste failli te violer durant le bal d'été.

Une vague de colère la submergea.

— Je pensais plus à l'ami qui m'a sauvé la vie ! rétorqua-t-elle.

À la façon dont Carter grimaça, elle comprit qu'elle l'avait blessé, mais sa colère prenait le dessus, à présent, et peu lui importait ce qu'il pensait.

— De plus, Sylvain n'a jamais été sur le point de me violer, ne sois pas aussi dramatique. Enfin, Carter, il s'agit de ma vie ! J'ai le droit de choisir mes propres amis. Tout ce que je te demande, c'est de me faire confiance.

Carter se leva d'un bond.

— Allie, tu ne m'écoutes pas ! Je ne veux pas que tu passes du temps avec lui, tu m'as bien compris ?

Il lui parlait avec un ton hautain, comme si elle n'était qu'une gamine désobéissante.

Pendant de longues secondes, elle se contenta de le dévisager. À quoi bon argumenter s'il ignorait ses propos ?

— Waouh ! Tu le détestes vraiment, n'est-ce pas ? Dans ce cas, j'ai bien peur que tu ne comprennes jamais qu'il veut simplement être mon ami.

Carter ne broncha pas.

— Non, et je vais être plus clair : tu es ma petite amie, et je ne veux pas te voir traîner avec Sylvain. Jamais.

— Oh, je t'en prie ! C'est stupide ! Tu ne prétends quand même pas me dicter le choix de mes amis juste parce qu'on sort ensemble ?

— Non, je ne te dis pas ce que tu dois faire. Mais si tu tiens à être avec moi, tu ne peux pas passer du temps avec Sylvain, c'est tout.

Allie poussa un soupir. Cette discussion ne servait à rien. Carter prétendait ne pas lui dicter son comportement, mais il lui faisait du chantage.

Prise au piège, elle posa sa tête sur ses genoux.

« Et si je refuse… Vais-je le perdre ? »

Elle avait du mal à respirer et à réfléchir. Elle savait pourtant qu'elle n'avait pas le choix.

« Je ne veux pas perdre Carter. »

Elle releva les yeux vers lui.

— Très bien, répondit-elle d'un ton résigné. Dans ce cas, je crois que je ne verrai plus Sylvain.

Carter eut un sourire de triomphe et lui tendit la main pour l'aider à se lever, avant de l'enlacer avec tendresse.

— Je suis désolé que nous nous soyons disputés, chuchota-t-il. Je ne tiens pas à passer pour un enfoiré, mais je ne supporte pas de te voir avec lui. Tu ignores de quoi il est capable.

À ces mots, une pointe de rébellion s'insinua en elle.

— Et toi, tu le sais ? demanda-t-elle en regardant au loin par-dessus son épaule.

Comme s'il venait juste de se rendre compte de la distance qui s'était creusée entre eux, Carter la serra un peu plus fort dans ses bras, et un long moment s'écoula avant qu'il ne réponde.

— Oui.

# 11.

Durant la semaine suivante, Allie passa tant d'heures sur ses devoirs qu'elle eut à peine l'occasion de repenser à sa dispute avec Carter. Cela dit, elle n'avait aucune difficulté à éviter Sylvain – à part travailler et dormir, elle n'avait de temps pour rien.

Un jour où elle montait l'escalier monumental avec Lucas, épuisée et meurtrie après une séance d'entraînement particulièrement ardue, elle évoqua le sujet de leur emploi du temps dément. Lucas eut un rire ironique.

— Les Nocturnes en premier, les heures d'études en deuxième, et la vie en troisième, s'il nous reste du temps. C'est ça la Night School, Allie. Bienvenue au club !

Allie acquiesça sans un mot. L'idée que l'un des professeurs, ou l'un de ses amis, soit de mèche avec Nathaniel hantait toujours ses pensées. L'un d'entre eux l'espionnait.

Mais qui ?

Chaque fois qu'elle parlait à Eloise, elle songeait :

« Ça ne peut pas être elle. Elle est trop parfaite. Impossible d'être aussi bonne actrice. »

Certes, elle détestait Zelazny, mais comment imaginer qu'il puisse travailler pour Nathaniel ? Il était entièrement dévoué à Cimmeria. Quant à la culpabilité d'Isabelle, elle était bien sûr inenvisageable. Il ne restait donc que Jerry Cole, le professeur de sciences naturelles. Un homme sympathique, passionné par les atomes, et qui aimait ses élèves. Non, impossible.

« Ça ne peut pas non plus être Raj Patel, ni Sylvain, ni Carter, ni… »

Ses soupçons ne cessaient de tourbillonner dans son esprit. Malgré ses efforts, il lui était impossible d'imaginer un des membres de la Night School capable de trahir Isabelle de la sorte. Pourtant, c'était bien ce qui se passait.

Gardant en mémoire le conseil de Rachel, Allie fit son possible pour gagner la confiance de Zoé. Cependant, plus elle essayait, plus sa partenaire d'entraînement aux Nocturnes se posait des questions sur ses motivations. Il était difficile de s'habituer au comportement de Zoé, toujours détachée de tout, et à son approche quasi mécanique des problèmes. Cette fille n'éprouvait donc jamais d'émotions ? Il lui fallut du temps pour réaliser que derrière cette façade de robot et cette intelligence presque effrayante se cachait une petite fille de treize ans.

Elles ne papotaient guère ensemble. Chaque fois qu'elle tentait de bavarder un peu avec elle, Zoé semblait se demander pourquoi elle la dérangeait pour rien. Allie avait l'impression d'être, à ses yeux, la fille la plus ennuyeuse du monde.

Un jour où elle évoquait un devoir de sciences, Zoé l'interrompit au beau milieu d'une phrase.

— Tu parles beaucoup trop, lâcha-t-elle.

Puis elle se leva et s'éloigna, l'abandonnant là. Allie en resta bouche bée.

Quoi qu'il en soit, pendant les Nocturnes, Zoé se montrait désormais meilleure coéquipière. Dès qu'elle maîtrisait un nouveau mouvement, Zoé la complimentait, même si ses félicitations se cantonnaient souvent à un truc du genre :

— Tu l'as appris plus vite que les autres, celui-là. Qu'est-ce qui t'arrive ?

Cependant, Allie avait décelé une certaine vulnérabilité chez sa partenaire, et elle continuait donc à tenter de gagner sa confiance.

— Elle me fait penser… à un petit animal domestique, confia-t-elle à Rachel un jour.

Rachel eut un sourire narquois.

— À ta place, je m'arrangerais pour qu'elle n'entende pas ce type de commentaire…

— Une sorte de bébé cobra, persista Allie. Mignonne et vicieuse en même temps.

— Ou bien un tout petit python, suggéra Rachel. Mais si jamais tu racontes que j'ai dit ça, je le nierai.

— Je ne m'y risquerai pas. Elle me mettrait KO.

La glace entre Zoé et elle fut finalement brisée lors d'un après-midi d'octobre particulièrement chaud pour la saison, quand Jerry Cole leur assigna une mission de surveillance. Allie insista pour la qualifier de « Nocturne en plein jour », se targuant à maintes reprises de sa trouvaille, jusqu'à ce que tout le monde lui demande de la boucler. Zoé, elle, se contenta de lui lancer un regard noir.

Leur mission consistait à suivre l'un des élèves de la Night School, Philip, durant trois heures, sans être découvertes. Elles devaient surveiller chacun de ses mouvements et les consigner sur un formulaire. Quand on leur confia cette tâche, elles pensèrent toutes deux que ça allait être plutôt cool.

Ce fut ennuyeux au possible.

D'abord Philippe passa une heure à la bibliothèque à étudier, seul. Puis il se rendit aux toilettes des garçons. Où il s'attarda durant une éternité. Les deux filles patientaient dans le couloir et débattaient pour décider si elles devaient, oui ou non, entrer dans les toilettes des hommes, lorsqu'il en sortit soudain, manquant de leur foncer dedans. Heureusement, il était distrait et continua son chemin sans les remarquer. Reprenant leur filature, elles l'observèrent tandis qu'il se joignait à un groupe de copains pour jouer au football.

Durant la partie, Zoé et Allie se cachèrent tout d'abord dans les bois, maintenant leur surveillance à travers les arbres. Mais le match s'éternisait et l'ennui les gagna. Allie suggéra un jeu pour passer le temps : regarder les nuages et trouver à quels animaux ils ressemblaient.

— Je vois un Minotaure, dit Zoé alors qu'elles s'allongeaient sur le dos et fixaient le bleu du ciel.

— Impossible.

Allie ne voyait rien d'autre qu'une tache informe, et se pencha pour scruter le nuage que Zoé pointait du doigt.

— Si, c'est un Minotaure ! insista Zoé. Regarde, là, il y a deux cornes, et un puissant torse par ici. Et là, une sorte de queue. C'est un Minotaure.

— C'est ça, oui, marmonna Allie. Moi, je vois un canard.

— Où ça ?

Cette fois, ce fut Zoé qui contempla le nuage qu'elle désignait.

— Je ne trouve pas que ça ressemble à un canard, affirma Zoé. On dirait plutôt un lapin.

— Très bien, soupira Allie. Dans ce cas c'est un canard-lapin.

Un oiseau surgit des arbres et se posa sur le sol près d'elles. Il pencha la tête et les observa un instant, avant de changer d'avis et de s'éloigner d'un battement d'ailes.

— Oh, non, chuchota Zoé. Seulement un…

Allie contemplait toujours les nuages.

— Oui, un seul canard-lapin, Zoé…

Mais Zoé se fichait pas mal des canards-lapins. Elle bondit sur ses pieds.

— Une pour le chagrin. Il ne peut pas y en avoir qu'une. Il en faut deux ! Une pour le chagrin, Allie !

Zoé se tourna vers elle, complètement flippée.

— Aide-moi à en trouver une autre ! la pressa-t-elle.

— Trouver une autre quoi ?

Étonnée, Allie s'apprêta à la suivre, mais Zoé avait déjà disparu dans les bois. Lorsqu'elle la retrouva quelques instants plus tard, Zoé se tenait dans une clairière, et parcourait un à un les arbres du regard.

— Trouver une autre quoi, Zoé ? insista Allie, perplexe.

Sa coéquipière pointa du doigt la branche au-dessus de leurs têtes, sur laquelle se balançait une grosse pie au plumage lustré. De temps en temps l'oiseau les observait avant qu'autre chose n'attire son attention.

— Il ne peut pas y en avoir qu'une, marmonna Zoé comme pour elle-même. Il ne peut pas y en avoir qu'une !

Toujours confuse, Allie examina les arbres environnants à la recherche d'un oiseau, n'importe lequel.

— Là ! fit-elle.

Elle désigna la cime d'un gros marronnier, assez éloigné, sur laquelle était perché un oiseau – mais elles étaient trop loin pour en reconnaître l'espèce.

— C'est une pie, non ?

Zoé se haussa sur la pointe des pieds et fixa l'oiseau en question. Puis elle poussa un cri de victoire et battit des mains.

— Oui ! Deux pour la joie !

Effrayée, la première pie s'envola.

Sans ajouter un seul mot, Zoé retourna en courant à l'endroit où elles jouaient à identifier les nuages, et s'allongea, contemplant le ciel comme si rien ne s'était passé.

Une seconde plus tard, Allie s'assit à côté d'elle, et la regarda d'un air interloqué.

— Alors… Cette histoire de pie ?

Les yeux plissés, Zoé scrutait les nuages.

— Il ne peut pas y en avoir qu'une seule, Allie. Jamais.

— À cause du poème ?

Zoé hocha la tête.

Allie s'en souvenait vaguement. Sa mère le lui avait récité de temps à autre, lorsqu'une pie croisait leur chemin.

« Une pour le chagrin, deux pour la joie, trois pour une fille, quatre pour un garçon... »

Tout en songeant à la comptine, Allie jeta un regard absent en direction du terrain de foot – mais il était vide.

— Oh, merde, Zoé ! On a perdu ce crétin de Philippe !

Mais peu importait qu'elles aient failli à leur mission et qu'elles se chopent une mauvaise note, ou que Jerry soit déçu par leur comportement.

D'une certaine façon, cet après-midi avait tout changé entre elles.

À partir de ce jour, Zoé accepta complètement Allie.

La vague de chaleur automnale ne dura pas. Quelques jours plus tard, une pluie implacable frappait les carreaux. Accompagnée de Carter, Allie descendait les marches en pierre qui menaient à la salle d'entraînement en sous-sol, et discutait de ce qui s'était passé la veille au soir. Le temps était déjà mauvais et, au lieu de les envoyer courir dehors, on leur avait donné un problème à résoudre. Inscrit au tableau, de l'écriture nette et élégante d'Eloise, l'énoncé avait laissé les élèves déconcertés.

« Un train bondé, lancé à toute vitesse, est sur le point de dérailler. Vous avez la possibilité de sauver les passagers, en faisant dévier ce train sur d'autres rails, mais dans ce cas, une personne innocente mourra. Est-il juste de sacrifier un être humain pour sauver de nombreuses vies ? »

Comme d'habitude, on leur avait seulement indiqué qu'il n'y avait pas de bonne réponse, ni de mauvaise, mais qu'ils auraient à prendre ce genre de décision un jour. L'essentiel était qu'ils soient capables de faire leurs propres choix.

Tout ça révoltait Allie.

— C'est monstrueux ! Qu'est-ce que c'est que cette question ? maugréa-t-elle alors qu'elle avançait avec Carter sous les lumières fluo du couloir en sous-sol. (L'air sentait le moisi, elle pouvait presque sentir l'humidité sur sa peau.) Et pourquoi ne nous disent-ils pas ce qui est juste ?

Elle leva un poing rageur vers le plafond.

— J'ai besoin de savoir ce qui est juste ou non !

Carter lui sourit avec douceur.

— Tu t'y habitueras. On nous pose souvent ce genre de questions.

— Mais qu'est-ce qu'ils veulent ? Nous apprendre à devenir aussi machiavéliques que Satan ?

— Peut-être...

Allie l'observa du coin de l'œil, et vit sa mine s'assombrir. Elle ne fit aucune remarque, mais elle était contente que Carter ne soit pas toujours d'accord avec la Night School. Qu'il se pose des questions, comme elle.

« Ce qu'on nous enseigne... c'est bien ? Ou pas ? »

— Moi, je vais te dire, ça ne marchera pas. Nous sommes beaucoup trop gentils pour ça. Ils ne réussiront jamais ! fit-elle remarquer, sûre d'elle.

Elle ouvrit la porte de la salle d'entraînement numéro un.

— Ils verront bien que...

Elle perdit soudain le fil de ses pensées. Les matelas d'entraînement avaient disparu. Une table était installée à l'autre bout de la pièce et faisait face à plusieurs rangées de chaises métalliques.

— Mais qu'est-ce que... ? murmura Carter.

Échangeant un regard inquiet, ils avancèrent dans la salle et s'installèrent sur deux sièges vides. On se serait cru dans une église avant le début d'un sermon – tout le monde était assis dans une attitude de vénération.

Les chaises de l'autre côté de la table étaient vides.

Carter se pencha vers sa voisine, une fille à la silhouette délicate et aux cheveux bruns, à l'allure vaguement familière.

— Qu'est-ce qui se passe ? chuchota-t-il.

La fille releva la tête et Allie croisa son regard.

« Nicole. Ma copine de salle de bains ! »

Les mains en coupe autour de sa bouche, Nicole murmura quelque chose à Carter, qui lâcha un juron.

Allie lui donna un léger coup de coude.

— Qu'est-ce qu'il y a ?

Il approcha les lèvres de son oreille.

— Les investigations vont commencer.

Allie retint son souffle. Une vague d'anxiété l'envahit – son corps entier semblait comprendre que le pire était à venir.

— Oh, merde !

Les dirigeants de la Night School firent attendre les élèves durant un angoissant quart d'heure. Quand les portes s'ouvrirent enfin, on pouvait presque sentir l'électricité crépiter dans l'air. Ils pénétrèrent dans la salle comme s'ils s'apprêtaient à mener une bataille. Eloise, Isabelle, Zelazny, Jerry, et Raj, tous vêtus de noir de la tête aux pieds, entrèrent au pas de charge. Ils n'accordèrent pas un seul regard aux élèves avant de s'être installés – et, à ce moment-là, ils examinèrent la salle d'un air impassible.

Allie serra si fort le bas de son chemisier entre ses doigts qu'elle s'en coupa presque la circulation sanguine.

« Ma vie entière n'est qu'un immense mensonge. »

Raj prit la parole le premier.

— Ce que vous allez accomplir cette semaine est difficile, mais crucial. Chacun d'entre vous va se voir assigner une personne sur laquelle il devra enquêter. Vous interrogerez votre sujet sur tous les aspects de sa vie et nous fournirez un rapport écrit. Dans ce rapport, vous devrez décider si cette personne vous a dit la vérité ou non. Au cours des prochains jours, chacun de vous aura droit à une séance individuelle pour apprendre à détecter les mensonges. D'ici à la fin de la semaine, nous attendons de vous que vous soyez capables d'identifier chaque signe de trahison tels les tics de langage, les manies, la gestuelle inappropriée. Vous vous en servirez pour découvrir la vérité.

Il se cala dans son siège et Eloise lui succéda.

— La plupart du temps, le sujet qui vous sera assigné sera une personne que vous connaissez déjà et même, souvent, quelqu'un que vous connaissez très bien.

Un murmure de consternation parcourut la salle.

— Grâce à cela, continua Eloise, vous apprendrez à séparer vos émotions de votre travail. Quoi qu'il en soit, vous devez savoir que votre sujet ne verra jamais le rapport que vous nous remettrez. Ce sera un document confidentiel, qui devra donc refléter la vérité sans fard.

Eloise posa ses paumes à plat sur la table, afin d'accentuer la suite de son discours.

— Mentir à la personne qui enquête sur vous entraînera votre expulsion des Nocturnes et de Cimmeria.

Alors que Zelazny prenait la parole à son tour, Allie se recula d'instinct dans son siège.

— L'identité de la personne sur laquelle vous enquêterez doit rester secrète. Il vous est interdit de la révéler à qui que ce soit.

Ses yeux froids les fixaient.

— Quiconque dévoilera cette information sera puni, poursuivit-il, glaçant.

Zelazny saisit son porte-documents posé par terre à côté de lui, et en retira une pile de fins dossiers noirs.

— Quand j'appellerai votre nom, veuillez venir chercher votre ordre de mission. Anderson…

Une fille à la silhouette élancée s'avança vers les professeurs. Allie et Carter échangèrent un regard désespéré.

La pile de dossiers devant Zelazny diminuait. Allie vit d'abord Lucas puis Julie aller récupérer leurs assignations.

Lorsque Zelazny appela : « Glass ! », Zoé s'avança du fond de la salle, l'air furieux. Elle lui arracha le dossier des mains.

— C'est honteux ! marmonna-t-elle en passant devant Allie pour retourner s'asseoir.

— Sheridan ! aboya Zelazny quelques secondes plus tard.

Allie prit une profonde inspiration et s'avança à son tour. Elle gardait un air détaché, mais ne pouvait s'empêcher de crisper les poings. Lorsque Zelazny lui tendit son dossier, elle se força à croiser son regard avant de retourner s'asseoir. Tout ça ne prit pas plus d'une minute… qui lui sembla pourtant durer une éternité.

Carter fut le dernier à être appelé. Quand il se leva, il jeta à Allie un regard anxieux.

— Bien. À présent, vous avez vos ordres de mission, dit Isabelle, une fois que Carter se fut rassis. Je vous rappelle que tout doit rester sous le sceau du secret.

Pendant qu'elle s'adressait à eux, Jerry retira ses lunettes et en nettoya les verres avec un mouchoir de fin coton. Lorsqu'il eut terminé, il prit la parole.

— Passez du temps avec votre sujet. Apprenez à poser les bonnes questions, et à reconnaître un mensonge de la vérité. C'est très important.

Il remit ses lunettes sur son nez et les observa d'un air solennel.

— Quelqu'un dans cette pièce collabore avec Nathaniel et ment à chacun de nous. Vous pouvez découvrir qui est cette personne. La procédure commencera dès demain. Cette semaine, il n'y aura aucune Nocturne. Nous tenons à ce que vous vous concentriez sur ce projet.

Les élèves se précipitèrent hors de la salle. Allie et Carter retrouvèrent aussitôt Lucas et Julie.

— Non, mais, vous y croyez ?

Lucas paraissait écœuré.

Julie secoua la tête et jeta un regard à Carter.

— Je n'aime pas ça du tout.

Son expression soucieuse inquiéta Allie.

« Rien ne perturbe jamais Julie. »

— Cette histoire va mal se terminer. Quelqu'un va souffrir et je parie que ce sera moi, plaisanta Lucas pour tenter d'alléger l'atmosphère.

Mais personne ne rit.

Un peu plus tard, de retour dans sa chambre, Allie s'assit sur son lit, le dossier fermé posé devant elle. La chemise formait comme un trou noir sur la blancheur immaculée de sa couette.

Personne ne s'était attardé. Comme mus par un accord silencieux, ils s'étaient séparés en haut des escaliers, et chacun était parti de son côté.

Allie savait qu'il était temps d'ouvrir ce dossier, et de découvrir sur qui elle devait enquêter. Quelle intimité elle allait piétiner. Quelle personnalité elle allait mettre en doute. Et qui allait la détester d'ici la fin de la semaine.

Eloise avait précisé que le sujet serait une personne proche.

Son sixième sens lui souffla qu'elle savait déjà quel nom était inscrit sur le formulaire. Pourtant, elle resta encore un moment à contempler la pochette, ses mains semblant refuser de bouger.

Finalement, elle ferma les yeux, et saisit le dossier à tâtons. Elle en sentit la couverture souple sous ses doigts, puis les angles, et l'ouvrit. Priant en silence, elle releva avec lenteur les paupières.

Deux mots, écrits bien nets à l'encre noire sur la page blanche, lui sautèrent aux yeux.

*Carter West.*

# 12.

Allie saisit le formulaire et le fixa, comme si la force de son regard pouvait en changer le contenu. Mais elle avait beau insister, le message restait le même.

*Carter West.*

Elle tourna le document entre ses doigts. Mis à part ces deux mots, qu'elle aurait souhaité ne jamais voir, la feuille était blanche.

Il y avait quand même une autre page – une fiche d'instructions tapées à l'ordinateur.

Maintenant que votre sujet vous a été attribué, vous devez informer cette personne que vous allez enquêter sur elle. Essayez de le faire d'une manière agréable. Par exemple, proposez-lui un thé, ou déjeunez avec elle. Dans cet environnement détendu, faites-lui part de la tâche qui vous incombe, et dites-lui que vous aimeriez mener votre premier entretien le plus tôt possible.

Lors de vos rencontres, prenez des notes précises. Celles-ci devront nous être remises avec votre rapport. N'en gardez aucune copie pour vous-même.

Rangez votre dossier en lieu sûr. N'autorisez personne à le voir. Toute entorse à cette règle pourrait entraîner votre expulsion définitive de la Night School, voire de Cimmeria.

Un léger coup frappé à sa fenêtre interrompit sa lecture. Perché sur le rebord extérieur, Carter l'observait à travers la vitre.

Aussitôt Allie ferma son dossier. Durant un instant, elle envisagea de demander à Carter de partir, en prétextant la fatigue, ou un mal de tête.

N'importe quoi pourvu pour qu'il s'en aille.

Comme elle ne bougeait pas, il désigna la clenche du doigt.

— Quand tu veux, articula-t-il en silence.

Allie quitta son lit à contrecœur et déverrouilla la poignée. La fenêtre s'ouvrit et Carter passa sur le bureau, dépliant ses longues jambes avec difficulté. Il pleuvait toujours, et ses cheveux sombres lui tombaient sur le front – des gouttes d'eau coulaient de son pull bleu. Le froid avait rougi ses joues.

Il était magnifique… mais paraissait fâché.

— Pourquoi as-tu mis si longtemps à m'ouvrir ? Il gèle dehors.

— Désolée, répondit-elle avec un vague geste de la main. J'étais en train de travailler sur… un truc.

Carter jeta un coup d'œil sur son lit et remarqua le dossier. Ses prunelles s'assombrirent.

— Oui, moi aussi j'étais là-dessus.

— Ça me dégoûte ! On doit vraiment le faire ?

— Oui, mais ça ne doit pas gâcher nos vies pour autant. On le fait, et on passe à autre chose. C'est tout.

Sans réfléchir, elle s'avança, plaqua une main fébrile sur sa nuque pour l'attirer à elle, et l'embrassa avec passion. Carter posa ses mains sur ses hanches pour l'attirer encore plus près, et elle prolongea leur baiser jusqu'à ce qu'il en ait le souffle court.

Les cheveux de Carter étaient encore humides de pluie, et ses lèvres sur les siennes étaient froides, mais peu lui importait. Son souffle chaud envahissait sa bouche et, en cet instant, elle était plus proche de lui que jamais.

— Allie..., gémit-il.

Ses lèvres descendirent dans son cou et il huma le doux parfum de ses cheveux bruns.

Elle aurait voulu que leur baiser ne cesse jamais. Mais elle devait lui dire.

— Promets-moi que tu ne me détesteras pas.

Carter rompit leur baiser, et reculant d'un pas, il la fixa.

— Qu'est-ce qui se passe ?

Par pur réflexe, Allie jeta un coup d'œil au dossier noir. Carter suivit son regard et se crispa.

— Oh, merde, Allie. C'est sur moi que tu dois enquêter, c'est ça ?

— Carter... Promets-moi..., insista-t-elle.

Il plongea ses yeux dans les siens.

— Je promets de ne pas te détester.

Elle hocha la tête avec résolution.

— OK. Dans ce cas, tout ira bien.

— Quelle bande de connards !

Carter la relâcha. Il se passa une main dans les cheveux et traversa la chambre en quatre grandes enjambées. Pendant un instant, il se contenta de se tenir près de la porte, et de contempler Allie, les yeux lourds de colère. Puis il se retourna, et frappa le mur du poing.

— Carter !

Horrifiée, Allie courut vers lui, et attrapa son bras avant qu'il ne puisse recommencer.

— Ne fais pas ça !

Le mur de brique et de pierre avait survécu à deux siècles, ce n'était pas un garçon de seize ans qui risquait de l'endommager aujourd'hui. Mais Carter s'était coupé au niveau des articulations. Une goutte de sang coula sur son poignet. Allie sentit sa gorge se serrer.

— Oh, mon Dieu, tu es blessé !

Elle lui agrippa le poignet et regarda autour d'elle. Que pourrait-elle utiliser comme bandage ? Saisissant un gant de toilette mouillé, elle le lui posa avec douceur sur les doigts. Carter ne chercha pas à l'aider, pas plus qu'il ne la repoussa – il se contenta de l'observer, d'un air absent.

— Pourquoi est-ce que tu as fait ça ? lui reprocha-t-elle. Tu aurais pu te casser la main !

Pendant un long moment, Carter ne répondit rien.

— Parfois, j'ai l'impression que le monde entier est contre nous, lâcha-t-il enfin, d'une voix lourde de colère et de frustration.

— Moi aussi.

Elle lui effleura le visage – ses doigts s'attardèrent sur ses pommettes finement ciselées jusqu'à ce que ses prunelles sombres croisent les siennes.

— Mais personne ne réussira à nous séparer, Carter. Écoute, on n'a qu'à... je ne sais pas... faire cet interrogatoire débile et s'en débarrasser. Souviens-toi : ce n'est qu'un truc stupide.

— Oui, rien qu'un truc stupide.

Hélas, il n'en semblait plus aussi convaincu.

— Tu dois donc être attentive aux signes physiques, par exemple, si ton sujet transpire, expliqua Eloise.

— C'est nul !

Les yeux rivés sur ses chaussures, Allie se cala un peu plus dans son siège. Elle tortilla le bas de son chemisier entre ses doigts. Puis le détortilla... avant de recommencer dans le sens inverse.

— Comme aux signes d'impatience, poursuivit la bibliothécaire en la fixant ostensiblement. Mais ce ne sont que des facteurs évidents, et à dire vrai, je m'attends à mieux de la part de Carter.

— Qu'est-ce que vous voulez dire ?

Allie était énervée. C'était la fin de la matinée, et Eloise lui avait fait quitter le cours de maths plus tôt, pour lui donner sa première séance de formation aux techniques d'interrogatoire et de détection de mensonges. Elle était spécialisée dans ce domaine, et Isabelle avait insisté pour que ce soit elle qui la coache.

Normalement, sécher une partie du cours de maths n'était pas pour lui déplaire, mais Allie était trop excédée de devoir enquêter sur Carter pour s'en réjouir.

— Cela veut dire, répondit Eloise avec patience, que Carter est déjà bien entraîné par la Night School. Donc, question duperies, il en connaît un rayon.

Ses paroles glacèrent Allie.

« Carter est la personne la plus franche que je connaisse. Il ne ferait jamais… »

— Bon, essayons quelque chose de différent.

Faisant basculer le dossier de son siège contre le mur, la bibliothécaire posa son bloc-notes sur ses genoux, et en tourna quelques pages. Elles se trouvaient dans l'un des boxes au fond de la bibliothèque. Chacun était de la taille d'un petit bureau, avec tout juste assez de place pour une table et deux chaises, et tous étaient décorés de peintures murales du XVII^e^ siècle. Allie appelait celle de leur box « La Paix », car tous les personnages semblaient heureux. Les chérubins qui voletaient vers le plafond étaient adorablement potelés et souriants. Personne ne tuait personne, comme sur les peintures des autres boxes.

— Dis-moi, continua Eloise, quels sont les signes auxquels tu devras être attentive quand tu interrogeras Carter ?

Allie songea au regard du garçon qu'elle aimait, et à ses longs cils qui jetaient des ombres délicates sur son visage quand, énervé, il baissait les paupières.

— À la transpiration, dit-elle avec un soupir. Et s'il touche son...

D'un geste de la main, elle désigna son propre visage.

— Vous savez... son nez ou sa bouche.

— Très bien. Est-ce que tu sais pourquoi les gens se couvrent la bouche lorsqu'ils mentent ?

Oui, Allie le savait mais, butée, elle fit non de la tête.

Eloise portait d'élégantes lunettes qui lui couvraient à peine les yeux. Quand elle parlait, la lumière de la pièce se reflétait sur ses verres.

— Certains pensent qu'il s'agit d'un effort du subconscient pour dissimuler les mensonges.

Elle tourna une page de son bloc.

— Tu devras aussi faire très attention à ses mouvements d'yeux.

Allie grimaça.

— Vous parlez d'un regard fuyant ?

— Non, en fait, le contraire. Tu dois vérifier s'il cherche à trop établir le contact oculaire. Lorsque les gens mentent, ils s'efforcent de nous regarder droit dans les yeux, sans se rendre compte qu'en temps normal ce n'est pas ce que l'on fait.

Elle pointa Allie du doigt.

— Tu vois, toi, par exemple, quand je t'ai demandé d'être attentive à ses mouvements oculaires, avant de me répondre tu as levé les yeux au plafond. Pourquoi est-ce que tu as fait ça ?

Allie s'agita dans son siège.

— Non, je ne l'ai pas fait... Si ? Vraiment ?

Eloise hocha la tête.

— C'est ce que nous faisons quand nous réfléchissons à une réponse. C'est comme si nous fouillions notre cerveau à la recherche d'informations nécessaires.

Elle se pencha en avant.

— Si Carter ne le fait pas, cela signifiera qu'il a préparé sa réponse.

Allie poussa un lourd soupir, et baissa les yeux sur ses mains, crispées sur ses genoux.

— Génial…

Eloise lui tendit une feuille de papier sur laquelle étaient notées trois questions.

— Tiens. Tu dois absolument interroger Carter là-dessus, et mentionner ses réponses dans ton rapport.

Allie saisit le document, et fixa la première question.

— As-tu déjà parlé de moi à Nathaniel ou à n'importe quelle personne travaillant avec lui ? lut-elle à voix haute.

Son estomac fit un double salto dans son ventre.

— Eloise, vous et moi savons très bien que la taupe ne peut pas être Carter, rétorqua-t-elle d'un ton sec. Tout ça n'est qu'une perte de temps. Pourquoi ne pas nous concentrer à chercher sa véritable identité ? Et si jamais c'était Zelazny ou Jerry ? Ou même vous ? Car, finalement, qui enquête sur vous ?

Sa question résonna dans la pièce, et Eloise ne répondit pas aussitôt. Au lieu de cela, elle fit le tour du bureau et s'approcha d'elle. Elle retira ses lunettes, les posa sur la table, et se pencha vers Allie. Ses longs cheveux noirs étaient lâchés sur ses épaules. Ce n'était pas la première fois qu'Allie remarquait à quel point elle paraissait jeune. Avec son visage lisse et ses yeux bruns sans maquillage, elle aurait très bien pu passer pour une élève.

— Écoute, ma puce, dit-elle d'une voix douce, je sais que tu vis des moments difficiles à cause de cette enquête. Nous avions tous conscience que ce serait le cas. C'est pour cela que nous t'avons choisie.

La colère envahit Allie.

— Pourquoi ? Vous vouliez détruire ma vie ?

— Non. Nous voulons que tu deviennes capable de te protéger toute seule, même des personnes que tu crois être tes amis. N'oublie pas Gabe. Lui aussi était ton ami. Tu lui as fait confiance, comme nous, mais il n'était pas ce qu'il prétendait. Nous te demanderons toujours d'enquêter sur la personne la plus proche de toi.

— Mais pourquoi Carter ? insista Allie d'une voix angoissée. Il n'est pas mon ami, mais mon petit ami. C'est différent !

Eloise desserra ses poings crispés et lui saisit les mains.

— Parce que la personne la plus proche de toi est celle qui peut te faire le plus de mal.

Quelle horreur ! Comment Eloise pouvait-elle affirmer ça ? Furieuse, Allie retira ses mains des siennes, mais avant qu'elle n'ait le temps de répliquer, Eloise lui fit signe de se taire.

— Avant que tu ne me le dises, je sais, Allie. Je sais que Carter est une bonne personne. Nous le connaissons tous très bien, et il est peu probable qu'il ait des secrets pour nous. Mais Carter ne sera peut-être pas toujours la personne la plus proche de toi. Tu dois être capable de distinguer l'apparence de la personnalité, et apprendre à évaluer ton entourage sans tenir compte de tes sentiments, ni de l'amour que tu éprouves.

En entendant le mot « amour », Allie se sentit vaciller.

— C'est stupide ! riposta-t-elle en donnant un coup de pied dans sa chaise. Personne ne peut être capable de faire ça. Personne ne peut mener une enquête sur son petit ami et ensuite... s'envoyer en l'air avec lui. Personne !

— Crois-moi, c'est pourtant ce que les gens font. À longueur de temps.

Ce soir-là, après le dîner, Allie était assise à une table de la bibliothèque, essayant de lire son cours de littérature anglaise, mais les mots semblaient danser sur la page comme un code secret dont personne ne lui aurait fourni la formule. Ses pensées vagabondaient sans relâche. Les graines du doute plantées par Eloise le matin même prenaient insidieusement racine dans son esprit.

« Comment saurais-je si Carter me ment ? » se demanda-t-elle en tournant une page. Puis, soudain, une horrible question résonna en elle.

« Va-t-il le faire ? »

Continue à avancer et tu auras la vie sauve.

Allie courait dans les bois enneigés, et ne cessait de se répéter ces paroles – encore et encore.

Continue à avancer.

La lune diffusait sa lueur bleutée sur la forêt, et faisait scintiller son pyjama blanc.

Tu auras la vie sauve.

*Neuf cent soixante et onze pas... Neuf cent soixante-douze...*

Elle avait tellement froid qu'elle avait du mal à croire qu'elle pouvait encore bouger. Les doigts glacés, elle crispait les poings. Tout était silencieux. Elle n'entendait aucun son, à part son souffle court et le crissement de ses pantoufles trempées sur la neige.

La lune éclairait le paysage comme en plein jour. En s'aventurant sur le chemin glissant, Allie distinguait les hauts pins et les fougères gelées. Son souffle formait un petit nuage cristallin devant sa bouche.

Où aller ? Elle avait si froid !

Un sanglot monta de sa gorge, mais elle le réfréna.

Non, elle ne pleurerait pas !

Soudain, elle perçut un bruit. Quelque chose bougea dans un buisson proche, dont le manteau de neige tomba à terre.

Allie s'arrêta et se plaça aussitôt en position de défense.

Alors qu'elle retenait son souffle, prête à contrer une attaque, les broussailles s'écartèrent et un renard en émergea, puis l'observa.

Son pelage brillant créait une tache d'un roux éclatant sur la neige. La fixant sans peur de ses yeux de prédateur, le renard huma l'air.

Des larmes coulèrent des paupières d'Allie, mais elle les chassa d'un geste de la main.

— Tu es magnifique, chuchota-t-elle en tendant une main – bleue de froid – pour caresser l'animal.

Le renard retroussa ses babines, révélant ses dents blanches. Avant qu'elle ne puisse retirer sa main, il se recroquevilla sur lui-même.

Puis, avec un grondement féroce, il lui sauta à la gorge.

Haletante, Allie bondit hors de son lit. À peine sortie de son cauchemar, elle était déjà pieds nus sur le sol, tremblante. Les yeux hagards, elle tapa plusieurs fois sur sa lampe de bureau, jusqu'à ce qu'elle s'allume, puis elle scruta les quatre coins de la pièce.

Tout allait bien. Elle était seule, sans aucun renard à ses trousses. Elle se dirigea vers la fenêtre et en verrouilla le loquet.

Une fois de retour dans son lit, elle tira sa couette jusqu'à sa poitrine, comme un bouclier.

— Merci, mon cher subconscient, marmonna-t-elle, je ne suis pas près de trouver le sommeil après ça !

Elle resta éveillée longtemps, avant de s'endormir avec la lumière.

# 13.

Après son cauchemar, Allie ne dormit que par intermittence, et se réveilla alors qu'il faisait toujours nuit. Elle descendit au rez-de-chaussée avant sept heures, et s'installa dans le réfectoire quasi désert tout en regardant le personnel disposer les plats du petit déjeuner et les pots de café. Encore ensommeillée, elle avait le regard perdu dans le vide quand Rachel entra dans la salle, quelques minutes plus tard.

— Tu as une mine horrible, nota-t-elle en jetant ses livres sur la table. Mais empiffrons-nous d'abord. On discutera plus tard.

Elles s'attablèrent devant des tasses de thé fumant et de copieuses assiettes d'œufs brouillés et de toasts qu'Allie avait d'abord dédaignés, mais qu'elle dévorait, finalement.

La seule présence de Rachel l'aidait à se sentir mieux. Son amie lui manquait. Il y avait tant de choses qu'elle ne pouvait lui dire, mais qu'elle brûlait de lui révéler. C'est si bon de papoter avec elle comme ça, au petit matin.

Comme à la belle époque.

— Je suis affamée, déclara Rachel. Le dîner d'hier était tellement bizarre qu'on osait à peine y toucher. Les cuisiniers auraient dû… je ne sais pas… l'encadrer, peut-être. On aurait cru de l'art contemporain. Alors, dis-moi, que fais-tu debout si tôt ?

Allie bâilla.

— Je ne pouvais pas dormir. Je suis allée courir hier soir, et je crois que c'est ça qui m'a gâché la nuit. J'ai fait un cauchemar dans lequel je courais en chaussons dans les bois et un renard me dévorait.

Elle but une gorgée de thé.

— Un renard t'a dévorée ?

Rachel avait l'air impressionnée.

— C'était sanglant ? Tu souffrais ?

Allie se remémora l'instant où elle avait bondi de son lit, tremblante de peur.

— Je me suis réveillée quand il a commencé à me dévorer le visage.

— C'est moi qui dévore ce matin, dit Rachel en avalant une bouchée de ses œufs brouillés.

Comme sa remarque ne faisait pas rire Allie, elle leva les yeux vers elle et l'observa, les sourcils froncés.

— Tu sais, en général, les renards ne dévorent pas les humains. Dans ce rêve, tu étais sûrement hypergentille, et ce renard n'a pas pu résister. Ça signifie juste qu'il t'aimait beaucoup.

Allie était dubitative, mais elle ne put s'empêcher de sourire.

— Il ? Et si c'était une femelle ?

— Des rêves lesbiens avec des renards ? Petite cochonne ! Je me demande ce que Freud dirait de ça !

— J'aurais préféré que ce soit un rêve érotique, ronchonna Allie. Au fait, en parlant de ça... Qu'est-ce qui se passe entre Lucas et toi ? Il y a anguille sous roche, non ? Parce que j'ai l'impression que les choses se sont drôlement réchauffées, entre vous.

Rachel rougit.

Oui, elle *rougit.* Fait extrêmement rare

Allie écarquilla les yeux.

— Il se passe un truc, je le savais ! Tu as intérêt à tout me raconter !

Rachel la regarda avec timidité.

— Eh bien… Lucas et moi… Nous sommes ensemble. C'est officiel.

— Oh-mon-Dieu ! s'écria Allie en bondissant de sa chaise pour l'enlacer.

Riant aux éclats, Rachel la repoussa.

— Bas les pattes ! Tu écrases mon toast.

— Oh, Rachel, je suis si contente pour toi ! Quand est-ce que c'est arrivé ?

— Le week-end dernier. Tu n'as pas réalisé que j'avais disparu après le dîner ? Et le dimanche, je n'ai pas cessé de me comporter comme une idiote. C'était écœurant. J'espère que tu n'as rien remarqué.

Allie sentit le rouge lui monter aux joues. Non, elle n'avait rien remarqué. Elle avait été occupée tout le week-end. Elle s'était entraînée aux Nocturnes, et avait passé du temps avec Carter et Zoé. Le comportement de Rachel ne lui avait pas paru différent, parce que cela faisait des jours qu'elle l'avait à peine vue.

« Le week-end dernier ? Ça fait une éternité. Et elle ne m'a rien dit… ? »

C'était tellement étrange que Rachel ne se soit pas précipitée dans sa chambre pour tout lui raconter.

Et tandis que Rachel, gaie comme un pinson, évoquait son baiser avec Lucas, au clair de lune, près du ruisseau, Allie ne put s'empêcher de penser que la Night School avait déjà commencé à les séparer.

Même après s'être attardée avec Rachel au petit déjeuner, Allie arriva en avance au cours d'histoire. Jo était déjà là, seule dans la salle, et lui fit un petit signe de la main.

Ses cheveux blonds étaient coupés à la garçonne, ce qui la faisait paraître plus pâle et plus menue. À moins qu'elle ne soit *réellement* plus pâle et plus menue. Allie l'étudia d'un œil critique en s'asseyant à côté d'elle.

— Hé ! Vite avant que tous les autres arrivent, chuchota Jo. Qui tu as eu ?

— Qui j'ai eu ? Qui j'ai eu pour quoi ?

Jo semblait exaspérée et nerveuse.

— Tu sais bien ce que je veux dire.

— Je ne...

Sa voix s'évanouit, et une pointe d'anxiété la saisit lorsqu'elle comprit le sous-entendu de Jo.

Elle la fixa.

— Comment est-ce que tu sais que... ?

— Oh, Allie ! gloussa Jo. J'ai des contacts partout. Je sais tout. Alors, raconte-moi. Sur qui dois-tu mener ton enquête ?

Son rire était trop haut perché, et sa réplique trop désinvolte pour sonner vrai. Allie essaya de dissimuler les doutes qui s'insinuaient en elle.

Elles se trouvaient dans la salle de cours de Zelazny. Leur professeur la détestait, et Jo le savait. Pourquoi lui posait-elle des questions sur un sujet tabou alors qu'elle risquait de se faire pincer ?

Allie était horrifiée.

— Jo... Je ne peux pas. Je ne peux pas te le dire. Tu le sais bien.

Jo eut l'air outrée.

— Quoi ? Tu es sérieuse ? Promis, je ne le dirai à personne.

Allie songea à la menace d'expulsion, et secoua la tête.

— Jo... Je ne peux pas.

Au fond d'elle, elle savait que, de toute façon, elle ne voulait rien révéler à Jo. Elle ne lui faisait plus confiance. Si jamais elle racontait tout et que ses paroles reviennent aux oreilles de Zelazny...

— Quel plaisir de voir des élèves si impatientes d'étudier qu'elles arrivent en classe avant l'heure !

La voix glaciale de Zelazny tira Allie de ses pensées.

Les deux filles se tournèrent pour lui faire face. Zelazny se tenait à côté de son bureau en une pause quasi militaire, jambes écartées, bras le long du corps, les yeux en alerte.

« Depuis combien de temps est-il là ? »

Par chance, Jo n'était jamais à court de répliques.

— On voulait juste réviser un peu avant les cours, monsieur Zelazny, minauda-t-elle. On s'est dit que ça ne vous dérangerait pas.

Malgré sa colère envers Jo, Allie ne put qu'admirer son talent.

— Loin de moi l'envie d'empêcher des élèves d'étudier, rétorqua Zelazny avec sarcasme.

Il sortit ses livres de son porte-documents et entreprit de ranger son bureau.

— Je vous en prie, continuez. Ne vous interrompez pas pour moi.

Il prononça ces derniers mots d'un air dégoûté.

Jo et Allie échangèrent un regard avant de se plonger dans leurs livres. Cependant, au bout d'une minute, Jo bondit sur ses pieds.

— Je file en bas chercher quelque chose à manger avant le début du cours, annonça-t-elle en jetant un coup d'œil d'excuse à Allie.

Elle se précipita vers la porte.

— Je reviens tout de suite !

— Si vous arrivez en retard, vous serez collée ! cria Zelazny au moment où elle sortait. Et je vous interdis de ramener de la nourriture dans ma classe !

Après que Jo l'eut abandonnée, Allie se mit à relire le court essai d'histoire qu'elle devait remettre le jour même, mais la présence de Zelazny à quelques mètres la perturbait. Le simple fait de l'entendre respirer la rendait nerveuse. Elle se rendit compte qu'elle lisait la même phrase pour la troisième fois, mais garda néanmoins les yeux rivés sur son devoir.

Lorsque Zelazny s'adressa à elle, elle sursauta presque.

— Y a-t-il quelque chose sur quoi vous aimeriez me questionner ?

Avec lenteur, Allie leva les yeux vers lui.

— Heu... Je vous demande pardon ?

— J'ai dit : y a-t-il quelque chose sur quoi vous aimeriez me questionner ?

Sa question ne contenait-elle pas une menace voilée ? Allie eut aussitôt la chair de poule.

« Qu'a-t-il entendu ? »

Elle secoua la tête avec vigueur.

— Non... monsieur...

— Vous en êtes certaine ? insista Zelazny en se penchant en avant, les mains plaquées sur son bureau.

Allie tenta de conserver son sang-froid. La colère s'insinuait en elle, mais c'était sûrement ce que Zelazny cherchait.

« Qu'est-ce qui l'emmerde tant que ça ? Tout ce qu'il a pu entendre, c'est que je refusais de parler de la Night School à Jo. Pourquoi il joue au con, là ? »

— Il n'y a rien sur quoi je désire vous questionner pour l'instant, monsieur Zelazny, mais je vous remercie, dit-elle d'un ton qu'elle espérait ferme.

Elle baissa les yeux sur son livre, faisant mine de ne pas entendre le petit hoquet de surprise de Zelazny, ni le bruit du tiroir qu'il claqua.

Juste au moment où elle se disait qu'elle ferait mieux de fiche le camp, Sylvain pénétra dans la classe.

— Auguste, lança-t-il sans aucun préambule, j'ai une question sur le devoir que vous...

Au même instant, il remarqua la présence d'Allie et sembla capter la tension qui régnait dans la pièce. Sa voix s'évanouit.

Allie le supplia du regard et sentit les battements de son cœur s'accélérer lorsqu'il la fixa.

Ce mec avait décidément les yeux bleus les plus incroyables du monde.

— Quelle est votre question ? s'impatienta Zelazny.

Mais Sylvain ne paraissait soudain plus pressé du tout.

— La dissertation que vous nous avez donnée pour demain… Pourriez-vous m'expliquer plus précisément ce que vous en attendez ? J'ai trouvé vos consignes un peu vagues.

— Je pensais avoir été clair… Voyons… j'ai cela ici.

Pendant qu'il fouillait dans la pile de papiers sur son bureau, Sylvain se tourna vers Allie et lui fit un clin d'œil.

Toute la journée, Allie s'attendit à avoir des nouvelles de la personne qui devrait l'interroger. Chaque fois que quelqu'un l'appelait, ou lui tapait sur l'épaule, elle s'apprêtait à ce qu'on lui pose des questions auxquelles elle n'avait aucune envie de répondre.

Lorsqu'elle convint avec Carter du lieu et de l'heure de leur entretien, Carter lui demanda de nouveau si elle savait qui devait enquêter sur elle. Comme elle lui répondait d'un simple haussement d'épaules, Carter fronça les sourcils.

— Ça devient bizarre, Allie. Tu devrais dire à Eloise ou Isabelle ce qui se passe.

À ce moment-là, elle avait déjà envisagé plusieurs théories de complot. Peut-être que, connaissant l'histoire de sa famille, Isabelle la tenait en dehors de ça. Ou peut-être que leur directrice voulait mener l'interrogatoire en personne. De toute façon, elle n'avait aucune envie d'être questionnée par qui que ce soit, excepté Isabelle. Mais même dans ce cas, elle n'était pas pressée.

Après l'incident en cours avec Zelazny, elle vit à peine Jo. Ce soir-là, au dîner, elle s'arrangea pour s'asseoir entre Lucas et Carter.

Tous les deux étaient de la Night School. Elle pouvait se fier à eux.

Lorsque Lucas suggéra une partie de tennis nocturne, elle le regarda d'un air sceptique.

— J'ai tellement de boulot...

La voix de Jo l'interrompit.

— Super idée ! Allons-y, ça fait une éternité. Qui en est ?

Tout le monde leva la main, sauf Allie et Carter.

— Moi je ne peux pas, répondit Carter. J'ai rendez-vous avec Zelazny pour discuter de la dissert. Impossible d'y échapper.

Il jeta un coup d'œil à Allie.

— Mais toi, tu devrais y aller. Ça te plaira.

— Oui, viens, Allie ! insista Rachel d'une voix cajoleuse, comme si elle caressait un petit animal récalcitrant. On va bien s'amuser.

Allie fut incapable de dénicher une bonne excuse pour refuser, et ainsi, deux heures plus tard, elle se retrouva dehors dans le froid, en train de sortir le matériel nécessaire d'un placard.

Et elle ne s'amusait pas du tout.

— Il gèle ! se plaignit-elle. Pourquoi on va jouer dehors ?

— Ne fais pas le bébé ! la tança Jo en tendant à Lucas une raquette et un tube de balles. Le tennis de nuit, c'est génial.

Jo avait-elle remarqué qu'elle l'évitait ?

— Ouais, Allie, arrête de te plaindre ! Il ne fait pas si froid !

Lucas lui jeta une balle, mais ses réflexes étaient trop lents et la balle alla rouler sur le sol.

Allie poussa un soupir, et son souffle forma comme un petit nuage de colère devant sa bouche.

— Je ne dis pas que nous ne devons pas nous amuser, mais...

Elle balança sa raquette de façon maladroite.

Comme les autres se moquaient d'elle, Rachel lui passa un bras autour des épaules.

— C'est vrai qu'il fait froid, mais ce sera encore plus sympa. Tu vas voir.

Au moment où elle se baissait pour redresser le filet, Rachel sembla se rappeler quelque chose.

— Au fait, j'ai oublié de te dire que...

— Bon, on joue ou on se contente de papoter ?

Katie Gilmore s'apprêtait à les rejoindre. Ses longs cheveux roux étaient réunis en une queue-de-cheval haute et, comme pour les sports d'hiver, elle portait un bandeau recouvrant ses oreilles.

Allie se tourna vers Rachel.

— Dis-moi que je rêve !

— C'est elle qui s'est invitée...

Rachel haussa les épaules comme pour s'excuser, et tourna les talons, son matériel en main, la plantant là.

— Oh, Allie ! Ne me dis pas que tu vas jouer avec nous !

Katie la contempla avec un léger dédain.

— Où as-tu appris à jouer au tennis ? D'ailleurs, est-ce qu'ils savent y jouer à Brixton ?

— Ta gueule, Katie !

Allie se retourna pour suivre Rachel sur la pelouse, mais Katie lui colla aux basques.

— Inutile d'être grossière, même si ça semble être ta spécialité.

Allie jeta un regard par-dessus son épaule. Katie avait un grand sourire aux lèvres. À l'évidence, la situation l'amusait.

— Pourquoi est-ce que tu me suis, Katie ? Pourquoi ne vas-tu pas dévorer le cœur d'une innocente victime avec tes copines ?

Les lèvres parfaitement ourlées de Katie esquissèrent une moue.

— Oh, Allie ! Tu es adorable. Dis-moi, j'ai entendu une rumeur – sûrement un mensonge – comme quoi tu ferais partie de la Night School. C'est vrai ?

Allie secoua la tête.

— Bien tenté ! Mais si tu crois une seconde que je vais en discuter avec toi…

Katie l'interrompit.

— C'est juste que je suis surprise que tu aies accepté. Après ce qui s'est passé l'été dernier, je pensais que tu détestais la Night School.

Katie avait l'air si sincère – elle paraissait tant s'inquiéter pour elle – qu'Allie se retourna et la regarda, interloquée.

— J'ai mes raisons, lâcha-t-elle. Ça me semblait la meilleure chose à faire.

Katie haussa un sourcil, comme si elle s'apprêtait à réfuter cette théorie, mais finalement, elle ne répondit rien. Allie jeta un coup d'œil autour d'elles, personne ne leur prêtait attention, et elle éprouvait une pointe de curiosité.

— Pourquoi est-ce que tu n'en fais pas partie ? Je suis sûre que tu es assez qualifiée.

— Parce que, répliqua Katie d'un air énigmatique, je suis déjà bien assez riche, et je n'aime pas me salir les mains… Viens, allons jouer.

Elles se remirent en marche. C'était une belle nuit, claire et étoilée, encore plus froide que la précédente. Le vent avait beau s'être calmé, l'air demeurait glacial. Allie frissonna – sa veste en jean était trop légère pour ces températures. Les autres étaient bien plus emmitouflés.

Alors qu'ils s'installaient sur un coin plat de la pelouse, à la lisière des arbres, Sylvain surgit, une grosse écharpe à rayures nouée autour de son cou.

— Vous acceptez un joueur de plus ?

— Pas question ! plaisanta Lucas en lui lançant une raquette.

Le jeune Français l'attrapa facilement. Il avait de bons réflexes, et Allie songea qu'il avait dû passer pas mal de temps sur les courts de tennis.

D'ailleurs, ce devait être le cas de ceux qui se trouvaient là. Ils paraissaient tous à l'aise avec leur équipement. Katie avait raison sur son manque de pratique – elle n'avait que rarement joué au tennis durant son enfance, la plupart du temps sur un court provisoire organisé dans le gymnase de l'école de son quartier, les après-midi de pluie.

D'autres élèves les rejoignirent. Zoé apparut à côté d'elle. Elle portait des protège-oreilles en fausse fourrure blanche, et des gants assortis.

— Une partie de tennis nocturne, avec un froid pareil. Génial ! J'adore ça ! s'extasia-t-elle alors que personne ne l'avait invitée.

— Je connais une autre personne qui adorerait jouer, affirma Sylvain. Je vais la chercher.

Alors qu'il retraversait la pelouse, Zoé commença à expliquer le déroulement du jeu à Allie.

— Il n'y a pas de lumière sur la pelouse, mais ne t'inquiète pas, on y verra assez. On joue en double, c'est mieux.

Elle s'éloigna, excitée.

— De toute façon, tu vas voir !

Lucas et Rachel tendirent le filet entre deux poteaux. Puis Lucas appuya sur un bouton électrique.

De l'autre côté de ce qui était désormais un court de tennis, Zoé poussa des cris de joie, et lança sa raquette en l'air.

— Les lumières fonctionnent !

Allie eut un petit cri de surprise, et se retourna pour admirer le spectacle.

Le filet était entièrement garni de guirlandes électriques. Il ressemblait à une toile d'araignée couverte de rosée, étincelante dans la lumière matinale.

Autour du court, les arbres étaient eux aussi décorés d'un réseau invisible de guirlandes électriques qui illuminaient les branches de leurs petites lueurs blanches.

Comme une série de lumières en forme de raquettes s'allumait, Allie tourna la sienne et remarqua un bouton sur le manche. Chaque raquette s'éclairait d'une couleur différente. Celle de Zoé en vert, celle de Jo en mauve, et celle de Lucas en rouge.

Lorsqu'elle appuya sur le bouton de la sienne, une lueur bleue apparut aussitôt.

Une sphère illuminée d'orange, frappée par une raquette luisante de rouge, traversa le court – la balle de tennis vola dans l'obscurité. De l'autre côté du filet, les joueurs étaient quasi invisibles, les raquettes et la balle semblaient bouger toutes seules.

Allie était épatée.

— C'est carrément dingue !

Jo renvoya la volée de Lucas avec une facilité déconcertante.

— Tu vois, c'est ça, le tennis nocturne.

— Viens, Allie, on va s'échauffer ! proposa Rachel.

— Je ne suis pas très douée au tennis, reconnut Allie à contrecœur.

Rachel la poussa sur le court en riant.

— On s'en fout, Allie ! Tu n'es pas là pour t'entraîner pour les Jeux olympiques. On joue au tennis dans le froid et dans la nuit, c'est tout.

Une balle fila à leurs oreilles et elles se baissèrent vivement.

— Désolée ! cria Zoé.

Sa silhouette était invisible. Allie ne voyait que sa raquette illuminée de vert qu'elle agitait en un geste d'excuse.

— Tu vois, fit remarquer Rachel. On n'est pas tous doués.

Ça, Allie n'en était pas persuadée.

Pendant qu'elles s'entraînaient, Sylvain réapparut. Il se tenait juste à l'écart des lumières.

— Tout le monde connaît Nicole ?

Allie fouilla l'obscurité des yeux, mais elle était incapable de voir la personne à côté de Sylvain.

— Bien sûr ! s'exclama Jo. *Bonsoir*, Nicole.

Un rire léger lui répondit, puis une voix rauque à l'accent français :

— *Bonsoir*, Jo. Tu as un super coup droit.

— Merci ! dit Jo en renvoyant avec force la balle à Lucas, qui la loba avec facilité.

Sylvain et Nicole s'avancèrent dans la lueur projetée par le filet. Nicole était mince, et ses longs cheveux bruns lui descendaient jusqu'à la taille. Ses lèvres pleines esquissèrent un sourire. Elle portait une écharpe en cachemire ivoire autour du cou, et un élégant manteau en lainage blanc. Sylvain avait posé sa main au creux de son dos, et Allie les regardait bouche bée, lorsque la balle de tennis la frappa sur la tempe, suffisamment fort pour qu'elle tombe.

Tous se précipitèrent vers elle.

Lucas sauta par-dessus le filet.

— Allie ! Ça va ? Je suis désolé. Je croyais que tu étais prête.

Rachel se tenait à côté d'elle lorsque la balle l'avait frappée. À présent, elle était accroupie et tenait sa main sur ses genoux. Zoé s'agenouilla aussi.

— Quel jour sommes-nous ? demanda-t-elle. Qui est le Premier ministre ?

— Désolée, murmura Allie. Je… Je crois qu'il y a eu plus de peur que de mal. Pas la peine de vous affoler. Je ne pense pas avoir de lésions cérébrales.

Elle entendit un soupir de soulagement collectif. Rachel lui sourit et pressa sa main.

— Ne t'endors pas ! cria Zoé.

Tout le monde se tourna vers elle.

— J'ai lu un article qui disait qu'en cas de commotion cérébrale il fallait rester éveillé, expliqua-t-elle.

— Je suis réveillée, répondit Allie alors que Rachel et Lucas l'aidaient à se relever. Mais si jamais je m'endors en jouant au tennis, appelez une ambulance !

— C'est bon ! s'exclama Zoé en courant reprendre sa place sur le court. Allie est en vie, on peut continuer la partie !

Rachel examina Allie d'un air inquiet.

— Tu es sûre que ça va ?

Allie était encore un peu étourdie, mais elle confirma d'un signe de tête.

— Ça va... Même si j'ai l'impression d'avoir le crâne fracassé. D'ailleurs je crois que je vais zapper la première partie.

— Quelqu'un doit rester avec Allie et s'assurer qu'elle reste éveillée et se rappelle le nom du Premier ministre, lança Zoé de l'autre côté du court.

— C'est quoi, ton obsession avec le Premier ministre ? lui demanda Lucas.

— C'est une question qu'on pose aux gens lorsqu'ils ont un choc à la tête, lança Zoé. En tout cas, c'est ce qu'on voit dans les films. En général, ce sont des films américains et on demande qui est le président. Peut-être que les commotions cérébrales effacent la vie politique de notre mémoire, qu'est-ce que j'en sais ?

Lucas avait l'air sceptique.

— Quoi qu'il en soit, continua Zoé, imperturbable, nous sommes en Angleterre et nous n'avons pas de président. Pas la peine de demander à Allie qui est la Reine. Je veux dire... C'est juste... La Reine.

— Inutile de vous inquiéter, assura Allie en s'asseyant sur l'herbe gelée, je me souviens du nom du Premier ministre.

— C'est toujours le même ?

La voix de Nicole, juste à côté d'elle, la fit sursauter, et Allie se tourna pour lui faire face.

— Cet homme avec un visage plutôt comique ? insista Nicole.

— Oui, répondit Allie. C'est toujours lui.

— Je l'aime bien, dit Nicole. Il a l'air d'apprécier les enfants, c'est une preuve de gentillesse.

Allie l'observa à la dérobée : ses yeux bruns, très expressifs, étaient ourlés d'une épaisse frange de cils, et ses traits étaient des plus fins.

— Moi aussi, je vais zapper cette partie.

L'accent français de Nicole paraissait plus délicat que celui de Sylvain. On avait l'impression que sa voix caressait chaque mot.

— Je vais faire attention à ce que tu restes éveillée. Sylvain viendra s'asseoir avec nous quand il reviendra. J'ignore où il est parti.

Au même moment, Sylvain surgit avec une bouteille d'eau qu'il tendit à Allie, avant de s'asseoir dans l'herbe à côté de Nicole.

— Comment te sens-tu ? s'enquit-il d'un air soucieux.

Sa tête commençait à la lancer, mais Allie savait que si elle le mentionnait, on l'enverrait illico à l'infirmerie.

— Je suis un peu groggy, mais ça va.

Rachel, qui était allée discuter avec Jo et Lucas sur le court, les rejoignit.

— Comment te sens-tu ? demanda-t-elle à son tour.

Allie leva les deux mains devant elle en un geste rassurant.

— Arrêtez de vous en faire ! Je vais très bien. Mis à part que je suis en train de m'endormir et que j'ai oublié quel jour nous sommes ainsi que le nom du Premier ministre.

— Continue comme ça et j'appelle une ambulance ! rétorqua Rachel, alors que la première balle de tennis fusait par-dessus le filet, brillant dans la nuit comme une météorite.

C'était un véritable enchantement d'assister aux échanges : les raquettes lumineuses semblaient flotter dans l'obscurité, frappant la balle – véritable étoile filante à la lueur orangée – de chaque côté du filet scintillant. De temps en temps, la balle passait hors de portée, et les joueurs invisibles gémissaient de déception ou éclataient de rire. Mais aussi ravissant soit le spectacle, il faisait un froid de canard. Et Allie avait l'impression que ce froid la glaçait jusqu'aux os.

Frissonnante, elle resserra sa veste en jean autour d'elle.

— Il gèle !

— Tu devrais porter des gants, fit remarquer Rachel en observant sa tenue d'un œil critique. Ainsi qu'une écharpe. Et... un manteau.

Sans dire un mot, Sylvain déroula son écharpe, et se pencha devant Nicole pour la tendre à Allie.

— Tiens, prends ça. Je n'en ai pas besoin.

Nicole leva les yeux vers lui et lui fit un sourire approbateur. À ce moment-là, Allie réalisa qu'ils devaient être ensemble. Ensemble, pour de bon. Son mal de tête se fit plus insistant, elle avait même de la peine à réfléchir. Elle eut envie de répondre à Sylvain qu'elle n'avait pas vraiment froid, et nul besoin de son écharpe, mais les frissons ne la quittaient plus. Elle enroula l'écharpe autour de ses épaules et de son cou.

Des senteurs de son odeur si particulière – un mélange d'épices et de café – l'enveloppèrent, et aussitôt surgit à sa mémoire le souvenir de leurs baisers.

Elle en fut un peu plus étourdie.

— Merci, bredouilla-t-elle en évitant ses yeux bleus qui la troublaient tant. Je crois que mes parents ont oublié de mettre la mienne dans ma valise.

— Tu devrais te rapprocher de moi, susurra Nicole à Sylvain, sinon tu vas être frigorifié.

Sylvain changea de position, et Nicole s'assit entre ses jambes, s'adossant contre son torse. Pour se réchauffer, il glissa ses mains dans les poches de son manteau blanc.

— Voilà, dit Nicole, comme ça je vais te donner un peu de ma chaleur.

Sylvain répondit en français, et Nicole eut à nouveau ce rire léger et musical, comme un tintement de coupes en cristal.

Malgré l'écharpe en cachemire, Allie claquait des dents. Elle n'en revenait pas d'avoir aussi froid. C'était comme si elle gelait de l'intérieur.

Ses pensées tourbillonnaient dans son esprit.

« Depuis quand sont-ils ensemble ? Pourquoi est-ce que je ne suis pas au courant ? Et qu'est-ce que ça peut bien me faire, après tout ? Peut-être que j'ai une commotion cérébrale… »

Ses maux de tête se faisaient de plus en plus violents et des sifflements vrillaient ses oreilles.

Soudain, elle en eut assez, du froid, de la douleur, et de cette Française qui flirtait avec son ex-petit ami. Mais lorsqu'elle voulut se lever, la terre sembla trembler sous ses pieds. Alors qu'elle cherchait à retrouver son équilibre, les autres la regardèrent avec étonnement.

— Je ne me sens pas très bien, confia-t-elle en se redressant. Je crois que je vais rentrer boire une tasse de thé bien chaud et me faire une hémorragie cérébrale au calme.

Sylvain eut soudain l'air très soucieux.

— Tu veux que je t'accompagne ?

Lorsque Allie secoua la tête, elle faillit de nouveau perdre l'équilibre. Elle eut même envie de vomir.

— Rachel... ?

Rachel s'était déjà levée.

— Allons-y, dit-elle en passant son bras autour des épaules d'Allie. Je vais faire gaffe à ce que tu restes éveillée, et tu me parleras du Premier ministre.

L'infirmière accueillit Allie comme une vieille amie.

— Oh, c'est encore toi ! Super ! Qu'est-ce que tu t'es fait, aujourd'hui ?

À l'évidence, elle se souvenait de ses blessures de l'été passé.

Après lui avoir examiné les yeux, pris sa tension artérielle et vérifié qu'elle n'avait pas de fièvre, l'infirmière lui préconisa une tasse de thé bien corsé et de quoi se restaurer. De plus, elle lui confirma qu'elle ne devait pas s'endormir et lui donna des comprimés contre le mal de tête avant de l'envoyer se reposer au foyer.

Un moment plus tard, Allie et Rachel étaient affalées dans un profond canapé en cuir, dans un coin du foyer, couvertures sur les genoux, tasses de thé et sandwiches à disposition.

— Tu devrais te faire frapper le crâne plus souvent, plaisanta Rachel. Tu as vu comme on nous soigne. Thé et sandwiches à volonté !

— Oui, c'est génial d'être blessée...

Les comprimés commençaient à faire leur effet et son mal de tête diminuait. Tout en se relaxant, bien au chaud, elle songea à Sylvain. Pourquoi était-ce aussi bizarre de le voir avec Nicole ?

Elle lui avait pardonné ce qui s'était passé entre eux l'été dernier. Sylvain avait l'air sincèrement désolé, mais plus jamais elle ne pourrait lui faire autant confiance.

« Alors, qu'est-ce que ça peut te faire avec qui il sort ? »

Oui, franchement, quelle importance ?

Lorsque Carter entra dans la pièce quelques minutes plus tard, elle bondit sur ses pieds, mais vacilla.

— Waouh ! s'exclama-t-il en l'aidant à se rasseoir. Tu m'as l'air encore un peu KO.

— Non, ne t'inquiète pas. L'infirmière a dit que j'allais bien.

— En fait, elle a dit que tu devais rester assise et te reposer, mais ne pas dormir, précisa Rachel. D'ailleurs, Zoé va nous soûler qu'elle avait raison.

Rachel se tourna vers Carter et ajouta :

— Selon l'infirmière, Allie n'a pas de commotion. C'est juste par précaution. Nous devons veiller sur elle quelques heures.

Carter écarta une mèche de cheveux du visage d'Allie pour observer la petite marque rouge sur sa tempe.

— Mais ça va, tu es sûre ? insista-t-il.

— Oui, ne t'en fais pas, je n'aurai pas de dommages permanents au cerveau, minauda Allie en se blottissant contre lui.

— Désolé de ne pas avoir été là.

Il effleura sa tempe des lèvres. Allie frissonna et leva les yeux vers lui.

Rachel se leva et s'étira.

— Bon, Carter, puisque tu es là, on dirait que notre amie n'a plus besoin de mes talents médicaux. Je peux te passer le relais ?

Quand Carter souriait comme il était en train de le faire, il plissait toujours les yeux. Allie adorait ça.

— Vas-y, je reste avec elle.

Lorsque Rachel fut partie, ils se pelotonnèrent sur le canapé. Blottie au creux de son bras, Allie lui raconta ce qui s'était passé.

— J'ai vu Lucas avant de venir te rejoindre, annonça Carter. Il se sent très mal. À l'entendre, on croirait qu'il t'a assassinée. En tout cas, il a de la chance que tu ailles bien !

D'un doigt, il lui releva le menton jusqu'à ce qu'elle le regarde dans les yeux, puis il posa ses lèvres sur les siennes.

— Ah ! On dirait que tu te sens mieux !

La voix de l'infirmière les fit sursauter, et ils s'écartèrent aussitôt l'un de l'autre.

— Oui, dit Allie, merci.

L'infirmière contempla sa montre d'un air amusé.

— Rappelle-toi que tu dois rester éveillée encore un bon moment. Je suggère que tu prennes une autre tasse de thé bien fort.

Alors qu'elle s'éloignait, Allie crut l'entendre ajouter :

— Et une bonne douche froide.

Riant en silence, Carter se leva.

— Je vais aller chercher un peu plus de thé.

— Non, pitié, protesta Allie. J'ai l'impression d'en avoir avalé des litres !

Mais Carter était déjà à la porte.

— J'en boirais bien une tasse, moi aussi, lança-t-il par-dessus son épaule.

En l'attendant, Allie prit un magazine abandonné sur la table basse. Elle contemplait la photo d'une actrice dans une robe à deux mille livres sterling, lorsqu'un bruit lui fit lever les yeux.

Sylvain était adossé à l'embrasure de la porte et l'observait. À la seconde où leurs yeux se croisèrent, elle vit dans son regard quelque chose qui la surprit. Une sorte de tristesse, qui disparut aussitôt, remplacée par son habituel air absent, si bien cultivé.

— Ça va un peu mieux, Allie ?

D'instinct, elle porta sa main à sa tempe.

— Oui, merci.

— Super ! Nicole voulait que je vienne aux nouvelles.

Allie reposa le magazine sur la table basse, fit mine de s'étirer et bâilla.

— Elle a l'air gentille, dit-elle après quelques secondes. Ça fait combien de temps que vous êtes ensemble ?

— On se connaît depuis toujours, répondit Sylvain d'un ton détaché. Nous sommes de vieux amis.

— Oh !

Allie s'efforçait de ne plus prêter attention à son accent français, si charmant. Elle plongea ses yeux dans les siens un bref instant, puis les détourna. En sa présence, elle était incapable de se concentrer, d'autant plus qu'il la scrutait comme s'il lisait au fond de ses pensées.

Soudain, elle se redressa et fouilla sous sa veste, posée à côté du canapé.

— Tiens, ton écharpe. Merci de me l'avoir prêtée.

Sylvain lui prit l'écharpe rayée des mains, mais au lieu de s'éloigner, il s'installa dans le siège en face d'elle.

— Allie, en fait j'essayais de te voir en tête à tête. Il faut que je te dise un truc.

Il joua un moment avec l'écharpe, et Allie contempla ses doigts longs et fins aux ongles impeccables, si différents des mains fermes et musclées de Carter.

— Il y a quelque chose dont je dois te parler, continua-t-il. J'ai... plus ou moins retardé le moment, parce que je crois que ça ne va pas te plaire.

Un frisson la parcourut, et elle jeta un coup d'œil en direction de la porte. Carter serait de retour d'un instant à l'autre. Lorsqu'elle se retourna vers Sylvain, il l'étudiait avec attention. Pourquoi son regard la troublait-il autant ?

— De quoi est-ce que tu veux me parler ?

— C'est juste que... C'est moi.

Ses yeux bleu cobalt soutenaient son regard.

Allie jeta un nouveau coup d'œil vers l'entrée, et se cala dans le canapé.

— Qu'est-ce que tu veux dire... c'est toi ? chuchota-t-elle.

Sylvain se pencha vers elle et baissa la voix.

— C'est moi... qui dois enquêter sur toi. Pour la Night School. Voilà, je te l'ai dit.

# 14.

— 1925 a été une année particulièrement féconde pour la littérature.

Isabelle s'appuya contre son bureau et poursuivit son cours.

— Cette année-là a vu, entre autres, la publication de *Gatsby le Magnifique*. Francis Scott Fitzgerald était persuadé que *Gatsby* était son meilleur roman. Il le décrivait comme la fiction d'un monde sincère et encore brillant. Pour ma part, j'y vois une fable morale. C'est l'histoire d'un homme bon, séduit par des gens corrompus.

Isabelle se redressa et commença à circuler dans la salle.

— Ce que j'attends de vous, c'est que vous me disiez si cet homme est toujours aussi bon à la fin de l'histoire. Et s'il l'est vraiment au début.

Allie, qui avait du mal à suivre le cours, entoura le titre du roman sur son bloc-notes et griffonna une étoile à côté. Cependant, tandis qu'Isabelle poursuivait ses explications, ses pensées s'envolèrent vers les événements de la veille.

Et la fureur de Carter quand il avait appris la nouvelle.

Lorsqu'il était revenu, deux tasses de thé fumant entre les mains, l'air aussi placide et réconfortant que d'habitude, Sylvain avait déjà quitté le foyer.

Elle avait attendu qu'il s'asseye avant de lui confier ce qu'elle venait d'apprendre. Carter n'avait rien dit et n'avait exprimé aucune colère. C'était pire que cela. Son visage était devenu pâle et crispé, et elle avait remarqué les tendons raidis sur son cou.

— J'irai parler à Zelazny, avait-il annoncé après un moment.

— En fait… Sylvain a dit…

Carter avait esquissé une grimace, mais elle avait continué :

— Il m'a précisé qu'il avait déjà demandé à Jerry et à Zelazny de changer de sujet d'enquête. Ils ont refusé tous les deux. C'est pour ça qu'il a mis si longtemps pour…

Carter l'avait interrompue au milieu de sa phrase.

— Génial !

Il avait enfoui ses mains au fond de ses poches et baissé la tête. Son regard était si glacial qu'Allie s'était étonnée que le sol ne gèle pas.

Elle avait tenté de dédramatiser la situation.

— Pas la peine de s'en faire ! Ce n'est qu'un entretien, on en aura terminé en un après-midi.

Hélas, sa remarque n'avait pas allégé l'humeur de Carter.

— Tout ce qu'ils veulent, avait-il marmonné entre ses dents, c'est foutre le bordel entre nous !

En passant devant elle, Isabelle tapota du doigt sur son bureau, faisant sursauter Allie. Sans interrompre son discours, leur professeur lui jeta un regard d'avertissement. Elle se redressa dans son siège et s'efforça de prêter attention à la leçon. Mais elle avait le cœur serré d'anxiété.

Après ce cours, elle retrouverait Carter pour l'interroger.

Si seulement la classe pouvait ne jamais cesser ! Malheureusement, elle était déjà terminée.

Isabelle essaya de se faire entendre par-dessus le brouhaha des élèves qui rassemblaient leurs affaires.

— N'oubliez pas d'aller récupérer vos exemplaires du roman à la bibliothèque, Eloise les a déjà reçus. Je tiens à ce que vous lisiez les trois premiers chapitres pour demain, afin que nous puissions en discuter. Vous pouvez y aller, maintenant !

— Allie, je vais à un cours de boxe française, tu m'accompagnes ? lui demanda Zoé alors qu'elles franchissaient la porte.

« Putain, j'aimerais bien ! »

Effectivement, elle n'avait qu'une envie : cogner contre n'importe quoi, mais cogner.

— J'aimerais bien, mais j'ai autre chose de prévu.

Les regrets dans sa voix étaient si tangibles que Zoé lui jeta un coup d'œil intrigué avant de se détourner.

— Pas de souci, on se voit plus tard.

Carter l'attendait dans le couloir, adossé au mur, un peu à l'écart des élèves.

— Salut, dit-elle, le cœur lourd.

— Salut à toi.

Ses yeux sombres soutinrent son regard juste assez longtemps pour qu'elle y décèle de l'inquiétude.

— Alors… On fait ça là-bas ? proposa-t-il.

Ils se joignirent à la foule des élèves qui quittaient l'aile des salles de classe et, passant une lourde porte en bois, ils regagnèrent le bâtiment principal.

— Oui, ça me paraît bien, répondit Allie en esquissant un sourire timide.

Carter l'attira à lui et l'embrassa pour la rassurer, avant de filer vers l'escalier pour se rendre au dortoir des garçons. Elle l'observa durant une seconde, puis se dirigea dans la direction opposée, vers le dortoir des filles.

Son mal de tête avait quasiment disparu, mais la marque pourpre sur sa tempe était encore sensible.

Une fois dans sa chambre, elle retira sa jupe et enfila un pantalon. Après avoir vérifié sa coiffure dans le miroir, elle attrapa sa veste et se retourna pour s'en aller, mais quelque chose la stoppa. Sur le dos de sa chaise se trouvait une écharpe en laine bleu marine. Avec hésitation, elle tendit la main pour l'effleurer – elle était d'une douceur infinie et tricotée avec une extrême finesse.

« D'où est-ce que ça vient ? »

Elle prit l'écharpe entre ses doigts. Isabelle avait dû être informée par l'infirmière de l'incident sur le court de tennis. Après tout, des élèves voyaient parfois apparaître dans leurs chambres des objets dont ils avaient besoin. Comme les pantoufles qu'elle avait trouvées le soir de son arrivée à Cimmeria. Ainsi que les serviettes de toilette et les draps propres qui apparaissaient au fil des jours.

Après un moment d'hésitation, elle enroula l'écharpe autour de son cou et s'observa dans le miroir près de la porte. Elle était pâle – sûrement à cause de sa nervosité – et la teinte foncée de la laine donnait à sa peau une nuance de porcelaine. Ses longs cheveux ondulés avaient poussé – elle ne les avait pas coupés depuis le printemps dernier, et ils lui descendaient maintenant plus bas que les épaules. Elle mit une touche de gloss cerise sur ses lèvres, passa la bandoulière de son sac par-dessus son épaule, et sortit.

Même si elle redoutait cet entretien, elle se réjouissait de pouvoir s'en débarrasser au plus vite. Cependant, elle n'avait pas encore décidé ce qu'elle révélerait ou non à Sylvain.

« Dois-je lui parler de Lucinda ? Lui avouer qui je suis vraiment ? »

De toute façon, avait-elle le choix ? Un seul mensonge et elle risquait l'expulsion.

Une fois au rez-de-chaussée, elle traversa le long couloir au parquet luisant, se faufilant à travers les groupes d'élèves qui se dirigeaient vers la bibliothèque et le foyer. Elle arriva enfin dans le grand hall, où le parquet laissait place à un sol de pierre – de gigantesques tapisseries anciennes couvraient les vieux murs et le flot des élèves était moins dense.

Allie agrippa la poignée en fer pour ouvrir la lourde porte d'entrée. L'air frais la saisit aussitôt, elle huma les senteurs de la pluie tombée dans la matinée. La porte se referma derrière elle avec un bruit sourd, et elle descendit les marches encore mouillées.

Tandis qu'elle traversait l'immense pelouse, ses chaussures faisant un bruit de succion dans la boue, elle entendit au loin les cris des équipes qui jouaient au football. Deux garçons essoufflés, de retour de leur jogging, lui dirent un bonjour discret en la croisant – elle les avait vus aux Nocturnes. On était loin du calme de l'été dernier : ces jours-ci, le parc regorgeait d'activités jusqu'au couvre-feu. Néanmoins, quand elle pénétra dans les bois, le silence l'enveloppa comme un linceul.

En avançant sur le sentier tapissé de feuilles mortes, elle remarqua que les fougères le long du chemin commençaient à faner. Aujourd'hui, il y avait peu de vent dans les branches et les arbres se dressaient en silence autour d'elle. Il était à peine plus de quinze heures, mais la lumière du soleil s'évanouissait déjà. Allie hâta le pas, puis se mit à courir en direction de la chapelle. Ces derniers temps, elle courait tant durant les Nocturnes, qu'elle ne le faisait plus que rarement pour le plaisir. D'ailleurs ses foulées étaient quasi mécaniques, et lui laissèrent un goût d'amertume.

Lorsqu'elle atteignit le long mur, elle le suivit jusqu'à l'arche d'entrée qui ouvrait sur un cimetière. À la faible lueur du soleil, les vieilles pierres tombales alignées dans l'herbe aride semblaient inconsolables. Avec ses arbres dénudés de leurs feuilles, le cimetière n'avait plus autant de charme que durant l'été – à présent, il était presque sinistre.

Elle avança jusqu'à l'if au tronc noueux, rendu glissant par la pluie, où elle avait souvent retrouvé Carter durant l'été, mais il n'y avait personne.

Elle se dirigea alors vers la chapelle. L'antique porte voûtée était si lourde qu'elle dut la pousser à deux mains, elle pivota sur ses gonds avec un grincement lugubre. À l'intérieur, il faisait plus frais – l'air sentait l'encens et l'encaustique. Les vitraux donnaient à la lueur du jour une teinte lavande. Comme toujours, les peintures médiévales – représentant des âmes souffrant en enfer, torturées par des démons et des dragons menaçants – attirèrent son attention. Au-dessus de la porte, en grandes lettres élégantes s'étalait la phrase : *Exitus acta probat.* La fin justifie les moyens.

Carter se tenait devant l'autel. Il allumait les bougies d'un chandelier posé en hauteur.

— Salut, lâcha-t-il sans se retourner.

— Salut à toi, répondit Allie qui frissonna en refermant la porte derrière elle. (Avec son sol et ses murs de pierre, la chapelle était plus fraîche que le parc.) Je croyais que nous n'avions plus le droit de jouer avec le feu.

— Les lumières ne fonctionnent pas.

L'allumette lui brûla les doigts et Carter poussa un juron en la secouant pour l'éteindre. Il suça le bout de ses doigts pour les refroidir avant d'en gratter une autre.

— En plus, il ne va pas tarder à faire nuit, alors j'ai pensé qu'on serait mieux avec quelques bougies.

— Tu as raison.

Allie s'assit sur le premier banc. Carter lui jeta un coup d'œil par-dessus son épaule et lui fit ce sourire si sexy qui la faisait toujours frémir.

— J'ai presque fini.

Elle se frotta les bras pour se réchauffer.

— On devrait faire cramer un de ces bancs, il gèle, ici !

— C'est sûr. Pas d'électricité, pas de chauffage.

— Quelle honte !

Mais lorsque les chandelles – au moins deux douzaines – furent allumées, leur lueur donna l'illusion d'une douce chaleur. Carter vint enfin s'asseoir à côté d'elle, et l'attira à lui pour l'embrasser. D'instinct, Allie écarta les lèvres et sentit le pouls de Carter s'accélérer tandis qu'il lui caressait le dos.

« On pourrait tout oublier et continuer à s'embrasser… »

Avec un soupir de regret, elle repoussa Carter.

— On ferait mieux d'arrêter, murmura-t-elle en pointant du doigt une croix géante. Jésus nous regarde.

Carter gloussa, mais il se calma bien vite en songeant à la tâche éprouvante qui les attendait.

Allie saisit son bloc-notes dans son sac et l'ouvrit à la page où elle avait préparé ses questions.

— Bon, terminons-en avec ça, suggéra-t-elle. Ensuite, nous pourrons revenir au réel.

Carter s'écarta pour se réfugier à l'autre extrémité du banc, et leva les sourcils.

— Je suis prêt.

— Nom complet, lut Allie en poussant un soupir. Date de naissance. Nom des parents et des grands-parents.

— Carter Jonathan West, né le 24 septembre…

Allie poussa un cri de surprise et leva les yeux vers lui.

— Attends ! Ton anniversaire… c'était le mois dernier ? Pourquoi tu ne me l'as pas dit ?

Carter haussa les épaules.

— Je déteste les anniversaires, et je ne fête jamais le mien.

— Comment peux-tu ne pas célébrer ton anniversaire, Carter ? C'est dingue !

Allie était vexée. Il lui avait caché son anniversaire !

— Tu n'as rien dit, et moi je ne t'ai rien offert, ni préparé de gâteau…

Carter tenta de la calmer, comme si sa réaction était exagérée.

— Désolé, Allie. C'est juste que… je ne le fête pas, en tout cas, plus, depuis que mes parents…

Les lèvres serrées, Allie baissa la tête et se concentra sur sa liste de questions. Ça commençait plutôt mal.

— Nom des parents ?

— Mère : Sharon Georgina West. Père…

Sa voix s'évanouit et Allie releva les yeux. Carter fixait un point devant lui, le regard absent.

Il s'éclaircit la gorge.

— Père : Arthur Jonathan West.

La situation devait être douloureuse pour lui. Inutile de se fâcher pour une histoire d'anniversaire.

— Vous avez le même second prénom. C'est sympa. C'est comme si vous partagiez encore quelque chose.

Carter acquiesça mollement.

Après une seconde, elle continua :

— Nom des grands-parents ?

Ils égrenèrent la liste obligée des noms de famille, dates et lieux de naissance, et même des emplois occupés à une époque tellement lointaine qu'ils ne semblaient pas réels.

— Aucun membre de ta famille n'est venu à Cimmeria ? Avant toi, je veux dire.

Carter fit non de la tête.

À présent, ils atteignaient le point de l'interrogatoire qu'elle redoutait. Elle avait débattu avec Eloise pour savoir s'il était vraiment nécessaire qu'elle pose cette question, et la bibliothécaire avait insisté.

— C'est indispensable, avait dit Eloise. Et quelle que soit la compassion que tu éprouves, tu dois tout oublier de ta relation avec Carter durant cet entretien. Note ta réponse, et passe à la question suivante.

— Mais j'ignore ce qui est arrivé à ses parents, avait-elle protesté. Il n'en parle jamais ! C'est cruel de le forcer à revenir là-dessus !

Eloise s'était montrée inflexible, et maintenant, elle devait obtempérer.

— Je sais, Carter..., commença-t-elle avec hésitation.

Elle prit une profonde inspiration pour se calmer, et fit une nouvelle tentative.

— Je dois t'interroger sur la disparition de tes parents et ton arrivée à Cimmeria.

Les yeux sombres de Carter croisèrent les siens et elle y vit une lueur d'avertissement.

— Je sais, répliqua-t-elle aussitôt. Je déteste te poser ces questions, mais si je ne le fais pas, ils me harcèleront jusqu'à ce que j'obéisse. Je suis désolée, Carter. Tu n'as qu'à résumer. Je ne te demanderai aucun détail.

Il resta si longtemps sans rien dire qu'elle crut qu'il allait se lever et s'en aller. Son visage reflétait toutes les émotions contradictoires qui s'agitaient en lui.

Finalement, comme s'il se résolvait à l'inévitable, Carter se passa une main nerveuse dans les cheveux. Lorsqu'il lui répondit, ce fut d'une voix sourde, le regard fixé sur un coin obscur de la chapelle.

— Mon père travaillait dans une usine automobile, mais il a perdu son emploi avant ma naissance, lorsque l'usine a fermé. Il n'a pas réussi à en trouver un autre. Il n'y avait pas... pas beaucoup d'usines dans le coin. Il a vu une annonce, dans un journal, je crois. Isabelle me l'a dit une fois, mais je ne me souviens pas de tout... Mes parents vivaient par ici. Avant.

Allie avait un peu de mal à le suivre, elle se garda pourtant de l'interrompre. Elle restait aussi immobile que possible, respirant à peine. Elle ne prit aucune note, sachant qu'elle se rappellerait chacun de ses propos.

— Quoi qu'il en soit, continua Carter, un beau jour il a été engagé ici, comme homme à tout faire, pour s'occuper de la chaudière, de l'électricité, bref de tout ce qui pouvait se réparer avec un tournevis ou une clé à molette. Pour mes parents, cet endroit était comme un cadeau de Dieu, tu comprends ?

Il la regarda un bref instant, puis détourna à nouveau les yeux.

— Ma mère travaillait à la cuisine, elle préparait les repas, rangeait et nettoyait le réfectoire. On leur a donné un logement de fonction dans le parc, ainsi ils ont pu épargner. Pour eux, même si le boulot n'était pas passionnant, c'était une situation parfaite. Quand ma mère est tombée enceinte, ils étaient ravis. Ils n'avaient encore jamais eu d'enfant – je crois qu'ils craignaient de ne pas pouvoir en avoir. Ça a donc été un moment très heureux de leur vie. À ma naissance, ma mère a cessé de travailler quelque temps, puis elle a repris sa place.

Carter s'arrêta un instant pour réfléchir.

— C'est un peu dur à expliquer, mais vu qu'ils habitaient dans le parc, j'ai plus ou moins été élevé par tout le monde. Personne d'autre ici n'avait d'enfant en bas âge. Les professeurs et les employés me servaient de baby-sitters, chacun leur tour. J'étais un peu comme leur mascotte.

Les mains toujours posées sur ses genoux, Allie l'observait.

— Et tu as grandi dans ce cottage ? demanda-t-elle. Celui que nous avons vu l'autre nuit dans les bois, avec ces parterres de roses ?

Carter eut l'air surpris, comme s'il avait oublié qu'ils étaient passés en courant près du petit cottage en pierre, au jardin luxuriant. Il acquiesça.

— C'est Bob Ellison qui y vit, maintenant.

— Ça a l'air d'un endroit charmant.

Carter haussa les épaules.

— Tu crois que… que tes parents étaient heureux ?

Un sourire nostalgique flotta sur son visage.

— Oui, je pense. Je me souviens que nous étions heureux tous les trois. Mon père était très doué de ses mains, il était capable de réparer n'importe quoi. Rien ne lui résistait. Les gens se reposaient sur lui, et Isabelle m'a dit qu'il aimait cela. Oui, il appréciait qu'on ait besoin de lui. Et maman…

Il s'interrompit et se frotta les yeux.

Allie se sentait terriblement mal à l'aise. Elle aurait voulu lui tenir la main, l'étreindre, faire n'importe quoi pour lui plutôt que rester assise là. Mais Carter demeurait droit comme un I, loin d'elle. Elle savait qu'il n'avait aucune envie qu'elle le touche. Elle demeura donc sagement à sa place.

Quand il reprit la parole, sa voix était plus ferme.

— Maman était… en quelque sorte… une mère pour tout le monde. Elle préparait des sandwiches pour les élèves s'ils avaient faim après les cours. Elle faisait des scones pour les réunions des profs. Elle était aux petits soins pour chacun.

Il se tut de nouveau, un long moment.

— Alors oui, conclut-il enfin. Je pense que mes parents étaient heureux.

Allie sentit des larmes lui brûler les paupières. Pour dissimuler son émoi, elle se frotta le nez comme s'il la démangeait.

« Je les déteste de m'obliger à faire ça. »

— Carter, dit-elle avec douceur, qu'est-il arrivé ?

Un lourd silence lui répondit. Carter avait la mâchoire serrée et les poings crispés sur ses genoux.

— Un jour, mon père a dû aller chercher des pièces détachées chez un distributeur à Portsmouth. Il le faisait souvent. Mais cette fois, ma mère a voulu l'accompagner. C'était une belle journée d'été, et elle s'est dit qu'on pourrait la passer au bord de la mer. Alors elle a préparé un grand pique-nique, ils m'ont installé dans mon siège enfant à l'arrière de la voiture, et nous avons pris la route. Mais…

Quand il se tut, Allie retint son souffle.

— Un chauffeur a perdu le contrôle de son camion sur l'autoroute, expliqua-t-il, le regard perdu au loin. On nous a rapporté que le conducteur s'était endormi, qu'il avait foncé dans les barrières de sécurité et nous avait percutés.

Carter écarta les doigts, puis crispa de nouveau les poings.

— Les secours ont dit que mes parents n'avaient rien ressenti. C'est arrivé trop vite.

Une larme roula sur la joue d'Allie.

— Et toi ? demanda-t-elle en s'essuyant la joue. Tu as été blessé ?

— Des contusions. Quelques égratignures. Rien de sérieux.

Il avait presque l'air fâché de s'en être tiré aussi bien.

— C'est incroyable !

Dieu merci, il avait survécu.

— Qu'est-ce qui s'est passé, ensuite ? Je veux dire… tu n'étais qu'un petit garçon.

— Bob Ellison et mes parents étaient de très bons amis. D'ailleurs, ils l'avaient choisi pour être mon parrain. Il est venu me chercher à l'hôpital. Ni mon père ni ma mère n'avaient de frère ou de sœur, alors j'imagine que tout a été arrangé très vite.

Il haussa les épaules.

— Je ne me souviens pas très bien de cette période. À mon avis, personne d'autre ne voulait s'occuper de moi. Bob s'est installé dans le cottage avec moi, et j'ai vécu là jusqu'à ce que je sois assez âgé pour être admis dans le dortoir des garçons.

Cette fois, il la regarda.

— Et me voilà.

Résistant à la brûlante envie de l'enlacer, Allie s'éclaircit la gorge.

— C'est tellement... spécial, Carter. Je n'arrive pas à croire que tu ne m'en aies jamais parlé.

Carter haussa un sourcil sardonique.

— Ce n'est pas une histoire que je raconte à tout-va, tu sais. Qu'est-ce que tu voudrais que je dise ? Salut, je m'appelle Carter. Mes parents sont décédés dans un horrible accident de voiture quand j'étais gamin, mais je m'en suis très bien remis, étant donné les circon...

— Arrête ! l'interrompit-elle d'un ton sec. Ce n'est pas juste. Je suis ta petite amie, pas n'importe qui. Tu peux tout me dire.

— Je sais. Je suis désolé, Allie, mais j'ai du mal à... parler de ça. C'est difficile. Je préfère ne pas y penser alors... je n'en parle pas, voilà.

Elle se pencha spontanément pour l'enlacer.

— Merci de me l'avoir confié, chuchota-t-elle contre son épaule. Je sais que c'était difficile, et je suis tellement, tellement désolée.

Carter l'étreignait presque avec violence. Dans son dos, elle sentait ses poings encore crispés.

Ils restèrent ainsi dans les bras l'un de l'autre durant un long moment. Lorsqu'ils s'écartèrent, Carter se frotta les yeux avant de se redresser.

— Bon, dit-il d'une voix bourrue en se forçant à sourire, on en a encore pour longtemps ?

— Plus que quelques questions, réponditAllie en tournant la page de son bloc. Éprouves-tu ou as-tu éprouvé de la compassion pour Nathaniel ? As-tu l'intention de détruire Cimmeria ? Est-ce que tu complotes contre Isabelle ?

— Non. Non. Et non, répliqua Carter en étirant ses jambes. Autre chose ?

— Presque rien.

Allie baissa les yeux et écrivit quelques notes. Tout à coup, elle remarqua une question qu'elle avait omise.

— Ah oui ! As-tu déjà parlé de moi à l'entourage de Nathaniel ?

Carter pencha la tête sur le côté.

— Curieuse question.

— Oui, Eloise a insisté pour que je te la pose. Je me demande bien pourquoi…

Occupée à rédiger ses notes, elle ne perçut pas l'hésitation de Carter, mais lorsqu'il lui répondit, le ton de sa voix attira son attention.

— Pas que je sache, assura-t-il.

Allie sentit sa gorge se serrer.

— Quoi ?

— J'ai dit : pas que je sache. À mon avis, je n'ai rien dit de tel aux comparses de Nathaniel.

Confuse, elle le fixa.

— Je ne comprends pas. Qu'est-ce que tu entends par : pas que je sache ? Comment aurais-tu pu leur parler de moi sans en avoir conscience ?

Visiblement mal à l'aise, Carter s'agita sur le banc.

— Eh bien, j'ai parlé à Gabe, n'est-ce pas ? Et désormais, il fait partie de l'équipe de Nathaniel.

Allie sentit son pouls s'accélérer.

Elle fit son possible pour ne pas s'énerver.

— Qu'as-tu dit à Gabe ?

Carter haussa les épaules.

— Tu sais… des trucs.

Un doute s'insinua en elle.

— Des trucs ? Quel genre de trucs ? !

— Des trucs de mecs. Oh, je t'en prie, Allie ! Gabe était mon ami. On discutait toujours de tout un tas de choses.

Allie se redressa et le dévisagea d'un air incrédule.

— Non, Carter, je ne sais pas. Qu'est-ce que Gabe et toi vous vous racontiez sur moi ?

— Je ne sais pas…

L'air buté, Carter croisa les bras sur sa poitrine.

— Gabe posait souvent un tas de questions sur toi. À l'époque, je n'y faisais pas gaffe. Je me contentais… d'y répondre.

— Mais pourquoi est-ce que tu ne m'en as jamais parlé ? s'écria-t-elle, furieuse.

Elle prit une profonde inspiration pour se calmer avant de continuer :

— Tu l'as dit à Isabelle ?

— Non…

Ses questions semblaient maintenant le braquer.

— Je crois que je n'y ai jamais réfléchi jusqu'à présent. Allie, voudrais-tu cesser de me traiter comme un suspect de meurtre ?

Allie s'efforça de combattre la colère qui montait irrésistiblement en elle.

— D'accord, concéda-t-elle d'un ton neutre. Je suis désolée. Pourrais-tu me préciser le genre de questions que Gabe te posait ? Surtout celles qui te semblent curieuses.

Carter poussa un soupir, se leva et se dirigea vers une peinture antique qui représentait un if dont les branches s'étiraient jusqu'au plafond. Ses racines enchevêtrées formaient le mot « Arbre de vie ». C'était l'une des œuvres préférées d'Allie dans cette chapelle dont la construction remontait à plus de neuf cents ans.

Carter se décida enfin à lui répondre.

— Il m'a interrogée à propos de ta famille. Il voulait savoir où tu vivais à Londres. Qui étaient tes amis, ce genre de trucs, tu vois ? Ce n'était pas vraiment curieux, mais Gabe était juste un peu… insistant.

— Qu'est-ce que tu lui as dit ?

— Pas grand-chose. Que tu vivais dans le sud de Londres et que tu détestais ton lycée. Que tu avais un copain qui s'appelait Mark, et un autre prénommé Harry. Que tu ne t'entendais pas avec tes parents...

Quelle déception ! Carter avait raconté à Gabe tout ce qu'il savait sur l'époque précédant son entrée à Cimmeria.

Allie se sentait trahie.

« Comment dois-je réagir ? »

Elle se rappela soudain l'un des conseils d'Eloise.

— Réfléchis comme une journaliste. Pense aux questions que tu poserais à Carter si tu devais l'interviewer. Garde tes distances émotionnelles.

Elle tenta de réfléchir.

— Je poursuis. Est-ce qu'il t'a posé une question particulièrement étrange ? Quelque chose qui t'aurait étonné ?

Carter marchait vers l'autel, lui tournant le dos. Il avait les mains enfoncées dans les poches. Lorsqu'il parla, ce fut d'une voix si basse qu'Allie se demanda si elle avait bien entendu.

— Il m'a interrogé sur ton frère.

— Quoi ? Il t'a posé des questions sur Christopher ?

Lui tournant toujours le dos, Carter confirma de la tête.

— Il y a une chose que je ne comprenais pas...

Il pivota pour lui faire face, et elle vit l'inquiétude naître dans ses yeux.

— ... Comment savait-il que tu avais un frère ? Tu n'en avais jamais parlé à personne. Et même s'il était au courant, qu'est-ce que ça pouvait bien lui faire ? Pourtant, il est revenu plusieurs fois sur le sujet.

Allie déglutit avec difficulté. Soudain, la chapelle lui parut glaciale.

— Peut-être que Jo le lui a dit, suggéra-t-elle en resserrant l'écharpe autour de son cou. Je lui ai parlé de Christopher, et à cette époque, Gabe était son petit ami. Qu'est-ce qu'il t'a demandé au juste ?

Carter s'approcha d'elle. Ses pas résonnaient dans la chapelle vide. Dehors, le soleil avait dû se coucher parce que la douce lueur lavande diffusée par les vitraux avait disparu. L'endroit était devenu sinistre – les chandelles projetaient d'inquiétantes ombres sur le mur blanc.

— Il m'a demandé si vous étiez proches. Si tu avais déjà parlé de le retrouver. Et où tu te rendrais, dans ce cas.

À présent, Carter était juste devant elle. Ses yeux étaient désormais lourds d'inquiétude.

Allie croisa les bras et plongea ses yeux dans les siens.

— Plutôt étrange, comme question, lâcha-t-elle. Ça ne me plaît pas du tout.

— Non, moi non plus.

# 15.

Durant toute la soirée, Allie supporta le rythme habituel de la vie à Cimmeria, mais un maelström de pensées tournoyait dans sa tête. Tous les événements s'enchevêtraient et empiraient. Carter, Gabe, l'espion parmi eux, Nathaniel… Elle devait vite mettre tout ça au clair. Pourquoi Gabe avait-il posé de telles questions à Carter ? Qu'espérait-il apprendre ?

La seule personne qui pourrait la comprendre – et la conseiller – était Rachel.

Mais elle ne pouvait rien lui confier.

En fait, elle ne pouvait rien révéler à personne.

« Sauf… »

Elle pourrait tout raconter à Isabelle. Mais dans ce cas, qu'arriverait-il ? Carter aurait-il des problèmes ? Si Isabelle et Carter perdaient confiance l'un en l'autre, elle ne se le pardonnerait jamais. Isabelle était quasiment comme une mère pour lui.

Ses pensées la tourmentaient tant qu'elle était incapable de se concentrer sur ses devoirs.

Donc, après le dîner, alors que la pluie continuait à tomber et que les autres élèves se préparaient, comme d'habitude, à aller étudier à la bibliothèque ou à se détendre au foyer, Allie commença à arpenter le couloir près du bureau d'Isabelle. Ses semelles faisaient un bruit énervant de caoutchouc sur le parquet de chêne ciré tandis qu'elle faisait les cent pas au pied du grand escalier.

« Après tout il n'y a pas de quoi en faire un plat. Nous savons que Gabe a rejoint le clan de Nathaniel, et que Nathaniel cherche à s'en prendre à moi. Je ne vois pas pourquoi ce que Carter m'a révélé aurait tellement d'importance. »

Ses pensées défilaient au rythme de ses pas.

« Mais si jamais c'était le cas ? Isabelle a dit qu'elle avait besoin de toutes les informations à propos de Gabe qui pourraient l'aider à comprendre pourquoi il s'est rapproché de Nathaniel et depuis quand. »

Elle reprit ses allées et venues.

— À ce rythme-là, tu vas faire des trous dans le parquet.

Sylvain se tenait au pied de l'escalier et l'observait. Depuis quand était-il là ? Depuis quand n'avait-elle pas relevé la tête ?

Sylvain réussissait à avoir l'air sophistiqué même vêtu de son simple uniforme, un pantalon bleu et un pull assorti. Il en avait retroussé les manches sur ses avant-bras, ct lc pull semblait avoir été tricoté sur mesure pour lui.

Alors qu'elle cherchait une réponse adéquate, il ajouta :

— Et dans ce cas, les ouvriers devront revenir avec leur équipement et rénover le plancher, et tout le monde t'en voudra.

Allie arqua les sourcils.

— Tu es plutôt pessimiste… C'est une manie française ?

— Pas pessimiste, pragmatique. Et ça, c'est un mot français.

— Pessimiste n'est pas aussi un mot français ?

Sylvain haussa les épaules.

— Si, mais de toute façon, les meilleurs mots sont français.

Allie sourit malgré elle.

Sylvain pencha la tête sur le côté et la fixa.

— Alors, dis-moi, Allie, pourquoi est-ce que tu arpentes l'entrée comme une lionne en cage ? Tu as besoin de réfléchir à un truc ?

Il la regardait avec une telle intensité – comme s'il s'inquiétait pour elle – qu'elle dut résister à l'envie de tout lui avouer. Et c'est alors qu'une pensée la frappa telle une gifle.

« Je lui fais à nouveau confiance. Quand est-ce arrivé ? »

Durant ce trimestre Sylvain avait été gentil et attentionné. C'était comme si l'incident de l'été dernier n'avait jamais eu lieu. Et Dieu savait qu'elle avait besoin d'aide en ce moment !

— Il y a une chose…, commença-t-elle avec hésitation. Je dois décider que faire. Mais… quel que soit mon choix, ce pourrait être mal compris par une personne à qui je tiens. Je pourrais le… ou la blesser. Donc, j'ai bien peur de devoir décider quelle est la solution la moins pire.

Sylvain s'adossa au mur.

— Ah, je vois. Ça, c'est le problème le plus délicat. Celui pour lequel il n'y a pas de bonne réponse, seulement deux mauvaises.

Allie approuva de la tête.

— Tu as tout compris ! Alors… comment on fait pour décider, dans ce cas ?

— Je pense que tu dois te fier à ton instinct.

Allie ricana.

— Mon instinct ? Quelle horreur !

Sylvain l'étudia avec attention.

— Allie, je crois que tu fais les bons choix plus souvent que tu n'en as conscience.

Allie était sur le point de répondre par une boutade, mais elle réalisa que Sylvain était sérieux, et les mots moururent sur ses lèvres. Durant un long moment, elle resta plantée là, à le regarder sans vraiment le voir.

— Je crois que je vais aller parler à Isabelle.

Sans ajouter un mot, elle tourna les talons. Oui, elle devait se rendre au bureau de leur directrice aussi vite que possible. Mais soudain, elle fit volte-face. Sylvain n'avait pas bougé, et la contemplait avec un sourire si chaleureux qu'elle en fut déconcertée.

— Désolée, dit-elle en rougissant, je ne devrais pas t'abandonner comme ça sans même te souhaiter bonne nuit. C'est plutôt malpoli de ma part. Bon... On fait toujours notre truc demain, n'est-ce pas ?

Ils avaient prévu l'interrogatoire pour la soirée du lendemain.

Elle vit une petite lueur d'amusement danser dans les yeux de Sylvain.

— Oui, répondit-il, on fera... notre truc..., comme tu dis, après le dîner.

— Génial. Bon... Euh... Salut !

Ravie d'avoir enfin pris sa décision, elle se précipita vers le bureau d'Isabelle. Une fois là, elle frappa et entra sans attendre d'y être invitée. La pièce était vide, mais le gilet en cachemire noir d'Isabelle traînait sur le dossier de l'un des fauteuils en cuir, et la senteur de son Earl Grey préféré flottait dans l'air. Leur directrice ne devait pas être bien loin.

Pendant qu'Allie patientait, son regard passa de la tapisserie chevaleresque au meuble où étaient stockés les dossiers des élèves. Elle avait beau faire tout son possible, elle ne pouvait s'empêcher de songer à cette soirée de l'été dernier quand, avec Carter, elle avait fouillé dans ce meuble.

À cette pensée, elle tortilla avec nervosité le bas de son pull entre ses doigts.

— Oh ! Bonsoir, Allie.

Isabelle surgit dans la pièce, un pashmina bleu pâle sur les épaules. Le chic de son impeccable col roulé blanc et de sa jupe crayon noire était contrebalancé par ses confortables chaussures à semelles en caoutchouc. Elle posa un dossier sur son bureau, et regarda Allie avec un sourire interrogateur.

— Tout va bien ?

— Je dois vous parler de quelque chose, mais… c'est un peu spécial.

Isabelle ferma la porte et, d'un geste de la main, l'invita à s'asseoir dans l'un des fauteuils devant son bureau. Allie s'y installa, et Isabelle prit place à ses côtés.

— Quelle est donc cette chose si spéciale ? s'enquit Isabelle. Est-ce qu'elle serait plus facile à raconter avec un peu de thé ?

Allie hocha la tête, puis expliqua très vite ce que Carter lui avait révélé au sujet de Gabe. Le sourire d'Isabelle s'évanouit.

— Pourquoi Carter ne nous en a-t-il jamais parlé ? questionna-t-elle lorsque Allie eut terminé. Te l'a-t-il dit ?

Isabelle avait l'air blessée.

— Je ne sais pas. Selon lui, il n'y a jamais vraiment réfléchi.

Avec précipitation, elle ajouta :

— Cela dit, je ne peux pas lui en vouloir. Tant de choses se sont passées à l'époque. Une fois que nous avons découvert que Gabe avait rejoint Nathaniel, Carter a dû songer que tout ça n'avait pas beaucoup d'importance.

Isabelle arqua les sourcils – si vite qu'Allie se demanda si elle n'avait pas rêvé.

— Tu as raison. Je suis désolée, Allie, je ne faisais que penser à voix haute. Je discuterai en personne avec Carter pour voir s'il peut nous apprendre autre chose.

Allie sentit sa gorge se serrer.

— S'il vous plaît, ne vous mettez pas en colère contre lui. Ça me fait tellement bizarre de vous raconter ça. Mais je ne voulais pas… enfin, je me suis dit que vous aimeriez le savoir parce que ce sont des informations qui concernent Gabe.

Elle se pencha en avant dans son siège.

— Vous savez que Carter ne travaille pas pour Nathaniel, n'est-ce pas ? Vous ne pensez quand même pas que c'est lui, la taupe ?

Isabelle soutint son regard.

— Ne te fais pas de souci. Je ne crois pas une seule seconde que Carter nous trahirait de façon intentionnelle.

« De façon intentionnelle... ? »

Le cœur d'Allie se mit à battre un peu plus vite. Qu'est-ce qu'Isabelle entendait par là ?

« Mon Dieu ! Qu'est-ce que j'ai fait ? »

— Merci d'être venue me trouver, dit Isabelle en la pressant de sortir. Tu as eu raison.

Hélas, quand Allie grimpa l'escalier pour regagner sa chambre, quelques instants plus tard, elle n'en était pas persuadée. Elle était encore perdue dans ses pensées lorsqu'on lui agrippa soudain le bras. Elle poussa un cri et se libéra aussitôt, avant d'entendre un rire familier.

— Désolé, je t'ai fait peur ?

Carter se tenait sur la marche juste derrière elle – il tendit de nouveau la main vers elle, son fameux sourire sexy aux lèvres.

« Oh, merde ! »

— Non, tu m'as seulement surprise.

Carter enlaça ses doigts aux siens. Avait-il remarqué qu'elle avait les mains moites ?

— Je t'ai cherchée toute la soirée. Où étais-tu ?

Allie réfléchit un instant avant de répondre.

— J'ai révisé, puis je suis allée faire un petit tour, et j'ai discuté avec Isabelle... Tu vois...

— Ah bon ? De quoi avez-vous parlé ?

Soudain, les bruits environnants – les bavardages des élèves, les pas sur les marches, les rires – s'évanouirent au loin. Elle ne pouvait pas lui avouer. Non, jamais elle ne supporterait de lire sur son visage la douleur de la trahison. Quel cauchemar ! Elle avait l'impression que son sang se figeait dans ses veines.

— Rien. Je suis un peu à la bourre avec mes exos de maths, et j'espérais qu'Isabelle m'autoriserait à les remettre plus tard.

Carter agita un doigt réprobateur sous son nez.

— Tss ! Tss ! Du boulot en retard, miss Sheridan ? Je parie qu'Isabelle n'a pas apprécié.

Allie eut un rire crispé.

— Non, elle m'a dit que je ferais mieux de rattraper mon retard, et vite. Sans lui réclamer quoi que ce soit.

— Ça me semble un bon conseil, jeune fille.

Carter se tenait un pas derrière elle et elle dut baisser les yeux pour croiser son regard. La culpabilité l'envahit.

« Je viens de lui mentir pour la première fois. »

Elle lui effleura les cheveux. Carter posa ses mains sur sa taille et l'attira à lui pour l'embrasser.

— Couvre-feu ! cria Zelazny.

— Quel emmerdeur ! chuchota Carter contre ses lèvres.

Aussitôt une foule d'élèves s'engouffra dans l'escalier pour se rendre aux dortoirs, les dépassant au passage. Carter semblait refuser de la laisser partir. Il lui caressait le dos, déclenchant de délicieux frissons en elle.

— Si seulement on pouvait se retrouver quelque part tous les deux, en tête à tête.

Il l'attira un peu plus près.

— Si tu n'es pas trop fatiguée, je pourrais te rejoindre dans ta chambre plus tard, qu'est-ce que tu en dis ? murmura-t-il à son oreille.

Allie déglutit. Elle venait juste de le trahir. Pourrait-elle faire comme si de rien n'était tout en flirtant sur son lit avec lui ?

*C'est ce que font les gens*, avait dit Eloise. *Tout le temps.*

Elle en était incapable.

— À dire vrai, je suis tellement en retard avec mes maths… Il faut que je me mette à bosser, sinon ça va être ma fête !

« Deuxième mensonge ! »

Mensonge que Carter accepta.

« Parce que lui, il me fait confiance. »

Le cœur lourd, elle monta l'escalier jusqu'au dortoir des filles. Son chagrin semblait ralentir chacun de ses pas.

Mentir à Carter. Jamais elle ne s'en serait crue capable. Comment en était-elle arrivée là ?

Une fois dans sa chambre, elle s'adossa à la porte, et ferma les yeux.

« Qu'est-ce que je vais faire ? »

Lorsqu'elle rouvrit les yeux, elle vit son reflet dans le miroir près de la porte.

« Qu'est-ce que tu as fait ? »

Elle devait absolument lui dire la vérité. De toute façon, Carter la découvrirait bien vite, dès qu'Isabelle lui aurait parlé. Et lorsqu'il se rendrait compte qu'elle lui avait menti…

Elle grimaça. Et s'il ne lui pardonnait jamais ?

Soudain, elle fut prise de frissons et se dirigea vers la fenêtre pour la fermer. La pluie avait pénétré dans la chambre et mouillé son bureau.

Deux choses arrivèrent en même temps : elle se rappela qu'elle n'avait pas ouvert la fenêtre de la journée.

Et elle remarqua l'enveloppe sur le bureau.

C'était une enveloppe d'un élégant papier ivoire, du genre qu'on utilise pour les invitations. Son prénom était inscrit au dos.

Elle reconnut immédiatement l'écriture de Christopher.

# 16.

Allie s'écarta si vite qu'elle trébucha. Elle tendit le bras pour se rattraper au mur, les yeux rivés sur le bureau, comme si l'enveloppe allait lui sauter au visage.

« Il est venu ici. Christopher était là ! »

Son cœur tambourinait si fort dans sa poitrine qu'elle avait du mal à respirer. Qu'allait-elle faire ? Devait-elle se précipiter dans le bureau d'Isabelle ? Essayer d'en parler avec Carter ou Rachel ?

« Ou me contenter d'ouvrir l'enveloppe et voir ce qu'elle contient ? »

D'un pas hésitant, elle s'approcha de l'enveloppe comme d'une panthère en cage, puis la saisit d'une main tremblante.

L'épais papier ivoire ne contenait aucune autre inscription que son prénom, rédigé de cette écriture si familière qu'elle n'avait pas vue depuis plus d'un an. Elle laissa errer son doigt sur le mot, comme s'il pouvait lui révéler ce qui était arrivé à son frère – pourquoi il s'était enfui.

Pourquoi il l'avait abandonnée.

Glissant ensuite son doigt sous le rabat de l'enveloppe, elle l'ouvrit. À l'intérieur, une épaisse feuille du même papier ivoire était pliée avec soin. Elle la porta à son nez. Y trouverait-elle l'odeur de son frère ? Celle de leur maison avant qu'il ne disparaisse ?

Mais la lettre n'avait aucun parfum.

Elle la déplia et reconnut aussitôt l'écriture inclinée de Christopher.

*Ma chère Allie,*

*J'ai du mal à croire que je t'écris enfin une lettre, après tout ce temps. Tu m'as tellement manqué ! Tu me manques tellement ! Être loin de toi a été l'épreuve la plus difficile que j'aie eu à supporter.*

*Lorsque je t'ai vue, cette fameuse nuit de l'été dernier, j'ai su que je devais reprendre contact avec toi. Tu as tant changé que je t'ai à peine reconnue. Comme tu as grandi !*

*Je suis si fier de toi.*

*Je sais que tu as du mal à comprendre pourquoi je suis avec Nathaniel. Quoi que maman et Isabelle aient pu te dire, je ne suis pas devenu fou, et je n'ai pas, non plus, rejoint une secte. J'ai juste appris la vérité sur notre famille.*

*Et j'ai fait un choix.*

*Je tiens à ce que, toi aussi, tu puisses faire ton choix en sachant la vérité sur nous.*

*Nous, les* ***Meldrum.***

*Serais-tu d'accord pour me rencontrer et en discuter ? Je t'attendrai près du ruisseau, à côté de la chapelle, vendredi soir à minuit.*

*Je sais aussi que tu es sûrement fâchée contre moi, et je ne t'en voudrai pas si tu ne viens pas. Mais, moi, je serai là. Viens, s'il te plaît. Je suis impatient de te revoir.*

*Christopher*

Choquée, Allie contempla par la fenêtre la sombre nuit automnale.

« Christopher se tenait là. Exactement où je suis. »

De grosses larmes inondèrent ses joues.

« S'il avait tellement envie de me voir, pourquoi n'a-t-il pas attendu mon retour ? Pourquoi s'est-il contenté de me laisser un message avant de disparaître ? »

Prenant sur elle, elle s'obligea à relire la lettre. Cette fois, elle remarqua avec quelle force Christopher avait souligné le nom de leur grand-mère, faisant ressortir le mot sur la page. Il avait tellement appuyé sur son stylo qu'il en avait presque déchiré le papier.

Et pendant qu'elle se tenait là, la lettre de son frère à la main, une question résonnait à son esprit : « Qu'est-ce que je vais faire, maintenant ? »

Cette nuit-là, Allie ne dormit pas. Elle relut la lettre de Christopher, jusqu'à la connaître par cœur. À environ trois heures du matin, convaincue qu'elle ne contenait aucun message codé, elle s'allongea sur son lit, les mains posées sur ses yeux, comptant ses respirations.

Elle n'avait que peu d'options.

Si elle parlait à quiconque de cette lettre, ses amis, désireux de la protéger, insisteraient pour qu'elle aille trouver Isabelle, et dans ce cas, la situation lui échapperait. Christopher en souffrirait, et ce serait de sa faute.

Sa seule alternative était de mentir à tous ceux qu'elle connaissait. Mentir par omission en ne leur révélant rien, et mentir littéralement lorsqu'elle irait retrouver Christopher.

À cette seule idée, elle se sentit mal.

Elle avait déjà menti à Carter ce soir, et elle s'en voulait encore.

« Comment pourrais-je recommencer ? »

Ses pensées continuèrent à tournoyer dans son esprit, mais elle dut cependant s'endormir à l'aube, car son réveil la tira du sommeil peu avant sept heures.

Durant toute la journée, Allie eut la sensation d'évoluer dans le brouillard – elle était à la fois épuisée et paniquée. Les cours s'enchaînèrent sans qu'elle en ait vraiment conscience. Lorsque Rachel lui fit une remarque sur les cernes sombres qui ourlaient ses yeux, elle mentit de nouveau.

— Je crois que je couve quelque chose, dit-elle.

Il lui était de plus en plus facile de mentir, mais quand Rachel se mit en devoir de jouer les mères poules et insista pour qu'elle prenne un thé chaud au miel, elle eut l'impression d'être devenue un monstre.

À chaque minute qui passait, elle se demandait comment réagir à la lettre de Christopher. Durant le dîner, elle se contenta de jouer du bout de sa fourchette avec sa nourriture, sans y toucher, en évitant le regard suspicieux de Rachel. Elle devait retrouver Sylvain un peu plus tard pour qu'il l'interroge, mais tout était devenu si compliqué qu'elle ignorait que faire – et surtout que dire. Elle était beaucoup trop épuisée pour concocter un mensonge. Mais si jamais elle lui disait la vérité…

Soudain, elle se sentit malade pour de bon, et repoussa son assiette.

« Qu'est-ce que je vais bien pouvoir faire ? »

Juste après vingt heures, épuisée, Allie patientait au pied de l'escalier. Elle avait toujours l'impression d'être dans le brouillard – le manque de sommeil et le stress s'ajoutant l'un à l'autre. Rien ne semblait réel.

— Désolé d'être en retard.

Sylvain courait vers elle, le souffle court. Il lui sourit d'un air désarmant.

— J'ai eu un entretien de dernière minute avec Jerry. Ça a duré une plombe ! J'ai cru qu'on n'allait jamais en finir !

Il se passa une main dans ses cheveux ébouriffés et, d'un geste de la tête, indiqua l'aile des salles de classe.

— Bon, j'ai trouvé un coin où on sera tranquilles. Tu me suis ?

Il grimpa les marches deux à deux, et elle le suivit en silence (*soixante-six pas*). Ils parcoururent le corridor du second étage plongé dans la pénombre (*soixante-dix pas*) et passèrent devant des salles de classe vides. Leurs pas résonnaient avec un bruit creux.

— Voilà, on y est.

Sylvain ouvrit une porte au bout du couloir, et alluma. Des lumières fluorescentes éclairèrent la pièce, de petite taille (*dix bureaux installés en cinq rangs de deux, quatre fenêtres...*). Sylvain arrangea deux bureaux face à face et, après lui en avoir désigné un, s'installa à l'autre. Il déplia ses longues jambes dans l'allée et laissa échapper un soupir.

— J'ai eu une dure journée, annonça-t-il en fouillant dans son sac. Jerry en avait vraiment après moi. Il est d'une humeur massacrante, ces derniers temps.

Allie avait du mal à imaginer Jerry, leur sympathique professeur de sciences naturelles, s'en prendre à quiconque. Il s'était toujours montré patient envers elle.

Sylvain posa son bloc-notes devant lui et sortit de sa poche un stylo en argent.

— Écoute, je tiens à te dire de nouveau que je suis désolé qu'ils m'aient choisi pour ça.

Il s'interrompit, et l'observa soudain avec attention.

— Tu te sens bien ? Tu as une drôle de mine.

— Oui, ça va.

Mais ses paroles n'étaient qu'un murmure. Elle s'éclaircit la gorge, et fit une nouvelle tentative.

— Je... je crois que j'ai attrapé quelque chose.

Sylvain hocha la tête d'un air peu convaincu.

— Bon, je vais faire de mon mieux pour que tout ça ne nous affecte pas trop l'un ou l'autre, mais... tu sais comment ils sont.

Allie hocha la tête à son tour. Bien sûr qu'elle savait.

— Je voulais aussi te dire que tu peux me faire confiance...

À ces mots, des images de l'été dernier surgirent soudain à son esprit. Leurs doigts enlacés. Sylvain la portant à travers bois lorsqu'elle s'était foulé le genou. Leurs baisers passionnés. Le mépris dans sa voix la nuit du bal. La nuit où il lui avait sauvé la vie...

Le rouge lui monta aux joues, et elle détourna le regard.

« Inspire deux fois, expire une fois... »

— Je veux dire...

Sylvain l'observait avec une extrême attention, et elle eut l'impression qu'il surveillait ses réactions.

— Je sais que tu ne me feras peut-être plus jamais confiance, et je ne peux pas t'en vouloir. Mais je tiens à ce que tu saches que je ne raconterai à personne ce que tu me révéleras aujourd'hui. Je me contenterai de noter tes réponses et de les remettre à qui de droit. D'accord ?

Consciente de tous les non-dits entre eux, Allie dut se forcer pour le regarder dans les yeux. Elle savait qu'elle avait les joues en feu. La colère éprouvée l'été dernier, la confusion de ses sentiments pour lui depuis cette période, la sensation qu'en sa présence elle était à la fois en sécurité et en danger, tout cela la troublait au plus haut point.

— D'accord. De toute façon, ce n'était pas ton idée plus que la mienne. Ne t'inquiète pas, je suis à l'aise. À dire vrai, je préfère faire ça avec toi plutôt qu'avec... plein de gens. On y va ?

« Oui, je suis contente que ce soit toi. »

D'où cette pensée lui venait-elle ?

Sylvain poussa un soupir de soulagement et ouvrit son bloc-notes.

— Parfait ! On y va !

Ses premières questions étaient similaires à celles qu'elle avait posées à Carter. Lorsqu'il lui demanda le nom de famille de ses grands-parents, elle lui dit aussitôt celui des parents décédés de son père. Puis elle resta muette.

Sylvain lui jeta un regard interrogateur.

— Et du côté de ta mère ?

— Je... J'ai bien peur de ne pas connaître le nom de mon grand-père maternel. Mes parents ne me l'ont jamais dit.

Sylvain fronça les sourcils, mais ne répondit rien, se contentant de griffonner sur son bloc.

— Et ta grand-mère ?

La pluie frappait la fenêtre de façon saccadée. On avait l'impression qu'une main invisible projetait des gravillons contre la vitre.

— Ma grand-mère maternelle s'appelle Lucinda Meldrum, dit-elle d'un ton détaché.

Sylvain commença à écrire, mais se figea soudain, et leva les yeux vers elle.

— Ta grand-mère porte le même nom que la chancelière ?

— Lucinda Meldrum, l'ex-chancelière, est ma grand-mère.

Sylvain posa son stylo, et la regarda, perplexe.

— C'est une plaisanterie, Allie ? Parce que je ne comprends pas.

— Non, je ne plaisante pas, Sylvain.

Évoquer ainsi sa célèbre grand-mère lui procurait un sentiment libérateur. À présent, une autre personne connaissait son secret. Plus elle en parlait, plus les faits paraissaient réels.

— J'ai bien peur de ne pas avoir d'autre réponse à t'offrir. Je suis bel et bien la petite-fille de Lucinda Meldrum.

Elle pointa son bloc du doigt.

— Vas-y, écris-le.

Sylvain n'avait pas encore repris son stylo.

— Je ne comprends pas, insista-t-il. Si c'est vrai, pourquoi personne n'est au courant ? Je pensais que tu étais la première de ta famille à étudier ici.

— Ouais, je sais que tout le monde s'est toujours demandé ce que cette moins que rien d'Allie Sheridan fabriquait à Supra-Cimmeria, le top lycée réservé aux millionnaires… pardon aux milliardaires. Eh bien, à présent, te voilà informé.

Comme Sylvain s'apprêtait à répliquer, elle l'interrompit d'un geste las de la main.

— S'il te plaît, contente-toi d'écrire son nom, et passons à la question suivante.

Après une longue pause, Sylvain reprit son stylo et écrivit les trois mots :

*Grand-mère : Lucinda Meldrum.*

L'incident semblait l'avoir perturbé, et il consulta ses notes d'un air distrait.

— Heu… alors… prochaine question… Quel membre de ta famille a étudié à Cimmeria ?

L'air sceptique, il lui jeta un coup d'œil.

— On dirait que je n'ai plus besoin…

Allie ne le laissa pas terminer.

— Ma mère et ma grand-mère.

Pendant que Sylvain prenait note, Allie réalisa qu'elle commençait à s'habituer à prononcer le mot « grand-mère ». Ce n'était plus aussi étrange. Mais elle se rendit compte qu'elle le disait avec solennité, comme si elle annonçait : « La Reine. » Le seul nom de Lucinda irradiait de pouvoir.

Elle en était encore excitée lorsque Sylvain continua son interrogatoire.

— Qu'est-ce qui t'a amenée à Cimmeria ? Je crois que, pour toi, il s'agissait d'une punition.

Toute son excitation retomba.

Se calant dans son siège, Allie se lança dans le récit de la disparition de son frère et de ce qui était survenu ensuite : ses parents qui s'étaient détournés d'elle. Son arrestation, l'été dernier, pour s'être introduite par effraction dans son ancien lycée et avoir tagué des obscénités sur les murs. Arrestation précédée de deux autres pour vandalisme et menus larcins. Elle lui expliqua aussi comment, sur le plan émotionnel, Mark et Harry avaient remplacé son frère – mis à part que, au lieu de l'aider pour ses devoirs, ils lui avaient enseigné l'art de la rébellion.

Tandis qu'il l'écoutait, Sylvain prenait des notes, de son écriture nette et précise. De temps en temps, il levait les yeux et la contemplait avec une expression amusée, mais sans jamais l'interrompre. Elle aurait aimé glisser sur certains aspects de sa personnalité pour se présenter sous un meilleur jour, pourtant elle en était incapable. Elle lui révéla tout. Et plus elle se confiait, mieux elle se sentait, comme si son récit la libérait. Chacune de ses paroles semblait alléger le poids dans sa poitrine.

Lorsqu'elle eut fini, Sylvain l'examina avec une curiosité extrême. Le fin stylo d'argent étincelait entre ses doigts.

— L'Allie que tu me décris ne ressemble pas du tout à celle assise en face de moi. Je ne la reconnais pas.

Allie haussa les épaules.

— Que veux-tu... quand ta vie tombe en miettes, tu suis le mouvement. Ça ne t'est jamais arrivé ?

— Non... enfin, pas de cette façon. J'ai juste...

Il s'interrompit, paraissait chercher ses mots.

— En tout cas, j'admire ta force, Allie. J'ignore ce que j'aurais fait si j'avais été à ta place, mais je ne crois pas que j'aurais été capable de maîtriser la situation à ce point.

Sans bien comprendre pourquoi, Allie sentit une vague d'émotion la submerger. Peut-être parce qu'elle venait de remuer la boue de son passé ? Quoi qu'il en soit, les paroles de Sylvain la touchèrent au plus profond d'elle.

— Au fait, tu as eu des nouvelles de ton frère ? demanda-t-il, la tirant de sa rêverie.

Elle leva les yeux vers lui.

— Depuis l'incendie ? précisa Sylvain.

Sans même s'en rendre compte, elle glissa la main dans la poche de sa jupe, et effleura le papier désormais familier de la lettre de Christopher. Elle voulut répondre à Sylvain, mais aucun mot ne sortit de sa bouche.

« Inspire deux fois, expire... »

— Allie ? Quel est le problème ? Tu as eu des nouvelles de ton frère ?

— Non, bredouilla-t-elle. Jamais. Jusqu'à... hier.

# 17.

— Tu dois tout de suite en informer Isabelle et Raj !

Sylvain tendit la lettre à Allie, qui la replia avec soin avant de la remettre dans sa poche.

— Pas question.

— Allie…

La lueur d'avertissement qui assombrissait ses yeux ne faisait que renforcer sa détermination.

— À ton avis, qu'est-ce qui se passera si je mets Isabelle au courant ?

— Elle s'assurera que les hommes de Raj Patel interceptent ton frère.

— Et que feront-ils de lui ?

Sylvain haussa les épaules, indiquant par là qu'il n'en savait rien. D'ailleurs, il s'en fichait sûrement.

— Ne t'avise pas de raconter ça à Isabelle ! Je ne les laisserai pas kidnapper mon frère et l'utiliser comme… comme monnaie d'échange dans leur guerre de dingues !

La panique s'insinua en elle, lui coupant presque la respiration.

— Si tu fais ça, Sylvain, je jure devant Dieu que j'irai le retrouver, et que je le préviendrai. Je m'enfuirai avec lui. Personne ne kidnappera mon frère !

— N'y va pas !

Sylvain sembla lui-même surpris par sa réaction.

— Ne fais pas ça ! Tu pourrais être blessée, insista-t-il.

— Christopher ne me fera jamais de mal.

Les prunelles bleues de Sylvain s'assombrirent encore.

— Ton Christopher a failli faire cramer Cimmeria avec soixante-cinq élèves à l'intérieur. Et toi avec, je te signale.

— Tu ne peux pas...

Tout à coup, Allie eut l'impression qu'une main géante lui écrasait les poumons. Elle ne parvenait plus à respirer... ni même à parler. La pièce se mit à osciller dangereusement.

— Allie ? Ça va ?

Les murs s'approchèrent – la salle se fit soudain toute petite, et Allie commença à haleter. Un voile de sueur couvrit sa peau. Pourquoi ne pouvait-elle pas respirer de façon normale ?

« Merde ! Ça m'arrive encore ! »

— Je ne peux...

Se levant d'un bond, elle quitta la pièce et descendit l'escalier en courant (*... trente-trois pas, trente-quatre, trente-cinq...*), puis traversa le hall jusqu'à la porte arrière (*vingt-sept pas*), et se rua dehors, sous la pluie battante.

Elle fonça dans la nuit. L'air frais lui foucttait le visage, et la pluie cinglait ses joues à chacune de ses foulées. Il ne fallait pas qu'elle se laisse submerger par la panique qui l'envahissait peu à peu. Non ! Sa priorité était de prévenir Christopher. Pour l'instant, elle filait vers le lieu où il lui avait fixé rendez-vous, vendredi soir.

L'air frais et la course l'aidaient à mieux respirer. Ses cheveux trempés lui collaient au visage, et la pluie l'aveuglait. La boue giclait sur ses jambes nues.

Elle était presque arrivée à la lisière des bois lorsque des mains puissantes l'agrippèrent aux épaules, l'obligeant à s'arrêter. Battant l'air, elle se retourna et lança des coups à l'aveuglette. Soudain, elle reconnut Sylvain. Dieu merci ! Elle réussit à se libérer, mais elle n'avait pas fait trois pas que, déjà, ses bras musclés l'enveloppèrent.

À l'instant où elle réalisa qu'il la tenait prisonnière, un sanglot la secoua.

— Lâche-moi ! cria-t-elle.

— Allie ! Arrête !

Sylvain haletait d'épuisement.

— Bordel, qu'est-ce qui cloche chez toi ?

— Je vais aller attendre Christopher, hoqueta-t-elle. Il faut que je le prévienne !

Sylvain marmonna quelque chose en français – sûrement un juron. Il la serrait si fort contre lui qu'elle sentait son souffle à son oreille.

— Je ne le dirai pas, OK ? Je ne dirai rien à Isabelle, mais par pitié, calme-toi !

Elle obtempéra, et quelques secondes plus tard, il la relâcha. Allie écarta une mèche de cheveux mouillés de son visage, et leva les yeux vers lui.

— Promets-moi ! cria-t-elle pour se faire entendre pardessus la pluie qui tombait de plus belle. Jure-moi que tu ne le diras à personne.

— Je te le promets. À présent, si tu veux bien…

Il tendit la main vers elle.

— Rentrons !

Soudain épuisée, elle le laissa lui prendre la main – sa paume dans la sienne était glaciale. Ils regagnèrent l'école en silence. L'adrénaline, qui l'avait jusqu'à présent empêchée de sentir le froid, s'était évanouie, et Allie se mit à frissonner avec violence. Jetant un coup d'œil à Sylvain, elle vit qu'il grelottait, lui aussi.

La mâchoire crispée, il la conduisit à une petite porte de l'aile est.

— Où est-ce qu'on va comme ça ?

— Si nous passons par l'entrée principale, vu notre état, on ne manquera pas de nous poser des questions auxquelles tu n'as sûrement aucune envie de répondre. On va rentrer par là.

La porte donnait sur un escalier qui descendait jusqu'à une partie de la cave qu'elle n'avait jamais vue et qui semblait inutilisée, de vieilles chaises étaient empilées un peu n'importe comment contre les murs. Les lueurs tremblantes des appliques projetaient des ombres qui paraissaient les poursuivre dans le couloir. À mi-chemin, Sylvain ouvrit une autre porte et alluma. Devant eux s'élevait un petit escalier en colimaçon. Allie claquait si fort des dents que Sylvain devait à coup sûr l'entendre.

— C'est l'un des anciens escaliers réservés aux domestiques, expliqua-t-il. Il y en a partout. C'est un de ceux-là que nous avons empruntés la nuit de l'incendie.

Ils grimpèrent plusieurs étages avant d'arriver enfin dans un hall où la température était plus clémente. Sylvain fit passer Allie devant deux portes fermées avant d'en ouvrir une autre. Celle d'une chambre spacieuse et très bien rangée.

Aussitôt elle comprit où ils étaient. Son cœur se mit à cogner plus fort dans sa poitrine.

« Si Carter savait que je me trouve dans la chambre de Sylvain, il me tuerait ! Ce n'est pas du tout une bonne idée. Je dois sortir d'ici, fissa ! »

Mais quand Sylvain lui tendit une épaisse serviette de toilette, au lieu de la jeter par terre et de s'enfuir, elle commença à se sécher, observant la pièce avec curiosité. Cette chambre ressemblait à toutes les autres, mis à part le splendide tableau à l'élégant cadre doré accroché au mur, qui représentait des anges portant un homme inconscient.

Suivant son regard, Sylvain haussa les épaules avec embarras.

— C'est un cadeau.

Il ouvrit un tiroir et en sortit une pile de T-shirts et de pulls qu'il déposa sur son lit.

— Enlève tes vêtements et enfile un de ceux-là.

Allie lui jeta un coup d'œil à travers ses cheveux trempés.

— Tu crois que je vais me déshabiller devant toi ? Tu rêves !

Une lueur d'amusement dansa dans les yeux de Sylvain.

— Ne fais pas ta mijaurée ! Si tu préfères, je peux me retourner, mais tu ne risques pas de te réchauffer si tu gardes ces fringues mouillées sur toi. En plus, tu vas assurer le spectacle en regagnant ta chambre comme ça !

Sans attendre sa réplique, il pivota face au mur.

Durant une seconde, Allie resta immobile.

Son top mouillé tomba sur le sol avec un grand « sploc ». Elle voulut garder son soutien-gorge, mais il était trempé aussi.

— Ne t'avise pas de te retourner ! marmonna-t-elle.

Sylvain eut un rire qui la surprit.

— Dépêche-toi, sinon je le fais ! menaça-t-il. Moi aussi, je veux me changer.

Allie jeta son soutien-gorge par terre, sur sa chemise, et enfila un des T-shirts de Sylvain. Il lui descendait jusqu'aux cuisses. Elle le compléta d'un pull et se glissa dans un bas de pyjama avec un cordon à la taille.

— Voilà.

— Merci, je gèle.

Quand il se retourna, Sylvain la contempla de la tête aux pieds.

— Mes fringues te vont bien mieux qu'à moi, fit-il remarquer.

Allie sentit le rouge lui monter aux joues. Sylvain ne sembla pas s'en apercevoir. Il fouillait déjà dans la pile de vêtements qu'elle avait laissée sur le lit.

— À mon tour de me déshabiller, dit-il d'un ton détaché. Mais, moi, je ne te demanderai pas de te retourner. Je suis français, donc pas du tout timide.

— Je peux me retourner si tu…

Avant qu'elle n'ait terminé sa phrase, Sylvain avait déjà retiré sa chemise.

Donc détourner le regard ne servait plus à rien.

Il avait un torse mince, musclé, et une peau hâlée, couleur café au lait, légèrement hérissée par la chair de poule.

Grelottant de froid, il se sécha très vite, avant d'enfiler un T-shirt identique à celui qu'elle portait. Puis, sans hésitation, il retira son pantalon trempé et le jeta sur la pile avec sa tenue mouillée.

« Regarde ailleurs ! »

Elle n'en fit rien.

Quand Sylvain enfila un pantalon sec sur son caleçon bleu marine, elle remarqua que ses longues jambes étaient aussi musclées que celles d'un athlète.

— Tu as un beau corps, s'entendit-elle dire.

« Oh merde ! Je deviens folle, ou quoi ? »

Surpris, Sylvain leva les yeux vers elle.

— Merci. Tu es très belle, toi aussi.

— Tu rigoles, je suis horrible.

Allie s'assit sur son lit. Comment poursuivre cette conversation ?

Lorsqu'elle releva les yeux, Sylvain lui tendait une serviette. Elle le regarda d'un air absent.

— Pour tes cheveux, expliqua-t-il.

Mais le stress l'envahissait de nouveau, et elle se contenta de tenir la serviette d'une main lâche, pensant à Christopher, Carter et Gabe…

« Si seulement mon cerveau voulait bien la boucler ! »

Comme elle ne faisait pas un geste, Sylvain se pencha et commença à lui sécher les cheveux avec douceur.

— J'ai lu quelque part que lorsqu'on a froid, on perd une grande partie de sa chaleur par la tête, dit-il. Donc, même si le reste de ton anatomie est bien au sec, si tu as froid à la tête tu continues à te les geler. Je trouve ça bizarre, pas toi ?

Ses mains chaudes descendirent dans son cou, et elle frissonna.

— Qu'est-ce qui s'est passé, Allie ? Pourquoi tu t'es enfuie comme ça ?

Elle ferma les yeux.

— J'ai eu une de mes crises de panique. Je ne pouvais plus respirer.

Elle eut un vague geste de la main.

— C'est de la claustrophobie, mais…

Elle rouvrit les yeux.

— … Tu ne dois pas en parler.

Sylvain interrompit ses frictions.

— De quoi ? De tes crises de panique ?

— Non… Je t'en prie ne parle pas à Isabelle de la lettre de Christopher !

Sylvain jeta la serviette et chercha son regard.

— Je te l'ai promis et je tiendrai ma promesse. À ton tour, tu dois me jurer de ne pas essayer de rencontrer Christopher toute seule.

Elle soutint son regard.

— Mais il faut que je le voie ! Je dois savoir ce qui s'est passé. Il est le seul à pouvoir me le dire. Sylvain, c'est mon frère !

— Dans ce cas, emmène Carter avec toi. Et Lucas. Et Julie.

Elle fit non de la tête.

— Si je le dis à Carter, il ira immédiatement trouver Isabelle. Il ne m'écoutera pas, tu le sais bien.

— C'est parce qu'il veut te protéger, et il a raison.

— Je peux me protéger toute seule !

— Pas de Nathaniel, ni de Gabe, répliqua Sylvain d'un ton glacial.

— Je n'ai pas le choix, Sylvain. Il faut que j'y aille.

Leurs regards se croisèrent – ses pupilles de ce bleu si particulier la fixèrent.

— Qu'es-tu en train de me demander, Allie ? chuchota-t-il.

— Tu pourrais venir avec moi ?

Elle retint son souffle. Pendant un long moment, Sylvain la scruta.

— Je crois que c'est une très mauvaise idée, mais je ne peux pas te laisser y aller seule.

# 18.

À présent, Allie n'avait plus qu'à endurer cette journée de vendredi. Elle expliqua son absence qui avait suivi le dîner de la veille en prétextant un coup de froid et personne ne la questionna, sauf Rachel qui l'enjoignit d'absorber un thé au thym et Carter qui posa sa main sur son front pour vérifier qu'elle n'avait pas de fièvre. Il lui demanda aussi si elle avait vu l'infirmière.

Au fil des heures, elle accumula les mensonges… de plus en plus facilement.

« Ça doit être dans mes gènes », songea-t-elle avec amertume en se dirigeant vers le réfectoire.

Elle jeta un coup d'œil à sa montre. Il était dix-huit heures cinquante-cinq. Plus que cinq heures avant de pouvoir parler à Christopher, pour la première fois depuis presque deux ans.

Cinq heures avant d'apprendre enfin la vérité.

La nervosité faisait battre son cœur plus vite, et elle se força à inspirer avec calme à plusieurs reprises avant d'entrer dans le réfectoire bruyant. Leur petit groupe était déjà installé à leur table habituelle, et elle s'assit à côté de Carter.

Rachel était bien sûr collée à Lucas.

— Ça va ? articula son amie en silence.

Allie acquiesça, et lui sourit. Carter passa un bras autour de ses épaules et déposa un léger baiser sur sa tempe.

Une pointe de culpabilité l'envahit. Elle l'observa pendant qu'il discutait avec Lucas.

« Je vais faire un truc qui ne te plaira sûrement pas, Carter, et j'espère que tu me pardonneras. »

À sa grande horreur, une autre pensée lui vint à l'esprit.

« Mais je ne crois pas, hélas. »

Ces derniers temps, Zoé avait pris l'habitude de venir dîner à leur table, et elle faisait part à Jo, avec grand sérieux, d'un problème de chimie plutôt complexe sur lequel elle travaillait. Jo paraissait larguée, mais hochait la tête avec politesse.

À la table voisine, Sylvain était installé à côté de Nicole avec un groupe d'élèves des quatre coins du monde. Ils semblaient tous plongés dans une profonde discussion, mais Sylvain se tourna brusquement vers elle, comme s'il avait senti son regard. Lorsqu'ils se fixèrent, Allie eut la sensation que leur secret avait créé un lien spécial entre eux.

Jo la tira soudain de sa rêverie en tapotant sa petite cuillère contre son verre, jusqu'à ce que chacun lui accorde son attention.

— J'ai donc décidé qu'il était grand temps, dit-elle.

— Temps pour quoi ? demanda Rachel d'un air sceptique.

— Oh, oh ! marmonna Lucas. Je crois que je sais ce qui se prépare.

— Oui, pour quoi ? insista Zoé.

— Pour commencer à discuter du bal, répondit Jo.

Tout le monde se mit aussitôt à parler en même temps.

— Je le savais ! s'exclama Lucas en se renversant dans son siège.

— C'est dans un mois, Jo ! fit remarquer Carter. La seule chose que nous avons à faire pour l'occasion c'est… nous habiller.

Jo le rembarra d'un geste de la main.

— Ne sois pas stupide, Carter. C'est bien plus que cela, mon cher !

— Ce n'est pas comme pour le bal d'été ? demanda Allie, étonnée.

— Non, c'est complètement différent, intervint Zoé. Il y a dix fois plus d'invités au bal d'hiver.

— Elle a raison, renchérit Jo. En général, les anciens élèves et tous les membres de la direction sont présents. Mais j'ai entendu une sacrée rumeur concernant le bal de cette saison.

— Oh, mon Dieu ! murmura Carter, avant d'avaler une gorgée d'eau.

— Vas-y, explique, dit Lucas. Tu en meurs d'envie.

— C'est vrai, Jo, insista Rachel. Dévoile-nous tout.

Jo se pencha en avant et baissa la voix.

— D'après ce que j'ai appris, de nombreux politiques, d'envergure internationale, doivent venir cette année. Des présidents, des Premiers ministres, des chanceliers…

Au mot « chanceliers », Allie se crispa. Elle s'éclaircit la gorge.

— Tu as des noms ?

— Carrément.

Jo semblait ravie.

— J'ai entendu mentionner Henry Abingdon, Joseph Swinton et Lucinda Meldrum.

Carter et Rachel – tous deux au courant du lien qui l'unissait à Lucinda – évitèrent de croiser le regard d'Allie, qui baissa la tête pour masquer son trouble.

« Lucinda va venir ici ? Pour le bal ? »

La grand-mère qu'elle n'avait jamais rencontrée, qui n'avait même pas daigné traverser Londres pour faire sa connaissance, serait à Cimmeria ! Elles se trouveraient dans la même pièce !

Les élèves parlaient en même temps d'un ton excité.

— Le président Abingdon ! s'exclama Zoé, stupéfaite. Si je devais me choisir un autre père, j'aimerais que ce soit lui !

Carter prit discrètement la main d'Allie sous la table et la serra dans la sienne.

Profitant d'un instant où personne ne leur prêtait attention, il se pencha et lui chuchota à l'oreille :

— Tu étais au courant ?

Allie secoua la tête.

Avant qu'il ne puisse ajouter quoi que ce soit, les portes à l'extrémité du réfectoire s'ouvrirent, et le personnel entra, portant de nombreux plateaux. Selon la coutume, les élèves les acclamèrent, mais cette fois Allie eut du mal à esquisser un sourire.

Tout devenait trop compliqué.

Dès que le dîner fut terminé, Carter disparut. Lorsqu'il réapparut au foyer, vingt minutes plus tard, il était très pâle. Allie était installée dans un canapé, essayant de lire *Gatsby le Magnifique* pendant qu'un élève jouait du piano. Hélas, chaque note lui vrillait le cerveau.

Carter s'avança vers elle, la mâchoire crispée.

— Allie, je peux te dire un mot ?

Elle leva la tête, puis plissa le front. Carter n'avait pas l'air dans son assiette, et lorsque leurs regards se croisèrent, elle perçut de la colère dans le sien. La peur la saisit.

« Est-ce qu'il est au courant pour Christopher ? »

Sans répondre, elle bondit sur ses pieds et le suivit dans le couloir. Carter avançait à pas rapides, et ouvrit la porte de la grande galerie. Lorsqu'ils pénétrèrent dans l'immense salle de bal, il n'alluma pas. Elle ne voyait ses yeux qu'à la faible lueur qui provenait des baies vitrées.

— Est-ce que tu as raconté à Isabelle ce que Gabe m'avait dit ?

Allie crut que son cœur allait s'arrêter de battre. La gorge serrée, elle acquiesça d'un signe de tête.

Carter eut l'air à la fois blessé et furieux.

— Pourquoi ? J'avais confiance en toi.

— Je ne voulais pas, Carter, mais il fallait bien !

Elle fit un pas vers lui.

— Pas pour te causer des ennuis, mais au cas où cette information aurait été utile à Isabelle ou à Raj Patel.

Même à ses propres oreilles, son explication semblait pathétique.

— Bordel de merde, Allie !

Carter s'éloigna de quelques pas, puis se retourna pour lui faire face.

— Pourquoi tu ne m'as pas dit que tu t'apprêtais à le faire ? Au moins, je n'aurais pas eu l'air d'un... je ne sais pas... d'un menteur ? D'un meurtrier ?

Allie était atterrée.

— Carter ! Isabelle ne penserait jamais ça de toi ! Elle a juste été surprise que tu n'en parles pas, elle sait bien que tu n'es pas...

— Ah, vraiment ? l'interrompit-il avec sarcasme. Merci, grâce à toi, je crois qu'elle n'en est plus aussi persuadée. Pas plus que Raj Patel, d'ailleurs.

Allie sentit ses épaules s'affaisser. Son mal de tête se faisait de plus en plus insistant. Elle avait tout fichu en l'air. Pourquoi ne pouvait-elle jamais agir correctement ?

— Je suis désolée, Carter. C'est bien la dernière chose que je souhaitais, mais je ne savais pas quoi faire d'autre.

Elle tenta de déchiffrer son expression. Carter avait-il de sérieux problèmes ?

— Qu'est-ce qu'ils comptent faire ?

— Rien, marmonna-t-il. Isabelle s'est contentée de me hurler dessus et de me dire qu'elle était déçue... Que j'aurais dû me montrer plus prudent. Tu as raison. Je ne crois pas qu'elle me soupçonne de quoi que ce soit.

Ouf ! La situation n'était donc pas si grave.

— Je suis navrée, Carter, tout est de ma faute. Je me suis complètement gourée. Je sais que ça a l'air stupide, mais j'essayais d'apporter mon aide.

« Et je me suis fiée à mon instinct. Ce qui est un truc méga-idiot. »

Carter avait l'air de se calmer, à présent. Il s'approcha d'elle.

— Bon sang, Allie, essaie d'y mettre un peu du tien, d'accord ? C'est bien gentil de vouloir aider, mais fais gaffe à ne pas causer de dégâts !

Elle approuva d'un air piteux.

— Mais tu me crois, n'est-ce pas ? Tu sais que je ne voulais pas te créer de problèmes.

— Évidemment !

Sa question sembla le surprendre, et il l'attira à lui pour l'enlacer.

— Je sais bien que tu ne me mentirais pas.

Après cette discussion, son mal de crâne devint si violent qu'Allie se réfugia dans sa chambre. Elle referma la porte derrière elle et jeta un coup d'œil à son réveil.

Vingt heures trente.

Bon, elle ferait mieux de se reposer un peu. Elle programma l'alarme du réveil pour vingt-trois heures trente, et s'allongea sur son lit. Mais au moment où ses yeux se fermèrent, elle revécut les événements de la veille comme un film sans fin.

Elle s'était attardée dans la chambre de Sylvain durant des heures, et ils avaient mis leur plan au point. Assise face à lui sur son lit, noyée dans ses vêtements trop grands, elle l'avait observé pendant qu'il lui notait avec précision le chemin qu'elle devrait emprunter ce soir.

C'était si étrange de se sentir aussi bien avec lui. Plus ils discutaient, plus elle était détendue.

Elle ne s'était pas rendu compte qu'elle s'était endormie. Un instant, elle était réveillée – Sylvain dessinait la forêt sur son plan et lui détaillait les différents sentiers – l'instant d'après elle était dans le réfectoire, seule avec Sylvain et Carter, et Gabe la fixait à travers la fenêtre.

Se tournant vers Carter, elle lui avait saisi le bras en pointant un doigt vers Gabe.

— Attention ! Il est là !

Carter ne voyait rien. Il avait secoué la tête, l'air inquiet.

— Qu'est-ce que tu racontes, Allie ? Il n'y a personne, là-bas.

Lorsqu'elle avait regardé de nouveau vers la fenêtre, Gabe ne s'y trouvait plus. Horrifiée, elle l'avait vu entrer dans le réfectoire et s'avancer vers elle.

Le cœur battant la chamade, elle s'était alors tournée vers Sylvain, et avait planté ses ongles dans son bras.

— Toi non plus, tu ne vois pas Gabe ? Il est là !

— Bien sûr que je le vois, Allie, avait répondu Sylvain avec flegme. Il est juste à côté de toi.

Qu'est-ce qui l'avait réveillée ? Son propre cri, ou Sylvain qui la secouait par les épaules ?

— Réveille-toi, Allie.

— Sylvain ?

Elle avait contemplé la pièce, effarée.

— Où est-ce que…

Ah, oui, elle était dans sa chambre… et non pas au réf' avec Gabe.

Les battements de son cœur s'étaient aussitôt calmés.

— J'ai piqué un somme, on dirait.

Le plafonnier était éteint, mais la lampe de bureau diffusait une douce lueur. Sylvain avait rangé son bloc-notes, et posé une couverture sur elle.

— Tu as parlé dans ton sommeil, dit-il d'une voix à la fois endormie et inquiète. Tu rêvais de Gabe ?

En entendant le prénom de celui qui les avait tous trahis, elle avait frissonné.

— Oui, il était dans mon rêve. Personne ne pouvait le voir, à part toi et moi. Il était sur le point de nous tuer.

Allongé à côté d'elle, Sylvain s'était redressé sur un coude et, avec douceur, il lui avait écarté une mèche de cheveux du visage.

— Ce n'était qu'un cauchemar. Ne t'en fais pas, tu es en sécurité.

Tandis que ses doigts effleuraient sa peau, elle avait fermé les paupières.

Non, elle ne devait pas se laisser aller ainsi.

Elle s'était redressée.

— Je ferais mieux de retourner dans ma chambre.

Sylvain n'avait pas essayé de l'en dissuader. Au contraire, il l'avait raccompagnée, empruntant un escalier, puis longeant d'étroits couloirs vides qu'elle n'avait jamais vus, avant de reprendre l'escalier des domestiques pour regagner le dortoir des filles. Ils marchaient en silence, pieds nus sur le parquet. Allie était terrifiée à l'idée de se faire prendre, mais Sylvain n'avait absolument pas l'air inquiet.

— Personne ne passe jamais par là, sauf les élèves qui veulent se faufiler dans les chambres des uns et des autres.

Combien de rendez-vous galants Sylvain avait-il déjà honorés ?

Une fois arrivés devant la porte du dortoir féminin, ils s'arrêtèrent et Allie leva les yeux vers lui. Sylvain se pencha, si près qu'elle sentit son souffle chaud sur sa joue.

— Tu es sûre que tu veux qu'on le fasse ?

Elle avait dit oui de la tête.

— OK, Allie. À demain soir, alors.

À vingt-trois heures trente, son réveil sonna, tirant Allie de rêves confus. Aussitôt, elle fut sur le qui-vive.

« C'est l'heure ! »

Sans perdre une seconde, elle enfila les vêtements chauds qu'elle avait préparés, noua son écharpe autour de son cou et boutonna jusqu'en haut son caban bleu marine.

Lorsqu'elle ouvrit sa porte, dix minutes avant minuit, le couloir était silencieux et plongé dans la pénombre. Elle se dirigea à pas de loup vers le même escalier étroit qu'elle avait emprunté la nuit de l'incendie. Soudain, un bruit derrière elle la fit sursauter.

— Allie ?

Julie l'aveugla en braquant sa lampe de poche sur elle.

— Qu'est-ce que tu fabriques ?

Allie cherchait une excuse – ou au moins une explication. Voire un mensonge. Mais rien ne lui venait à l'esprit.

De toute façon, comment pourrait-elle justifier d'être hors de sa chambre, à cette heure-ci, la main sur la porte qui donnait sur le vieil escalier ?

— Julie, je t'en prie, ne le dis à personne, mais je dois sortir.

Miss Parfaite plissa les yeux.

— Allie, tu plaisantes ? Tu connais les règles. Tu ne peux pas quitter le dortoir après vingt-trois heures sans permission exceptionnelle. Où vas-tu comme ça ?

— Je dois… voir quelqu'un.

En disant ces mots, elle comprit aussitôt que Julie risquait de se méprendre.

— Ce n'est pas ce que tu crois, s'empressa-t-elle d'ajouter. C'est très important.

Julie s'avança vers elle, et Allie s'émerveilla que son carré d'un blond presque blanc soit impeccable même à cette heure tardive.

— Tu vas retrouver Carter ? chuchota Julie.

Allie secoua la tête négativement, sans un mot.

Julie fronça les sourcils.

— Dans ce cas, qui vas-tu rejoindre ?

Allie répondit dans un murmure :

— Sylvain.

Dès qu'elle prononça son nom, le rouge lui monta aux joues, comme si elle s'apprêtait à faire quelque chose de mal.

Stupéfaite, Julie baissa sa torche.

— Je ne comprends pas. Pourquoi tu te faufiles dehors comme ça pour retrouver Sylvain ?

Elle écarquilla soudain les yeux.

— Est-ce que vous...

— Non ! Non, il m'aide juste pour... un truc. Julie, écoute, je sais que tu es notre déléguée et que tu es obligée de dire que tu m'as vue, mais s'il te plaît, ne le fais pas avant demain matin. J'accepterai ma punition sans me plaindre. Je te promets qu'il n'y a rien de bizarre ou... malsain entre nous. Il ne fait que... m'aider.

Elle chercha son regard. Pourvu que Julie se montre compréhensive !

— S'il te plaît, Julie.

Julie éteignit sa lampe.

— J'espère que ça vaut le coup, Allie. OK, je ne dirai rien jusqu'à demain matin, mais c'est tout ce que je peux faire. Et l'un de vous deux aura intérêt à venir m'expliquer ce qui se passe.

Allie poussa un soupir de soulagement.

— Merci, Julie. Je te revaudrai ça.

— J'y compte bien. Pour l'instant, remercie-moi en évitant les problèmes, OK ?

— OK.

Enfin libre, Allie se précipita dans l'escalier, et quelques étages plus bas elle arriva dans la crypte. Se servant de la lampe de poche que Sylvain lui avait donnée, elle traversa la cave plongée dans la pénombre. Être là, seule et dans le noir, lui flanquait bien plus la frousse que la nuit où, avec ses camarades de dortoir, elles s'étaient regroupées là pour échapper aux flammes.

Très vite, elle trouva son chemin jusqu'au petit escalier qui conduisait dehors.

Durant tout ce temps, elle ne cessait de combattre la peur qui lui étreignait le cœur.

Lorsqu'elle parvint à la porte basse, elle en tourna la poignée de ses doigts tremblants, et fonça dans l'obscurité. Aussitôt, elle se sentit soulagée.

« J'ai fait le plus difficile », se rassura-t-elle. Mais elle devinait qu'il n'en était rien.

Avec Sylvain, elle avait prévu le moindre de ses pas, mais les vigiles de Raj Patel surveillaient le domaine durant la nuit. Or, il n'y avait aucun moyen de savoir dans quelle partie du parc ces équipes patrouilleraient. Sylvain était persuadé que Christopher avait choisi cette nuit et cette heure-là pour une raison bien particulière.

— Il doit être certain que les hommes de Raj ne seront pas dans le coin ou, au moins, qu'ils ne nous tomberont pas dessus.

Il avait froncé les sourcils avant d'ajouter :

— D'ailleurs, c'est la chose qui m'inquiète le plus.

Néanmoins, ils ne pouvaient être certains de rien. Quand elle plongea dans l'obscurité pour se diriger vers les bois, Allie se fit toute petite. Sa lampe était enfouie au fond de sa poche, et seul son instinct la guidait dans le noir.

Elle suivit le chemin que Sylvain lui avait indiqué – celui qui contournait l'aile est de la propriété, près des clôtures. Il n'était pas aussi utilisé que le sentier principal qui menait à la chapelle, et elle fut obligée d'avancer avec précaution pour éviter de trébucher sur les cailloux ou les branches qui encombraient le chemin.

Au moins la pluie avait-elle cessé de tomber. La nuit était fraîche et claire – le croissant de lune étincelait dans un ciel rempli d'étoiles, mais sa lueur ne parvenait pas jusqu'au sol, et le sentier était boueux. Allie réfréna un juron lorsqu'elle trébucha dans une flaque. Une brise glaciale soufflait à travers les branches et, au-dessus de sa tête, les oiseaux de nuit hululaient. Au loin, un renard poussa un cri strident.

Ces bruits n'avaient rien d'anormal, néanmoins Allie sentit des picotements dans sa nuque. Sa petite voix intérieure lui susurrait que quelqu'un l'observait.

Elle accéléra le pas pour chasser cette sensation déplaisante. Sylvain était là, quelque part. Peut-être était-ce sa présence qu'elle percevait ?

Ils s'étaient mis d'accord pour ne pas quitter le bâtiment ensemble. Sylvain devait partir le premier et la surveiller depuis sa cachette.

— Tu ne pourras pas me voir, mais fais-moi confiance, je serai avec toi tout le temps, l'avait-il rassurée.

« J'ai confiance en toi, Sylvain… Mais pourvu que tu sois bien là ! »

Juste après un virage, elle fut forcée d'escalader le tronc d'un arbre mort en travers du chemin. Son cœur se mit à battre de plus belle – tant qu'elle n'aurait pas franchi cet obstacle, elle serait vulnérable. La panique lui fit perdre ses moyens et elle dut s'y reprendre à plusieurs fois.

Quand elle parvint enfin de l'autre côté du tronc, elle vit le mur de la chapelle droit devant elle. Elle quitta le sentier juste avant le cimetière et se dirigea avec précaution à travers les arbres. Les fougères mortes lui chatouillaient les jambes, et bruissaient à chacun de ses pas. Déjà, elle entendait le murmure du ruisseau.

Comme Sylvain le lui avait dit, une piste étroite, sur le côté de la chapelle, conduisait au ruisseau. Elle la suivit jusqu'à la rive et s'approcha du petit cours d'eau. Là, les arbres étaient moins denses et la lune illuminait la berge boueuse. Elle se tenait exactement à la même place qu'Isabelle quand, l'été dernier, elle avait rencontré Nathaniel.

Allie scruta l'obscurité, cherchant la présence de son frère, mais les bois demeuraient silencieux. Le ruisseau avait presque triplé de taille depuis cet été. Les violentes pluies avaient haussé son niveau jusqu'au maximum, à présent c'était quasiment une rivière qui coulait à ses pieds.

Un peu plus bas, un petit pont en pierre se trouvait presque entièrement submergé. Tout en contemplant l'onde, Allie songea combien il serait agréable de sauter du pont dans l'eau par une chaude journée d'été.

— Allie.

Christopher se tenait sur l'autre rive, et l'observait de ses yeux gris, semblables aux siens.

— Oh !

Le voir accrut la douleur de son absence. Allie se couvrit aussitôt la bouche de ses mains et réfréna ses larmes.

Son frère avait l'air plus vieux. Ses cheveux châtains, toujours indisciplinés, étaient désormais très courts, et elle eut l'impression qu'il avait grandi. D'habitude, les jeans et les T-shirts constituaient son uniforme. Ce soir, il portait un costume, une cravate, et sa veste sombre mettait en valeur ses épaules musclées.

Les épaules d'un homme.

Puis Christopher lui sourit, et elle retrouva l'adolescent de seize ans qui l'attendait à la sortie du collège et lui donnait un coup de main pour ses devoirs.

— Je savais que tu ne me laisserais pas tomber, dit-il.

— Christopher, tu m'as tellement manqué !

Elle lui sourit à travers ses larmes.

— Tu vas bien ? Tes cheveux sont… tellement courts.

Quelle nulle ! N'avait-elle donc rien d'autre à lui dire depuis le temps qu'ils ne s'étaient pas vus ? Elle eut un instant de gêne mais Christopher ne sembla pas le remarquer.

— Tu es devenue une très belle fille, reprit-il. Ça ne m'étonne pas que tous les garçons soient amoureux de toi. En plus, mon petit doigt m'a dit que tes notes étaient excellentes. Je suis si fier de toi, chaton !

L'espace d'une seconde, Allie se demanda comment il était si bien informé, mais en l'entendant utiliser son ancien surnom, ses questions s'envolèrent.

— Oh, Chris, tu m'as tellement manqué, répéta-t-elle en tendant les mains devant elle, comme pour le toucher. Pourquoi tu t'es enfui ?

Toute trace de sourire s'évanouit du visage de son frère.

— Tu le sais, à présent, n'est-ce pas ?

Allie secoua la tête.

— Je n'en ai aucune idée. Enfin… Je sais que Lucinda Meldrum est notre grand-mère, que maman est venue à l'école ici et qu'elle ne nous en a rien dit, mais c'est…

— Donc tu as pigé qu'elle nous a toujours menti !

Le Christopher qu'elle connaissait avait désormais disparu, remplacé par un homme en colère qui la fixait depuis l'autre rive.

— Tu sais aussi que notre mère et Isabelle conspirent pour que nous ignorions tout de notre propre famille. Et que, maintenant, notre grand-mère… (il prononça ce dernier mot avec mépris) nous dénie notre héritage familial. Tu es au courant de cela, n'est-ce pas ?

— Christopher, attends une seconde. Attends, attends, attends… Je n'ai… Comment Lucinda peut-elle nous dénier notre héritage ?

— Elle refuse de nous reconnaître comme membres de sa famille. Comment peux-tu l'ignorer ? Tout ça, c'est à cause d'Isabelle, tu vois !

Il s'approcha du bord de l'eau, la lueur de la lune lui donnait une apparence fantomatique.

— Isabelle a un plan. C'est ce dont je voulais te parler. Elle s'est glissée dans les bonnes grâces de Lucinda pour prendre la place de notre mère. La dernière chose qu'elle souhaite, désormais, c'est de voir deux jeunes, qui ont de véritables liens du sang avec Lucinda, prendre leurs justes places d'héritiers. C'est pour ça qu'elle te garde loin de tout, ici, à Cimmeria, où elle peut te contrôler complètement.

Son visage était tordu de rage, et Allie retint son souffle. Le cœur lourd, elle songea que son frère avait l'air dérangé.

— Quoi qu'il en soit, je n'ai pas l'intention d'être un pion dans leur jeu, poursuivit Christopher. Nathaniel a un plan, Allie. Un bon plan. Il va faire perdre à Lucinda le pouvoir qu'elle a en main, et la rayer du tableau. Ensuite, ce sera lui le maître de l'Organisation. Il va se débarrasser de ces putains de garces qui l'ont dirigée ces dernières années, et ensuite...

Il serra les poings.

— Ensuite, les choses vont changer du tout au tout !

Allie fut soudain contente d'être séparée de lui par le ruisseau.

— Tu es sûr que c'est à lui qu'il faut se fier, Christopher ?

Elle gardait un ton prudent, mais ferme.

— Je veux dire... Pourquoi lui faire confiance à lui et pas à Isabelle ? J'ai du mal à croire qu'Isabelle soit aussi assoiffée de pouvoir que...

— Oh, Allie, ne sois pas ridicule ! l'interrompit-il. Regarde autour de toi. Où es-tu ? Dans un lycée qui prépare ses élèves à régner, à exercer comme ministres ou banquiers surpuissants... Ces gens dirigeront le monde un jour ou l'autre, et Isabelle est leur chef de file. Et elle ne serait pas assoiffée de pouvoir ?

Sa voix se fit plus sourde.

— Mon cul, oui ! Elle est plus assoiffée de pouvoir que n'importe qui !

Allie secoua la tête d'un air têtu.

— Tu ne la connais pas, Chris. Elle n'est pas comme ça. Elle tient vraiment à moi… et à notre famille.

— Ah oui, tu crois ça ?

Christopher était glacial et son ton méprisant.

— Dans ce cas, pose-toi cette question : pourquoi a-t-elle menti à propos du décès de Ruth ? Et d'ailleurs, qu'est devenu le corps de ta copine ? Et si jamais tu mourais, toi aussi, que ferait-elle du tien ?

Allie eut l'impression qu'il venait de lui donner un coup de poing en plein cœur. Effectivement, la seule chose qu'elle ne comprenait pas dans le comportement d'Isabelle, c'était ce mensonge à propos du décès de Ruth.

Ruth avait été assassinée durant le bal d'été par Gabe, et Isabelle avait couvert ce meurtre. Elle avait, à dessein, prétendu qu'il s'agissait d'un suicide. Soit les parents de Ruth l'avaient crue, soit ils avaient laissé dire… Quoi qu'il en soit, tout le monde était désormais persuadé que Ruth avait choisi de se donner la mort, et ça, Allie ne pouvait pas l'accepter.

« Comment Christopher est-il au courant ? »

Pourquoi tant de mystères et de trahisons ? Soudain la peine l'envahit.

— Pourquoi devrais-je t'écouter ?

Elle avait presque crié.

— Tu m'as abandonnée, Chris ! Est-ce que ça, ce n'est pas une trahison ? Et maintenant, tu surgis ici, après t'être associé à une espèce de taré assassin et… quoi ? Je suis supposée te croire et m'enfuir avec toi ? C'est ce que tu veux ?

L'expression de Christopher changea, et il leva les mains devant lui en un geste d'apaisement.

— OK, tu es fâchée contre moi. Je comprends... et je suis désolé pour tout le mal que je t'ai fait, Allie, mais je t'en prie, ne fais pas confiance à Isabelle. Ce n'est qu'une menteuse ! Elle te dupe à mort et tu ne t'en rends pas compte. Elle t'écarte de ta famille et de ton héritage. Ne crois pas un instant qu'elle se soucie de toi. Mais moi, si.

Allie croisa les bras devant elle. Elle avait le cœur lourd et chaque cellule de son corps lui criait de foutre le camp. Mais si elle voulait comprendre les motivations de son frère, il lui fallait aller jusqu'au bout.

— Qu'est-ce que tu attends exactement de moi, Christopher ?

Bien que la colère et la peine la submergent, elle parvenait à garder un ton ferme.

— Tu veux que je quitte Cimmeria et que je vienne avec toi, c'est ça ?

— Pas encore.

Sa question semblait le ravir. Il espérait sûrement avoir réussi à la convaincre.

— Mais bientôt.

Il jeta un coup d'œil par-dessus son épaule, et lorsqu'il se retourna, Christopher avait presque l'air de s'excuser.

— Écoute, Allie, nous n'avons pas beaucoup de temps, mais nous devons nous revoir. Je tiens à te parler de nos plans.

Lorsqu'il souriait, il ressemblait tant au frère adoré qu'il avait été pour elle ! Mais mieux valait oublier ces jours heureux. Ils étaient perdus à jamais.

— Comme ça, poursuivit Christopher, tu comprendras ce que je pense de cette affaire. Nathaniel est un type bien.

La perplexité dut se lire sur son visage, car Christopher s'empressa d'ajouter :

— Je sais qu'il a fait des choses... pas très... C'était difficile pour lui aussi. Mais il s'agit d'une guerre, Allie.

Et Nathaniel a raison à propos de ce qui concerne l'Organisation.

— Qu'est-ce que tu veux dire ? demanda-t-elle d'un ton détaché. Donne-moi au moins quelques détails. Qu'est-ce qu'il veut faire ?

— Oh, Allie, il veut tout changer ! répondit Christopher, les yeux brillants d'exaltation. Il veut rétablir ce qui ne tourne pas rond dans le monde parce que les dirigeants en place sont mauvais. Il compte les remplacer par des personnes beaucoup plus fiables. Tu as saisi ce qu'est Cimmeria, n'est-ce pas ? Et tout ce qu'il y a autour ? Si Nathaniel dirige l'Organisation, il pourra vraiment le faire, Allie. Il pourra tout changer. Tout arranger.

Allie ne comprenait rien.

« Tout changer ? Tout arranger ? »

Mais Christopher regardait de nouveau par-dessus son épaule, et elle eut l'impression que quelqu'un s'adressait à lui. Quand il se retourna vers elle, il parut triste.

— Mon Dieu, ce que tu m'as manqué, chaton !

Il contempla son visage comme s'il voulait le mémoriser.

— Parfois je me disais que je ne te reverrais jamais, mais voilà, nous sommes là tous les deux.

Cette fois, Allie eut du mal à ne pas fondre en larmes. Ses lèvres tremblaient.

— Ouais, nous sommes là.

— Hé, chaton, tu te souviens du jour où je t'ai appris à faire du vélo ? J'avais oublié de te montrer comment utiliser les freins avant de te laisser partir.

— Je me suis élancée sur le trottoir devant la maison et j'ai atterri dans la charrette du facteur.

L'espace d'un instant Allie sourit à ce souvenir.

— Le courrier a volé partout, continua-t-elle.

Christopher se mit à rire.

— Le facteur était furieux ! Il est allé trouver maman et papa et…

Évoquer leurs parents parut le ramener à la réalité et son sourire s'évanouit. Il recula d'un pas.

— Je dois y aller, maintenant, Allie. Prends le même chemin qu'à l'aller, ça te permettra d'éviter les équipes de Patel.

« Comment peut-il en être certain ? »

Christopher lui fit un petit signe de la main.

— Au revoir, Allie. Ne t'inquiète pas, nous gardons un œil sur toi. Nous avons un allié, ici.

— Qui... ?

Christopher avait déjà disparu dans les ténèbres.

De retour vers le cimetière (*trente-trois pas*) Allie avançait comme un robot. Tout en écartant les branches pour se frayer un chemin, elle tentait de trouver un sens à sa rencontre avec Christopher.

« Tu as compris ce qu'est Cimmeria, n'est-ce pas ? Et tout ce qu'il y a autour ? »

Quand il avait posé ces questions, Christopher semblait très excité. Elle devait en parler à quelqu'un. Mais à qui ? Personne ne savait qu'elle était là. Elle ne pouvait rien raconter à Rachel ni à Carter – sinon Isabelle serait aussitôt au courant.

« Et Sylvain aurait des ennuis. »

Elle avait presque regagné le sentier principal. Au moment où elle contourna une grosse branche qui lui bloquait le passage, un objet, lancé depuis les bois, la frappa si fort qu'elle s'effondra, la respiration coupée.

Avant même qu'elle ne puisse comprendre ce qui lui arrivait, de puissants bras masculins l'agrippèrent, puis la traînèrent vers la forêt.

Tout se passa si vite qu'elle n'eut pas le temps de réagir, ni même de pousser un cri. Pas plus que de tenter une des parades enseignées par Raj Patel. Un instant elle marchait sur le chemin, et celui d'après, on la kidnappait.

# 19.

Son agresseur l'entraînait à travers la forêt. Il avait passé un bras musclé en travers de sa poitrine, et d'une main ferme lui tenait le haut du bras. Allie essayait de rester calme. Ses pieds touchaient à peine terre, et elle ne pouvait ni bouger ni tenter de s'agripper à quoi que ce soit. Comme il était derrière elle, elle ne voyait pas l'inconnu, mais elle sentait son torse ferme contre son dos, humait sa sueur, et entendait son souffle rauque.

La panique l'empêchait de se concentrer.

« Réfléchis ! »

Que lui conseillerait Raj Patel en pareille situation ?

Hélas, son cerveau était paralysé par la peur. Sa respiration n'était que halètements. Quand elle se débattit, l'homme resserra son bras autour d'elle, si fort qu'elle crut qu'il allait lui écraser les côtes.

« Votre corps est une arme, disait toujours M. Patel. Servez-vous-en ! »

Mais comment, si elle ne pouvait même pas bouger ? Elle avait les bras bloqués, et ses jambes...

Un éclair de soulagement la traversa lorsqu'elle réalisa : elle pouvait faire ce qu'elle voulait de ses jambes. Et le point le plus vulnérable de l'anatomie de son kidnappeur se trouvait juste derrière ses cuisses.

Il avait sûrement un complice, pas très loin. Elle devait agir vite.

Formulant une prière silencieuse, elle releva les jambes, obligeant son agresseur à changer de position pendant qu'elle se mettait en boule contre son torse. Il grogna de surprise, mais avant qu'il ne puisse réagir elle lança ses pieds en arrière, direct sur son entrejambe.

L'homme poussa un cri de douleur et la lâcha – elle tomba et roula dans un buisson sur le côté du chemin. Elle se remit sur pied, et voulut s'enfuir, mais des doigts puissants agrippèrent sa cheville, la projetant de nouveau à terre.

De son pied libre, elle frappa violemment la main ennemie, sans succès. Lorsqu'elle comprit qu'elle ne pourrait s'échapper, elle poussa un hurlement.

Alors elle entendit un craquement, puis un bruit sourd dans l'obscurité.

Et la main la libéra enfin.

Sans attendre de voir ce qui s'était passé, Allie bondit sur ses pieds, pressée de fuir, mais à cet instant, la lune sortit de derrière un nuage lui révélant l'inquiétante scène qui se jouait à quelques pas.

Gabe et Sylvain se faisaient face sur le sentier. Gabe était blessé à la tête et du sang lui coulait sur la joue. Sylvain tenait une épaisse branche dans une main, et encerclait Gabe comme une panthère le ferait d'une proie.

On lui avait toujours dit que Gabe était le meilleur élève de la Night School.

Elle en avait la nausée. Tout ça était de sa faute. S'il arrivait quelque chose à Sylvain…

Au même moment, en un mouvement si rapide qu'elle le perçut à peine, Gabe se baissa vivement et tournoya sur lui-même. En un éclair, il saisit la branche que Sylvain avait en main et se mit aussitôt en position d'attaque.

La seconde d'après, il en faisait son arme.

Durant une seconde fugace, Allie croisa le regard de Sylvain.

— Cours, Allie !

Elle secoua la tête.

— Pas question de partir sans toi.

— File ! Tout de suite ! cria-t-il avec rage.

— Il a raison, dit Gabe d'un ton sardonique, sans se retourner. Cours, Allie ! Crois-moi, il vaut mieux que tu ne voies pas ce qui va se passer. Je viendrai m'occuper de ton cas dans une minute. Et tu vas me payer cher le coup que tu m'as foutu dans les couilles !

Horrifiée, Allie le vit balancer la branche en direction de la tête de Sylvain. Au dernier instant, Sylvain feinta à droite, mais la branche lui frappa l'épaule. Allie eut l'atroce sensation que son cri de douleur la transperçait. Sylvain ne flancha pas et répondit à l'attaque par un vicieux coup de coude dans le bas-ventre de Gabe.

Des sanglots lui brûlant la gorge, Allie se retourna et s'enfuit. Derrière elle, elle entendit la voix de Gabe, toujours aussi confiant.

— Tu peux te détendre, elle est partie, maintenant. J'ai du mal à croire que tu traînes avec la petite amie de Carter, Sylvain. Ça ne te ressemble pas. D'habitude tu préfères qu'elles ne soient pas passées dans d'autres bras.

Un coup sourd suivit ses paroles. Allie s'efforça de ne pas penser à ce qui avait pu arriver. Voir l'arme de fortune dont s'était servi Sylvain lui avait rappelé un cours de la Night School sur les armes improvisées. Ce jour-là, la leçon lui avait semblé un peu ridicule et plutôt simple. Mais durant cette session, personne n'essayait de tuer Sylvain.

Tout à coup, les techniques enseignées ne lui paraissaient plus aussi faciles que ça. Serait-elle capable d'improviser dans l'urgence pour sauver Sylvain ?

Sa torche à la main, elle avança dans les sous-bois. Elle trouva ce qu'elle cherchait – une branche pointue – à l'instant même où Sylvain hurla de douleur en un cri qu'elle ressentit jusque dans sa chair.

Elle éteignit sa torche. Il lui fallut une seconde pour que ses yeux s'habituent à l'obscurité, puis, se déplaçant à pas furtifs, elle regagna le chemin. Les bruits du combat entre les deux jeunes hommes enflaient au fur et à mesure de son approche. Quoi qu'il se soit passé, Sylvain était toujours sur pied. Un chêne un peu à l'écart du sentier offrait une excellente cachette. Elle s'y dirigea. Les deux garçons étaient trop absorbés par leur lutte pour la remarquer. Elle était presque en place, lorsqu'elle heurta une pierre. Comme s'il avait deviné sa présence, Sylvain se retourna en direction du bruit, et durant cette courte seconde d'inattention Gabe en profita pour lui passer un bras autour de la gorge, tout en l'immobilisant de l'autre.

Atterrée, Allie les observa depuis sa cachette. Elle connaissait bien cette prise pour l'avoir pratiquée à maintes reprises durant les Nocturnes – Zoé ne parvenait jamais à s'échapper.

M. Patel leur répétait sans cesse : « Faites attention à ne jamais vous trouver dans cette posture. »

Vu la taille de Gabe et son poids, il était impossible pour Sylvain de se libérer.

— Quelle erreur d'amateur, Sylvain ! s'écria Gabe en jubilant.

Son bras lui bloquait la trachée. Déjà le visage de Sylvain devenait violacé. Ses mains s'agrippaient sans succès à l'avant-bras de Gabe. Sans oxygène, il n'allait pas tarder à perdre conscience.

Et d'ici quelques minutes… Il serait mort.

Cette pensée figea Allie sur place. Elle devait intervenir. Sur-le-champ !

« Rien de tout cela n'est réel. Ce n'est qu'un entraînement de la Night School. Fais ce que tu as à faire. Raj Patel t'observe. »

Occupé à se moquer de Sylvain, Gabe ne l'avait pas remarquée. Peut-être n'avait-il pas entendu le bruit qui avait déconcentré Sylvain.

Agrippant la branche trouvée par terre, Allie s'arma de courage. Lorsqu'elle bondit de derrière l'arbre, une seconde plus tard, elle la tint comme un couteau et, sans hésiter, la planta de toutes ses forces dans l'épaule de Gabe.

Elle crut que le morceau de bois allait heurter Gabe et se briser.

Mais elle avait bien choisi son arme et, horrifiée, elle vit la pointe s'enfoncer dans les chairs de leur ennemi.

Gabe hurla, et alors qu'il tentait d'arracher le pieu, Allie attrapa la main de Sylvain. Il saignait et avait du mal à respirer, néanmoins, il était en vie.

— Espèce de salope, haleta Gabe. Tu me le paieras !

À nouveau, il tenta de retirer le morceau de bois de son épaule, sans succès.

— Espèce de...

— Oui, je sais : salope. Tu l'as déjà dit.

L'adrénaline courait dans ses veines, et elle aurait voulu frapper Gabe encore et encore, mais Sylvain l'écartait de leur adversaire. Il lui dit quelque chose qu'elle ne comprit pas, sa voix était très faible.

— Qu'est-ce qu'il y a ? demanda-t-elle en se penchant vers lui.

De près, elle se rendit compte de ce que Gabe lui avait fait, et son cœur se serra : Sylvain saignait d'un peu partout. Même un médecin ne saurait sûrement pas par où commencer pour le soigner. Elle saisit enfin ce qu'il essayait de lui dire.

— Cours !

Le souffle rauque, boitant d'une jambe, il l'entraîna au loin et ils se précipitèrent dans l'obscurité.

Sylvain lui broyait la main, mais peu importait, elle ne voulait pas le lâcher. Il connaissait les bois par cœur –

à chaque instant, il savait exactement où ils se trouvaient et ne s'arrêtait que pour essuyer le sang qui lui coulait sur les yeux. Alors qu'ils filaient aussi vite que possible parmi les arbres, des brindilles s'accrochant à ses cheveux et ses vêtements, Allie se sentit envahie d'un sentiment de puissance. Elle éprouva même une curieuse envie de rire.

Quand ils émergèrent de la forêt pour gagner l'immense pelouse devant le bâtiment du lycée, elle se laissa aller à ce rire.

Ils avaient réussi !

Alors qu'ils continuaient à progresser sur l'herbe, des ombres surgirent des arbres et fondirent droit sur eux.

Sylvain ralentit l'allure et Allie regarda autour d'elle, stupéfaite – Sylvain l'attira à lui pendant que les ombres approchaient.

Enfin, elle comprit.

Ils étaient encerclés par les vigiles de Raj Patel.

— Vous avez fait quoi ? s'écria Raj Patel d'un ton furieux. Vous vous rendez compte à quel point c'était dangereux ?

Ils étaient tous réunis dans le hall d'entrée de l'école – dans un coin, l'un des hommes de Raj s'occupait des blessures de Sylvain. Les autres entouraient Allie et Raj.

— Oui, répondit-elle avec froideur. Nous le savions.

— Vous vous êtes montrés complètement irresponsables ! fulmina Raj. Vous auriez pu mourir l'un et l'autre.

— Mais nous sommes vivants, rétorqua-t-elle d'un ton empli de fierté. Et je tiens à dire que tout était de ma faute. C'est moi qui ai demandé à Sylvain de m'accompagner. Il a essayé de m'en empêcher, mais...

La voix d'Isabelle s'éleva soudain. Leur directrice se tenait dans l'embrasure de la porte, tel un Ange de la Colère, vêtue de sa robe de chambre blanche, ses cheveux lâchés tombant sur ses épaules.

— Sylvain prendra ses propres responsabilités, gronda-t-elle. Raj, Allie, dans mon bureau. Immédiatement !

Elle pointa du doigt l'homme qui soignait Sylvain.

— Emmenez-le à l'infirmerie !

— Inutile, répondit Sylvain en se levant à grand-peine. Je viens avec vous.

— J'ai dit : à l'infirmerie ! rétorqua Isabelle avec autorité.

Sylvain ne fléchit pas.

— J'accompagne Allie, *Isabelle,* dit-il, articulant avec difficulté.

Son insistance semblait contenir une menace voilée. Comme s'il cherchait à rappeler à Isabelle certains événements. Stupéfaite, Allie les observa tour à tour.

Isabelle ferma les yeux et prit une profonde inspiration.

— Bien, mais s'il te plaît, essaie au moins de ne pas te vider de ton sang dans mon bureau.

Elle claqua du doigt à l'attention de l'homme qui l'avait soigné.

— Donnez-lui une serviette. Bon, vous trois, suivez-moi !

Isabelle en tête, ils traversèrent le hall, Sylvain boitant à côté d'Allie, Raj Patel fermant la marche.

« Au cas où nous tenterions de nous envoler. »

Une fois dans son bureau, Isabelle leur tendit des bouteilles d'eau. Allie versa un peu de la sienne sur la serviette et, avec douceur, elle tamponna les blessures de Sylvain. La plupart étaient superficielles, mais son visage enflait de façon alarmante. Gabe lui avait-il brisé la mâchoire ?

Sylvain resta stoïquement assis, comme si la douleur ne l'atteignait pas. Tout à coup, il leva les yeux vers elle. Allie se figea, frappée par l'énormité de ce qu'ils venaient de vivre.

Cette nuit, Sylvain avait failli mourir pour elle.

Une fois de plus.

Elle plongea ses yeux dans les siens, comme pour y trouver la réponse à sa question.

« Pourquoi ? Pourquoi as-tu risqué ta vie pour moi ? »

La voix furieuse d'Isabelle la ramena soudain à la réalité.

— Sylvain, dès que tu quitteras cette pièce tu iras voir le médecin, sinon, je te le jure, je te mets illico dans le prochain avion pour la France.

Isabelle se tourna vers Raj Patel.

— Bon, que savons-nous ?

— Ce soir, le changement de patrouille était prévu à minuit, mais deux membres de la seconde équipe ont reçu des messages, provenant en apparence de mon portable, pour les informer que nous n'avions pas besoin d'eux, expliqua Raj d'un ton très professionnel. Ils ont suivi le protocole et m'ont alerté via une messagerie sur un autre réseau. C'est comme cela que nous avons découvert que quelque chose se tramait. Nous avons triplé les équipes et nous sommes certains que les hommes de Nathaniel n'ont pas pu approcher du bâtiment.

— Avez-vous réussi à savoir combien se sont introduits dans le parc ? demanda Isabelle.

— Nous en avons détecté trois.

« Trois. »

Il y en avait donc un autre. Allie essaya de ne pas penser à ce qui serait arrivé à Sylvain si cette troisième personne l'avait empêchée de neutraliser Gabe.

— Où sont-ils, à présent ? insista Isabelle.

M. Patel s'éclaircit la gorge.

— Mon équipe pense qu'ils ont quitté le parc, mais je n'en suis pas convaincu. Le bâtiment est entouré par mes gardes, et j'en ai aussi quatre qui patrouillent à l'intérieur.

— Nous ignorons donc où sont les hommes de Nathaniel, asséna Isabelle d'un ton impitoyable. Allie, dis-moi ce qui s'est passé.

Lorsque leur directrice se tourna vers elle, Allie remarqua sa pâleur et ses traits tirés.

Elle expliqua tout : la lettre de Christopher sur son bureau, le rendez-vous près de la chapelle, les révélations de son frère sur Nathaniel et une personne de Cimmeria qui collaborerait avec eux. Elle raconta leur conversation de long en large, omettant volontairement les propos de Christopher sur Isabelle – elle n'était pas capable d'en parler pour l'instant. Elle insista sur le fait qu'elle avait menacé Sylvain de s'enfuir avec Christopher s'il dévoilait ses plans.

Au fil de ses explications, les yeux bruns d'Isabelle s'emplirent de rage. Elle échangea un regard lourd de sous-entendus avec Raj Patel.

Quand Allie eut terminé, Isabelle se frotta le front d'une main, comme pour s'éclaircir les idées.

— Je suis tellement en colère contre vous deux ! Nous discuterons plus tard de votre entorse au règlement, et des risques que vous avez pris, surtout toi, Sylvain.

Elle le fixa d'un regard furieux.

— Je ne m'attendais pas à une telle déception de ta part. Je préfère ne pas prendre de décision vous concernant dans l'immédiat, car pour l'instant je n'ai qu'une envie : vous renvoyer !

Elle tapa d'une main rageuse sur son bureau.

— Bon sang ! Non seulement vous avez pris d'énormes risques, mais vous nous avez tous mis en danger ! Vous savez pourtant ce qui se passe !

Pendant un long moment, elle fixa la tapisserie qui décorait son bureau, et représentait un chevalier et sa damoiselle. Allie tenta de nouveau de plaider en faveur de Sylvain, mais Isabelle leva une main devant elle, en signe d'avertissement.

— Pas un mot !

Tout le monde resta silencieux durant ce qui sembla une éternité. On n'entendait que le bruit de la vieille pendule et les respirations.

— OK, dit Isabelle d'une voix redevenue normale. Je suis plus calme maintenant. Je peux gérer cela. Allie, tu as brisé toutes les règles et trahi ma confiance. Tu es en très fâcheuse posture. Sylvain…

La colère dans les yeux d'Isabelle était si intense qu'Allie se mit à avoir peur.

— J'ai besoin que tu expliques aux autres ce que tu as appris. Je vais organiser une réunion à l'endroit habituel pour demain, en espérant que tu seras capable d'y assister.

Sylvain et Isabelle se défièrent du regard.

— Tu auras de la chance si Jerry ne t'expulse pas de la Night School, continua Isabelle, mais tu le savais.

— Quoi ? Vous ne pouvez pas virer Sylvain ! protesta Allie. C'est moi qui…

— Un élève avec l'expérience de Sylvain n'a aucune excuse pour des faits aussi graves, l'interrompit Isabelle d'une voix glaciale. Il a mis vos vies en danger. Or, il connaît le règlement mieux que personne. Il savait à quelle punition s'attendre.

Choquée, Allie se tourna vers Sylvain, mais il ne quittait pas Isabelle des yeux.

« Il m'a accompagnée en sachant qu'il pouvait tout perdre ? »

La culpabilité et l'incrédulité s'affrontaient en elle.

— Je pense qu'il vaut mieux que tu n'assistes pas à cette réunion, Allie, continua Isabelle. Zelazny voudra sûrement te renvoyer. Si tu es là, ce sera pire. Je t'enverrai chercher plus tard.

— Je veux être impliquée, insista Allie. Quoi qu'il se passe ensuite, je tiens à vous aider.

— Je crois que tu n'as pas de souci à te faire sur ce sujet, répliqua Isabelle. Que cela te plaise ou non, tu es de toute façon largement impliquée dans cette histoire.

# 20.

— Ça va ? Tu devrais vraiment aller voir l'infirmière.

Alors qu'ils se trouvaient dans le couloir près du bureau d'Isabelle, Allie observa d'un air inquiet le visage meurtri de Sylvain. Il avait cessé de saigner, mais l'un de ses yeux était quasiment fermé, et sa mâchoire si enflée qu'il avait du mal à parler.

— Ça ira.

— Et ton…

D'un geste de la main, elle désigna son cou.

Sylvain haussa les épaules, et esquissa aussitôt une grimace.

— Bien, je crois.

Le simple fait de prononcer quelques mots lui était douloureux. Ils restèrent donc plantés là un moment, en silence. Allie brûlait de lui dire mille et une choses, mais elle ignorait comment s'y prendre. Parviendrait-elle à exprimer ses émotions ?

D'ailleurs, que ressentait-elle exactement ?

« Merci d'avoir tout risqué pour moi. Merci d'avoir failli mourir pour moi. Qu'est-ce qu'on fait, maintenant ? »

Elle se contenta d'une question bien plus banale.

— Tu veux que je t'accompagne ?

— Je crois que je ferais mieux d'y aller seul.

— D'accord.

— Bon…, dit Sylvain après une longue pause, salut.

En le regardant s'éloigner vers l'infirmerie, Allie crispa les poings si fort qu'elle s'enfonça les ongles dans les paumes. Allait-elle vraiment le laisser s'en aller seul après tout ce qui s'était passé ce soir, sans dire quoi que ce soit ? Putain, il avait failli mourir pour elle ! Et elle avait presque tué un homme pour le sauver.

« Qu'est-ce que je fous ? »

— Sylvain !

Sylvain se retourna avec lenteur.

— Merci.

Frustrée par son incapacité à exprimer – et même à comprendre – ses sentiments, elle tendit les mains devant elle en désespoir de cause.

L'espace d'un instant, Sylvain soutint son regard.

— À ta disposition.

Le lendemain matin, des bruits de pas et de voix dans le couloir réveillèrent Allie. Durant une seconde, elle se demanda où elle était, et se redressa, paniquée.

Ouf ! Elle était dans sa chambre.

La veille, après avoir laissé Sylvain se diriger seul vers l'infirmerie, elle avait regagné sa chambre, retiré ses vêtements sales et enfilé un T-shirt, avant de s'écrouler sur son lit. Elle était certaine de ne pas trouver le sommeil, mais l'épuisement l'avait submergée et elle avait dormi comme un bébé, sans même rêver de Christopher.

« Christopher. »

Le soleil inondait la pièce, et Allie écarta ses cheveux de son visage afin de lire l'heure au réveil.

« Neuf heures ! »

Elle bondit sur ses pieds, attrapa une serviette et se précipita dans la salle de bains commune, sans prêter attention aux filles dans le couloir qui, déjà vêtues de leurs uniformes, la regardaient avec curiosité.

Après avoir sauté sous la douche, elle enfila un uniforme propre et dévala l'escalier. Le mal de tête lui vrillait déjà les tempes. Il fallait qu'elle découvre ce qui était arrivé durant son sommeil. Sylvain s'était-il fait expulser ? Raj avait-il trouvé Christopher ? Ou Gabe ?

Et Carter…

Elle devait le voir avant qu'il n'apprenne ce qui s'était passé la nuit dernière. De toute façon, il serait furieux qu'elle soit sortie en compagnie de Sylvain.

Son estomac gargouilla et elle posa une main sur son ventre. Depuis quand n'avait-elle pas mangé ? Hier ? Avant-hier ?

Elle s'arrêta d'abord au bureau d'Isabelle, la pièce était vide et les lumières éteintes. Le foyer était bondé, mais elle n'y vit aucune connaissance.

Elle se trouvait à mi-chemin vers la bibliothèque, lorsqu'elle remarqua Julie qui fonçait droit sur elle.

— Salut, Julie, tu sais où Carter se… ?

Elle s'interrompit, frappée par la colère apparente de Julie.

— Allie, bordel, mais où avais-tu la tête ?

— Je…

Julie ne la laissa pas poursuivre.

— Je viens de me faire engueuler par Isabelle ! Elle dit que tu t'es faufilée dehors hier soir pour rencontrer ton frère et Gabe, siffla-t-elle en s'assurant que personne ne les écoutait. Tous les aînés de la Night School sont convoqués à une réunion pour décider de la stratégie à suivre, suite à tes… conneries. Franchement, je suis surprise que tu n'aies pas déjà été renvoyée.

L'injustice de ses propos révolta Allie.

« Rencontrer Gabe ? RENCONTRER Gabe ? ! J'étais à deux doigts de le tuer, oui ! »

— Après ce qui s'est passé cet été, comment as-tu pu ? continua Julie, furieuse. Comment as-tu pu inviter les hommes de Nathaniel ici ?

Allie s'efforça de garder son calme. Elle avait besoin d'apprendre certaines choses – se mettre en colère ne ferait qu'envenimer la situation.

— Je sais que tu es fâchée, Julie, mais dis-moi : Sylvain a-t-il été renvoyé ?

— Non. Pas encore.

Allie ignora sa dernière remarque.

— Il va bien ? Tu l'as vu ?

— Il est dans un état lamentable, mais au moins il est vivant. En tout cas, pas grâce à toi ni à ton frère.

Allie ferma les yeux et poussa un soupir de soulagement. Puis, carrant les épaules, elle fixa miss Parfaite.

— Je suis désolée de t'avoir causé des problèmes, Julie. Jamais je ne mettrai Cimmeria en danger sciemment. Je n'ai pas invité Christopher, il est venu, c'est tout. Et, oui, j'avais envie de voir mon frère. Je devais découvrir...

Elle s'interrompit un instant.

— Il fallait que je le voie, c'est comme ça, ajouta-t-elle.

Julie ne se calma pas pour autant.

— On a pourtant l'impression que tu ne fais que mettre Cimmeria en danger, Allie. Tout allait bien avant ton arrivée. Peut-être que ce n'est pas très juste de ma part de dire cela, mais parfois j'aimerais autant...

Allie tressaillit, et Julie se tut, se mordillant les lèvres.

— Désolée, je n'aurais pas dû...

— Non, ne t'excuse pas. Je mérite tes reproches. Tu sais, j'essayais...

Sa voix se brisa. Rien de ce qu'elle dirait ne pourrait changer la situation.

— Je suis juste... désolée.

À peine avait-elle prononcé ces derniers mots qu'elle tourna les talons. Elle avait la gorge serrée et l'horrible pressentiment que tout s'était très, très mal passé.

« Au moins Sylvain n'est ni estropié, ni renvoyé... pour l'instant. »

Elle traversa d'un pas lourd le vaste hall bondé d'élèves qui discutaient, relax, en ce samedi matin. Avant d'aller voir Isabelle et d'affronter la suite des événements elle avait une chose importante à faire.

Il lui fallait absolument parler à Carter.

Si Julie était au courant des mésaventures de la veille, Carter devait l'être aussi. À l'heure actuelle, il savait sans doute qu'elle lui avait caché la lettre de Christopher, mais en avait informé une personne qu'il détestait.

« Il ne me pardonnera jamais. Pourquoi le ferait-il ? Je ne suis qu'une menteuse. Comme tous les membres de ma famille… »

Elle était tellement perdue dans ses pensées qu'elle ne remarqua Jo qu'après l'avoir dépassée.

— Salut, Jo, est-ce que tu as vu…

Sa voix s'évanouit lorsqu'elle vit la mine défaite de son amie : Jo avait le visage rougi de larmes, ses courts cheveux blonds étaient ébouriffés, et son uniforme boutonné de travers.

— Jo… Qu'est-ce qui se passe ?

— C'est vrai ? demanda Jo en la fixant de ses yeux gonflés par les pleurs. Ce que tout le monde raconte… C'est vrai ?

— Je ne comprends…

Le mal de tête d'Allie se fit plus insistant.

— Qu'est-ce que tout le monde raconte ?

— Tu as vu Gabe hier soir ? Ici ?

Allie remarqua que plusieurs élèves s'arrêtaient pour les observer.

Elle saisit la main de Jo et essaya de l'entraîner à l'écart, mais Jo se libéra en lui donnant un coup sur le poignet.

— Jo, calme-toi ! Oui, j'ai vu Gabe hier soir. Je ne sais pas ce que tu as entendu d'autre, mais il a essayé de tuer Sylvain.

Jo la fixa avec stupéfaction.

— Quoi ? Qu'est-ce qu'il faisait ici ? Pourquoi tu l'as vu ?

Allie ignorait ce qui avait été révélé des événements de la nuit. Elle baissa la voix.

— Christopher est venu me voir.

Le souvenir de Gabe l'enlevant brutalement dans les bois la fit frissonner.

— Gabe était avec lui, ajouta-t-elle.

— Pourquoi est-ce que tu ne m'as rien dit ? rétorqua Jo avec amertume.

— Qu'est-ce que tu voulais que je te dise ?

— Tu es allée retrouver Gabe en cachette !

Allie prit sur elle pour ne pas s'énerver. À l'évidence, Jo ignorait ce qui s'était passé, pourtant dès qu'il s'agissait de Gabe, elle perdait toute raison. Se disputer ne servirait à rien.

— Jo, je ne savais pas que Gabe serait là. Je devais juste rencontrer mon frère, et Gabe a surgi sans prévenir. Quoi qu'il en soit, nous ne devrions pas discuter de tout ça.

Durant un long moment, Jo la dévisagea.

— Tu n'essaierais pas de voir Gabe sans me le dire, n'est-ce pas ?

— Non, Jo, je ne ferais jamais ça. Mais il faut que tu cesses de penser à Gabe et que tu tournes la page.

— Je sais, l'interrompit Jo. Mais... je n'ai jamais eu l'opportunité de lui demander pourquoi il a commis ces horreurs.

Allie songea à sa soif de découvrir les motivations de son frère – pourquoi il avait quitté leur famille – et, pour la première fois, elle comprit l'attachement irrationnel que Jo éprouvait pour Gabe.

Elle lui prit alors la main, et là, Jo se laissa faire.

— Jo, je te promets que si Gabe prend un jour contact avec moi, je te préviendrai.

Peu après, Allie frappa à la porte du bureau d'Isabelle. Son mal de tête empirait. C'était comme si un batteur de jazz s'entraînait à l'intérieur de son crâne. Elle ne pouvait pas se laisser aller. Elle avait beaucoup trop de choses à faire pour s'autoriser le moindre repos.

— Entrez !

Lorsqu'elle pénétra dans la pièce, leur directrice ne sembla pas réjouie de la voir. Isabelle avait relevé ses lunettes sur sa tête, et tenait à la main une pile de documents.

— Je t'ai dit que je t'avertirais quand j'aurais besoin de toi.

Allie s'adossa à la porte.

— Je suis désolée, Isabelle. Je ne cesse de m'excuser aujourd'hui, mais j'aimerais tant pouvoir faire quelque chose. J'ai l'impression que tout est de ma faute, et je voudrais vous aider.

Du doigt, Isabelle lui désigna un siège.

— Assieds-toi !

Pendant qu'Allie obtempérait, Isabelle l'étudia avec attention.

— Tu as mangé, aujourd'hui ?

Allie secoua la tête.

— Hier ?

Trop épuisée pour concocter un mensonge, Allie fit signe que non.

— C'est bien ce que je pensais. Tu as une mine horrible. Ne bouge pas.

Isabelle mit la bouilloire en marche, et quitta la pièce.

Restée seule, Allie réfléchit. Alors qu'un petit nuage de vapeur émanait déjà de la bouilloire, elle songea aux différentes options qui s'offraient à elle.

Bientôt la porte s'ouvrit, et Isabelle réapparut. Elle lui tendit une assiette sur laquelle trônait un sandwich au fromage, puis s'affaira à remplir deux tasses de thé. Allie se contenta de grignoter – cela faisait si longtemps qu'elle n'avait pas mangé qu'elle s'était presque habituée à la faim.

Isabelle lui offrit une tasse, et s'installa dans le siège à côté d'elle.

Durant un moment elles demeurèrent assises en silence. En d'autres circonstances, cette intimité aurait pu être agréable, mais Allie avait bien conscience de la tension entre elles.

— Je dois t'annoncer qu'Auguste Zelazny a demandé que la commission de discipline se réunisse demain pour débattre de ton expulsion, annonça Isabelle.

Cette nouvelle ne surprit pas Allie, néanmoins, elle en fut blessée. Effectivement, il était fort possible que la direction de Cimmeria la renvoie. Comme cela avait été le cas dans ses lycées précédents.

— D'accord, je le mérite.

— J'aimerais pouvoir affirmer le contraire, hélas…

Isabelle s'était exprimée d'un ton maussade, mais comme Allie restait abattue, à contempler ses mains, elle ajouta :

— Mange !

Allie reprit une bouchée du sandwich, évitant le regard de sa directrice.

Isabelle poussa un lourd soupir.

— Il y a autre chose, poursuivit-elle, et ça ne va pas te plaire.

Allie sentit sa gorge se serrer.

— Qu'est-ce que c'est ?

— Nous avons besoin que tu aies une nouvelle discussion avec Christopher. Quand il te recontactera, tu lui donneras rendez-vous dans un lieu précis…

— Et qu'est-ce que vous ferez, à ce moment-là ? Vous le kidnapperez ?

Allie posa bruyamment son assiette.

— Il a des complices à l'intérieur de Cimmeria, Isabelle. Il sait tout de moi. Il connaît mes notes, il sait avec qui je sors…

Elle se laissa glisser dans son siège.

— Si Christopher est au courant de ce genre de trucs, il découvrira très vite votre plan, et s'en servira contre nous.

— Non, parce que nous aurons deux plans. Un dont nous informerons le personnel et les Aînés de la Night School, et un autre que toi, Sylvain, et une poignée de gens en qui j'ai toute confiance serez les seuls à connaître.

— Cette personne qui travaille avec Nathaniel, vous savez qui c'est, Isabelle ?

Isabelle secoua la tête. La conversation semblait l'épuiser, elle avait les traits tirés.

— J'aimerais bien !

— C'est quelqu'un de haut placé, n'est-ce pas ? insista Allie. Quelqu'un qui est proche de vous.

— Et de toi.

Elles se fixèrent sans ajouter un mot, saisies par l'énormité de la situation.

Dans le coin, la bouilloire refroidissait en émettant de petits cliquetis.

C'est à ce moment-là qu'Allie décida qu'elle ne tiendrait pas compte des affirmations de Christopher. Elle avait confiance en Isabelle et se battrait à ses côtés, quelles que soient les motivations de son combat.

— Je suis désolée de ne pas vous avoir parlé de Christopher.

Isabelle la regarda froidement.

— Je ne pouvais pas, Isabelle.

Désespérée, Allie tenta de lui faire comprendre ses raisons.

— Je savais très bien ce que vous auriez fait, sinon. Vous l'auriez kidnappé et il aurait deviné que je l'avais trahi. Je ne pouvais pas vous avertir sans lui avoir parlé d'abord. J'avais besoin d'entendre ce qu'il avait à me dire.

— Et maintenant ?

— Maintenant…

Allie serra si fort sa tasse qu'elle fut étonnée que la porcelaine ne se brise pas.

— Maintenant, je sais que mon frère a disparu à jamais. J'ignore quel est le garçon qui l'a remplacé, mais je n'ai plus rien à faire avec lui.

Isabelle se pencha vers elle.

— Je tiens à toi, Allie, mais tu dois me faire confiance. Je sais beaucoup de choses sur Nathaniel, sur sa façon d'agir.

Elle était si près qu'Allie discernait les petites stries vertes dans ses yeux noisette.

— Il est temps que tu apprennes à me faire confiance, Allie. Sinon, tu risques d'en souffrir, un jour ou l'autre.

Après son entretien avec Isabelle, incapable de trouver Carter, Allie se réfugia dans sa chambre. Épuisée, elle s'endormit et se réveilla juste avant l'heure du dîner.

Peu avant dix-neuf heures, elle descendit l'escalier pour se rendre au réfectoire, lorsqu'elle vit Sylvain, un peu plus loin devant elle. Son cœur fit un bond dans sa poitrine, et elle accéléra. Soudain, elle remarqua qu'il n'était pas seul : Nicole lui tenait le bras. Ses longs cheveux bruns ondulaient à chacun de ses pas, et de temps à autre, elle observait Sylvain de ses grands yeux sombres, la mine inquiète. Tout à coup, Sylvain trébucha. Quand Nicole se tourna pour le retenir, elle croisa le regard d'Allie. Se penchant vers Sylvain, elle lui chuchota quelque chose. Il leva alors les yeux sur Allie.

Elle eut l'impression de recevoir une décharge électrique. Sylvain était le seul à savoir ce qui s'était vraiment passé, la nuit précédente. Le seul qui pourrait la comprendre.

À son tour, il dit quelque chose à Nicole, puis ils attendirent qu'elle approche.

Plaquant un sourire sur son visage, Allie leur fit un petit signe de la main, et se précipita vers eux.

— Sylvain, je te cherchais partout. Tu vas mieux ? Oh, salut Nicole.

Tout en posant cette question, elle l'examinait. Sylvain était couvert de blessures, de contusions et d'entailles. Un de ses yeux était presque fermé, mais sa mâchoire semblait aller mieux.

— Je suis vivant, mais j'ai déjà eu meilleure mine, répliqua-t-il.

Nicole glissa sa main dans la sienne.

— On dirait qu'il a eu un accident de moto sans casque, mais tout ce qu'il a voulu me dire, c'est qu'il y a eu une bagarre, et que tu étais là...

Allie essaya de se représenter Sylvain sans son uniforme, en jean et T-shirt, conduisant une moto de prix, les cheveux au vent. Ce n'était pas très difficile de l'imaginer ainsi.

Sylvain l'observait toujours.

— Viens t'asseoir avec nous au dîner, proposa-t-il.

Allie hésita. S'il sortait de nouveau avec Nicole, elle n'avait aucune envie de tenir la chandelle.

Mais Nicole insista.

— Oui, c'est une bonne idée, viens, enchérit-elle en passant en tête.

Ils se dirigèrent vers le réfectoire. Allie attendit que Nicole regarde ailleurs, et se pencha vers Sylvain.

— Tu as parlé avec Jerry et Zelazny ?

Il hocha la tête, les yeux dans le vide.

— Tout va bien ?

Comme il ne répondait pas, et continuait d'éviter son regard, Allie comprit que quelque chose clochait.

Avant qu'elle ne puisse ajouter quoi que ce soit, Nicole se retourna et la fixa.

Aussitôt, elle s'écarta de Sylvain.

Carter ne vint pas dîner. Allie s'inquiétait de son absence. Où qu'il soit, il devait avoir appris ce qui s'était passé. À l'évidence, il le vivait très mal. Après un dîner pénible, durant lequel elle prit à peine part aux conversations, elle quitta le réfectoire à la première occasion, déterminée à retrouver Carter.

« Nous devons en terminer avec ça, et reprendre notre vie normale ! »

Ses recherches lui révélèrent bien vite que Carter n'était ni à la bibliothèque ni au foyer. Elle envisageait déjà de s'incruster dans le dortoir masculin, quand soudain, son intuition lui souffla qu'elle savait exactement où il se trouvait.

Prenant une profonde inspiration, elle ouvrit la porte de la grande galerie et scruta la salle, plongée dans l'obscurité – des grains de poussière dansaient dans l'air déniant les lois de la gravité. Allie avança jusqu'à la cheminée, si vaste qu'elle aurait pu tenir debout à l'intérieur, et embrassa la salle de bal du regard : il n'y avait que des tables vides et des chaises empilées.

Elle fit demi-tour vers la porte, mais se retourna en entendant un bruit sourd.

— Carter ?

Il n'y eut aucune réponse, puis elle perçut de nouveau le même bruit, qui semblait provenir du coin opposé. C'était comme le frottement d'une chaise sur le parquet quand quelqu'un se lève.

Allie ferma les yeux une seconde, et se dirigea vers l'endroit d'où le bruit paraissait venir, se frayant un chemin au milieu des meubles abandonnés. Elle était environ à la moitié de la pièce, lorsqu'elle sentit un mouvement sur sa gauche.

— Pourquoi tu ne m'en as pas parlé ?

Carter se tenait dans l'ombre, une main posée sur le dossier d'une chaise en bois.

— Carter. Je...

Elle n'avait cessé de réfléchir à ce qu'elle lui dirait, mais à présent, face à lui, elle comprenait que Carter aurait beaucoup de mal à lui pardonner.

— Je savais que si je te mettais au courant, quoi que je fasse, tu en informerais Isabelle. Or, j'avais besoin de parler à Christopher. Je ne pouvais pas les laisser kidnapper mon frère.

— Alors, tu as préféré te confier à Sylvain.

Il serrait si fort le dossier de la chaise, que ses jointures étaient toutes gonflées.

Carter paraissait à la fois blessé et en colère, et Allie sentit ses épaules s'affaisser sous le poids de la culpabilité.

— J'ai été obligée de le lui dire. À cause de l'interrogatoire.

Comme Carter lui jetait un regard dubitatif, elle répliqua, un peu plus sur la défensive :

— Il m'a demandé si j'avais eu des nouvelles de Christopher, et c'était le cas. Tu sais bien que je ne pouvais pas lui mentir ! Alors, oui, je lui ai avoué que j'avais reçu une lettre de mon frère et que nous avions rendez-vous. Sylvain ne voulait pas que j'y aille seule.

— Pourquoi tu n'en as pas parlé à quelqu'un d'autre ? À Rachel, par exemple ?

Il s'était exprimé d'une voix basse et calme, mais Allie voyait à quel point il s'efforçait de contrôler ses émotions.

— Tu n'as pas confiance en elle ? insista-t-il.

— Rachel n'a aucun entraînement. Je n'aurais pas supporté qu'elle soit blessée.

Quoi qu'elle dise, elle savait qu'elle avait déjà perdu la bataille. Elle fit un pas vers lui.

— Carter, c'était horrible de ne rien pouvoir te raconter. Tu es la seule personne à qui j'aurais aimé me confier, mais…

— Mais tu ne m'as pas fait confiance.

D'un mouvement si brusque qu'elle eut à peine le temps de réagir, Carter attrapa la chaise d'une main et la balança en travers de la pièce. Elle s'écrasa sur le parquet avec un bruit qui résonna dans toute la salle.

Allie leva les yeux vers lui.

— Carter…, haleta-t-elle.

— Dis-moi la vérité, Allie. Regarde-moi droit dans les yeux et dis-moi que tu n'éprouves rien pour Sylvain, à part de l'amitié. Dis-moi que tu n'es pas du tout attirée par lui !

« Ne sois pas ridicule. Pour moi tu es le seul qui compte. » Voilà ce qu'elle aurait voulu lui répondre, mais aucun son ne sortit de sa bouche. Elle avait assez menti comme ça. Et ses sentiments pour Sylvain étaient si compliqués qu'elle ne savait même plus ce qu'elle éprouvait pour lui.

Jamais elle n'aurait cru cela possible, mais les prunelles de Carter s'assombrirent encore.

En trois grandes enjambées, Carter traversa l'espace entre eux et l'attira à lui. Il la serra si fort qu'elle entendait les battements de son cœur sous sa chemise. Elle ne voyait rien d'autre que ses yeux sombres.

— J'aurais fait n'importe quoi pour toi, marmonna-t-il.

— Je suis désolée de t'avoir fait de la peine, chuchota-t-elle, les lèvres tremblantes. J'étais… J'espérais que tu comprendrais à quel point il était important pour moi de voir Christopher. Et je tiens tellement à toi…

Il ne la laissa pas finir, la repoussa, et recula d'un pas.

— Et j'espère que, toi, tu comprends à quel point il est important pour moi que tu me fasses confiance. Mais ce n'est pas le cas. Et je commence à croire…

À sa grande horreur, elle se rendit compte que Carter avait les larmes aux yeux.

— … Je crois que tu ne le réaliseras jamais.

Et sur ces mots, il quitta la salle de bal sans se retourner.

# 21.

Le lendemain matin, Allie était comme paralysée, figée face à la douleur. Malgré sa situation critique, tout ce qui pouvait désormais arriver l'indifférait. Lorsque Isabelle la fit appeler dans son bureau pour la prévenir que la commission de discipline se réunirait le soir même pour statuer sur son cas, elle se contenta de hocher la tête.

— Dis-leur la vérité, suggéra Isabelle. Raconte-leur les événements comme tu l'as fait avec moi.

— Ils vont me renvoyer ?

À dire vrai, la réponse ne lui importait qu'à moitié, mais la réplique d'Isabelle la piqua au vif.

— Je ne sais pas.

Allie partit ensuite se réfugier au calme, dans la bibliothèque. Là, installée dans un coin sombre, elle essaya de se plonger dans ses devoirs. Elle n'avait personne vers qui se tourner. D'ailleurs, elle ne pouvait même pas expliquer à Rachel pourquoi la bagarre avait eu lieu sans se mettre un peu plus de problèmes sur le dos.

De toute façon, à quoi bon ? Elle savait d'avance ce que tout le monde répondrait :

« Pourquoi tu ne t'es pas confiée à Carter plutôt qu'à Sylvain ? »

Ça, c'était une très bonne question. Pourquoi ne l'avait-elle pas fait ? Les paroles de Carter résonnaient encore à son esprit :

*Regarde-moi droit dans les yeux et dis-moi que tu n'éprouves rien pour Sylvain...*

Tout en feuilletant son manuel d'histoire, elle ne cessait de penser à Carter. L'intensité de sa réaction l'avait pétrifiée. Pour la première fois, elle songea qu'il risquait de rompre avec elle à cause de Sylvain.

Des larmes lui brûlaient les yeux. Elle les chassa d'un revers de main.

« Inutile de pleurer ! Ça ne servira à rien. »

— Hé ! Ça va ?

Jo se glissa sur la chaise à côté d'elle, et l'observa d'un air inquiet. Elle semblait aller mieux que la veille.

Cependant, Allie n'avait aucune envie de discuter. Elle lui répondit par un mensonge.

— Oui, ça va.

Jo se passa une main dans les cheveux.

— Écoute, je tiens à m'excuser pour hier. Dès qu'il s'agit de Gabe, je perds complètement la tête.

Allie posa son stylo et poussa un soupir.

— Inutile de t'excuser, c'est moi qui ai foutu le bordel.

— Tu as fait ce que tu devais faire, répliqua Jo, à sa grande surprise. N'importe qui d'autre aurait agi comme toi. J'ai entendu dire qu'ils prévoyaient de te faire passer en commission de discipline, et ça me fait chier grave. J'ai déjà dit à Isabelle que c'était une décision stupide, mais elle refuse de laisser tomber.

Jo étendit ses jambes et donna un coup dans l'un des pieds de la table.

— Comme d'habitude ! insista-t-elle.

Allie la fixa.

— Comment tu sais ça ?

— Bah, peu importe. En tout cas, je tiens à t'informer que j'ai annoncé à Isabelle que, s'ils t'expulsaient, je quitterais le lycée, moi aussi.

— Jo…

Allie ne savait vraiment pas quoi dire. Elle était à la fois horrifiée et ravie.

— Tu ne peux pas faire ça…, poursuivit-elle.

— Oh que si, et je le ferai, crois-moi ! De toute façon, je n'ai pas envie de rester ici. Ce n'est plus pareil depuis l'été dernier. Peut-être que j'irai rejoindre Lisa dans cette institution en Suisse. Qui sait ? Je pourrais rencontrer le prince charmant là-bas et vivre un véritable conte de fées… Quoi qu'il en soit (elle ne laissa pas Allie répondre) je voulais juste t'annoncer ma décision. Surtout après ce qu'ils ont fait à Sylvain.

Allie sentit sa gorge se serrer.

— Qu'est-ce que tu veux dire ? Qu'est-ce qu'ils lui ont fait ?

— Tu n'es pas au courant ?

Jo la regarda avec stupéfaction.

— Il est passé en commission de discipline hier, expliqua-t-elle. Ils lui ont infligé une mise à pied et l'ont suspendu des Nocturnes.

Allie fut aussitôt envahie d'un immense soulagement. Dieu merci, Sylvain n'avait pas été renvoyé !

La journée s'étira avec une lenteur pénible. À vingt et une heures, la commission de discipline devait statuer sur son cas, et Allie était impatiente d'en finir.

Quel que soit le verdict.

Juste avant le moment fatidique, elle arpentait les marches du sous-sol, seule. Elle ignorait à quoi s'attendre, mais à présent, plus rien n'avait d'importance. Cependant, le couloir lui semblait plus long et plus sombre que d'habitude. Jamais elle ne s'était sentie aussi solitaire.

Lorsqu'elle vit Sylvain à quelques pas devant elle, la panique la saisit et elle se précipita vers lui.

— Qu'est-ce que tu fais ici ? Y a un truc qui cloche ?

Ses cicatrices commençaient à se refermer. L'un de ses yeux était toujours à demi clos, et la coupure sur sa lèvre encore à vif, mais Sylvain tenta néanmoins d'esquisser un sourire.

— Je voulais juste te souhaiter bonne chance.

L'émotion l'envahit, et elle se mordilla les lèvres.

— On m'a raconté ce qu'ils t'ont infligé. Je suis désolée.

— Pas la peine. Moi, je ne le suis pas.

— Mais tout était de ma faute, Sylvain. Et maintenant, à cause de moi, tu as des problèmes...

— Ça en valait la peine.

Comme elle s'apprêtait à protester de nouveau, Sylvain tendit la main vers elle et, du bout des doigts, lui souleva le menton jusqu'à ce qu'elle le regarde droit dans les yeux.

— Allie, ça en valait la peine, répéta-t-il.

Comme elle aurait voulu pouvoir se détacher de tout ça ! Hélas, une larme roula sur sa joue, trahissant ses émotions. Sylvain l'essuya de son pouce.

— *Courage*, lâcha-t-il en prononçant le mot à la française. Ne leur montre pas tes larmes.

Sur ce, il s'avança jusqu'à la porte, posa sa main sur la poignée et attendit qu'Allie ait repris contenance. Elle inspira un bon coup, puis fit un signe de tête pour indiquer qu'elle était prête.

Sylvain ouvrit la porte.

À l'intérieur, une table et quatre chaises étaient installées comme l'autre jour, quand Zelazny leur avait remis leurs ordres de mission. Cette fois, de l'autre côté de la table ne se trouvait qu'une seule chaise. Durant une brève seconde, Allie envisagea de faire demi-tour.

De s'enfuir de Cimmeria.

La pièce était froide, elle sentait la sueur rance et la poussière. Zelazny, Jerry Cole, Eloise et Isabelle étaient réunis autour de la table et l'observaient.

— Je t'en prie, Allie, assieds-toi.

Eloise la regarda avec sympathie, mais l'expression des autres membres de la commission demeurait indéchiffrable.

Allie obtempéra et prit place sur la chaise pliante. Sous ses cuisses, elle sentait le métal froid du siège.

— Tu te trouves ici, ce soir, parce que tu as enfreint le règlement en sortant après le couvre-feu, sans permission, pour rencontrer une personne de l'équipe de Nathaniel.

Isabelle avait les mains croisées devant elle. Ses cheveux étaient attachés en un chignon strict, et ses lunettes aux verres étroits lui donnaient un air sévère.

— Tu étais accompagnée par Sylvain Cassel, poursuivit-elle, qui a déjà confirmé ces faits à la commission. Contestes-tu une de ces accusations ?

Allie soutint son regard.

— Non.

— Allie, tu as là l'occasion de t'expliquer pour éviter ton renvoi de la Night School et de Cimmeria – la peine la plus sévère que notre commission pourrait prononcer à ton encontre.

Eloise s'adressait à elle avec douceur.

— Explique-nous toutes les circonstances atténuantes, toutes les raisons pour lesquelles tes actes pourraient être justifiés. Commence s'il te plaît en nous donnant ta version des faits de cette nuit-là. Pourquoi as-tu enfreint le règlement ?

D'une voix tremblante, Allie entreprit alors de raconter les événements de la soirée. Au fur et à mesure de son récit, sa voix s'affermit. Elle avait de plus en plus confiance en elle. Lorsqu'elle atteignit le moment où Gabe l'avait empoignée et traînée sur le sentier et qu'elle précisa comment elle s'était libérée, un léger sourire éclaira brièvement le visage d'Isabelle, avant de disparaître. Quoi qu'il en soit, une fois de plus Allie omit volontairement de rapporter les propos de Christopher sur leur directrice.

Lorsqu'elle eut terminé, elle ajouta simplement :

— Je prends l'entière responsabilité de ce qui s'est passé cette nuit. Sylvain n'a rien fait de mal. Si j'avais écouté ses conseils et si je ne l'avais pas menacé de m'enfuir avec mon frère, il ne se serait jamais trouvé là. Il ne cherchait qu'à me protéger.

— Justement, pourquoi n'avez-vous pas suivi ses conseils ? s'enquit Zelazny.

Allie se tourna vers lui, s'efforçant de garder un air détaché.

— Parce que je savais que, dans ce cas, vous en profiteriez pour kidnapper mon frère afin d'atteindre Nathaniel, et je ne voulais pas que cela arrive.

— Vous saviez ? rétorqua Zelazny avec sarcasme. Comment pouvez-vous prétendre savoir ce que nous aurions fait ? Êtes-vous capable de lire dans nos esprits ?

— Dites-moi que je me trompe, alors ! le défia Allie.

Mais Zelazny ignora sa remarque, la chassant d'un geste de la main.

— Ce n'est pas moi qui passe en jugement, jeune fille. Vous feriez bien de vous en souvenir.

— Personne ne passe en jugement ! intervint Jerry Cole pour calmer la situation.

Ses cheveux bruns rêches étaient plus ébouriffés que d'habitude. Il avait posé ses lunettes sur la table et se frottait la base du nez.

— Allie, est-ce que ton seul motif était de protéger ton frère ?

Allie hocha la tête avec vigueur.

— Tu n'avais pas l'intention d'aider Nathaniel… ?

— Non.

Elle le regarda d'un air confus.

— Pourquoi voudrais-je aider Nathaniel ?

— D'après ce que tu nous as dit, poursuivit-il, ton frère a plutôt bien plaidé la cause de Nathaniel. Il n'a pas réussi à te convaincre ?

— Je crois...

Allie sentit son estomac se crisper, et elle déglutit avec peine.

— Je crois que mon frère a perdu la raison. Je suis en complet désaccord avec tout ce qu'il m'a dit. Mais je tenais à le voir. Je devais découvrir ce qui lui était arrivé. Il fallait que je sache.

— Personne ne peut nier qu'il y a quelque chose d'irrationnel dans tout cela, intervint Eloise. Il est indéniable qu'il existe un lien spécial entre frères et sœurs. N'importe qui aurait fait la même chose...

— C'est justement ce lien particulier qui m'inquiète..., dit Jerry, laconique.

Eloise lui jeta un regard intrigué, mais il ne sembla pas le remarquer.

— Tu es si proche de ton frère, Allie, que tu as enfreint le règlement, et tout risqué pour le retrouver. Serais-tu capable de recommencer ? Ferais-tu de nouveau passer ton frère avant Cimmeria ?

Allie n'avait pas envisagé une telle situation. Durant une seconde, elle dévisagea Jerry, essayant d'imaginer comment elle réagirait si Christopher l'appelait et l'enjoignait de tout quitter pour lui.

— Non, répondit-elle enfin, avec tristesse. Je ne le ferais plus.

— Puis-je te demander pourquoi ? insista Jerry.

Des larmes brûlaient les paupières d'Allie. Elle se remémora soudain les paroles de Sylvain :

*Ne leur montre pas tes larmes.*

Elle prit une profonde inspiration avant de répondre d'une voix ferme :

— Parce que je n'ai plus confiance en lui.

# 22.

La commission l'interrogea pendant quelques minutes encore, puis Isabelle mit un terme à la procédure.

— Je crois que nous avons maintenant les informations nécessaires pour prendre notre décision, conclut la directrice de Cimmeria. Allie, s'il te plaît, va attendre à l'extérieur. Nous t'appellerons quand nous serons prêts.

Allie traversa la pièce d'un pas lourd. Dehors, le couloir était vide. Dans un silence de plomb, elle s'adossa au mur et patienta en se rongeant les ongles.

Après dix minutes, elle se laissa glisser à terre et posa sa tête sur ses genoux, comptant ses respirations. Au bout d'une demi-heure, elle commença à s'ennuyer ferme. De temps à autre, elle entendait s'élever des voix à l'intérieur de la pièce, mais elle était incapable de comprendre ce qui se disait.

Elle était sur le point de s'endormir lorsque la porte s'ouvrit enfin. Eloise lui fit signe d'entrer.

— Nous sommes prêts.

Allie bondit sur ses pieds et la suivit dans la salle d'entraînement numéro un.

Cette fois elle se tint devant la table comme un accusé attendant sa sentence. Elle essayait d'inspirer profondément afin de se calmer, mais le stress était trop grand et elle haletait, le souffle court. Elle agrippa si fort le dossier de la chaise qu'elle fut surprise qu'il ne se brise pas entre ses mains.

— Ce que tu as fait est mal, Allie, dit Isabelle.

Pendant son discours, Jerry frottait les verres de ses lunettes, évitant son regard. Eloise, elle, lui souriait, comme pour lui donner du courage.

— Tu as violé les règles de Cimmeria mais, pire que tout, tu as mis en danger ta propre vie et celle de Sylvain, ainsi que celle des hommes de Raj Patel. Tes actes ne peuvent pas rester impunis. Cela dit, nous comprenons qu'il existe une forte connexion entre frères et sœurs, et il est difficile pour nous (elle jeta un coup d'œil à Zelazny qui, furieux, regardait au loin) de prétendre que, dans une situation similaire, nous n'aurions pas fait, nous aussi, tout notre possible pour aider un membre de notre famille… Pour cette raison, nous ne te renvoyons pas.

Dégoûté, Zelazny lança son stylo sur la table avec une telle violence qu'Isabelle sursauta.

— Néanmoins, nous te mettons à l'épreuve pour trois mois, continua-t-elle d'un ton égal.

Allie écarquilla les yeux.

— Qu'est-ce que ça veut dire ?

— Cela signifie que, si tu ne violes pas de nouveau le règlement – et que tu ne causes pas d'autres problèmes – dans trois mois, tout cela sera retiré de ton dossier. Mais si jamais tu enfreins encore le règlement, même sur le plus infime point de détail, tu seras renvoyée sur-le-champ. As-tu bien compris ?

Allie acquiesça.

Isabelle se pencha en avant pour soutenir son regard.

— Nous avons apprécié ton honnêteté, compléta-t-elle. Nous espérons que ce qui vient d'arriver t'aura beaucoup appris, et que si un membre de l'équipe de Nathaniel te contacte de nouveau, tu nous feras confiance et nous en informeras.

Durant toute la semaine, Carter l'évita complètement. Allie brûlait de le retrouver, de s'expliquer avec lui, et d'arranger les choses. Mais elle savait qu'elle ne pouvait rien faire. Pas cette fois. Alors, à contrecœur, elle le laissa seul.

Leur séparation causa un grand vide dans son quotidien. Chaque soir, au dîner, elle regrettait la chaleur de son bras passé sur le dossier de sa chaise. Quand elle s'installait au foyer ou à la bibliothèque, elle embrassait d'instinct la pièce du regard, le cherchant.

La direction les avait exemptés des Nocturnes pour une semaine supplémentaire afin de leur permettre de terminer leurs interrogatoires. Au moins Allie n'était pas obligée de s'entraîner dans la même salle que Carter, ni de l'entendre rire avec Julie ou Lucas.

Hélas, rédiger le mémo qu'on lui avait demandé sur Carter se révélait une véritable torture maintenant qu'elle ne faisait plus partie de sa vie. Quand elle eut fini, elle avait dressé le portrait d'un adolescent seul au monde, essayant de trouver son chemin par ses propres moyens.

Cela lui avait brisé le cœur.

« Je pense que Carter West est la personne la plus digne de confiance que j'aie jamais rencontrée. Tout ce qu'il m'a dit était vrai... »

Elle écrivit ces derniers mots dans son rapport, le samedi soir après minuit, assise sur son lit. Des larmes roulèrent sur ses joues. Elle posa son stylo, replia les genoux et les serra entre ses bras, se balançant doucement d'arrière en avant.

Lorsqu'elle entendit Rachel faire tomber un objet dans sa chambre à côté, quelque chose se brisa en elle. Son amie lui manquait tant ! Elle avait besoin de ses conseils. Sans même réfléchir, elle sauta hors de son lit, et se précipita dans le couloir. Une fois devant la porte de Rachel, elle frappa. Elle perçut un bruit de papier qu'on froissait, puis la voix claire et nette de Rachel s'éleva.

— Entrez !

— Rachel, je ne sais pas quoi faire…

Allie trébucha dans la pièce, un mouchoir à la main. Elle devait avoir l'air d'une folle. Rachel se contenta de tapoter le lit à côté d'elle, pour l'inciter à s'asseoir.

— Raconte-moi.

— Il y a des choses que… que je ne peux pas dire, bredouilla Allie, serrant son Kleenex.

— Déballe-moi ce que tu peux, alors…

Rachel lui tendit un mouchoir propre. Ses grands yeux en amande la dévisageaient, semblant chercher des indices sur son visage.

— Carter et moi…

— Vous avez rompu.

Allie la fixa, bouche bée.

— On ne parle que de ça, expliqua Rachel. Je voulais te poser la question, mais…

Rachel eut un vague geste de la main comme pour dire : « Nous ne nous parlons plus beaucoup, ces derniers temps. »

Allie comprit le message et se mit à pleurer à chaudes larmes. Pendant un moment, Rachel se contenta de lui tapoter l'épaule, jusqu'à ce qu'elle se sente capable de parler de nouveau.

— Il est tellement en colère, lâcha-t-elle enfin. J'ai fait des choses qu'il ne pourra jamais me pardonner.

— C'est à cause de Sylvain ?

Rachel redoublait d'efforts pour cacher sa désapprobation, mais elle l'entendait dans chacune de ses paroles.

— Les gens disent que… quand Sylvain s'est fait massacrer… vous étiez dans les bois… ensemble… Si tu vois ce que je veux dire. En fait, tout le monde pense que tu as une aventure avec Sylvain dans le dos de Carter.

Allie eut l'impression qu'une main invisible lui broyait le cœur. Putain ! Qu'avait dû éprouver Carter en entendant ces ragots ? Elle savait que certains détails de son escapade nocturne avaient filtré – de toute façon, les blessures de Sylvain suffisaient à alimenter les rumeurs. Mais elle n'avait pas imaginé une seule seconde que la situation puisse être présentée sous cet angle.

« Pauvre Carter. Pauvre de moi. »

— On ne faisait rien de tel, Rachel. Sylvain et moi nous n'étions… nous ne faisions… Il m'aidait juste… avec quelque chose.

Sa difficulté à expliquer ce que Sylvain et elle faisaient là-bas donnait l'impression d'un horrible mensonge. Elle devait raconter toute l'histoire à Rachel.

« Est-ce que je peux lui parler de Christopher ? »

Christopher n'avait rien à voir avec la Night School, donc, a priori, elle n'enfreignait pas le règlement.

« N'est-ce pas ? »

Une fois qu'elle eut pris sa décision, elle se sentit soulagée. En quelques phrases courtes, elle raconta à Rachel ce qui s'était passé. La lettre de Christopher. L'obsession de Carter à la protéger. Son choix de s'en remettre à Sylvain.

— Oh, Allie…, chuchota Rachel à la fin de son récit.

— Je sais.

Allie tortilla le Kleenex entre ses doigts.

— J'ai peut-être fait une erreur. Peut-être pas. Sylvain a failli mourir pour moi. Et ensuite, Carter m'a jetée.

En disant ces mots, elle éprouva une nouvelle envie de sangloter, mais elle semblait avoir épuisé son stock de larmes pour la journée. Ses yeux demeurèrent secs.

Pendant un moment – qui dura bien trop longtemps à son goût – Rachel se contenta de la fixer. Allie savait que son amie n'appréciait pas Sylvain à cause de son comportement pendant le bal d'été. Non, Rachel n'avait aucune confiance en lui.

« Elle ne le connaît pas vraiment. »

— Allie, qu'est-ce qu'il y a réellement entre toi et Sylvain ? demanda enfin Rachel. Il te plaît ? Personne ne pourrait te le reprocher. Ce qui s'est passé entre vous, le fait qu'il t'ait sauvée de l'incendie et... ce qui est arrivé hier... Ça a dû créer un lien spécial entre vous. Le genre de lien auquel il est difficile de résister. N'importe qui pourrait confondre ça avec de l'amour.

— Non ! l'interrompit Allie.

Pourtant, son cœur battait un peu plus vite, et elle ne savait plus où se situait la vérité.

— Non, je ne suis pas attirée par lui... Oh, mon Dieu, je ne sais plus !

Elle s'assit en tailleur sur le lit et passa ses bras autour de ses genoux.

— Je crois... Je crois que... oui, je suis attirée par lui, mais ce n'est pas à cause de cela que les choses se sont détériorées entre Carter et moi. Je dirais...

Elle se tut un instant, essayant d'analyser ses sentiments.

— Rachel, Carter me manque énormément... En même temps... Je me sens beaucoup plus libre, maintenant. Quand nous sommes ensemble, j'ai l'impression de ne jamais pouvoir respirer.

— Pourquoi ? Il est trop protecteur envers toi ? Il t'étouffe ?

Allie hocha la tête d'un air piteux.

— Je l'aime, je t'assure. Mais il me dit toujours ce que je dois faire... et on n'arrête pas de se s'engueuler. Je crois qu'il n'a pas confiance en moi, et du coup, il me fait douter de moi-même. À présent, je sais pourquoi il agit comme ça – j'y ai beaucoup réfléchi, et j'ai enfin compris. Carter n'a personne. Pas de parents, ni de sœur ou de frère, aucune famille. Il est seul et il n'a que moi alors... Il s'accroche à moi. Il veut me protéger... mais à la longue, moi, j'étouffe.

— C'était si moche que ça ?

— J'en sais rien. Oui… Non…

Allie leva les mains devant elle avec désarroi.

— Je crois que je n'arrange pas le tableau, là. On a passé des moments formidables aussi, c'est vrai. Mais même si Carter me manque, et c'est le cas, je me sens beaucoup plus libre sans lui.

Rachel poussa un petit sifflement.

— Alors, il vaut mieux que vous restiez séparés, Allie. Même si c'est difficile à vivre.

Soudain, des larmes inondèrent de nouveau le visage d'Allie.

— Mais je ne fais que penser à lui. Toute la journée je me dis : Carter et moi nous étions ici, ou… Carter et moi nous avons piqué un fou rire ici… C'est stupide !

D'un geste rageur, elle chassa ses larmes en hoquetant.

— Pourtant je ne peux pas m'en empêcher. J'ai l'impression d'être obsédée par lui.

— C'est bien pour ça que c'est toujours chiant de rompre, Allie, affirma Rachel avec douceur. Personne n'aime ça. Il faut un max de temps pour se remettre. Je crois que tu as besoin de te changer les idées. Tu bosses comme une dingue tous les soirs. Fais des trucs que tu n'as jamais faits avec Carter. Passe plus de temps avec Jo, même si elle est complètement cinglée. Ou avec moi. Ou avec Zoé. Évite Carter… et Sylvain. Inutile de revenir à tes anciennes amours. Tu dois te chercher et découvrir ce que tu veux vraiment. Peut-être que tu as bel et bien envie d'être avec Sylvain, j'en sais rien… Il se peut également que ton cœur cherche juste un remplaçant. Or, les remplaçants ne sont jamais aussi bons que l'original. Donc… laisse couler pour savoir comment mener ta barque.

Allie sourit à travers ses larmes.

— J'ai du mal à croire que tu me dises des trucs pareils.

— Moi aussi. Bon, cette séance de thérapie est terminée. Je t'enverrai ma facture plus tard.

Allie se força à suivre les conseils de Rachel. Elle s'obligea à passer plus de temps au foyer à jouer aux échecs avec Jo. Ou plutôt, à perdre aux échecs contre Jo. Elle se rendit au cours de boxe française avec Zoé qui adorait cogner contre tout ce qu'elle pouvait. Lors des repas, elle s'installait à côté de Rachel et Lucas, et discutait des cours dont, à vrai dire, elle se souciait peu.

Elle s'obligea à ne plus chercher Carter du regard dès qu'elle entrait dans une pièce. À suivre les cours sans jamais tourner la tête vers lui. À ne pas lever les yeux de ses notes ou de son bouquin avant qu'il n'ait quitté la salle de classe.

Par chance, au réfectoire, Carter avait pris l'habitude de s'asseoir avec Julie et ses amies.

Quant aux autres élèves, chacun marchait sur des œufs et essayait de ne pas prendre parti, même si, inévitablement, les amitiés étaient divisées.

— Je déteste que cette histoire en soit réduite à : qui est pour Allie, qui est pour Carter ? confia-t-elle à Jo, un soir où elle perdait de nouveau aux échecs contre elle, mais c'est pourtant ce qui se passe.

Elles étaient assises par terre dans le foyer bondé, autour d'une table basse un peu à l'écart dans un coin de la pièce. Au piano, un garçon jouait la version jazz d'un tube de rock. Quelques élèves dansaient devant les étagères. Une joyeuse cacophonie régnait dans la salle et, à son grand étonnement, Allie apprécia presque l'ambiance.

— C'est tout le temps comme ça. Échec ! annonça Jo, un peu hautaine. Tu devrais franchement apprendre à utiliser ta tour ! Pour revenir à ton histoire… j'ai déjà vu pire. Quand Lucas et moi nous avons rompu… Oh putain, quel bazar ! Nous étions furieux l'un contre l'autre, alors c'était un peu… comme la Tchétchénie, ici !

Son ton dramatique fit sourire Allie. Depuis une semaine, Jo n'avait plus piqué de crise – c'était bon de la voir redevenir elle-même.

— Chacun a pris parti pour l'un de nous deux, poursuivit-elle, et les gens ne se parlaient pas entre eux. C'était dingue et plutôt sinistre. Mais vous…

Comme elle le lui avait suggéré, Allie bougea sa tour, mais Jo leva les yeux au ciel.

— Échec et mat ! Ma parole, Allie, tu es pathétique à ce jeu ! Carter et toi, vous n'avez pas l'air fâchés. Vous vous ignorez, c'est tout, et ça rend les choses plus faciles… Pour vos amis, je veux dire. Même si, pour vous, je sais que ça doit être l'horreur.

Allie l'aida à remettre les pions en place.

— Est-ce que… Est-ce que tu as parlé à Carter ? demanda-t-elle.

— Bien sûr ! Je lui parle tous les jours. C'est ça le truc dément avec les ruptures : vous êtes les seuls à ne pas vous adresser la parole.

Allie n'avait jamais songé à cela. Elle resta immobile, son roi à la main.

— Comment va-t-il ?

Jo l'observa avec compassion.

— Il est triste… seul… Mais il va bien. Il fait comme toi, il essaie d'avancer. Lucas l'aide beaucoup. Carter n'a qu'une envie, c'est de tuer Sylvain, mais Jerry Cole s'arrange pour qu'ils se croisent le moins possible.

Jo termina de disposer ses pions, et un sourire éclaira soudain son visage.

— Au fait, tu vas à la soirée la semaine prochaine ? Là-haut, dans les ruines du château ?

Allie n'en avait aucune envie, mais elle feignit d'être intéressée.

— Quelle soirée ? Je n'en ai pas entendu parler.

— Ce sera vendredi. C'est un truc qu'on fait chaque année. Moi j'y vais, c'est sûr. On se marre bien, et c'est assez lugubre. On fera un feu de camp… on mangera des marshmallows grillés, et puis on boira du vin et on se racontera des histoires flippantes.

— Est-ce que c'est…

Allie se mordit immédiatement la langue. Elle avait failli demander si c'était prudent, par rapport à Nathaniel et à Christopher. Si c'était une soirée approuvée par Raj Patel… Mais elle ne pouvait pas parler de cela avec Jo.

— On a le droit ? demanda-t-elle plutôt. Je veux dire, Isabelle est OK ?

— C'est une soirée pour les élèves des cours avancés, répliqua Jo d'un ton évasif. Dont tu fais partie. On sera tous là. Tu as intérêt à venir !

— Je vais y réfléchir.

Pourtant elle n'avait pas le moins du monde envie d'y penser.

Et encore moins d'y aller.

Tous les deux ou trois jours, elle avait un entretien avec Isabelle. Chaque fois, Allie l'interrogeait sur Nathaniel, mais Isabelle lui répondait toujours qu'il n'y avait rien de nouveau à son sujet ou sur les membres de son équipe. En retour, Allie l'informait que Christopher ne s'était plus manifesté. Cependant, dès qu'elle entrait dans sa chambre, elle ne pouvait s'empêcher de regarder aussitôt sur son bureau, espérant y trouver une nouvelle enveloppe du même papier ivoire avec son prénom inscrit dessus, de l'écriture de Christopher.

Cela n'arriva jamais.

Durant cette période, elle se conforma strictement au règlement. Elle regagnait sa chambre tous les soirs à vingt-trois heures. Jamais elle n'était en retard, ni au repas, ni en cours. Et comme les Nocturnes reprenaient, elle se concentra sur l'entraînement, les yeux rivés sur Raj Patel, attentive à ses instructions, évitant de penser à Carter ou à Sylvain. Seules lui importaient les méthodes de Raj qui pourraient lui être utiles pour sauver sa vie – si jamais elle se retrouvait de nouveau dans les bois, face à Gabe. Elle transforma son chagrin et sa colère en énergie pour apprendre à se battre. Finalement, cela lui faisait du bien. C'était d'ailleurs ce qu'Isabelle souhaitait, et peu à peu, Allie songea que leur directrice commençait à lui pardonner.

Un après-midi, alors qu'elle se dirigeait vers le grand escalier pour se rendre au bureau d'Isabelle, Allie remarqua Katie Gilmore qui venait dans sa direction. Comme d'habitude, elle s'écarta pour l'éviter mais, à sa grande surprise, Katie fonça vers elle, sa queue-de-cheval rousse se balançant derrière elle, au rythme de ses pas.

— Salut, Allie, lança Katie avec un large sourire.

« Mon Dieu, même son rouge à lèvres est parfait ! Comment fait-elle pour être toujours impec ? »

— Qu'est-ce qu'il y a, Katie ? demanda-t-elle d'un ton qu'elle voulut détaché.

— On fait un feu de camp, vendredi soir, vers la vieille tour. C'est une tradition pour les élèves des cours avancés. Tu devrais venir.

Allie l'observa, stupéfaite.

— Si je comprends bien, tu m'invites à une soirée ?

Elle s'interrompit une seconde et reprit d'un ton dramatique.

— Katie, aurais-tu oublié d'avaler tes médocs, par hasard ?

— Oh, Allie, ne sois pas idiote, répondit Katie avec un sourire angélique. C'est une fête géniale. Je sais que, Carter et toi, vous avez des problèmes, et je voulais m'assurer que tu ne resterais pas dans ton coin à te morfondre. Alors, tu viendras ?

En entendant prononcer le prénom de Carter, Allie se hérissa. Katie avait-elle des vues sur lui ?

« Rappelle-toi que tu es en mise à l'épreuve. »

— Peut-être, je verrai, j'ai pas mal de devoirs à terminer, répondit-elle.

— Génial !

Katie avait l'air ravie.

— On a même une dispense spéciale pour rester dehors après le couvre-feu. J'espère que tu viendras. Ça va être super !

Allie la regarda s'éloigner. La méfiance lui nouait l'estomac.

« Mais qu'est-ce que tu as en tête, espèce de diablesse rousse ? »

## 23.

Cet après-midi-là, quand elle pénétra dans le bureau d'Isabelle, Allie l'interrogea, comme d'habitude, d'un haussement de sourcils. Isabelle lui jeta un regard par-dessus les verres de ses lunettes et, comme les autres fois, lui répondit par la négative en secouant la tête.

Allie se laissa tomber dans le fauteuil en poussant un soupir.

— Katie Gilmore tient à ce que j'aille à cette fête au château, vendredi soir. Je crois que ça veut dire que je ferais mieux de m'abstenir.

Isabelle retira ses lunettes et les posa sur la pile de documents devant elle.

— Je ne pense pas que tu aies intérêt à organiser tes sorties en fonction des desiderata de Katie. C'est à toi de décider.

— Elle prétend que c'est autorisé, hasarda Allie. Ça l'est ? Enfin… pour une élève mise à l'épreuve, comme moi.

— C'est autorisé, comme tu dis, dans le sens où personne ne sera puni d'y assister. C'est une tradition. Nous vous faisons confiance pour ne pas causer d'incendie dans la forêt. Les professeurs ne sont pas conviés, et ils ne rôdent pas non plus dans le coin. Nous vous accordons une heure supplémentaire après le couvre-feu habituel. Si tout le monde se tient bien, la fête a encore lieu l'année suivante. C'est une tradition qui perdure depuis l'écroulement du château, on organisait déjà ça quand j'étais élève ici.

Allie essaya d'imaginer sa mère et Isabelle, à seize ans, traînant dans les bois... sans succès.

— Mais est-ce que c'est... vous savez... sûr ? Raj Patel sera là ?

Un sourire mélancolique flotta sur le visage d'Isabelle.

— Ta question prouve que tu as progressé. Hélas, elle montre aussi que, de notre côté, nous n'avons pas avancé. Mais la réponse est oui. Les gardes de Raj quadrilleront le coin. D'ailleurs, ses équipes seront renforcées pour cette soirée. Vous n'aurez rien à craindre.

— Peu importe, de toute façon, marmonna Allie. Je crois que je n'irai pas. C'est jamais qu'un putain de feu de camp à la con...

Isabelle lui jeta un regard sévère.

— Excusez-moi.

— Je vais dire quelque chose qui te surprendra sûrement, Allie...

Isabelle la fixa et se pencha vers elle.

— ... mais je tiens à ce que tu assistes à cette fête.

Allie se cala dans son siège.

— Oh, mon Dieu, vous n'allez pas vous y mettre, vous aussi !

Isabelle continua comme si de rien n'était.

— Ces dernières semaines ont été plutôt stressantes pour nous tous, mais surtout pour toi, Allie. Et avec ce qui se passe entre Carter et toi...

Isabelle se leva et contourna son bureau, puis vint se placer juste devant elle.

— Tu as très bien supporté ces événements éprouvants. Tes devoirs sont exemplaires et tu as fait beaucoup de progrès, mais je m'inquiète de ce qui se passe là-dedans.

Avec douceur, elle lui tapota le cœur du bout du doigt.

— J'aimerais bien que tu ailles à cette fête et que tu t'amuses un peu.

— Isabelle…

Elle n'avait aucune envie de s'y rendre, mais à l'évidence Isabelle n'était pas prête à renoncer facilement.

— Disons que ça fait partie de ta mise à l'épreuve, Allie. Promets-moi que tu assisteras à cette soirée et que tu essaieras de t'y amuser.

— OK, dit Allie à contrecœur. J'irai. Néanmoins je ne peux pas vous jurer que je vais m'y éclater.

— Très bien.

Isabelle repassa derrière son bureau.

— Reste loin de Katie Gilmore. Vous n'avez aucun intérêt à vous fréquenter l'une et l'autre, et les bagarres sont interdites.

— Génial !

Lorsque Allie retourna au foyer, quelques minutes plus tard, elle trouva Zoé pelotonnée sur le canapé en train de lire *Mrs Dalloway*, l'air déconcertée.

— Je ne comprends pas, s'exclama-t-elle en jetant son livre sur la table basse. Les héros ne cessent de mentir dans ce roman. C'est débile. Personne ne dit jamais ce qu'il pense. Et je me demande bien pourquoi ils sont tous si déprimés, là-dedans.

— À cause de la guerre ? suggéra Allie en s'installant à l'autre extrémité du long canapé en cuir.

— Nous aussi, nous avons vécu une guerre, fit remarquer Zoé, mais nous ne sommes pas aussi… dérisoires.

— Tu as raison.

Allie resta pensive un instant.

— Je ne sais pas, peut-être que c'était à cause… des restrictions alimentaires.

Sa réflexion eut l'air de calmer Zoé.

— Oui, ça doit être à cause du manque de vitamines, rétorqua-t-elle, évasive.

— De quoi vous parlez ? demanda Rachel qui venait d'arriver.

Elle portait une pile de livres qui lui grimpait jusqu'au nez et vacilla quand elle la posa avec précaution sur une table proche.

— De vitamines, expliqua Zoé.

— Bien sûr.

Rachel réorganisa ses livres d'une façon si complexe qu'Allie et Zoé l'observèrent avec étonnement.

— Quelqu'un veut du thé ? suggéra Allie. On pourrait même grappiller un truc à manger.

Rachel leva les yeux, tenant à la main un ouvrage à la couverture de cuir poussiéreuse.

— Bonne idée.

L'heure du dîner était encore loin, et les cuisines se trouvaient vides. Des morceaux de pâte à pain avaient été alignés sur le comptoir et levaient avec paresse, recouverts de torchons blancs, tels de petits cadavres. La pièce embaumait la levure.

Il y avait deux grands réfrigérateurs – un dans lequel les élèves étaient autorisés à prendre du lait et des choses à grignoter. L'autre leur était interdit.

— Voyons voir...

Rachel ouvrit le frigo des élèves et jeta un coup d'œil à l'intérieur.

— Ah, génial, il reste des sandwiches !

Elle sortit un plateau recouvert de film plastique sous lequel des sandwiches avaient été rangés. Elle était en train de se servir du thé lorsque Jo fit son entrée.

— Excellente idée, dit-elle en attrapant une tasse.

— Bon, à propos de cette soirée débile..., commença Allie avec un soupir.

— Ne me regarde pas comme ça ! rétorqua Rachel. Moi je n'y vais pas. Je suis trop en retard dans mes devoirs.

Jo leva la main.

— Moi, j'y vais.

— Je veux en être ! clama Zoé, la bouche pleine.

Allie l'observa d'un air intrigué.

— Tu as le droit ? Je croyais que c'était réservé aux Aînés.

Zoé la fixa.

— Je suis peut-être plus jeune, mais j'ai le même niveau que toi.

— C'est vrai, intervint Jo. Zoé peut venir.

Elle se tourna vers Allie.

— Pourquoi on n'irait pas toutes ensemble ?

— Je ne tiens pas à y aller, répliqua Allie d'un ton maussade, en s'adossant au comptoir. C'est Isabelle qui m'y force.

— Écoute, ça va être super. Je serai ton cavalier.

— OK, mais on s'embrasse pas, plaisanta Allie.

— On pourra au moins se tenir la main ? demanda Jo d'une voix taquine.

— Ça marche.

— Tu crois que je suis assez couverte ?

Debout dans le hall près de la porte à l'arrière du bâtiment, Jo était emmitouflée dans un pashmina rose pâle, et portait d'épaisses bottes fourrées blanches, une veste matelassée et des leggings. Il était presque vingt et une heures, et elles s'apprêtaient à partir à la fête, mais Jo semblait plus habillée pour une descente à ski sur les pistes suisses que pour une soirée sur une colline en Angleterre.

— Je pense que tu survivras, rétorqua Allie en boutonnant son caban.

Elle portait sa jupe d'uniforme par-dessus deux couches de collants, et ses Doc Martens rouge sombre qui lui montaient jusqu'aux genoux.

— Elles sont assez chaudes ? demanda Jo en jetant un coup d'œil à ses bottes. Tu vas te geler les pieds.

— Je m'en fiche, répondit Allie en enroulant son écharpe autour de son cou. J'ai décidé de donner mes orteils à la science.

— Hé ! Attendez-moi !

Allie se retourna et vit Zoé qui courait vers elles en enfilant son manteau, un bonnet à pompon bleu sur la tête.

— Allons-y, dit Allie. On se tient gentiment par la main pour grimper là-haut, et ensuite, on pourra s'embrasser à pleine bouche.

— Tu as dit, pas de baisers ! lui rappela Jo en ouvrant la porte.

— Je voulais dire, sans la langue…

Dehors, la nuit était claire. La lune, presque pleine, illuminait si bien le chemin devant elles que, jusqu'à la lisière des bois, elles n'eurent pas besoin d'une torche.

Avançant en file indienne, elles suivirent un sentier tortueux envahi par les herbes folles, qui grimpait en pente raide depuis le mur d'enceinte du parc.

Allie observait son souffle qui formait de petits nuages dans l'air. Elle n'avait guère envie d'aller à cette fête, mais elle devait reconnaître que c'était sympa d'être dehors, plutôt que de faire ses devoirs ou de s'entraîner pour la Night School.

— Je ne suis jamais allée là-haut, dit-elle en tendant la main devant elle. C'est bien ?

— Il paraît que c'est hanté, affirma Zoé en gloussant.

— Les ruines sont toujours hantées, se moqua Jo.

— Peut-être, mais celle-ci l'est vraiment.

Zoé semblait considérer les fantômes comme une chose à la fois amusante et absurde.

— Apparemment, un seigneur catholique vivait ici. Il a été torturé par Henri VIII et exécuté.

— Et c'est lui qui hante la tour ? demanda Allie.

— Non. Son épouse était furieuse qu'Henri ait tué son mari, alors elle a commencé à soutenir les insurgés. D'après la légende, elle les a autorisés à se cacher dans le coin, peut-être même dans la vieille demeure qui se trouvait à la place de notre lycée...

Elles ralentirent le pas pendant que Zoé poursuivait ses explications.

— Finalement, les soldats d'Henri sont venus s'en prendre à elle aussi. Mais elle n'a pas baissé les bras. Elle les a combattus durant des jours avec ses partisans. À la fin, les soldats ont tué tout le monde, sauf elle. Elle s'est battue comme une tigresse – on raconte qu'elle a tué au moins cinq hommes – mais ils étaient trop nombreux. Ils l'ont alors acculée dans sa chambre, en haut de la tour.

D'un geste de la main, Zoé désigna le haut de la colline, où l'on apercevait la silhouette sombre du vieux château, qui semblait les observer tel un vautour.

— Quand ils se sont emparés de son épée, ils l'ont utilisée pour la dépecer alors qu'elle était encore vivante.

Zoé termina son récit en chuchotant :

— Et à la fin, ils lui ont arraché les yeux.

— Quel détail sinistre ! murmura Jo.

— Depuis, plus personne n'a jamais vécu au château. On raconte que, les nuits de pleine lune, on peut voir la châtelaine marcher sur le toit de la tour pour guetter les soldats d'Henri. Ce qui fiche froid dans le dos, parce qu'il y a bien longtemps que la tour n'a plus de toit.

Zoé termina son récit dans un murmure.

— Cette femme doit juste... flotter là-haut...

— Salut les filles !

Surgie de nulle part, la voix de Lucas les fit hurler. Il alluma sa torche, les aveuglant au passage.

— Eh bien ! Qu'est-ce qui vous arrive ?

— Zoé nous racontait une histoire horrible, dit Jo, sur la défensive.

— Oh !

Lucas sourit à Zoé.

— Tu leur parlais de la princesse de la tour ?

Zoé lui retourna son sourire.

— Exactement.

Lucas lui donna un petit coup de poing complice.

— Génial. J'adore cette histoire. Elle fout carrément la trouille.

— En tout cas, elles ont tout gobé ! s'exclama Zoé d'un air ravi.

— Où sont les autres ? s'enquit Allie.

Elle baladait sa torche de droite à gauche, mais ne voyait que des arbres décharnés et rien de plus.

— On n'est pas encore arrivés, lâcha Jo.

Au loin, Allie entendit quelques rires, portés par le vent.

— Le feu est déjà allumé ? poursuivit Jo.

— Ils le démarraient à peine quand je suis parti, dit Lucas. Je suis venu chercher Rachel. Vous l'avez vue ?

— Elle ne vient pas, répondit Allie, stupéfaite. Elle ne t'a pas prévenu ?

— Si.

L'air mal à l'aise, Lucas enfouit ses mains dans ses poches et donna des coups de pied dans un caillou jusqu'à ce qu'il dévale la pente.

— Mais j'espérais qu'elle changerait d'avis, avoua-t-il, piteux.

— Tu n'auras qu'à t'installer avec nous, proposa Zoé. On a prévu de s'embrasser avec la langue.

Lucas écarquilla les yeux.

— Je te demande pardon ?

— Sans la langue, Zoé, précisa Jo d'un ton guindé.

— En fait, la langue est en option, expliqua Allie, alors qu'ils reprenaient leur ascension.

Au sommet de la colline, le sentier se faisait moins raide. Allie discerna la vieille tour. L'odeur du bois brûlé emplissait l'air, et elle entendit des voix et des rires.

Le coup de stress que leur avait flanqué Zoé avec son histoire de fantôme diminuait au fur et à mesure qu'ils approchaient du château. Lucas les conduisit à un amas de pierres éboulées qui formait des marches menant au vieux mur d'enceinte. Une fois parvenus en haut, ils virent, un peu plus loin, le feu de camp dont les flammes s'élevaient dans la nuit noire.

Installés autour, discutant et riant, les élèves ressemblaient à une assemblée de sorciers.

Alors qu'ils avançaient vers le groupe, Katie vint aussitôt à la rencontre d'Allie. Elle portait une doudoune matelassée et un bonnet en cachemire blanc.

— Ah, vous voilà ! Bienvenue ! Il y a à boire et plein de marshmallows grillés.

Katie regardait Allie avec un sourire désarmant.

— Allez, venez !

Alors qu'elle retournait vers le feu, Allie se pencha vers Jo.

— Katie est bourrée, ou quoi ? chuchota-t-elle.

Jo semblait aussi stupéfaite qu'elle.

— Depuis quand elle a cessé de te haïr ? Pourquoi tu ne m'as pas mise au courant ?

— Je n'aime pas cette fille, intervint Zoé – elle remarqua quelqu'un qu'elle connaissait et s'éloigna, les plantant là.

Quand elles approchèrent du feu, Allie chercha d'instinct Carter, mais elle ne le vit nulle part. Tandis qu'elle scrutait la foule, ses yeux se posèrent sur Sylvain. Mis à part quelques bleus ici ou là, son visage était revenu à la normale. Les marques sur sa gorge étaient les plus longues à disparaître. Il était assis avec Nicole, superbe dans un long manteau noir et des protège-oreilles assortis. En les voyant ainsi côte à côte, Allie sentit son cœur se serrer – ils allaient si bien ensemble ! Elle, elle n'avait plus personne. Lorsque Nicole la vit les observer à travers les flammes, elle agita une bouteille de champagne dans sa direction et lui sourit.

Allie lui répondit par un petit geste de la main.

Jo l'entraîna tout près du feu, où il faisait plus chaud, et elles s'installèrent sur une grande pierre plate. Zoé les rejoignit et elles contemplèrent un des élèves plonger une longue branche dans le feu. Quand le marshmallow commença à griller, l'air s'emplit d'une odeur de caramel. Allie prit une profonde inspiration, se remémorant son enfance et les vacances en camping.

— J'en veux un ! quémanda-t-elle.

— Lucas ! appela Jo d'un ton autoritaire.

Il lui jeta un coup d'œil et haussa un sourcil interrogateur.

— S'il te plaît, passe-nous un truc pour faire griller les marshmallows.

Lucas prit une branche dans le tas à côté de lui, et quelqu'un leur passa un sachet rempli de marshmallows.

Des bouteilles de vin et de champagne circulaient. Quelques élèves avaient des gobelets en plastique, d'autres buvaient directement à la bouteille. Quand on en tendit une à Jo, Allie retint son souffle, mais à son grand soulagement, son amie la refusa.

— Je suis une sainte, maintenant, lança-t-elle à l'élève qui la lui avait tendue. Tu n'es pas au courant ? Sainte Jo de la Sobriété.

Allie refusa aussi le vin. Après ce qui s'était passé durant le bal d'été, elle ne tenait pas à perdre de nouveau le contrôle d'elle-même.

Jo enfila un marshmallow au bout de la branche.

— Ils sont délicieux, mais je ne peux pas en manger plus de trois, sinon j'ai envie de vomir.

Quelqu'un jeta de nouvelles bûches dans le feu. Les flammes s'élevèrent vite, hautes et brillantes, plongeant la forêt autour d'eux dans l'obscurité la plus profonde. La chaleur les enveloppa comme un doux plaid. Allie se pencha en arrière, et leva les yeux sur la vieille tour en ruine qui se dessinait au-dessus d'eux. Son toit à créneaux ressemblait à des dents irrégulières, et ses meurtrières à des yeux. La plus grande partie du château s'était écroulée depuis des siècles, et même si la tour défiait le temps, son intérieur était vide.

— Je me demande si c'est vrai..., murmura-t-elle en pensant à voix haute.

Jo la regarda d'un air étonné. À la lueur du feu, Allie ne voyait que le bleu de ses yeux.

— L'histoire de la princesse assassinée, poursuivit-elle. J'aimerais savoir ce qui s'est vraiment passé.

Jo tenait son marshmallow juste au-dessus des flammes.

— Quand il était à l'école ici, mon frère m'a dit qu'il avait vu son fantôme.

Allie se pencha vers elle d'un air sceptique.

— Il essayait juste de te faire flipper.

Jo leva les épaules.

— Peut-être, mais je ne crois pas. Tom n'a jamais peur de rien... J'ignore ce qu'il a vu cette nuit-là, mais ça lui a fichu une sacrée frousse.

Quelques élèves écoutaient leur conversation.

— Qu'est-ce qu'il t'a raconté, exactement ?

Lucas se tenait à côté d'elle, une bouteille de champagne à la main.

— Eh bien... Il était là, avec quelques copains, autour d'un feu de camp, comme nous, ce soir, sauf qu'ils étaient dans la tour. À minuit, ils ont entendu des bruits de pas au-dessus de leurs têtes. Il m'a dit que le parquet craquait distinctement à chaque pas. Sauf qu'il n'y avait aucun parquet, aucun étage du tout. Rien que du vide.

Un grand silence se fit. Allie déglutit.

— Alors, ils ont décidé de décamper et se sont enfuis en courant, mais juste avant d'arriver au bas de la colline, ils se sont retournés et ils l'ont vue.

— Vu qui ? s'exclama quelqu'un.

— Une femme vêtue d'une longue robe grise qui les observait.

Jo tendit le doigt en direction de la tour.

— De là-haut.

Il y eut un cri de surprise collectif. Quelqu'un ricana avec nervosité.

— Il a dû tout imaginer, dit Katie en se resservant du champagne.

— Peut-être, mais... Oh, merde !

Le marshmallow de Jo avait pris feu. Elle souffla dessus. Trop tard. Il était déjà complètement noirci. Elle le jeta dans les flammes.

— Quoi qu'il en soit, mon frère n'a jamais remis les pieds ici.

Lucas but une goulée de champagne avant de passer la bouteille à un copain.

— Je suis déjà venu plein de fois, et je n'ai jamais vu...

Au même instant, une bûche dans le feu éclata en un bruit sec, si violent qu'il résonna comme un coup de feu, et tout le monde sursauta. Plusieurs filles hurlèrent, puis masquèrent leur frayeur en gloussant.

— Je n'aime pas les histoires de fantômes, dit Nicole d'un ton désapprobateur. Cela dérange les défunts quand on parle d'eux. C'est dangereux. On ferait mieux de les laisser en paix.

— Tu crois aux fantômes ? demanda Lucas, étonné.

— Bien sûr !

Nicole avait l'air de trouver cette question stupide.

— Je viens de Paris. C'est une ville où règnent encore de nombreux esprits. Ce serait fort présomptueux de prétendre que quelque chose n'existe pas, juste parce qu'on ne le comprend pas. Je ne comprends pas comment fonctionne la télévision, et pourtant je ne nie pas son existence.

Un murmure passa dans le groupe, chacun semblant évaluer la logique de son discours.

— Cette conversation est hypra déprimante, ronchonna Katie. Faisons plutôt un jeu.

— Qu'est-ce que tu proposes ? lança quelqu'un.

— Pourquoi pas Action ou Vérité ? Ça fait une éternité que je n'y ai pas joué...

— C'est un jeu risqué, rétorqua Nicole en se blottissant contre Sylvain.

Allie remarqua qu'il lui enlaçait la taille avec familiarité. Et quand elle leva les yeux vers lui, elle vit que Sylvain l'observait, et se troubla.

Katie avait déjà pris la direction des opérations. Elle se jucha sur une grosse pierre afin qu'on puisse l'entendre. Ses cheveux avaient la couleur des flammes derrière elle.

— Bon, voici les règles : chaque personne à qui on vient de poser une question peut en poser une à son tour. Une fois que vous avez entendu la question, vous pouvez décider d'y répondre en choisissant de dire la vérité ou de vous plier à un défi.

Une vague de protestations s'éleva, mais Katie haussa la voix.

— Je sais qu'on a un peu l'air de tricher, mais... c'est plus sûr, comme ça. Bon, je vais ouvrir les hostilités. Alex, tu as déjà eu droit à une fellation ?

— Berk, grimaça Zoé.

Allie lui jeta un coup d'œil. C'est vrai, Zoé n'avait que treize ans. Devrait-elle lui proposer de quitter les lieux avant que tout ne dérape ? Déjà, elle se sentait mal à l'aise. Certes, elle avait joué à ce jeu, auparavant, mais certainement pas sur ce registre. Mais Zoé avait l'air plus intriguée qu'offensée, et elle ne voulait pas l'embarrasser.

Un garçon à la silhouette élancée et aux cheveux blonds, qu'Allie avait vu à la Night School, se leva, une bouteille de vin à la main.

— Je choisis la vérité, déclara-t-il.

Tout le monde fit silence.

— Oui, finit-il par répondre.

Le groupe le hua avec incrédulité et quelqu'un lui jeta une poignée de marshmallows qu'il évita d'une courbette.

— Une fois, insista-t-il. Je le jure.

Il eut un sourire lascif.

— Mais je ne peux pas vous donner de détails… Que voulez-vous, je suis un gentleman.

— Ça, j'en doute. En tout cas, c'est à ton tour de poser une question, dit Katie en s'emparant de sa bouteille.

— Pru ! appela-t-il.

— Présente !

Une fille blonde se leva, le sourire aux lèvres.

— Est-il vrai que tu as perdu ta virginité sur un yacht ?

Des rires et des cris accueillirent cette question. Hésitante, Pru réfléchit aux options qui s'offraient à elle.

— Action, annonça-t-elle enfin.

Ses amis la huèrent en rigolant.

— Retire tout ce que tu as en haut et rends-toi seule dans la tour durant trois minutes, ordonna Alex.

Pru paraissait déroutée.

— Je n'ai aucune envie d'aller dans la tour…

— C'est action ou vérité, Pru, rétorqua Katie avec sévérité. Tu connais les règles du jeu.

Poussant un soupir, Pru ouvrit son blouson de ski, et retira son pull. En dessous, elle portait un petit T-shirt rose, qu'elle fit passer par-dessus sa tête sans la moindre once de gêne, révélant un soutien-gorge en dentelle blanche.

Les garçons la sifflèrent.

Jo leva les yeux au ciel.

— Tu dois aussi enlever ton soutien-gorge, insista Alex – mais Pru était déjà en train de le dégrafer.

— Dans la tour ! Dans la tour ! cria l'assemblée lorsqu'elle fut seins nus.

Quand elle disparut en riant pour se diriger dans l'obscurité vers la vieille tour, Allie décida qu'elle allait partir et emmener Zoé, dès que personne ne ferait plus attention à elles. Elle n'avait aucune envie de participer à ce genre de soirée.

— Quelqu'un devrait s'assurer que Pru ne risque rien, dit soudain Alex. Je me porte volontaire !

— N'en profite pas, lança Katie par-dessus les railleries générales. On n'est pas dans un film porno. Je vous chronomètre.

Pendant que tout le monde discutait, riait, et faisait circuler les bouteilles, Allie se pencha vers Zoé.

— Si tu veux partir, tu n'as qu'à me le dire.

— En fait, c'est plutôt fascinant sur le plan anthropologique, répondit Zoé. Je n'ai jamais rien fait dont j'aie à rougir, alors je choisirai « vérité ».

— C'est bon ! cria Katie à tue-tête. Pru ! Tu peux venir te rhabiller.

Un long moment passa, et le silence s'installa. Chacun semblait douter du retour de Pru. Mais elle émergea bientôt de la tour, et fonça à sa place en frissonnant, le visage grave.

— Putain, il gèle là-bas ! J'aurais dû choisir « vérité ».

— À ton tour, Pru, annonça Katie comme si de rien n'était.

— Lucas !

Tremblotante, Pru ferma son blouson et remit son bonnet.

— As-tu déjà couché avec une fille dans l'enceinte du lycée ?

Allie sentit Jo tressaillir et la regarda d'un air intrigué – elle fixait le sol.

— Vérité, répliqua Lucas d'une voix assurée. Oui.

Les garçons l'applaudirent avec ferveur. Pas un instant Lucas ne tourna la tête vers Jo.

— À mon tour, s'exclama-t-il, avant de boire une longue rasade d'une bouteille qu'on venait de lui tendre. Katie.

L'assemblée poussa des cris enthousiastes pendant que la rouquine se levait.

— Action ou vérité, annonça Lucas. As-tu déjà couché avec un mec dans le parc comme, par exemple, dans le pavillon d'été après le couvre-feu ?

Katie posa une main sur sa hanche d'un air effronté.

— Vérité, répondit-elle. Absolument.

Le groupe se mit à rire.

— À moi, dit Katie en se tournant vers le feu.

À la lueur des flammes, son beau visage semblait presque surnaturel.

— Allie.

Un chœur de « oooooh ! » accueillit le choix de Katie.

Allie fut si surprise de s'entendre nommer qu'elle sursauta. Jo l'encouragea du regard et lui serra discrètement la main. Elle se leva alors avec lenteur et fit face à sa tortionnaire. La peur lui vrillait le ventre, mais elle garda les yeux rivés sur Katie.

« Je savais bien que je n'aurais pas dû venir. »

Katie allait sûrement lui poser une question vicieuse, à propos de fellation, de coucheries, ou de toutes ces choses qu'elle n'avait jamais faites. Elle était loin de s'attendre à ce qui suivit :

— Es-tu la petite-fille de Lucinda Meldrum ?

Le temps sembla s'arrêter. Un murmure intrigué s'éleva peu à peu autour du feu. Allie avait conscience des flammes qui dansaient dans la nuit et des brindilles qui craquaient dans l'obscurité, répandant leurs escarbilles au gré du vent.

Stupéfaite, elle fixa Katie qui savourait déjà sa victoire.

— Action, répondit-elle enfin.

Les chuchotements du groupe s'amplifièrent. Si seulement Jo lui tenait encore la main pour l'encourager !

— Embrasse Sylvain ! ordonna alors Katie avec un sourire en coin.

Ses paroles la figèrent sur place.

— Et avec passion, insista sa tortionnaire.

# 24.

— Non ! s'exclama Allie, effondrée. Ce n'est pas... Il est avec Nicole...

Quelle horreur ! C'était pire que dans ces émissions de téléréalité où l'on vous obligeait à faire des choses stupides dont vous n'aviez aucune envie.

— Ça ne me dérange pas, lâcha Nicole d'un ton enjoué.

Katie gardait les yeux fixés sur Allie.

— Tu ne peux pas reculer, sinon tout le monde comprendra que tu es aussi trouillarde que menteuse.

Un long sifflement s'éleva de l'assemblée. Lorsque Allie se tourna vers Sylvain, elle vit qu'il observait Katie avec un mépris évident.

Que faire ? Quoi qu'elle décide, sa réaction la poursuivrait jusqu'à la fin de ses études à Cimmeria.

Le groupe retenait son souffle.

Elle prit sur elle pour s'avancer vers Sylvain et Nicole. Les élèves s'écartaient sur son passage – à se demander s'ils la considéraient comme une altesse royale... ou comme une pouilleuse.

Une fois arrivée face à Nicole, elle leva les mains devant elle d'un air désolé.

— Je ne veux pas... enfin, Sylvain est ton petit ami, je trouve que ce n'est pas juste.

Nicole se leva, puis se haussa sur la pointe des pieds pour lui chuchoter à l'oreille :

— Sylvain n'est pas mon petit ami.

Elle avait l'air un peu soûle. Lorsqu'elle s'écarta, elle lui glissa un regard complice.

— Je sais ce que nous allons faire..., dit-elle assez fort pour qu'on l'entende.

De nouveau, elle s'approcha. Confuse, Allie crut qu'elle allait lui murmurer un autre secret à l'oreille, mais Nicole saisit les deux pans de son écharpe, l'attira à elle et l'embrassa sur la bouche. Allie était si stupéfaite qu'elle resta plantée là, sans bouger. Les lèvres de Nicole étaient douces et avaient le goût du champagne. Elle embaumait le jasmin et les roses, et ses longs cheveux lui caressaient les joues comme des plumes. Ce n'était pas si désagréable d'être embrassée par une fille, mais c'était plutôt... bizarre.

Quelques secondes plus tard, Nicole recula d'un pas, se tourna face à la foule et haussa les épaules.

— Maintenant que je t'ai embrassée, tu peux rendre mon baiser à Sylvain !

Nicole se rassit au milieu des applaudissements et des rires, mais Allie avait bien conscience du trouble qui régnait désormais dans l'assemblée. Elle savait que chacun songeait à Lucinda Meldrum, et se demandait pourquoi Katie avait posé cette question.

Le souffle court, Allie se tourna lentement vers Sylvain. Sa colère se lisait sur son visage et dans ses poings crispés.

— Ce n'est qu'un jeu stupide, Allie, déclara-t-il. Nous ne sommes pas obligés de nous y soumettre.

Il éleva la voix pour bien se faire entendre.

— Katie essaie de foutre le bordel, comme d'habitude.

Dans l'obscurité, ses grands yeux bleus brillaient tels des saphirs. Allie sentit son cœur se serrer. Katie leur avait concocté le plus atroce des tourments. À l'évidence, la rouquine avait conscience de l'attirance qui existait entre eux – elle devait être au courant des rumeurs – et elle savait que Carter serait ravagé s'il découvrait qu'elle avait embrassé Sylvain. Mais bien sûr, Katie s'en fichait éperdument.

Des larmes lui montèrent aux paupières. Allie s'approcha de Sylvain et chuchota :

— Je ne peux pas... Carter...

En entendant le prénom de Carter, Sylvain recula d'un pas, comme si elle l'avait giflé.

« Je dois foutre le camp d'ici ! »

Si elle restait, elle risquait d'embrasser Sylvain, ou de frapper Katie, ou d'avoir une autre crise de panique. Rien de bon ne sortirait de cette soirée.

Tournant les talons, elle rejoignit Zoé qui la fixait, bouche bée. À côté d'elle, Jo gardait les yeux rivés sur les flammes pour éviter son regard.

— Viens, Zoé, on s'en va ! lança Allie d'une voix rauque.

Durant une courte seconde, Zoé sembla réfléchir, puis elle se leva et la suivit loin du feu.

Alors qu'elles avançaient dans le noir, Katie envoya à Allie une dernière pique :

— Tu aurais dû choisir « vérité » !

— Je croyais que tu plaisantais à propos de s'embrasser avec la langue...

Zoé faisait son possible pour se maintenir à la même allure qu'Allie tandis qu'elles redescendaient la colline, s'éloignant du château.

Elles se déplaçaient si vite que, sous le ciel d'encre, les rayons de leurs torches semblaient rebondir du chemin rocailleux aux branches noueuses des arbres.

— C'était le cas, marmonna Allie en dérapant sur une pierre.

Elle prit une profonde inspiration pour se calmer et ralentit. Elles marchèrent en silence durant un long moment. Seul résonnait le bruit de leurs pas dans la forêt.

— Allie ?

— Oui ?

Allie se doutait déjà de la question que Zoé s'apprêtait à lui poser.

— Lucinda Meldrum est vraiment ta grand-mère ? demanda Zoé en l'observant avec un respect mêlé de crainte.

Une chouette hulula tout près. Allie s'arrêta.

— Tu as entendu ça ?

Zoé approuva de la tête.

— Oui, c'est une chouette. Elle n'est pas très loin.

Allie scruta les branches au-dessus d'elles.

— J'aime ces oiseaux, chuchota-t-elle. On dirait qu'ils savent plein de choses.

Le silence se fit de nouveau. Elles attendirent. La chouette hulula encore.

— Oui, dit Allie, fixant toujours les arbres.

— Oui ? répéta Zoé, intriguée.

— Oui, Lucinda Meldrum est ma grand-mère.

Allie se remit en marche. Une seconde plus tard, Zoé la relança.

— Mais comment...

Zoé trébucha sur une racine et pesta.

— Comment se fait-il que personne ne soit au courant ?

À présent, elles étaient au bas de la colline et arrivaient au parc.

— Je n'ai pas envie d'en parler, rétorqua Allie.

Zoé n'insista pas et changea aussitôt de sujet.

— Tu as embrassé une fille ! dit-elle d'un ton admiratif.

À ces mots, Allie se remémora Nicole lui chuchotant : *Sylvain n'est pas mon petit ami.*

— Oh, mon Dieu ! C'est vrai, je l'ai fait.

— Avec tout ça, tu vas devenir célèbre ! lança Zoé alors que le bâtiment du lycée apparaissait devant elles.

Avec douceur, Allie frappa à la porte de Rachel, qui lui ouvrit quelques secondes plus tard, à demi endormie. Son pyjama blanc semblait trop grand pour elle, et ses boucles soyeuses, d'habitude si bien ordonnées, étaient toutes emmêlées.

— Allie ? Qu'est-ce qui se passe ?

— Allie a embrassé une fille, dit Zoé.

— Quoi ?

Rachel fixa Allie et arqua les sourcils d'un air interrogateur.

— Tu sais, ce truc auquel tu n'as pas voulu venir ce soir, expliqua Allie. Tu as bien fait.

Rachel ouvrit la porte en grand.

— À l'intérieur. Toutes les deux.

Elle avait dû s'endormir en lisant : des livres étaient encore empilés sur le lit, à côté de son oreiller. Rachel les balaya d'un grand geste de la main pendant que Zoé s'asseyait en tailleur par terre, l'air excitée par les événements. Allie s'installa à califourchon sur la chaise à côté du bureau, et posa son menton sur le dossier. Rachel, elle, se remit au lit, et tira sa couette sur ses jambes.

— Commence par le début.

Allie lui raconta le déroulement de la soirée. Lorsqu'elle arriva au moment où Katie l'interrogeait sur Lucinda, Rachel se renfrogna.

— Comment l'a-t-elle découvert ? murmura-t-elle, presque pour elle-même. Je n'ai jamais entendu quiconque en parler.

— Chacun sait que tu es mon amie. Peut-être que personne ne te dit plus rien sur moi.

Rachel chassa sa remarque d'un geste de la main.

— C'est possible, mais j'ai toujours les oreilles qui traînent.

— Maintenant, tu es l'élève dont le statut est le plus justifié ici, déclara Zoé. Encore plus que Sylvain.

Allie observa Rachel.

— Tu crois qu'il y a un moyen pour éviter que la nouvelle se répande dans tout Cimmeria ?

Rachel esquissa une moue révélatrice.

— Désolée, ma vieille, mais on dirait que tu as été percée à jour. Tu vas devoir assumer. À présent, racontez-moi le reste de la soirée. Est-ce que Pru a encore exhibé ses seins ? Elle est tellement prévisible…

Tard le lendemain matin, Allie se rendit au réfectoire déjà à moitié vide, la tête haute, les yeux rivés devant elle. Elle choisit une table isolée dans un coin, et sortit un livre de son sac, faisant mine de se plonger dans sa lecture tout en mangeant ses céréales. Elle sentait les regards dardés sur elle et entendait les chuchotements. Quand quelqu'un tira une chaise pour s'asseoir en face d'elle, Allie se figea, sa cuillère en l'air.

— Euh, Allie…

À contrecœur, elle releva la tête. Jo l'observait de ses grands yeux bleus.

— Il est temps qu'on discute un peu, tu ne crois pas ?

« Tu parles ! »

Allie reposa sa cuillère, puis saisit son mug, le tenant devant elle comme un bouclier.

— Bien sûr. Qu'est-ce qu'il y a ?

— Pourquoi tu ne m'as pas dit qui tu étais ?

Allie prit le temps de boire une gorgée de thé.

« Et voilà, ça commence ! »

— Ce que Katie nous a raconté… c'est vrai, n'est-ce pas ? insista Jo d'un ton déçu.

Allie acquiesça, et Jo eut un petit hoquet de surprise.

— Pourquoi tu ne me l'as jamais dit, Allie ? Je suis censée être une de tes meilleures amies. Et c'est quand même un truc énorme !

— Je l'ignorais.

Évidemment, ça semblait incroyable – Allie savait qu'elle donnait l'impression de mentir.

— Je t'assure que je n'en savais rien jusqu'à ce que je rentre chez moi, à la fin du trimestre dernier. Et là, j'ai promis de ne rien dire.

— Mais tu l'as carrément dit à certaines personnes ! l'accusa Jo. Tu l'as révélé à Rachel, n'est-ce pas ? Et à Carter, aussi.

— Je ne l'ai confié qu'à ceux auxquels j'étais obligée. Ça ne fait qu'un petit nombre de personnes.

— Un petit nombre de personnes, répéta Jo, mais pas moi !

— Jo, je t'en prie ! Ça n'avait rien de personnel. Je ne voulais pas que les gens soient au courant jusqu'à ce que…

Jo n'attendit pas le reste de ses explications.

— Je suis contente d'apprendre que cela n'avait rien de personnel.

Elle repoussa sa chaise avec violence, et se leva, les épaules raides.

— Ça me rend les choses bien plus faciles ! asséna-t-elle.

Jo s'éloigna et, défaite, Allie enfouit sa tête entre ses mains.

« Et voilà ! C'est parti pour la journée ! »

Quelques semaines plus tôt, elle serait allée se réfugier dans les bras de Carter. Ils auraient trouvé un coin tranquille pour s'isoler, et Carter l'aurait protégée de toute cette curiosité déplacée. Or ce temps était révolu.

Elle allait devoir prendre soin d'elle toute seule.

Quand elle traversa le grand hall, elle eut l'impression d'évoluer dans un nuage de chuchotements, et de regards intrigués qui la fixaient.

Finalement, elle décida de se retirer à la bibliothèque, où les épais tapis d'Orient étouffaient le brouhaha des rumeurs. Installée à son bureau, Eloise consultait un document, un stylo à la main.

— J'aimerais utiliser l'un des boxes, s'il vous plaît.

Allie avait parlé d'un ton détaché, comme si sa demande était habituelle.

— Tu sais bien que ces boxes sont réservés aux étudiants de dernière année..., commença Eloise – mais en voyant son air désespéré, elle changea d'avis – ... et bien sûr, aux élèves sérieuses comme toi, qui ont aidé à rénover la bibliothèque après l'incendie.

Eloise fouilla dans un tiroir et en sortit une petite clé attachée à un anneau argenté.

— Le troisième box est libre. Tu peux y rester aussi longtemps qu'il te plaira.

— Merci.

Le soulagement dans sa voix était si évident qu'Eloise la regarda avec inquiétude.

— Ça va ?

— Non, répondit Allie en s'éloignant déjà. Pas du tout.

Obtenir la clé avait été la partie la plus facile des opérations. Les portes des boxes étaient quasi invisibles, dissimulées dans les épais panneaux de bois sculpté qui décoraient si habilement les murs de la bibliothèque qu'il était impossible de deviner les raccords. Allie tâtonna à travers les roses et les feuillages ciselés jusqu'à ce qu'elle trouve une fente qui devait être le chambranle d'une porte. De là, elle continua à avancer le long du mur, cherchant des marques similaires, et arriva à ce qui devait être la troisième porte.

Maintenant, il ne lui restait plus qu'à repérer la serrure.

Quand elle la localisa enfin, cachée au cœur d'une rose, elle était à la fois frustrée et en colère. En colère contre elle-même, contre Carter et Sylvain. Furax après Katie… Et après ces stupides panneaux lambrissés.

La porte s'ouvrit en silence. Allie alluma, et la pièce prit vie : les couleurs violentes qui décoraient les murs formaient comme un arc-en-ciel de fureur qui convenait parfaitement à son humeur.

La peinture murale représentait des hommes et des femmes armés jusqu'aux dents, prêts à s'affronter le long d'une rivière qui traversait un champ verdoyant. Un ciel d'orage dominait la scène, et des chérubins menaçants aux regards furieux voletaient au-dessus des troupes, prêts à décocher leurs flèches. Tous les personnages se haranguaient.

Allie jeta son sac à terre et arpenta la pièce, les mains croisées derrière sa nuque.

« Qu'est-ce que je vais faire ? Comment je vais me sortir de ce merdier ? »

Elle tira la chaise qui faisait face au bureau, s'assit, et enfouit sa tête entre ses bras. Tout partait en vrille. Comment Katie était-elle au courant pour Lucinda ? Personne ne pouvait le lui avoir dit. En tout cas, sûrement pas Isabelle, ni Rachel ou Carter – et ils étaient les seuls à être au courant.

Un coup frappé à la porte interrompit soudain ses pensées. C'était certainement Eloise : un élève de dernière année devait avoir besoin du box. Allie alla ouvrir, se préparant déjà à plaider sa cause.

— Eloise, je viens à peine d'arriver…

Quand elle découvrit Carter sur le seuil, ses paroles s'évanouirent dans sa gorge. Ils ne s'étaient jamais trouvés si près l'un de l'autre depuis le soir de leur rupture. Elle était à la fois ravie et troublée de le voir. Cette rencontre n'allait-elle pas tout perturber ? Durant une seconde, elle se demanda si, par miracle, Carter lui avait pardonné. Les choses pouvaient-elles reprendre entre eux ? Mais elle remarqua son regard sombre et comprit qu'elle se faisait des illusions.

Alors qu'elle continuait à le fixer, Carter fit un geste de la main, désignant la pièce derrière elle.

— Je peux entrer, ou on doit se parler ici ? s'enquit-il avec impatience.

Allie s'écarta.

— Désolée. Entre.

Carter passa devant elle et observa les lieux, avisant son sac qu'elle avait jeté en arrivant. Ses livres et ses cahiers s'étaient répandus par terre. Il s'arrêta un instant devant la peinture murale.

— C'est plutôt approprié, marmonna-t-il avant de s'installer dans le siège devant le bureau.

Ses cheveux bruns lui tombaient sur les yeux, et il les repoussa de ce geste qu'elle avait toujours adoré. Pendant un instant, Allie crut que son cœur allait littéralement exploser dans sa poitrine. Le dos plaqué à la porte, elle prit une profonde inspiration. Carter leva les yeux vers elle.

— Je crois que nous devons discuter, dit-il.

Son ton froid lui fit redouter le pire. Allie s'avança jusqu'au bureau et s'assit face à Carter.

— Comment… Comment vas-tu ?

C'était peut-être une question idiote, mais elle avait envie de savoir.

— Je vais bien, Allie, merci, répondit Carter avec un sourire sardonique. Ma petite amie part se balader la nuit dans les bois avec un autre mec, et n'a pas assez confiance en moi pour tout me dire… mais à part ça, tout va bien. J'ai eu une très bonne note à ma dissert d'histoire.

— Carter, je…

— Je ne suis pas venu ici pour entendre tes explications, l'interrompit-il, avant de se raviser. Ou peut-être que si.. je ne sais pas.

Allie vit sur le visage de Carter un chagrin similaire au sien. Incapable de le supporter, elle baissa les yeux sur ses mains et constata qu'elles tremblaient. Elle les glissa sous ses cuisses.

— Je t'ai vue entrer ici et je me suis dit qu'on devrait parler, annonça Carter.

Allie contemplait toujours ses mains. Carter haussa juste un peu le ton.

— Regarde-moi, Allie.

À contrecœur, elle leva les yeux. La tristesse qu'elle avait lue dans son regard avait disparu, et Carter l'observait désormais avec une froide indifférence.

— On m'a raconté ce qui s'est passé au feu de camp, l'autre soir.

— Je… Mais rien…

— Je ne parle pas de ton petit flirt avec Nicole, ni de ta scène avec Sylvain… mais on pourra toujours y revenir plus tard, si tu y tiens, répliqua-t-il d'un ton sec. Je voulais discuter de la révélation de Katie à propos de Lucinda. Je tenais à ce que tu saches que je n'ai jamais rien dit sur ta grand-mère, et que je ne le ferai jamais.

Allie écarquilla les yeux.

— Je n'ai jamais pensé que tu avais cafté ! s'exclama-t-elle.

La force de sa réaction eut l'air de le surprendre, et durant un instant, son regard vacilla.

— Bon, dit-il enfin, en s'apprêtant à se lever. Je crois qu'il n'y a plus rien à ajouter.

— Carter ! Attends !

D'instinct, elle se pencha en avant, la main tendue vers lui, comme pour le retenir, mais Carter se recula. Les joues en feu, Allie retira sa main.

— On ne peut pas… discuter un peu ? bredouilla-t-elle.

— Je ne suis pas sûr que ce soit une bonne idée.

Néanmoins, Carter resta assis.

— OK, je n'ai pas été complètement honnête avec toi, et j'en suis désolée. Tu n'as pas toujours eu foi en moi, toi non plus. Nous sommes de très bons amis… mais…

Elle soutint son regard.

— Tu sais, Carter, j'ai beaucoup réfléchi, et je crois que nous ne formons pas le couple idéal. Tu ne me fais pas confiance pour prendre des décisions. Et moi, je ne suis pas assez à l'aise pour tout te raconter. Je suis convaincue que c'est la source de nos problèmes…

— Pas juste ça, intervint Carter. Il y a aussi Sylvain.

Allie eut la sensation qu'on lui fendait le cœur.

— Oui, répondit-elle en se calant dans son siège. Il y a aussi Sylvain.

— Il y a un truc que tu n'as jamais réalisé, Allie. Ce que tu ressens pour lui se lit sur ton visage. C'est comme si c'était écrit en grand sur ton front. Dès qu'il entre dans la pièce où tu te trouves, tu deviens… différente.

— N'oublie pas que Sylvain m'a sauvé la vie. Si je tiens à lui, c'est à cause de ça. Pas parce qu'il me plaît. Tu te fais de fausses idées.

Carter eut un rire amer.

— Tu sais ce qui est le plus triste dans cette histoire ? C'est tellement évident pour tout le monde que tu es dingue de lui ! Tu es la seule à ne pas t'en rendre compte.

Brusquement, Carter se leva et se dirigea vers la porte. La main sur la poignée, il s'arrêta soudain et, sans se retourner, il s'adressa à elle une dernière fois.

— Tu m'excuseras, mais je n'ai pas l'intention de tenir la chandelle.

Lorsqu'il fut parti, Allie enfouit son visage entre ses mains. Elle n'avait qu'une envie : pleurer.

Mais ses larmes refusaient de couler.

Dans l'après-midi, Allie aperçut dans un couloir la crinière rousse si familière de Katie. Elle eut soudain des envies de meurtre. Elle fonça droit sur elle et attrapa Katie par la manche.

— Comment est-ce que tu l'as découvert ? cracha-t-elle avant même que Katie ne se retourne.

— Comme si j'allais te le dire !

D'un geste brusque, Katie se libéra et recula d'un pas. Ses lèvres étaient fardées d'une nuance abricot ultrasensuelle qui s'accordait à la perfection à son teint. Allie la détestait d'être si belle. Face à elle, elle se sentait toujours un peu minable.

— La vérité, c'est que tu as menti, continua Katie, et à présent, tout le monde est au courant. Tu n'as plus qu'à gérer les conséquences de tes actes. Je ne vois pas en quoi ça serait de ma faute.

La colère faisait trembler Allie.

— Alors comme ça, d'après toi, ne pas étaler ma vie privée constitue un mensonge ? En quoi ça te regarde ? En quoi ça regarde les autres ?

Au début de leur discussion, quelques élèves passèrent devant elles, mais au fur et à mesure, certains, sentant qu'une bagarre se préparait, s'arrêtèrent pour les observer. Bientôt, la foule de curieux grossit.

Katie contempla Allie d'un air dédaigneux.

— On t'a demandé plusieurs fois si ta présence à Cimmeria était justifiée. Vu tes liens avec Lucinda Meldrum, la question ne se pose plus. En tout cas, tu ne me feras pas croire que tu n'étais pas au courant, comme tu le prétends. Ce qu'on aimerait savoir maintenant c'est : pourquoi est-ce que tu as menti ?

Comme Allie hésitait à répondre, Katie eut un sourire triomphant.

— Tu peux nous le dire, Allie, rétorqua-t-elle en désignant la foule d'un ample geste du bras. Nous ne dirons rien à personne. Pourquoi as-tu choisi de garder le secret sur ta famille ?

— Ça ne te regarde pas, bordel ! s'exclama Allie, les joues en feu.

Katie leva les yeux au ciel.

— Ça, ce n'est pas une réponse, ma chère. Et de toute façon, chacun s'intéresse au sujet, à présent.

— Grâce à toi.

— Oui, comme tu dis.

Allie la fixa. Cette discussion était inutile. Jamais Katie ne révélerait ses sources : elle se délectait bien trop de l'avoir mise en fâcheuse position.

Écœurée, elle fit demi-tour, prête à s'éloigner, mais Katie n'en avait pas encore fini avec elle.

— Pourquoi tu ne vas pas pleurer dans les bras de Sylvain ? suggéra-t-elle, sournoise. Oh, attends…

Elle se couvrit la bouche d'une main, l'air faussement gênée.

— Je devrais peut-être dire Carter, plutôt ? Non, désolée, je ne sais plus. Lequel des deux est ton petit ami, cette semaine ?

Lorsque Allie se retourna pour lui faire face, les poings crispés, Katie écarquilla ses grands yeux verts.

— Oh non ! Tu vas me frapper ? ricana-t-elle avec condescendance. Grandis un peu, Allie, tu es pathétique !

— *Elle* est pathétique ?

La voix de Nicole les surprit toutes les deux. Allie pivota sur ses talons et vit la jeune Française s'approcher, les yeux rivés sur Katie.

— Je crois que tu te trompes, Katie. Ce n'est pas elle qui est pathétique.

Quelqu'un gloussa. Perturbée, Katie se tourna vers la foule avant de se ressaisir.

— Oh, Nicole, c'est ridicule ! OK, tu lui as roulé une pelle, mais qu'est-ce qui se passe ? Tu es amoureuse d'elle ?

Nicole pencha la tête sur le côté, et observa Katie, comme un entomologiste étudie un insecte avant de l'épingler à son buvard.

— À mon avis, le problème n'est pas de savoir qui Allie ou moi avons embrassé, mais plutôt qui, toi, tu aimerais embrasser… alors que cette personne n'en a aucune envie.

Le rouge enflamma aussitôt les joues de Katie – bouche bée, elle fixa Nicole et Allie. Toute trace d'arrogance l'avait soudain quittée.

Allie aussi restait muette. Incapable d'ajouter un mot, elle se tourna vers Nicole, les yeux écarquillés. La brunette lui sourit comme si elles papotaient de la météo du jour.

— Allez, viens, Allie, dit-elle en s'éloignant déjà. Il y a des gens bien plus intéressants avec qui discuter.

Allie la suivit. Malgré sa petite taille, Nicole marchait d'un pas rapide. En quelques secondes, elles avaient abandonné Katie loin derrière elles.

— Heu… merci, Nicole. Si tu n'avais pas été là, je crois que je lui aurais mis mon poing dans la figure.

— Je t'en prie, tout le plaisir était pour moi, répondit Nicole avec un sourire angélique. Je déteste Katie Gilmore.

Elles dépassèrent plusieurs groupes d'élèves, continuant à avancer d'un pas déterminé. Allie ignorait où elles allaient comme ça.

— Écoute, confia Allie, au sujet d'hier soir…

— C'était drôle, non ? Tout le monde semblait choqué, gloussa Nicole. C'est si facile de choquer les Anglais.

Allie lui jeta un coup d'œil en coin.

— Ce que tu m'as dit… à propos de Sylvain. Il n'est pas ton petit ami, alors ?

Nicole s'arrêta et se tourna vers elle.

— Sylvain et moi, nous sommes amis depuis que nous avons six ans. Nos parents avaient des maisons voisines, près de la plage. On se baignait ensemble pendant notre enfance, puis on est allés dans la même école. Et quand on a grandi, on a...

Elle eut un vague geste de la main.

— On a un peu flirté... mais ça n'a pas fonctionné. C'était plutôt bizarre de l'embrasser, si tu vois ce que je veux dire.

Elle plissa le nez.

— J'avais l'impression d'embrasser mon frère. Alors maintenant, nous sommes les meilleurs amis du monde.

Ses yeux sombres semblaient lire au plus profond d'elle.

— Je me suis dit que ça t'intéresserait de le savoir, poursuivit Nicole d'un air taquin.

Tout autour d'elles, les élèves discutaient et riaient dans le couloir bondé, mais Allie n'entendait plus rien.

— Tu as pensé que...

Ses paroles moururent dans sa gorge.

« Pourquoi ? »

Sans hésiter, Nicole répondit à la question qu'elle n'avait pas osé lui poser.

— Je crois que, parfois, on a tendance à trop réfléchir. On ferait mieux d'écouter ce que nous dicte notre cœur, et de se fier à nos instincts.

D'un doigt, elle désigna la porte à côté d'elles.

— Bon, j'ai un cours de sciences nat'. Tu veux y assister ?

Allie secoua la tête.

— Non non, fit-elle d'un air absent. Merci encore pour...

Nicole haussa les épaules, la main déjà sur la poignée.

— J'ai dit la même chose à Sylvain.

— Ça doit venir des parents de Katie.

Isabelle versa de l'eau bouillante dans deux tasses pendant qu'Allie, d'humeur morose, se laissait aller dans le siège devant le bureau de leur directrice. Une délicieuse senteur de bergamote emplit l'air.

— Elle a demandé à leur téléphoner hier, continua Isabelle, à propos du bal d'hiver. Ils ont dû le lui dire.

— Comment l'ont-ils découvert ?

Allie accepta la tasse de thé au lait qu'Isabelle lui offrait, et attendit que leur directrice s'installe dans le fauteuil à côté d'elle.

— C'est là que tout devient compliqué.

Quelque chose dans le ton de sa voix l'alerta, et Allie sentit la nervosité l'envahir.

— Allie, désormais, l'équipe de direction est au courant. Lucinda a décidé de ne plus garder le secret.

— Quoi ?

Allie sursauta, et fit tomber un peu de thé brûlant sur sa jambe. Marmonnant un juron, elle l'essuya d'une main.

— Mais pourquoi ?

— Après la dernière attaque de Nathaniel, Lucinda a choisi de révéler ses actes au comité de direction – tous ses actes.

Comme Allie la regardait avec stupéfaction, elle soupira et poursuivit :

— Il y a beaucoup de choses que tu ignores à propos de notre organisation, Allie. Ce qui se passe avec Nathaniel est bien plus grand que tout ça, dit-elle en enveloppant la pièce d'un large geste du bras. Plus grand que Cimmeria. Plus grand que tout ce que tu pourrais imaginer. Nous ne sommes qu'une petite part. Petite… mais cruciale.

Allie retint son souffle. Allait-elle enfin découvrir ce qui se passait ?

— Je ne comprends pas. Comment le fait de tout dévoiler peut-il aider Lucinda ?

— Ce n'est pas pour elle qu'elle le fait, c'est pour toi.

Les yeux noisette d'Isabelle soutinrent son regard.

— Pour te protéger, insista-t-elle.

Allie fronça les sourcils.

— Comment cela peut-il me protéger ? Moi j'ai plutôt l'impression que ça fiche la pagaille. Maintenant, on me prend pour une menteuse.

— Cette révélation te protège parce que, ainsi, Lucinda explique aux autres à quel point tu es importante pour elle.

« Importante pour elle ? »

Ça, c'était plutôt étonnant. Ça faisait longtemps qu'Allie n'avait pas eu l'impression qu'on lui accordait une quelconque importance. D'ailleurs, était-ce vrai ? Une femme qu'elle n'avait jamais rencontrée de sa vie se souciait d'elle ?

— Je ne comprends toujours pas.

Isabelle la fixa avec un sérieux inhabituel.

— Allie, il y a une taupe ici, qui travaille pour Nathaniel. D'après ce que nous savons, cette personne pourrait tenter de te tuer. Ou moi. Lucinda a fait son possible pour nous protéger d'un ennemi qui viendrait de l'extérieur. Mais pour quelqu'un qui serait déjà présent ici ? Qui se cache au milieu de nous tous ? Nous avons besoin d'un maximum d'aide.

Allie fut envahie par la chair de poule.

— C'est pourquoi Lucinda a opté pour une technique différente. Elle a choisi de révéler à l'Organisation ce qui s'est passé ici, en espérant que cela intimidera Nathaniel et son complice.

Mmm. Ça n'avait pas l'air d'être le plus génial des plans.

Allie croisa les bras devant elle.

— Vous croyez que ça fonctionnera ?

De nouveau, Isabelle soutint son regard.

— Je n'en sais rien. La situation est très particulière. Nathaniel essaie de gagner à sa cause les gens les plus haut placés dans l'Organisation pour qu'ils l'aident à forcer la main à Lucinda et qu'elle change les règles exécutives afin de pouvoir…

Isabelle s'interrompit.

— Enfin… de pouvoir tout détruire. De l'autre côté, Lucinda tente de prouver à ces mêmes personnes que Nathaniel n'est pas digne de confiance. Que ses méthodes sont irrationnelles. Qu'il est impitoyable et dangereux.

Elle poussa un soupir las.

— Je connais bien Nathaniel, et je sais que rien ne l'arrêtera. Mais certains membres du comité de direction ne s'en rendent pas compte. Nathaniel leur dit ce qu'ils ont envie d'entendre, et cela suffit à ce qu'ils se rallient à lui.

— Vous avez l'air d'en savoir beaucoup sur Nathaniel. Est-ce que vous le connaissez… personnellement ?

Isabelle resta silencieuse un long moment avant de répondre.

— Oui, j'ai bien connu Nathaniel, à une époque.

Elle parlait avec lenteur, comme si elle choisissait ses mots avec soin.

— Pour tout te dire, Nathaniel est mon demi-frère.

Allie se figea.

— Quoi ?

— Et c'est pour cette raison, continua Isabelle, que je suis fort bien placée pour comprendre ce qui se passe entre Christopher et toi. C'est une situation que j'ai déjà vécue.

Allie se sentait trahie. Pourquoi Isabelle ne lui avait-elle jamais rien dit de sa relation avec Nathaniel ?

Bon, au lieu de s'emporter, mieux valait se concentrer sur la conversation présente et tenter d'en apprendre un peu plus.

— Est-ce que vous étiez proches… Nathaniel et vous ?

— À une certaine époque, oui, il y a fort longtemps. Mais Nathaniel n'a cessé de vouloir des choses hors de sa portée, et il m'a toujours tenue responsable de ses échecs.

Interloquée, Allie la fixa. À contrecœur, Isabelle lui expliqua tout.

— Quand il est mort, mon père m'a tout légué. L'argent, les demeures, les sociétés... Tout. Il considérait Nathaniel comme trop instable pour être responsable.

Elle joua un instant avec une de ses mèches de cheveux.

— Selon son testament, je dois verser à Nathaniel une somme d'argent substantielle chaque année – mon père s'est montré très généreux avec lui. Mais aux yeux de Nathaniel, cela n'a aucune importance. Ce qui compte pour lui, c'est l'humiliation qu'il a subie. Le rejet. Nathaniel ne me l'a jamais pardonné. C'est aussi simple que ça. Et aujourd'hui, il veut beaucoup plus.

— Que veut-il ? demanda Allie d'une voix enrouée par l'émotion.

Pendant un long moment, Isabelle resta sans rien dire. Et quand elle lui répondit enfin, elle semblait totalement résignée.

— Tout. Nathaniel veut tout.

# 25.

Pensive, Allie songea que sa vie à Cimmeria pouvait être divisée en plusieurs périodes distinctes. Avant le bal d'été, et après. Avant Carter, et après.

Et à présent : « avant action ou vérité » et après…

Avant ce jeu, elle n'était personne. Rien qu'une intruse.

Après ? Elle était devenue une star.

Lorsqu'elle entrait dans une pièce, les élèves se retournaient pour l'observer. Quand elle parlait, on l'écoutait avec attention. Des personnes qu'elle n'avait jamais rencontrées se montraient incroyablement polies envers elle.

Seuls ses proches ne changeaient pas.

— C'est ridicule ! râla Rachel un jour où, au foyer, un des élèves parmi les plus jeunes avait insisté pour apporter une tasse de thé et un biscuit à Allie, après l'avoir entendue se plaindre qu'elle avait faim. Ça va te monter à la tête.

— Ça, ça va plutôt aller direct sur mes fesses, répliqua Allie en grignotant un biscuit.

— Oh, Allie, est-ce que je peux porter tes livres ? minauda Rachel. Y a-t-il quelque chose qui te ferait plaisir ? Tu veux que je te mette du rouge à lèvres ? Tes cheveux sont si beaux ! Laisse-moi les coiffer pour toi.

Allie lui offrit la moitié de son biscuit.

— Ne sois pas jalouse, ça ne te va pas. De toute façon, cela ne durera pas.

— J'espère bien que non ! répondit Rachel, la bouche pleine. Même si ce biscuit est délicieux. Tu crois qu'on pourrait l'inciter à nous en apporter d'autres...

— N'y pense même pas ! rétorqua Allie. Waouh ! Dis donc, avec toi, c'est la corruption instantanée. Il te suffit d'un biscuit pour devenir miss Tyran.

— Deux, la corrigea Rachel. Je peux me transformer en tyran pour deux biscuits.

Seules Rachel et Zoé étaient encore capables de la faire rire. Jo était toujours fâchée contre elle, et sa vie n'était que stress, peur et tristesse.

Pourtant, Allie n'avait même pas pleuré. Elle en était incapable depuis cette scène, à la bibliothèque, avec Carter. C'était comme si toutes les larmes avaient quitté son corps, alors qu'elle aurait tant voulu s'abandonner au chagrin.

— Quelque chose doit clocher, chez moi, s'inquiéta-t-elle. Je n'arrive pas à pleurer. J'ai peut-être une maladie.

— Dans ce cas, il s'agirait du syndrome de Gougerot-Sjögren, suggéra Rachel – qui espérait devenir médecin – sans lever les yeux de son livre de chimie.

— Je te demande pardon ?

— C'est une maladie qui empêche la formation des larmes, expliqua Rachel en l'observant finalement d'un œil critique. Mais tu n'en es pas atteinte.

— Comment le sais-tu ?

— C'est une maladie insupportable.

Rachel tourna une page de son livre et prit quelques notes sur son cahier.

— Quand tu en souffres, tu dois quasiment te tirer les globes oculaires du cerveau chaque matin.

— Quelle horreur ! s'exclama Allie en se replongeant dans ses devoirs. Je suis bien contente de ne pas l'avoir.

À quoi je ressemblerais dans une robe chic avec les globes oculaires archi desséchés ?

Rachel haussa les sourcils.

— À un alien. En fait, un alien obsédé. Tu es complètement obnubilée par ce bal, Allie. Va te faire soigner !

Avant que le gamin ne leur apporte le thé et les biscuits, elles discutaient du bal d'hiver. Ou plutôt, Allie y faisait allusion. Parce que oui, c'était vrai, elle était obsédée par cette fête. La soirée aurait lieu dans deux semaines. En dehors de son lien avec Lucinda, dans les couloirs, au réfectoire et aux interclasses, on ne parlait plus que de ça. Le bal, le bal, le bal. Les tenues que l'on porterait. Le choix du cavalier ou de la cavalière.

Mais Allie ne pensait qu'à une chose...

« Lucinda sera là. »

À la seule idée de rencontrer sa grand-mère, de lui poser enfin toutes les questions qui la tourmentaient depuis des mois, Allie sentit les battements de son cœur s'accélérer. Elle aurait donné n'importe quoi pour faire enfin sa connaissance. Même enfiler une robe guindée pour tournoyer sur une stupide piste de danse sur les notes d'un orchestre classique.

Les atroces événements du bal d'été étaient encore frais à sa mémoire. Pendant la fête, Lucinda, Isabelle et elle seraient réunies au même endroit. Comment ne pas penser que Nathaniel tenterait quelque chose d'horrible ?

« Lucinda sera là. À tous les coups, il va arriver un truc moche. »

Ce soir-là, dans la salle d'entraînement numéro un, Allie étirait ses muscles jusqu'à en avoir mal. À côté d'elle, Zoé faisait des bonds d'avant en arrière par-dessus le ballon à ses pieds.

— J'espère que nous irons courir, dit Zoé. J'en meurs d'envie.

— Moi aussi, répliqua Allie en se courbant jusqu'aux genoux.

Au même instant, la voix cassante de Zelazny s'éleva au-dessus du vacarme.

— Ce soir, vous commencerez par une course de six kilomètres.

— Génial ! chuchota Zoé en se ruant vers la porte.

Allie se précipita pour la suivre, mais Zelazny l'appela et, en se retournant, elle vit qu'il lui faisait signe de s'approcher.

Zoé s'arrêta à la porte pour l'attendre.

— Puis-je vous dire un mot ? demanda leur professeur d'une voix sourde, presque menaçante. Zoé, vous pouvez y aller. Allie vous rejoindra dans une minute ou deux.

Avant de s'éloigner, Zoé arqua les sourcils à l'attention d'Allie, qui lui répondit d'un haussement d'épaules.

Zelazny attendit que tous les élèves soient partis pour s'adresser à elle. Pendant qu'il patientait en silence, Allie voyait de fines gouttes de transpiration lui couler sur le front. Il tira même sur le col de son polo.

Allie croisa les bras sur sa poitrine, et contempla le sol.

— Cela fait bientôt une semaine ou deux que j'ai l'intention de vous parler, Allie. Histoire d'éclaircir les choses entre nous.

Allie leva les yeux vers lui avec suspicion.

— Nous avons eu… quelques difficultés depuis votre arrivée, vous et moi, et je… disons que j'estime ne pas m'être montré suffisamment juste envers vous.

Il se racla la gorge.

— Donc je voulais… m'excuser, au cas où j'aurais… parfois… été trop sévère avec vous. Et vous faire savoir que j'espérais que nous pourrions développer une meilleure relation. Vous êtes une élève très prometteuse, et je ne vous ai peut-être pas prodigué assez d'encouragements.

Allie n'aurait pas été plus étonnée si Zelazny lui avait annoncé qu'il venait de voir un Martien dévorer une tablette de chocolat au foyer.

Zelazny la fixa avec une grande humilité, visiblement impatient de connaître sa réponse. Elle devait dire quelque chose.

— Oh… heu… bien sûr… monsieur Zelazny. Ce serait formidable. Heu… Merci.

Elle fit un pas en direction de la porte.

— Je devrais peut-être rejoindre Zoé.

— Oh, oui, bien sûr.

Elle crut voir une lueur de ressentiment dans son regard, mais sa voix n'en laissa rien paraître.

— Oui, allez rejoindre les autres. Et si vous avez besoin de quoi que ce soit, n'hésitez pas à me le demander.

Allie quitta la pièce si vite qu'elle faillit trébucher sur Zoé, qui se tenait juste à l'extérieur, l'oreille collée à la porte.

Elles s'élancèrent dans la nuit froide.

— Quel minable, ce Zelazny ! s'exclama Zoé, agacée.

Allie était hébétée par l'épisode.

— Il a carrément rampé à mes pieds…

Zoé stoppa et entama soudain un pogo victorieux. À la lueur de la lune, elle ressemblait à un lutin hystérique.

— C'est génial ! lança-t-elle. Il est persuadé que tu as dit à ta grand-mère des trucs moches sur lui.

Elle cessa de gigoter et ajouta :

— Mince alors ! Quand on pense à la façon dont il t'a traitée, il doit être terrifié.

Allie accéléra.

— Berk ! Il me dégoûte ! J'ai carrément envie de prendre une douche, là.

Mais le moment n'était pas encore venu de chasser cette rencontre de sa mémoire. Après la course, Raj Patel leur fit entamer plusieurs séries de techniques de défense qui s'apparentaient au kung-fu.

Peu importait que les exercices soient difficiles. Allie se réjouissait de continuer à s'entraîner – ainsi, elle ne pensait plus à Gabe.

Elle s'arrêta un instant pour reprendre son souffle, et observa Sylvain et son partenaire d'entraînement qui pratiquaient une prise complexe. Le coéquipier de Sylvain l'attaqua avec agilité, mais Sylvain le para illico et l'envoya valser au tapis. Après cela, il se pencha pour l'aider à se relever, avec un sourire d'excuse.

Comme s'il avait senti son regard, Sylvain leva les yeux vers elle. Durant une seconde, elle se figea. Il l'observa avec insistance, semblant se demander à quoi elle pensait. Le rouge lui monta aux joues. Pour se donner une contenance, elle se baissa et renoua son lacet.

— Votre attention, s'il vous plaît !

Tout le monde se tourna vers Zelazny qui se tenait au centre de la salle.

— Raj Patel a quelques mots à vous dire sur le programme des semaines à venir.

M. Patel s'avança d'un pas confiant.

— Comme vous le savez tous, ma société s'occupe de la sécurité à Cimmeria pendant ce trimestre. Vous avez sûrement entendu qu'une réunion du G8 est programmée dans les environs de Londres d'ici deux semaines, et que nous supervisons aussi la sécurité de cet événement. À la même période aura lieu le bal d'hiver, et de nombreux dignitaires internationaux feront partie des invités. Mes équipes et moi allons donc être fort sollicitées.

Son regard croisa celui d'Allie, et durant un bref instant, elle éprouva un frisson de peur.

« Quelque chose cloche. »

— Je vais renforcer mes équipes durant cette période, poursuivit Raj Patel, mais nous aurons besoin de votre aide. Les patrouilles de la Night School vont reprendre leur rythme habituel. Vous vous êtes beaucoup entraînés ces derniers temps, et vous êtes tous prêts. Vous travaillerez en collaboration avec les membres de mes troupes qui restent ici, pendant que les autres seront au G8 avec moi. Ce sont tous des experts en sécurité hautement qualifiés, et je suis persuadé que vous apprendrez beaucoup avec eux.

Allie eut l'horrible impression qu'on lui enfonçait un pic de glace dans la poitrine.

Elle dévisagea M. Patel. Son discours sonnait creux.

« Lucinda sera là, et Raj s'en va. Merde ! Il va se passer un truc horrible ! »

# 26.

Allie s'apprêtait à quitter la salle d'entraînement. Elle avait à peine conscience des conversations qui jaillissaient autour d'elle. Dès la fin du discours de M. Patel, un brouhaha fébrile s'était élevé.

— Enfin ! s'exclama Zoé. Nous allons sortir et *faire* quelque chose.

À l'autre bout de la pièce, Allie vit Julie donner une tape dans le dos de Carter, et Lucas faire le V de la victoire avec son coéquipier. Comme Zoé, ils étaient tous excités d'être enfin impliqués dans les opérations. Mais Allie avait surtout l'impression que son monde venait de s'écrouler. Quoi que Raj Patel puisse dire, elle n'avait entendu qu'une chose :

« Vous serez seuls lorsque Nathaniel viendra. »

Abasourdie, elle se dirigea vers l'escalier, entraînée par le flot des élèves. Lorsqu'elle atteignit le rez-de-chaussée, elle s'arrêta, le regard perdu au loin, mille et une pensées tourbillonnant à son esprit. Quand quelqu'un lui posa une main sur le bras, elle sursauta. Levant les yeux, elle croisa le regard azuré de Sylvain.

— Allons voir Isabelle, suggéra-t-il.

Isabelle était déjà partie se coucher. Allie attendit donc dans le couloir que Sylvain aille la chercher – en tant qu'Aîné de la Night School, il était autorisé à se rendre dans l'aile résidentielle des professeurs. Les autres élèves n'en avaient pas le droit.

Ils la rejoignirent quelques minutes plus tard. Les traits tirés, Isabelle portait une tenue décontractée : des leggings et un long gilet. Ses cheveux étaient relevés en un chignon lâche.

— Bon, vous deux, qu'est-ce qui se passe ? demanda-t-elle.

Sylvain jeta un regard à Allie qui expliqua ce que M. Patel leur avait annoncé.

— Je sais déjà tout cela, Allie, l'interrompit Isabelle d'un ton cassant. Fais-moi confiance, je ne laisserais pas partir Raj si je redoutais quoi que ce soit. Ses meilleurs gardes restent avec nous et il va même renforcer ses troupes en faisant venir d'autres vigiles.

Sa réaction surprit Allie. Elle s'était attendue à ce qu'Isabelle exprime un peu plus de sympathie – ou au moins un brin d'intérêt.

— Mais… le bal ? Et Lucinda ? insista-t-elle.

— Là, je crois qu'Allie marque un point, intervint Sylvain. Ce n'est vraiment pas le meilleur moment pour nous passer de Raj.

— Écoutez, tous les deux, reprit Isabelle de sa voix la plus rassurante. Nous sommes peut-être importants, mais pas autant que le Premier ministre. Je ne peux pas ordonner à Raj de rester alors qu'on lui a demandé d'assurer la protection d'une personnalité de cette envergure. Mais je vous promets que la sécurité de Cimmeria ne sera pas diminuée pendant son absence. Bien au contraire, nous avons prévu de l'augmenter. Ses gardes seront partout, aussi bien à l'intérieur qu'à l'extérieur. Tous sont entraînés au plus haut niveau. Croyez-moi, si je redoutais que Raj ne soit pas là en personne, je ne l'aurais jamais autorisé à s'en aller. Sincèrement, je ne crains pas son départ. Nous serons en sécurité avec ses équipes.

Elle tourna la tête vers Allie.

— *Tu* seras en sécurité.

Ses paroles se voulaient réconfortantes. Allie fit un signe de la tête pour montrer qu'elle comprenait. Mais son instinct lui criait que tout allait mal se passer.

Après leur entretien avec Isabelle, Allie, escortée de Sylvain, regagna le hall à présent silencieux. Ses baskets faisaient un bruit de succion sur le parquet ciré. Quelque part dans le bâtiment, une porte claqua un peu trop fort.

Le chauffage était éteint, mais l'air était lourd – comme si un orage se préparait. Le danger était-il déjà présent ?

— Sylvain…

— Allie…

Ils avaient parlé en même temps.

S'arrêtant au pied de l'escalier d'honneur, ils eurent un rire gêné qui résonna dans le grand hall vide.

— Toi d'abord, dit Allie.

— Je crois qu'Isabelle a raison, tout ira bien.

Cependant, quelque chose dans son regard indiquait qu'il n'en était pas persuadé.

— Bien sûr, répondit Allie tout en pensant le contraire. J'en suis convaincue.

— On peut toujours en discuter avec Raj ou Zelazny, si tu te fais du souci, continua Sylvain.

— Non, ça ira. Isabelle doit savoir ce qu'elle fait.

Baissant la tête, Allie contempla ses pieds, songeant à toutes les choses qu'elle aimerait confier à Sylvain. Par exemple, lui expliquer ce qu'elle avait ressenti durant le jeu d'Action ou Vérité. Ou comment elle était tiraillée par ses sentiments. À quel point elle ne voulait pas blesser Carter, et pourtant…

Malgré elle, elle leva les yeux pour croiser son regard. « Et pourtant. »

Pendant un long moment – qui sembla se figer dans le temps –, ils s'observèrent. Allie s'arma de courage pour lui faire enfin part de ses pensées quand ils entendirent soudain des bruits de pas. Se retournant, ils virent Jerry Cole s'avancer vers eux.

— Qu'est-ce que vous faites encore ici ? demanda leur professeur d'un ton sec. Vous connaissez le règlement ! Allie, tu n'as pas déjà assez de problèmes comme ça ?

Aussitôt, Allie fit un pas en direction de l'escalier. D'habitude, Jerry était le plus cool de leurs professeurs, et sa colère la surprit. L'espace d'un instant, Sylvain fronça les sourcils, mais il se reprit bien vite.

— Désolé, Jerry, dit-il. On allait justement...

— Plus vite !

La réplique de Jerry les étonna. Leur professeur se planta au pied de l'escalier et les fixa pendant qu'ils montaient côte à côte.

— Qu'est-ce qui lui prend ? chuchota Allie en évitant de se tourner vers Sylvain.

— Je ne sais pas...

Une fois arrivés sur le palier, ils se retournèrent – Jerry ne les avait pas quittés du regard.

Comme ils se séparaient pour gagner leurs dortoirs respectifs, Sylvain arqua un sourcil éloquent auquel elle répondit par un léger haussement d'épaules.

Et tous deux esquissèrent un sourire.

Au milieu de tous les événements, Allie s'inquiétait pour Jo. Deux semaines après ce stupide jeu d'Action ou Vérité, Jo ne lui adressait toujours pas la parole et Allie se sentait plus seule que jamais. Il fallait qu'elle arrange les choses entre elles.

L'idée du bal l'effrayait, mais elle savait que Jo le redoutait, elle aussi.

Le lendemain, après le dîner, elle pista Jo à la bibliothèque. Assise seule à une table, son amie étudiait à la lueur d'une lampe en cuivre. À contre-jour, ses cheveux blonds formaient comme un halo doré autour de son visage.

— Salut, murmura Allie à un élève assis tout près. Je peux t'emprunter un bout de papier ?

Visiblement ravi qu'elle lui adresse la parole – elle, la petite-fille d'une femme célèbre –, il lui tendit une feuille.

— Et un stylo, insista Allie d'un geste impatient.

Sans une seconde d'hésitation, il lui offrit celui qu'il était en train d'utiliser, et attendit pendant qu'elle rédigeait son message.

*J*

*Viens dans le couloir me parler. S'IL TE PLAÎT. Tu me manques.*

*Je suis désolée.*

*A. xxx*

— Merci, dit-elle à l'élève en lui rendant son stylo. S'il te plaît, rends-moi service et va porter ça à cette fille.

Elle avait à peine désigné Jo du doigt, qu'il bondit sur ses pieds manquant de renverser sa chaise.

— Du calme ! l'exhorta-t-elle. Pas la peine de te casser une jambe !

Puis elle sortit discrètement de la bibliothèque et attendit dans le hall, tout en se mordillant l'ongle du pouce.

Dix minutes plus tard, Jo n'était toujours pas venue la rejoindre. Elle sentit son cœur vaciller.

« Elle ne viendra pas. Jamais elle ne me pardonnera. »

Elle baissa le menton et s'adossa au mur, une jambe repliée sous elle.

— Ce n'est pas une position pour une dame, Sheridan !

Enfin ! En entendant la voix si familière de Jo, Allie esquissa un sourire. Cette remarque lui ressemblait tant !

— Tu es venue !

Jo croisa les bras devant elle et la fixa d'un air renfrogné, mais pour la première fois depuis des semaines, Allie crut discerner une lueur d'amusement dans ses yeux.

— Bien sûr ! Je voulais te voir ramper pour me présenter tes excuses.

Allie se lança :

— Tout est de ma faute. Je ne suis qu'une idiote. Tu devrais refuser d'être mon amie et te lier plutôt avec Katie Gilmore. Elle te mérite plus que moi.

Jo s'efforçait de garder un visage neutre.

— C'est un excellent début. Je t'en prie, continue.

— J'aurais dû te le dire. C'était stupide de ma part, et je promets…

Allie leva la main droite devant elle comme si elle prêtait serment dans un tribunal.

— .. que désormais je te raconterai tout.

Deux fossettes se creusèrent sur les joues de Jo quand elle lui sourit pour l'encourager.

— Pas mal. Tu y es presque.

— S'il te plaît, s'il te plaît, s'il te plaît, acceptes-tu de me pardonner ?

— Bien sûr, répondit Jo. Je ne suis pas un monstre.

— Oh, mon Dieu, merci !

Allie se précipita vers elle et l'enlaça.

— Je n'aurais pas supporté qu'on se fasse la gueule plus longtemps !

— C'est dur de vivre sans toi, concéda Jo. Toi aussi, tu m'as manqué. Mais plus de secrets, d'accord ? Tu dois tout me raconter. Ne t'inquiète pas, quoi que tu me dises, je n'irai pas faire ma folle sur le toit avec une bouteille de vodka.

— Comme si c'était ton genre !

Dans la salle d'entraînement numéro un, une liste avait été affichée sur l'un des murs. C'était le planning pour les patrouilles que les élèves devraient effectuer. Ils travailleraient en équipe avec les derniers gardes recrutés. Lorsqu'ils ne seraient pas en train d'arpenter le parc, ils s'entraîneraient sans relâche. Les leçons étaient intenses et basées sur l'aspect pratique. Comment s'échapper. Comment donner l'alarme. Quand rester ensemble et quand se séparer. Comment combattre avec un couteau, ou une arme à feu.

On demanda à Allie de faire une démonstration du mouvement qu'elle avait exécuté lorsqu'elle avait attaqué Gabe avec son pieu. Une nuit, les élèves de la Night School se dispersèrent dans les bois pour chercher une branche pointue comme celle qu'elle avait décrite, et qu'ils pourraient utiliser comme une arme.

Malgré tout cela, Allie était toujours anxieuse à cause du bal, et chaque soir elle se concentrait sur l'entraînement – elle savait mieux que personne l'importance que cette préparation pouvait avoir.

La nuit de leur première patrouille, Allie et Zoé étaient si nerveuses qu'elles arrivèrent en avance au vestiaire. Là, elles trouvèrent les tenues qui leur étaient assignées accrochées à un portemanteau sur le mur. La nuit était très froide. Les instructeurs leur avaient prévu des leggings noirs aux tuniques assorties, ainsi que des cagoules, des gants, et des baskets de la même couleur.

En se changeant devant un grand miroir, Allie étudia les modifications opérées sur son corps par le sport. Les muscles de ses bras et de ses épaules étaient bien dessinés. Son estomac était plat et ferme. Les muscles de ses jambes avaient toujours été longs et fins grâce à la course, maintenant le haut de son corps était assorti.

« Je ne me reconnais même plus. »

Dix minutes avant que leur tour de garde commence, elle perçut des éclats de voix en provenance d'une pièce de l'autre côté du couloir. Elle s'approcha de la porte pour mieux entendre.

Une de ces voix était celle de Jerry Cole. L'autre, celle de Carter.

Zoé chantonnait tout en se changeant dans l'une des cabines du vestiaire et ne remarqua pas qu'elle se glissait hors de la salle.

Une fois dans le couloir, Allie saisit nettement la discussion.

— C'est inacceptable, disait Carter d'un ton cassant. Elles ne sont pas assez entraînées. Je ne peux pas croire qu'Isabelle ait autorisé cela. On ne devrait pas les laisser seules dehors !

— C'est la seconde année de Zoé à la Night School, répliqua Jerry. Elle est aussi entraînée que toi.

— Peut-être, mais elle est bien plus petite.

Carter semblait persuadé que leur professeur de sciences nat' faisait exprès de ne pas comprendre.

— Enfin, regardez-la ! Elle m'arrive à peine à l'épaule. Et Allie ne s'entraîne que depuis quelques mois. Aucun autre débutant n'est amené à sortir. Je persiste à croire qu'on ne devrait pas les laisser seules ! Elles devraient au moins être accompagnées d'un élève plus expérimenté.

Allie s'adossa à la porte du vestiaire, et continua à écouter. À l'évidence, Jerry essayait de calmer Carter.

— Carter, je suis sûr que tout ira bien, dit-il. On leur donne la première garde, et elles doivent faire un rapport toutes les heures. Ne t'inquiète pas, on veille sur elles.

La porte s'ouvrit si rapidement qu'Allie n'eut pas le temps de réagir. Carter se tenait dans l'embrasure, le dos tourné vers elle, discutant toujours avec Jerry. Il n'avait pas remarqué sa présence.

— Désolé, je trouve cela dangereux, insista-t-il. Si l'une d'elles est blessée...

Pendant qu'il continuait à discourir, Allie tâtonna derrière elle, agrippa la poignée et plongea dans le vestiaire juste au moment où Carter se retournait.

Elle referma la porte et prit une profonde inspiration. Ses joues la brûlaient.

— Quel est le problème ?

Vêtue de noir de la tête aux pieds, Zoé la dévisageait d'un air interrogateur.

— Tu as l'air bizarre.

— Non. Ça va.

Zoé haussa les épaules et se retourna vers le miroir.

Allie termina de se préparer, perturbée par la conversation qu'elle venait d'entendre. Vis-à-vis d'elle, Carter n'avait rien laissé paraître de son inquiétude – il se comportait comme s'il la détestait, c'est tout. Découvrir qu'il essayait toujours de la protéger rendait les choses encore plus difficiles.

Elle enfila sa cagoule et s'observa dans le miroir. Finalement, n'était-ce pas là une nouvelle démonstration de sa tendance à la surprotéger ?

*Elles ne sont pas assez entraînées. On ne devrait pas les laisser seules dehors !*

Ses yeux gris s'assombrirent.

« Il ne croit pas en moi. Il ne croit jamais en moi ! »

Quelques minutes plus tard, elle se tenait avec Zoé devant le bâtiment du lycée, contemplant la nuit noire.

— Tu es prête, partenaire ? demanda Allie.

— Plus que prête ! répondit Zoé avec ferveur.

« J'espère que nous le sommes. »

— Dans ce cas, allons-y !

Elles prirent le chemin que leur avaient assigné les gardes de la sécurité, leur pas faisant craquer le sol gelé. La lune avait disparu. Elles couraient dans la forêt sombre, leur respiration formant de petits nuages de fumée devant elles. La nuit était calme – aucun souffle de vent n'agitait la cime des arbres. Comme on le leur avait ordonné, elles se déplaçaient sans parler. Seul résonnait le bruit de leurs pas.

Leur première mission était de vérifier la clôture, qu'elles suivirent jusqu'à la grille principale, cherchant des signes d'intrusion. Quelqu'un avait-il essayé de passer par-dessus, dessous, ou à travers ? Non, tout était en ordre. La clôture semblait solide et inattaquable, et la grille était bien fermée.

De là, elles reprirent leur inspection dans les bois, jusqu'à la rivière. Quand elles arrivèrent à l'endroit où Allie avait rencontré Christopher, elle sentit les battements de son cœur s'accélérer – mais le cours d'eau s'écoulait tranquillement, et personne ne l'attendait sur la rive. Il n'y avait aucune empreinte dans la boue, personne n'était venu ici depuis un bon moment.

La grille du cimetière grinça quand elles l'ouvrirent pour aller vérifier l'église qui, elle aussi, était bien fermée. Aucune lueur ne flottait à l'intérieur, et aucune ombre n'était là pour les effrayer.

Chaque heure, elles retrouvaient les vigiles de Raj près d'une porte latérale du lycée pour faire leur rapport, mais elles n'avaient jamais rien à signaler. Elles s'apprêtaient à aller effectuer leur dernier rapport, quand une forme bougea sur le chemin.

— Tu as vu ça ? chuchota Allie, un bras tendu devant elle.

Elles s'arrêtèrent.

Au début, tout était calme. Soudain, les fougères fanées commencèrent à onduler, trahissant une présence.

— Qu'est-ce que c'est ?

Zoé avait parlé si bas qu'Allie l'avait à peine entendue. Elle secoua la tête.

Quand la chose se remit en mouvement, Allie fit signe à Zoé de s'approcher du buisson par la gauche, tandis qu'elle passerait par la droite. Elles s'accroupirent et se déplacèrent aussi lentement que possible, mais les broussailles étaient sèches et cassantes, et craquaient à chacun de leurs pas. Aux oreilles d'Allie, le bruit était presque assourdissant, et la chose devait l'avoir entendu aussi, parce que tout mouvement cessa.

Durant un long moment, les deux filles restèrent immobiles, chacune essayant de percevoir dans l'obscurité ce qui pouvait bien se cacher là. Soudain un curieux bruit – une sorte de reniflement – résonna, les faisant sursauter. Zoé écarquilla les yeux. Quand le bruit se répéta, elle eut une moue amusée.

— Oh, bingo ! Je sais ce que c'est ! s'exclama-t-elle.

Sans plus chercher à se cacher, elle s'avança et écarta les fougères. Allie se précipita à sa suite et arriva juste à temps pour voir une petite créature couverte d'épines se rouler en boule.

— Oh ! Un hérisson ! gazouilla-t-elle. Je n'en ai jamais vu en vrai. Il est adorable.

— Tu peux le toucher, dit Zoé. Il ne te mordra pas.

Allie tendit la main et l'effleura d'un doigt. Le hérisson frissonna et se recroquevilla encore plus.

— Il est effrayé, murmura Allie. On devrait le laisser tranquille.

Zoé remit les fougères en place.

— Désolée, monsieur Hérisson. On ne voulait pas te faire peur.

Elles s'éloignèrent sur la pointe des pieds, et le hérisson renifla de plus belle comme pour se consoler de leur départ.

Le reste de la nuit se déroula sans aucun incident.

Les craintes de Carter se révélèrent infondées. Durant leur patrouille, les deux filles ne rencontrèrent rien de plus angoissant que le hérisson.

Chaque nuit après celle-ci fut identique : pas de Nathaniel. Pas de Christopher.

Aucune menace détectée.

Durant les jours précédant le bal, l'ambiance au lycée changea ostensiblement. La plupart des élèves avaient rendu leurs dernières dissertations ou essais du trimestre, et les cours, en général plutôt frénétiques – avec des devoirs à terminer à la dernière minute – se déroulaient à présent dans une atmosphère plus détendue. Néanmoins, quand les élèves se rendirent au cours de littérature anglaise, ils furent étonnés de voir une télévision dans un coin de la salle.

Alors qu'elle entrait à son tour dans la classe, Allie resta bouche bée en découvrant ce que les autres contemplaient. Vu que la technologie était interdite à Cimmeria, la vision d'un poste de télévision – même d'un modèle peu récent – relevait quasiment du miracle.

Isabelle observait leurs réactions avec jubilation.

— J'ai pensé que nous pourrions nous offrir le plaisir de regarder un film, lâcha-t-elle, avant d'éclater de rire quand les élèves l'applaudirent. Celui-ci est tiré d'un roman que nous avons lu au début du trimestre – *Le Temps de l'innocence* – alors, ne vous réjouissez pas trop vite. Il ne s'agit pas d'un concert en direct sur MTV.

Visiblement ravie, Zoé faisait presque des bonds sur son siège, et Allie pouffa en la voyant réagir ainsi. Puis, comme d'habitude, son regard se porta sur Carter, assis aussi loin d'elle que possible. L'air sombre, il discutait avec un ami. Allie s'installa à sa place, et baissa les yeux sur son bloc-notes. Toute l'excitation du moment était retombée. Chaque fois qu'elle regardait Carter, elle se sentait mal.

Quand Isabelle éteignit la pièce, puis alluma la télévision, chacun fit silence et contempla l'écran, captivé.

— Ça m'a tellement manqué ! chuchota quelqu'un.

Bien que le film soit lent et l'histoire compliquée, le petit groupe, privé de télévision depuis si longtemps, se laissa entraîner par le récit : juste après l'annonce de ses fiançailles, un jeune homme voyait revenir à New York une femme dont il s'éprenait terriblement.

Malgré les soucis et les craintes qui la tracassaient sans relâche, au bout de quelques minutes, Allie se retrouva elle aussi absorbée par la fiction. Archer Rolland allait-il préférer Ellen à sa fiancée ?

Quand Ellen demanda à son héros : « Comment pouvons-nous être heureux dans le dos de personnes qui nous font confiance ? » Allie se couvrit inconsciemment la bouche d'une main.

Sentant qu'on l'observait, elle tourna la tête. La pièce était plongée dans la pénombre, mais elle surprit le regard de Sylvain. La lueur de l'écran éclairait son visage. Durant un long moment, ils restèrent à se fixer. Allie était plus troublée que jamais. Elle se sentait à la fois attirée par Sylvain, furieuse après lui, et brûlait de partager son intimité. C'était comme s'ils se comprenaient enfin à travers ce long regard.

Comme s'ils se disaient en silence ce qu'ils n'osaient s'avouer à voix haute.

Ne supportant plus la tension qui s'était emparée d'elle, Allie se força à se concentrer sur le film. Ce ne fut qu'à ce moment-là qu'elle remarqua qu'elle avait crispé les poings si fort que ses ongles s'étaient enfoncés dans ses paumes, y gravant comme des petits croissants de lune.

# 27.

Le jour du bal arriva. La matinée était fraîche. De la neige était prévue, et les élèves ne savaient plus ce qui les excitait le plus : la fête et son assemblée de politiciens et d'hommes d'affaires d'envergure internationale, ou la gigantesque bataille de boules qui aurait inévitablement lieu dès que la neige serait tombée.

Les cours étaient terminés, et la plupart des élèves préparaient leurs bagages. Ils quitteraient Cimmeria dès le lendemain pour passer les vacances de Noël chez eux. Allie n'avait aucune raison de s'affairer. Elle restait au lycée en compagnie de Rachel jusqu'au réveillon de Noël, et ensuite elles ne passeraient que quelques jours dans la demeure familiale des Patel avant de revenir à Cimmeria. D'un commun accord avec Isabelle, les parents d'Allie avaient décidé qu'il n'était guère prudent qu'elle vienne à Londres pour fêter Noël, cette année. Pas après les incidents du mois d'août.

Au rez-de-chaussée, un sapin géant se dressait dans le grand hall d'entrée, et un plus petit trônait au foyer, à côté du piano, enfoui sous une avalanche de guirlandes électriques et d'ornements, tous dans les coloris rouges et dorés. Le bâtiment entier embaumait les épines de sapin et la cannelle. Au foyer, les élèves jouaient des airs de Noël au piano. Allie ne s'était jamais sentie d'humeur aussi peu festive, et ne se préoccupait guère des vacances. Aucune babiole ne décorait sa chambre.

Son but principal était de rencontrer Lucinda, de lui poser toutes les questions dont elle brûlait d'envie d'entendre les réponses.

Son autre but était de rester en vie.

Elle était toujours convaincue que Nathaniel tenterait une offensive durant le bal et, quoi qu'en disent Isabelle et Raj, elle demeurait persuadée qu'ils n'étaient pas prêts à l'affronter.

Cependant, il était impossible d'empêcher le bal. Durant l'après-midi, quand elle frappa à la porte de Jo, sa robe du soir entre les bras, elle se décida à plaquer un sourire sur son visage. Si Jo se doutait de ses préoccupations, elle s'inquiéterait à son tour… Et ça, c'était une très mauvaise idée.

Contrairement à sa chambre, celle de Jo semblait rivaliser avec une boutique de décorations de Noël. Un petit sapin clignotait sur son bureau, des guirlandes lumineuses drapaient ses étagères, et un gros ruban doré avait été noué autour de sa chaise. Au coin de son lit, perché sur son oreiller, un père Noël en peluche surveillait la chambre.

— Je crois que nous devrions faire quelque chose de spécial pour le bal, déclara Jo.

— Qu'est-ce que tu as en tête ?

Allie accrocha sa robe au dos de la porte, puis s'installa sur le lit, à côté du père Noël.

Jo fouilla dans son armoire et en sortit deux boîtes qu'elle tint devant elle.

— Puisque aucune de nous n'a de cavalier, ce qui pour ma part est inédit, je pense que nous devrions nous concocter un look dément, suggéra Jo. Histoire de montrer à tous ces messieurs ce qu'ils ratent.

Elle lança l'une des boîtes à Allie, qui la retourna entre ses mains. Un grand sourire éclaira alors son visage.

— Jo, tu es un génie !

— Je sais, acquiesça Jo en attrapant deux serviettes de toilette. Le jour de ton arrivée, j'ai craqué sur ta couleur de cheveux. C'est ça qui m'a inspirée. Allez, viens. On fonce aux douches !

Ignorant les regards étonnés de deux filles qui se tenaient devant les lavabos, elles se glissèrent dans une cabine en gloussant.

Sans plus de cérémonie, Jo retira son chemisier et étala une serviette de toilette autour de ses épaules. Allie fit de même.

Jo enfila les gants en plastique que contenait la boîte, puis secoua d'une main un petit flacon.

— Je crois que le mieux c'est que je m'occupe de toi, et ensuite tu feras pareil pour moi. C'est dur d'étaler ça toute seule.

Allie se pencha en avant, et Jo lui versa un liquide gluant et violacé sur les cheveux, puis les malaxa.

— J'adore qu'on s'occupe de mes cheveux. Où est-ce que tu as eu ce truc ? demanda Allie.

— C'est la petite amie de mon frère qui me l'a envoyé. Je lui ai téléphoné la semaine dernière.

La cabine de douche empestait si fort les produits chimiques qu'Allie sentit ses yeux la picoter.

— Tu avais déjà prévu ton coup ?

Jo étala le reste du flacon sur toutes les longueurs d'Allie.

— J'en ai eu l'idée quand nous nous sommes réconciliées. Ça m'est apparu comme une vision.

Une heure et deux serviettes de toilette ravagées plus tard, la transformation était accomplie. De retour dans la chambre de Jo, elles admirèrent leur travail. Les cheveux d'Allie, qui lui tombaient sous les omoplates, étaient désormais d'une teinte flamboyante, presque rouge métallique. Quant aux courtes boucles de Jo, leur douce blondeur s'était transformée en un rose rutilant.

Jo eut un large sourire et secoua ses boucles encore humides.

— J'ai l'air d'un lutin !

Allie s'observa dans le miroir, et une vague de mélancolie la saisit.

— Et moi j'ai l'air de... ce que j'étais avant.

Le regard de Jo croisa le sien dans le miroir.

— Avant ou maintenant, tu es toujours aussi belle.

Quelqu'un frappa.

— Quoi que vous vendiez..., clama Jo en ouvrant la porte en grand.

Zoé et Rachel se tenaient sur le seuil, les bras chargés de vêtements.

Sur l'insistance d'Allie, elles avaient décidé de se réunir pour se préparer. Après les incidents du trimestre – qui avaient failli les séparer –, elle tenait à ce qu'elles passent cette belle soirée ensemble.

Ainsi, il lui serait plus facile d'avoir l'œil sur ses amies. Juste au cas où...

Bouche bée, Zoé fixa les cheveux roses de Jo.

— Putain, tu es magnifique !

Jo s'effaça pour les laisser passer.

— Entrez. On va se faire belles !

— Que personne ne touche à mes cheveux ! ordonna Rachel en contemplant la tête d'Allie. Dis donc, c'est drôlement... vif !

Allie haussa les épaules.

— On a eu envie de s'amuser un peu.

— Vous pouvez me faire les cheveux violets ? demanda Zoé en posant sa robe sur le lit.

— Désolée, mais tes cheveux vont devoir garder leur couleur naturelle, vu que nous avons utilisé toute la teinture, répondit Jo. Mais, malgré ton jeune âge, nous t'accordons l'immense privilège de traîner dans notre sillage et de profiter de notre moment de gloire.

Zoé fit la grimace.

— Ne t'inquiète pas, je vais te maquiller, ajouta Jo devant son air déçu.

Zoé leva vers elle ses yeux emplis d'espoir.

— Tu me mettras beaucoup de maquillage ?

— Autant que tu veux, l'assura Jo en lui présentant un tube de rouge à lèvres doré, qui étincela dans la lumière.

Tout d'abord, Jo coiffa les cheveux d'Allie en boucles lustrées. Ensuite, elle tira en arrière les mèches brunes et raides de Zoé pour lui dégager le visage, les brossa longuement jusqu'à ce qu'elles luisent comme du velours, et les entoura de rubans. Puis, elle lui souligna le regard d'un trait d'eye-liner bleu nuit, et lui appliqua une épaisse couche de mascara. Pendant qu'elle déposait sur les lèvres de Zoé une couche de gloss rose fraise, Rachel jeta un coup d'œil sceptique.

— On dirait une prostituée miniature.

— Moi, j'aime beaucoup, dit Zoé en esquissant une moue face au miroir. J'ai l'air plus âgée, plus mature.

— C'est le bal de Cimmeria, déclara Jo avec emphase. Elle est très bien comme ça.

Puis elle fit signe à Rachel de prendre place à son tour.

Elle commença à s'occuper de la crinière sombre de Rachel, qui l'observa avec appréhension.

— Je n'ai pas l'habitude de faire quoi que ce soit avec mes cheveux.

— Ne t'inquiète pas, je ne vais pas y toucher beaucoup. Juste quelques trucs par-ci, par là.

Rachel courba les épaules.

— C'est bien ça qui me préoccupe.

La nuit était tombée, les étoiles avaient disparu derrière les nuages, et tout semblait indiquer que la neige ne tarderait pas. Durant l'heure qui venait de s'écouler, des Bentley et des limousines étaient apparues sans interruption dans l'allée, à présent bondée.

En finissant de coiffer les boucles brunes de Rachel, Jo jeta un coup d'œil à son réveil, couvert de paillettes dorées.

— C'est l'heure, mesdames.

Après quelques retouches de maquillage, elles enfilèrent leurs robes – chacune aidant l'autre à fermer la sienne –, puis se plantèrent devant le miroir pour s'admirer.

— On ressemble à des anges, chuchota Zoé.

— Plutôt à des fées, je trouve, suggéra Jo.

Ses cheveux roses brillaient dans la lumière et sa mini-robe de velours noir dévoilait ses longues jambes minces.

— Ou à des stars de cinéma, ajouta-t-elle.

La robe de taffetas vert sombre de Zoé avait une jupe en corolle. Avec ses yeux lourdement maquillés elle avait un charmant petit air punk. Rachel portait une robe rouge sombre qui dévoilait un bras et une épaule. Avec ses boucles brunes retenues par un ruban doré elle ressemblait à une princesse exotique.

Toutes contemplaient Allie.

— Allie, chérie, tu as une allure incroyable ! s'exclama Jo.

— Vraiment incroyable, enchérit Zoé.

— Même avec tes cheveux comme ça, concéda Rachel.

La robe vintage d'Allie, en soie bleue, moulait sa taille, puis s'évasait en une jupe ample qui lui descendait aux genoux. Les manches, elles, couvraient ses bras jusqu'aux coudes. Ses cheveux rouge vif contrastaient parfaitement avec le coloris de la soie et mettaient en valeur sa peau claire. Elle aimait cette robe depuis le jour où elle était mystérieusement apparue dans sa penderie, durant le trimestre d'été – encore un cadeau d'Isabelle, fort bien choisi.

Allie s'empourpra.

— Je n'ai qu'une chose à dire : qui a besoin des hommes ? Vous êtes tellement mignonnes que j'ai envie de vous bécoter.

— Ne recommence pas avec ça ! marmonna Zoé en se dirigeant vers la porte.

— Sérieusement, Allie, insista Rachel, cette histoire de s'embrasser entre filles commence à devenir une curieuse habitude.

— Je suis convaincue que si j'étais lesbienne, j'aurais plus de succès dans ma vie amoureuse, rétorqua Allie en les suivant sur le palier. Les hommes ne nous amènent que des problèmes.

— Mmm, je ne sais pas, intervint Jo. Parfois les hommes peuvent aussi être la réponse.

— Je ne comprends pas un seul mot de ce que vous dites ! clama Zoé.

— Moi non plus, ajouta Rachel.

Elles gagnèrent le haut de l'escalier en riant. En bas, le grand hall était drapé de velours et garni de bouquets de fleurs rouges et de branches dorées. L'embargo sur les bougies avait dû être levé, car leurs lueurs scintillaient de toutes parts : dans les appliques, sur les tables et le bord des fenêtres.

Un air de musique classique filtrait de la grande galerie et du couloir, accompagné d'un brouhaha de voix. Le hall regorgeait de monde – des adultes, pour la plupart. Les hommes étaient en smoking et les femmes portaient de magnifiques robes de haute couture. Chacune semblait rivaliser d'élégance et leurs chevelures, artistiquement coiffées, brillaient sous les lumières.

— Je ne me rappelle pas avoir invité toutes ces personnes, murmura Jo d'un ton acerbe tandis qu'elles descendaient l'escalier.

Elles étaient à peine arrivées au rez-de-chaussée que Zoé s'exclama :

— Oh, mon Dieu ! C'est le président Abingdon que je vois là ?

Aussitôt, elle se faufila dans la foule et disparut.

— Notre petite fille ! soupira Jo.

— Déjà si grande, compléta Allie. En tout cas, ce soir son visage n'a plus rien d'enfantin. Jo...

Jo se mit à rire.

— Je sais, mais c'est ce qu'elle voulait.

Rachel aperçut Lucas, magnifique dans son smoking, et s'éclipsa. Allie vit le visage de Lucas s'éclairer dès qu'il remarqua leur amie. Il se pencha avec lenteur et lui baisa le bout des doigts.

C'était bon de les voir aussi heureux. Cependant, leur bonheur ne faisait que rappeler à Allie ce qu'elle avait perdu.

À l'intérieur, la salle de bal était encore plus bondée. Des tables drapées de lin rouge avaient été disposées en spirale autour de la piste de danse. Sur chacune se dressait un centre de table en lierre sombre. La pièce embaumait la cire de bougie, les lys, et les parfums luxueux. Dans un coin, un orchestre jouait une valse. Des serveurs en veste blanche et nœud papillon, portant des plateaux où trônaient des coupes de champagne et des verres de vins de grands crus, circulaient parmi les invités. Isabelle se tenait au bord de la piste de danse, vêtue d'une robe fluidc noir ct or, ajustéc à la taille. Ses cheveux étaient attachés en un chignon souple. Entourée de connaissances, elle bavardait le sourire aux lèvres.

Allie pivota sur elle-même, scrutant la salle à la recherche d'une femme aux cheveux blancs.

— Mince, c'est un peu bondé par ici, dit Jo, en se haussant sur la pointe des pieds pour chercher un siège.

— Beaucoup plus que pour le bal d'été.

Allie avait parlé d'une voix distraite, mais Jo ne sembla pas le remarquer.

— C'est toujours comme ça, parce que tout le comité de direction et les parents les plus influents sont là. Oh, je crois que j'ai vu deux sièges libres par là-bas.

Jo indiqua du doigt le coin le plus éloigné de la salle, et elles entreprirent de s'y rendre.

Même au milieu d'une foule aussi compacte, Lucinda Meldrum ne manquerait pas de se distinguer. Allie savait que si sa grand-mère était là, elle la repérerait. Pour l'instant, inutile d'être trop nerveuse.

« Elle ne doit pas encore être là. »

Que lui dirait-elle quand elles seraient enfin en présence l'une de l'autre ?

« Salut, grand-mère, pourquoi on ne s'est jamais rencontrées ? »

Mmm, pas terrible pour débuter une relation.

Elle prit place sur un siège à côté de Jo et elles observèrent la foule.

— Pourquoi tes parents ne sont pas là ? demanda-t-elle en élevant la voix pour se faire entendre au milieu du brouhaha. Ne sont-ils pas riches et importants ?

— Si, très, répondit Jo sans une pointe de gêne. Mais ils sont aussi très occupés et ils n'aiment guère venir ici. Mon père me dit toujours : « L'année prochaine, ma puce, l'année prochaine. » (Elle prit un ton affecté.) Quant à ma mère, elle préfère passer son temps avec Olivier, son *toy boy* du jour.

— Charmant !

Allie fit signe à un serveur et commanda de l'eau gazeuse et un Coca light.

— Comme tu dis, rétorqua Jo en croisant les jambes, révélant les semelles rouges de ses stilettos. Oh, regarde, les parents de Sylvain sont là !

D'un mouvement de la tête, elle lui désigna un élégant couple qui discutait avec Isabelle au bord de la piste de danse. Allie se pencha pour mieux les observer. L'homme avait la peau claire et des cheveux blonds qui grisonnaient. Vêtu d'un smoking sur mesure, il avait un air affable. La femme, elle, avait le teint mordoré et son épaisse chevelure lui tombait en boucles brunes dans le dos. Elle portait une robe en soie de couleur bronze qui moulait ses hanches minces. Un lourd collier de diamants lui encerclait la gorge.

Pas très loin, Katie Gilmore se tenait auprès d'un couple plus âgé – sûrement ses parents. Elle était éblouissante dans une robe vert sombre qui accentuait la teinte laiteuse de sa peau. Un peu amère, Allie se demanda si c'était une coïncidence qu'elle se trouve si près de la famille de Sylvain.

Néanmoins, pendant qu'elle observait tout ce petit monde, Sylvain passa devant Katie sans la remarquer et se dirigea vers son père. Allie aurait bien aimé ne rien ressentir, mais son cœur se mit à battre la chamade. Le smoking sur mesure de Sylvain mettait en valeur ses épaules musclées. Son père se tourna pour l'accueillir et, même à cette distance, elle comprit à qui Sylvain devait l'incroyable bleu de ses yeux.

— C'est donc de lui qu'il les tient, murmura-t-elle.

— Pardon ?

Jo se tourna pour suivre son regard.

— Son père, dit Allie d'un air absent. Sylvain a les mêmes yeux.

Le serveur revint avec leurs boissons. Jo était songeuse. Elle attendit qu'il soit parti, puis tapota la table d'un ongle élégamment verni d'une teinte argentée.

— Bon, avoue tout, Allie. Qu'est-ce qui se passe au juste entre Sylvain et toi ? J'ai vu la façon dont tu le regardes… et réciproquement. Franchement, même un aveugle verrait qu'il y a quelque chose entre vous deux.

Rougissante, Allie détourna le regard de la famille de Sylvain.

— Non. Je veux dire… Quoi ?

— Oh, je t'en prie, Allie ! C'est moi ! Je suis capable de lire en toi comme dans un livre ouvert. Tu es dingue de lui !

Allie fut saisie de panique. Elle avait essayé si fort de ne pas craquer pour Sylvain. *Si fort.* Hélas, elle devait bien avouer qu'elle avait échoué.

Elle jeta à Jo un regard suppliant.

— Je ne peux pas l'aimer, Jo.

Jo eut l'air confuse.

— Pourquoi ? Il est carrément sexy, et c'est sûr qu'il t'apprécie.

— C'est juste que Carter…

Allie chercha ses mots. Comment expliquer ses sentiments sans passer pour une idiote ?

— Il déteste Sylvain et nous n'avons pas… Je ne veux pas le blesser…

Jo posa une main sur le bras d'Allie et tendit discrètement un doigt devant elle. Son fin bracelet de diamants brillait de tous ses feux sous la lumière. Allie tourna la tête dans la direction indiquée… et vit… Carter et Julie. Carter était fort élégant en smoking, et Julie portait une longue robe noire fendue jusqu'à la cuisse, qui lui allait à la perfection.

Et ils s'embrassaient.

— Quoi ?

Éberluée, Allie se força à refermer la bouche.

Jo se pencha vers elle.

— C'est ça, le truc : ne laisse jamais ton ex-petit ami influencer ta vie amoureuse. Compris ?

— Mais depuis quand… ?

— Quelle importance ?

« Ah, bravo ! Dire que j'ai fait gaffe à ne pas blesser Carter, et lui, il… Quoi ? Il a déjà tourné la page et oublié de me le signaler ? Il m'a laissée culpabiliser alors qu'il s'envoyait déjà Julie ? »

Cette fois, quand elle contempla de nouveau la piste de danse, la colère s'empara d'elle. Il y avait eu des slows, et à présent l'orchestre jouait un air différent – une musique orientale qu'elle avait déjà entendue au bal d'été. Carter faisait tournoyer Julie sur la piste et tous deux riaient aux éclats.

Alors qu'elle les fixait, un garçon s'avança vers Jo et s'inclina devant elle.

— Mademoiselle Arringford, me ferez-vous l'honneur de cette danse ?

Il avait l'accent espagnol et des manières élégantes – Allie se demanda pourquoi elle ne l'avait encore jamais vu.

— Bonsoir, Guillermo, répondit Jo en battant des cils. Je pense que oui. Laissez-moi juste demander l'accord de ma cavalière.

Elle se tourna vers Allie.

— Ça ne te dérange pas, chérie ?

Guillermo était grand, brun et bouclé. Il avait l'air d'un prince espagnol. Jo rayonnait. Comment Allie aurait-elle pu insister pour la retenir à ses côtés ?

— Amusez-vous bien, mes enfants, lança-t-elle avec un sourire complice.

Guillermo était si grand qu'il devait se pencher pour entendre Jo. Ils étaient hyper mignons, ensemble, et Jo semblait ravie.

Tandis qu'Allie observait tout le monde en train de danser et de rire, une irrépressible sensation de solitude l'envahit. Si elle s'écoutait, elle se laisserait aller à pleurer ici même.

Mais bien sûr, c'était hors de question.

« Je vais plutôt partir à la recherche de Lucinda. »

Elle se faufila dans la foule. Des bribes de conversation – qui ne l'intéressaient pas le moins du monde – lui parvenaient, flottant autour d'elle comme des épaves sur la mer.

— Évidemment, il est avec un fonds spéculatif, maintenant…

— Cinq sous le par ! À Saint Andrews[1] !

— Je lui ai dit qu'il était hors de question qu'elle porte cette robe, mais elle ne m'a pas écoutée. Elle ne m'écoute jamais...

— En fait, nous pensons vendre la villa de Saint-Tropez...

Soudain quelqu'un lui posa une main sur le bras. Allie tressaillit et leva les yeux. Sylvain lui souriait.

— Allie, mes parents aimeraient te rencontrer.

Remarquant ses cheveux rouges, il leva un sourcil interrogateur, auquel elle répondit en haussant les épaules. Sylvain l'entraîna vers ses parents.

— Maman, papa, je vous présente Allie Sheridan. Allie, voici mes parents, Mme et M. Cassel.

Allie leur tendit la main tout en les observant avec intérêt.

— Oh... heu... *Bonsoir*...

Jamais elle ne s'était sentie aussi cruche.

Ils échangèrent quelques plaisanteries auxquelles elle répliqua dans son français scolaire. Puis le père de Sylvain passa à l'anglais.

— Alors, ma chère, qu'est-ce que cela fait d'être la petite-fille de Lucinda Meldrum ?

Sylvain eut l'air horrifié par la question.

— Papa, c'est personnel ! protesta-t-il.

Néanmoins Allie commençait à s'habituer à ce qu'on lui pose la question et décida de répondre.

— C'est un peu étrange, confia-t-elle, mais, vous savez, nous ne sommes pas très proches.

Comme les parents de Sylvain paraissaient intrigués, elle poursuivit :

— Ma grand-mère est très occupée. Elle voyage tout le temps.

1. Célèbre parcours de golf écossais, considéré comme le berceau de ce sport (*N.d.T.*).

Sylvain baissa les yeux et retint un sourire. Ses parents semblaient fascinés.

— Bien sûr, enchérit M. Cassel. Nous non plus, nous ne voyons pas Sylvain aussi souvent que nous le voudrions, car notre emploi du temps est également très chargé. Alors nous comprenons parfaitement.

La mère de Sylvain enlaça son fils avec affection.

— Nous essayons toujours de convaincre ce jeune homme ici présent de rentrer à la maison plus souvent. Il nous répond sans cesse qu'il a trop de travail.

Mme Cassel eut un sourire résigné.

— Il est comme son père !

Aussi élégante qu'une top model, elle portait un parfum capiteux et grisant. Allie était fascinée.

— C'est vrai… On nous donne beaucoup de devoirs.

Levant les yeux, elle vit que Sylvain la regardait avec tendresse. Elle eut la sensation qu'une nuée de papillons s'envolait de son ventre et esquissa un sourire. Troublée, elle perdit le fil de ses pensées.

— Vous devriez venir nous rendre visite, suggéra Mme Cassel, comblant le silence qui s'était installé. Nous serions enchantés de vous avoir à la maison.

Elle se tourna vers Sylvain.

— Chéri, tu devrais l'inviter à Antibes cet été. Je suis sûre qu'Henri et Hélène seraient fous d'elle. Elle est adorable.

« Adorable ? »

Allie contempla Sylvain avec désespoir.

— Ma tante et mon oncle, expliqua-t-il, en s'excusant d'un regard. Voilà, tu peux te considérer comme officiellement invitée.

— Merci beaucoup, répondit Allie de son ton le plus poli. C'est très aimable à vous. Je serais ravie de venir vous rendre visite.

— Allie doit aller rejoindre d'autres amis, maintenant, dit Sylvain à son grand soulagement. Nous ne pouvons pas la retenir toute la soirée.

— Oh, mais elle est si charmante ! s'exclamèrent ses parents.

Allie sourit de plus belle – ses joues lui faisaient carrément mal – et le petit groupe se salua.

La fête s'étendait dans la vaste salle à manger qui, comme la grande galerie, avait été décorée de somptueux bouquets et d'immenses chandeliers. Il n'y avait aucun signe de Lucinda, là, mais Allie huma une délicieuse odeur et se dirigea vers le buffet, dressé dans un coin, où elle prit un minicake au crabe.

Elle le glissa dans sa bouche, se retourna… et faillit heurter Carter.

— Désolé…, commença-t-il, avant de la reconnaître soudain.

Allie lut la surprise dans son regard.

— Allie !

Elle ne répondit rien, attendant de voir surgir la colère qu'il semblait éprouver en permanence ces derniers temps. Au lieu de cela, Carter avait l'air étonné. Il la détailla de la tête aux pieds, examinant ses cheveux, sa robe, et ses talons hauts.

Elle essayait désespérément d'avaler son minicake, sans y parvenir, tant elle avait la bouche sèche. Aussitôt, elle fit volte-face pour attraper un verre d'eau sur le buffet, et en but une gorgée. Lorsqu'elle se retourna, Carter avait disparu. Déroutée, elle regarda autour d'elle. Elle ne savait même plus ce qu'elle ressentait. Les signaux confus que Carter lui envoyait la torturaient.

*Je suis avec toi. Je ne suis plus avec toi. Je veux être avec toi. Je te déteste…*

Peut-être que Jo avait raison. Elle ferait mieux de ne pas laisser Carter influencer sa vie privée.

Elle reposa son verre et se faufila dans la foule. Il devait y avoir des centaines de personnes ici. Le hall principal, l'escalier d'honneur, la grande galerie… Tout était bondé. Les conversations et les rires résonnaient de toutes parts. Elle en avait presque mal à la tête. Malgré la nuit fraîche, l'atmosphère devenait étouffante – c'était comme si les invités absorbaient chaque particule d'oxygène.

Alors, quand elle se retrouva devant la porte d'entrée, il lui sembla naturel de l'ouvrir et de se glisser dehors, dans la nuit noire.

## 28.

Après la chaleur étouffante qui régnait dans le bâtiment, l'air glacé était bienvenu. Allie frissonna avec délice et, d'un geste, écarta ses cheveux pour se rafraîchir la nuque.

Dans l'allée devant elle, les rangées de voitures étaient parfaitement alignées. Elle apercevait les chauffeurs rassemblés près de l'aile ouest qui bavardaient en petits groupes ou fumaient une cigarette, le portable collé à l'oreille. Aucun ne sembla la remarquer lorsqu'elle avança vers l'extrémité du bâtiment, vacillant un peu sur les délicates sandales à talons hauts de Jo. Dissimulée par l'obscurité, elle suivit le sentier en direction du parc. De temps à autre, elle percevait une légère odeur de cigarette et entendait quelques rires ou bribes de conversation des fumeurs réunis près de la porte arrière du bâtiment. Cachée par les arbres, elle se dirigeait vers la grotte artificielle.

Un moment plus tard, elle se retrouva devant la petite structure en marbre blanc au toit en coupole, dans laquelle la statue d'une femme dansait pour l'éternité. Les lèvres de la statue étaient légèrement retroussées comme si elle était heureuse de danser dans le froid, un pied perpétuellement levé.

Allie tendit la main et effleura la sculpture songeant à la nuit où Sylvain l'avait rejointe ici, et lui avait appris à se battre.

— Tu ne portes pas de manteau.

Elle ne l'avait pas entendu approcher, pourtant, elle ne fut pas surprise de reconnaître sa voix. Durant une seconde, elle ferma les yeux, indécise. Puis, elle se retourna. Sylvain se tenait près des marches qui entouraient la statue. Lorsque leurs regards se croisèrent, Allie frissonna. D'un geste vague, elle désigna son smoking.

— Toi non plus.

— Peut-être, mais j'ai au moins ma veste.

Il s'approcha, retira sa veste et la lui tendit. Sa chemise blanche amidonnée luisait dans l'obscurité.

— Là, c'est toi qui vas avoir froid, fit-elle remarquer, sans esquisser un geste.

Sylvain sourit.

— Je survivrai.

Après un moment d'hésitation, elle accepta sa veste. Comme elle s'y attendait, elle était chaude et embaumait son eau de toilette au santal. Sylvain contempla ses cheveux.

— Tu as changé de coiffure. Ça te va bien.

— Merci, répondit-elle en se passant avec nervosité une main dans les cheveux. Ce n'était pas mon idée. Jo peut se montrer très persuasive, parfois.

— Il paraît, oui. Au fait, je suis désolé pour mes parents. Ils tenaient vraiment à te rencontrer.

Elle leva les épaules d'un air détaché pour lui montrer qu'elle comprenait.

— Ta mère est superbe !

— Merci. Je le lui dirai de ta part. Elle adore les compliments.

Soudain, ce fut comme s'ils n'avaient plus rien à se dire. Un long silence s'installa. Allie se dandina d'un pied sur l'autre, pendant que Sylvain l'observait, adossé à une colonne.

— Qu'est-ce que tu fais ici, dans le froid, Allie ?

« Tu le sais. Sinon, tu ne serais pas là, toi aussi. »

— J'en sais rien... Je crois que... j'avais juste besoin de prendre un peu l'air.

Elle le regarda avec défi.

— Et toi, qu'est-ce que tu fais ici ?

Sylvain se crispa.

— Je t'ai suivie, avoua-t-il d'une voix rauque.

— Pourquoi ? chuchota-t-elle.

— *Le cœur a ses raisons que la raison ne connaît point*, dit-il dans un français si rapide, qu'elle ne le comprit pas – ce qui accrut sa nervosité.

— Qu'est-ce que ça signifie ?

Quand il la fixa, le désir qu'elle lut dans son regard répondit à sa question.

— Ça signifie que je veux être avec toi, Allie. Que je suis incapable de cesser de penser à toi !

Il donna un léger coup de poing contre le pilier.

— J'ai tout essayé, mais rien à faire. Je pense à toi jour et nuit.

« Inspire. Expire. »

Le cœur d'Allie battait désormais la chamade.

— Moi... Moi aussi, je pense à toi. Pourtant...

Elle songea au bal d'été, et elle vit dans les yeux de Sylvain qu'il devinait ce qu'elle avait en tête.

— Je sais que je me suis mal comporté. Que j'ai fait quelque chose de stupide. Mais les gens changent, Allie.

Sylvain parlait d'une voix passionnée, presque désespérée.

— Les gens apprennent de leurs erreurs. Sinon, à quoi bon ?

D'un ample geste du bras, il désigna le bâtiment du lycée qu'ils apercevaient à travers les arbres.

— Sinon, à quoi servirait tout ça ? insista-t-il. Tu as changé depuis ton arrivée ici, je l'ai remarqué, tu sais. Eh bien, moi aussi, j'ai changé. Et je regrette amèrement ce que j'ai fait cette nuit-là. S'il existait un seul moyen de revenir en arrière…

Soudain, plus rien n'eut d'importance aux yeux d'Allie. Ni le bal d'été… ni quoi que ce soit. Elle avait passé trop de temps à se soucier de Carter. Mais qu'en allait-il de ses propres désirs ?

« De toute façon, maintenant Carter est avec Julie. Il ne veut plus de moi. »

Pourquoi ne pourrait-elle pas sortir avec Sylvain ? Quoi qu'elle fasse, Carter était persuadé qu'elle brûlait d'envie d'être avec lui. Autant se lancer et comprendre, une bonne fois pour toutes, ce qu'elle désirait vraiment.

Au moins, Sylvain tenait à elle.

— Je connais un moyen, déclara-t-elle soudain.

Stupéfait, Sylvain la fixa.

Avant de changer d'avis, elle fit un pas vers lui. Sa veste glissa de ses épaules, et tomba sur le sol gelé.

— On pourrait tout reprendre à zéro.

Sylvain semblait perplexe. Elle leva la main vers son visage et, du bout des doigts, lui effleura les lèvres. Il ferma les yeux. Alors, nouant ses bras autour de son cou, elle l'attira à elle.

Tout d'abord, elle songea qu'il embrassait différemment de Carter – ses lèvres étaient plus douces et son baiser plus affirmé. Mais elle n'allait pas perdre son temps en comparaisons. Elle se blottit contre lui et leur baiser se fit plus passionné. Avec hésitation, Sylvain posa ses mains sur sa taille et comme elle ne le repoussait pas, il resserra son étreinte. Lorsqu'elle écarta les lèvres, il eut un gémissement de plaisir et referma ses bras autour d'elle. Elle était si proche de lui qu'elle entendait battre son cœur comme s'il résonnait dans sa propre poitrine.

Ce baiser effaça toute la solitude qu'elle avait ressentie ces cinq dernières semaines. La douleur de sa rupture avec Carter. Les reproches qu'elle s'adressait. Les soirées solitaires, sans personne à qui parler. Et ce désir interdit qu'elle éprouvait pour Sylvain.

Comme s'il lisait dans ses pensées, Sylvain posa une main sur sa nuque et l'embrassa avec encore plus de ferveur. Elle poussa un petit halètement, et glissa ses doigts dans ses cheveux.

Une vive chaleur émanait de lui, comme s'il avait de la fièvre. Allie n'avait plus froid.

Enfin, elle n'était plus seule.

Il n'y avait aucune logique à ce moment. Peut-être n'était-ce même pas une bonne idée, mais peu importait.

Les lèvres de Sylvain descendirent vers son oreille puis sur son cou et, le souffle court, elle renversa la tête en arrière. Mais soudain, quelque chose d'infiniment léger – comme une plume – lui effleura le visage, la distrayant un instant.

Ouvrant les yeux, elle vit des petits flocons blancs tomber du ciel, et poussa un cri.

— Il neige !

Toujours enlacés, ils levèrent les yeux au ciel. Autour d'eux, l'univers entier semblait être devenu silencieux.

— C'est un signe, dit Sylvain en souriant.

Des petits flocons s'étaient accrochés à ses cils.

— Un signe de quoi ?

— Que c'était notre destin d'être réunis, chuchota-t-il.

La neige continuait à tomber. Allie et Sylvain regagnèrent l'entrée principale – Allie avançant avec précaution sur ses talons hauts. En chemin, elle lui confia qu'elle avait prévu de discuter avec Lucinda.

— Qu'est-ce que tu vas lui demander ?

Sylvain avait passé un bras autour de sa taille. La chaleur de son corps la réchauffait.

— C'est bien là le problème, répondit-elle alors qu'ils atteignaient la porte. Je n'en ai aucune idée.

— C'est ta grand-mère. Elle comprendra.

À l'intérieur, la chaleur qui, auparavant, semblait étouffante était maintenant bienvenue. La fête battait son plein.

— Je monte à l'étage, me... repoudrer le nez, comme on dit.

Sylvain chassa quelques flocons de ses cheveux rutilants, puis, des lèvres, lui effleura la joue avec une telle douceur qu'elle en frissonna.

— Viens me retrouver, après, murmura-t-il avec un clin d'œil.

— Où seras-tu ?

— Dans la salle de bal, avec mes parents.

Il la laissa partir avec un soupir de regret. Allie se rua à travers la foule, et grimpa l'escalier d'honneur. Pourvu qu'elle ait une chance de passer un peu de temps en tête à tête avec Sylvain, plus tard – peut-être après le départ de ses parents. Cette fois, ils pourraient se trouver un coin bien au chaud...

Et reprendre là où ils en étaient restés.

« Je vais aller rectifier mon mascara, et après... »

Elle n'eut pas l'occasion de penser à autre chose. En haut de l'escalier, Isabelle discutait avec quelqu'un – même d'où elle était, Allie percevait la nervosité dans sa voix. Puis une autre voix, vaguement familière et empreinte d'autorité, flotta jusqu'à elle. Levant les yeux, elle vit Isabelle... juste à côté de Lucinda. Figée sur une marche, Allie éprouva à la fois de l'excitation et une pointe de peur. Les deux femmes parlaient trop bas pour qu'elle puisse comprendre leurs propos, mais elle devinait une extrême tension entre elles. Elle en était encore à se demander que faire, lorsqu'elle entendit Isabelle s'éloigner, d'un pas furieux.

Allie retint son souffle et tendit l'oreille. A priori, il n'y avait plus personne là-haut. Lucinda serait donc seule ?

Elle grimpa les dernières marches, d'abord avec lenteur, puis en accélérant. Hélas, une fois arrivée sur le palier, son cœur se serra. Le couloir était vide. Lucinda avait dû s'en aller elle aussi, sans qu'elle s'en rende compte. Déçue, elle s'apprêta à tourner les talons lorsqu'un léger bruit la stoppa dans son élan. C'est alors qu'elle aperçut Lucinda, dans le recoin d'une fenêtre, à demi cachée par les lourdes tentures. Sa grand-mère contemplait le parc.

Fermant les yeux un instant pour se donner du courage, Allie s'approcha.

— Il neige, fit-elle remarquer.

Sa voix lui paraissait bizarre, et elle s'éclaircit la gorge.

— Personne ne devrait en être surpris, répondit Lucinda, le regard toujours rivé sur la fenêtre. C'était prévu.

— J'avais tellement hâte... de vous rencontrer, lâcha Allie d'une voix qu'elle s'efforçait de garder neutre.

— Moi aussi.

Cette fois, Lucinda pivota sur ses talons pour lui faire face.

— Allie, ma petite-fille.

# 29.

— Approche-toi, dit Lucinda, que je puisse te voir.

Après un instant d'hésitation, Allie obtempéra. Les yeux gris de Lucinda, similaires aux siens, l'examinèrent des pieds à la tête.

— Tu es très jolie, tu sais. Mis à part tes cheveux… Que diable leur as-tu fait ?

— C'est éphémère, répondit Allie d'une voix faible. Ça partira avec les shampoings… dans quelques semaines.

— Dieu merci !

Lucinda avait une posture royale – elle se tenait comme si elle portait une couronne invisible.

— Tu n'as pas de tatouages, n'est-ce pas ?

— Pas encore.

— Pas encore, répéta Lucinda avec un léger rire. Réfléchis bien avant de passer à l'acte. Ce qui semble charmant à seize ans devient ridicule à cinquante. Je vois ça sans cesse. Tes notes sont excellentes, bravo.

Sa manière de changer de sujet tout en gardant le même ton était déroutante – Lucinda dominait la conversation avec aisance, ne lui laissant jamais l'occasion de poser une question. De toute façon, Allie était si occupée à observer sa grand-mère qu'elle avait du mal à se concentrer. Lucinda portait une robe en soie grise qui lui descendait jusqu'aux chevilles – qu'elle avait fort minces – sur une veste assortie à col montant. L'émeraude qui ornait sa main droite était aussi grosse qu'une pièce d'une livre. Des boucles en diamants et platine brillaient discrètement à ses oreilles. Malgré son âge, elle avait un corps élancé et musclé, et un visage encore jeune.

Allie était déterminée à se ressaisir et à prendre part à la conversation.

— J'aime beaucoup cet endroit, c'est pour cela que je travaille dur.

Elle se rappela soudain que jamais elle n'aurait pu mettre un pied dans cette école sans l'aide de Lucinda.

— Merci de m'avoir permis d'étudier à Cimmeria.

Lucinda l'observa d'un regard acéré.

— Ce n'est pas juste à ton travail que tu dois tes bonnes notes. Tu es naturellement intelligente. Isabelle a raison sur ce point.

La fierté évidente de sa grand-mère fit rougir Allie, mais elle ne voulait pas se laisser distraire. C'était peut-être là sa seule chance. Elle s'approcha. Pourvu que Lucinda lui fournisse des réponses à ses questions !

— Lucinda… Grand-mère…

C'était si bon de prononcer ce mot !

— Aide-moi à comprendre ce qui se passe. Je ne sais pas quoi faire. Nathaniel a enrôlé Christopher, et il tente de me kidnapper. Est-ce que tu peux me protéger ?

Pendant qu'elle parlait, le regard de Lucinda s'était adouci, mais sa réponse ne lui offrit que peu de réconfort.

— Mais je te protège déjà. Mon Dieu, n'as-tu donc pas idée de ce qui se passe ? Isabelle ne t'a rien dit ?

Confuse et frustrée, Allie leva les mains devant elle en signe d'incompréhension.

— Isabelle m'a appris que Nathaniel voulait prendre le pouvoir de l'Organisation et…

Jetant un coup d'œil inquiet par-dessus son épaule, Lucinda lui fit signe de se taire et de la suivre dans le recoin de la fenêtre. Dehors, la neige tombait maintenant si fort que le monde extérieur semblait avoir disparu sous un voile blanc.

— Les choses sont très dangereuses en ce moment, précisa Lucinda d'une voix basse et précipitée. Surtout à Cimmeria. Il y a ici, ce soir, des personnes qui soutiennent Nathaniel contre moi. Tu dois faire très attention à ce que tu dis.

— Mais pourquoi ? Pourquoi sont-ils de son côté ?

Lucinda s'appuya contre le bord de la fenêtre. La tension et la fatigue creusèrent soudain son visage.

— J'ai œuvré ma vie entière pour changer les choses dans ce pays, reprit-elle. Pour les rendre meilleures. Or, les temps ne sont plus les mêmes. Pas seulement ici, mais dans le reste du monde aussi. Certaines personnes sont devenues trop riches, trop puissantes. Et ce pouvoir les corrompt. Elles ne sont jamais rassasiées et leurs ambitions n'ont plus de limites. Tout cela est très dangereux.

De nouveau, elle jeta un coup d'œil par-dessus son épaule.

— Je ne peux pas tout t'expliquer maintenant, Allie. Ce n'est ni le lieu ni l'endroit. Mais je vais te donner un bon conseil : ne fais confiance à personne. Tant que nous n'aurons pas découvert l'identité de la taupe, nous devrons rester sur nos gardes.

En l'écoutant, Allie eut la sensation que son univers se brisait. À peine avait-elle fait connaissance de sa grand-mère que déjà elle reconnaissait la peur dans ses yeux. C'était la même angoisse qu'elle avait lue dans le regard de sa mère, la première fois qu'elle lui avait parlé de Lucinda.

— J'aurais aimé… que nous nous rencontrions plus tôt, osa-t-elle.

— Moi aussi, répondit sa grand-mère d'un ton sec. Mais ta mère a tenu à ce que les choses se passent ainsi, et je ne pouvais pas la forcer. Nous avions un accord.

— Ça a dû être difficile… pour elle… de s'enfuir ainsi.

Lucinda l'évalua d'un regard.

— Allie, la vie nous réserve bien des chagrins, autant t'y habituer dès à présent. Hélas, ça ne change pas avec les années. Au contraire. Au fil du temps, les soucis s'accumulent. Comme la neige, là-dehors.

Elle jeta un coup d'œil à travers la fenêtre.

— On apprend juste à faire avec.

Des pas en provenance des escaliers résonnèrent soudain. Allie remarqua tout à coup que la musique s'était arrêtée.

Lucinda se raidit et s'écarta de la fenêtre alors que cinq hommes – visiblement ses gardes du corps – s'approchaient, et l'encerclaient.

— Madame la baronne, nous devons partir.

— Que se passe-t-il ? demanda Lucinda avec autorité.

L'un des hommes se détourna et parla dans un micro accroché à sa manche.

— Protocole Orion deux-trois-sept. Dégagé.

Ils entraînèrent Lucinda dans l'escalier, et Allie, plantée là, entendit l'un des gardes annoncer :

— Il y a eu un problème avec la sécurité…

Au rez-de-chaussée, le chaos régnait. Les invités, en smoking, manteau de fourrure et diamants, franchissaient la porte principale, guidés par leurs gardes du corps et leurs chauffeurs dans la neige qui atteignait à présent les dix centimètres. Quelques élèves s'en allaient avec leurs parents, les autres contemplaient la scène avec stupéfaction.

Allie éprouva une pointe de panique, et se força à inspirer avec calme. Elle avait envie de hurler de frustration.

« Je savais que ça arriverait. Pourquoi personne ne m'a écoutée ? »

Isabelle et Zelazny étaient invisibles, mais elle trouva Zoé, Jo et Rachel dans un coin, observant l'exode. Jo paraissait tétanisée.

— Que se passe-t-il ? demanda Allie.

— Quelqu'un a fait une annonce à propos de la neige, répondit Rachel, mais l'homme a donné un code, et aussitôt tout le monde s'est rué vers la sortie.

— Où est-ce que tu étais ? s'enquit Zoé d'un ton impatient. On doit y aller, immédiatement !

Allie n'eut pas besoin de lui faire préciser où. Elle se tourna vers Rachel et Jo.

— On va... Heu...

D'un geste de la tête elle indiqua la porte qui menait au sous-sol.

— Soyez prudentes ! cria Rachel.

Sautillant sur une jambe, Allie retira ses talons hauts et se précipita derrière Zoé. Elles descendirent l'escalier à vive allure, leurs jupes virevoltant autour d'elles comme des corolles.

Le béton du sous-sol était glacial sous ses pieds. Elles filèrent vers la salle d'entraînement numéro un. La pièce était déjà bondée d'élèves en tenue de soirée – la scène semblait si bizarre qu'Allie aurait éclaté de rire si l'instant n'avait pas été aussi grave.

Zelazny et Jerry Cole se tenaient à l'extrémité de la salle. Zelazny avait déjà commencé son discours :

— ... Les vigiles ont découvert une tentative d'intrusion près de la grille principale. En ce moment même, les gardes explorent la clôture. Vous devrez être attentifs au moindre détail inhabituel. Des empreintes dans la neige – qui ne sont pas les vôtres. Des dégâts sur la clôture. Des signes que quelqu'un l'a enjambée. Toutes les preuves que vous recherchez d'habitude durant votre entraînement.

Zelazny fit un pas en arrière et Jerry prit sa place.

— Vous opérerez en groupe de quatre, et on vous assignera un périmètre à fouiller. Nous vous ordonnons de rester ensemble !

Il scruta le groupe avec sévérité, pour s'assurer que chacun comprenait bien ses propos.

— Si vous remarquez des signes d'intrusion, vous enverrez deux membres de votre équipe faire leur rapport, les deux autres continueront à chercher. Les compositions de vos équipes sont inscrites ici.

Il se retourna, et épingla une liste sur le mur.

— Allez vous préparer. Vite !

Alors qu'Allie et Zoé tentaient de se faufiler pour lire la fiche, Julie, vêtue de sa longue robe noire, se tourna vers elles.

— Vous êtes avec nous, dit-elle en désignant une personne derrière elle.

Émergeant de la bousculade, Carter surgit, nœud papillon à la main. Son regard croisa celui d'Allie.

« Quelle poisse ! »

— Génial ! clama Zoé.

Carrant les épaules, elle se dirigeait déjà vers la porte, se forçant un passage dans la foule comme un minibulldozer.

— Allons nous changer ! cria-t-elle.

— On te retrouve dehors dans cinq minutes, Carter, lança Julie d'un ton sec tout en suivant Zoé.

« En équipe avec Carter et Julie ! Il ne manquait plus que ça ! »

Bon, ce n'était pas le moment de discuter. Écœurée, Allie courut à la suite de Zoé et Julie.

Dans le vestiaire, un autre chaos régnait. Les filles s'activaient pour retirer leurs robes de taffetas ou de velours et les remplacer par des leggings et des vestes noires. Pendant qu'elle se changeait, Allie s'efforça de ne pas observer Julie. Mieux valait ne pas se demander si Carter la trouvait plus jolie qu'elle.

Elle n'avait rien pour attacher ses cheveux. Quand Zoé retira les rubans de ses mèches, Allie en récupéra un, et tenta de se faire une queue-de-cheval, mais ses doigts semblaient soudain tout engourdis.

Nicole se tenait juste à côté d'elle en soutien-gorge de dentelle noire et petite culotte assortie. Elle lui tendit un élastique. Décidément, la jeune Française ne ratait jamais rien.

— Je crois que ça sera plus pratique, souffla Nicole en lui décochant un clin d'œil.

Comme Allie restait sans bouger, Nicole s'approcha et lui prit l'élastique des mains, avant de lui tirer les cheveux en arrière pour les attacher.

— Ne sois pas si nerveuse, Allie, tout ira bien.

— Je sais, murmura Allie, même si elle était loin d'en être persuadée.

Quand elles quittèrent le bâtiment, Carter les attendait déjà dehors, sautillant sur place. Il portait une épaisse veste noire sur un jogging de même couleur. Vu qu'ils étaient les plus expérimentés, Carter et Julie prirent la tête de leur groupe, tandis qu'Allie et Zoé couraient derrière eux.

La nuit était glaciale. La neige tombait si fort à présent qu'il était difficile de se rendre compte de leur destination jusqu'à ce qu'ils arrivent à la forêt. Là, les arbres les protégeaient, et ils accélérèrent à travers les sous-bois en direction du ruisseau proche de la chapelle où Allie avait rencontré Christopher quelques semaines plus tôt.

Le cœur d'Allie se serra lorsqu'elle comprit où ils allaient.

« Pas de panique. Pas de panique. Pas de panique… »

Elle se répéta cette phrase comme un mantra tandis qu'ils dévalaient la pente jusqu'au lit de la rivière.

Effrayée, elle ne cessait de regarder autour d'elle, s'attendant à voir surgir Christopher ou Gabe d'un instant à l'autre.

Mais aux alentours de la rivière, la neige était immaculée. Personne n'était venu dans le coin depuis au moins une bonne heure. Ils avancèrent en file indienne, laissant un mètre cinquante entre eux, et gagnèrent le pont de pierre d'où Allie s'était imaginé plonger par une belle journée d'été.

Pour l'heure, les rochers étaient recouverts de neige et de glace, et le cours d'eau semblait figé par le froid. Julie avança la première, sautillant de pierre en pierre. Elle dérapa sur la cinquième, se reprit, et se retourna vers eux.

— Faites gaffe avec celle-là !

Puis elle gagna l'autre rive. À sa suite, Zoé enjamba le ruisseau avec facilité.

Carter se tourna vers Allie.

— À ton tour. Fais attention.

Il soutint son regard juste un petit peu trop longtemps, et Allie se précipita vers le pont.

Le débit du cours d'eau était plus fort ici, ce qui l'aida à se concentrer tout en bondissant de pierre en pierre. La cinquième vacilla comme l'avait signalé Julie, mais elle était prête. Cependant, quand elle posa son pied sur la sixième, elle glissa, perdant quelque peu l'équilibre. Afin de ne pas tomber, elle se précipita sur le septième rocher, puis le huitième. Le temps qu'elle atteigne la rive, elle avait complètement perdu l'équilibre. Julie tendit la main vers elle, mais Carter l'attrapa le premier, et l'aida à se redresser.

Il s'était trouvé derrière elle tout le temps, et elle ne s'en était même pas rendu compte !

— Merci, marmonna-t-elle, évitant son regard.

Ils se dirigèrent vers la clôture, Julie en tête. Zoé suivait. Allie et Carter fermaient la marche, avançant côte à côte. Sur cette berge-là, la neige était aussi immaculée que sur l'autre – comme un vaste manteau de velours blanc.

— Personne n'est passé par ici, chuchota Allie à Carter. Du moins pas ce soir.

Il leva les yeux vers elle.

— Je suis d'accord. Mais on va quand même vérifier toute la zone.

— Tu sais qui a déclenché ces opérations ?

Effrayée par leur passage, une pie s'envola d'un arbre, faisant tomber une rafale de neige.

*Une pour le chagrin*, se remémora Allie. Inquiète, elle regarda Zoé, mais sa jeune coéquipière était trop loin devant pour avoir remarqué l'oiseau.

— Quelqu'un a vu quelque chose, répondit Carter. L'un des gardes a noté des empreintes et il a dit que ce n'étaient ni les siennes ni celles des autres vigiles. En réalité, cela aurait pu être les traces de n'importe qui. Tout le monde est si parano, en ce moment !

C'était si étrange... et si agréable de se retrouver avec Carter dans les bois – comme au bon vieux temps – que sa panique diminua. Ils avançaient à un rythme modéré, faisant crisser la neige, la criblant de leurs empreintes.

— Tu étais très belle, ce soir, déclara Carter en lui jetant un coup d'œil.

Surprise par sa remarque, Allie sursauta.

— Je voulais te le dire plus tôt, pendant le bal, mais... je me suis dégonflé. Les choses étaient un peu... bizarres entre nous, ces derniers temps. J'en suis désolé.

Allie se crispa. Carter avait fait montre de tant de colère envers elle, récemment, qu'elle ignorait comment réagir.

— Je sais que ça a été difficile, continua-t-il.

Il ralentit l'allure, et ils se laissèrent distancer par les deux filles devant.

— Mais ça me manque de ne plus te parler, Allie. Et… Enfin, voilà… je voulais te le dire.

Une vision du baiser qu'elle avait échangé avec Sylvain surgit à son esprit, et Allie s'empourpra.

« Pas la peine de rougir ! Carter n'est plus mon petit ami. Je peux embrasser qui je veux ! »

Pour l'instant, elle préférait éviter de penser à la réaction de Carter s'il apprenait qu'elle s'était retrouvée dans les bras de Sylvain.

— Je t'ai vu avec Julie, pendant la soirée, dit-elle. Vous aviez l'air heureux.

Carter trébucha. Le temps qu'il reprenne son équilibre, il abordait un visage neutre, mais elle le connaissait trop bien. Elle avait remarqué la légère rougeur de ses joues.

— Ouais, à ce sujet…

— J'ignorais que vous étiez ensemble.

Allie était surprise par son propre calme. Carter croyait sûrement qu'elle n'en avait rien à faire de sa liaison avec Julie.

— Ouais, c'est… très récent.

— C'est génial. Julie est super, alors j'espère que vous serez heureux ensemble. Tu le mérites.

Même si ce n'était pas évident à avouer, elle le pensait sincèrement. Oui, Carter méritait d'être heureux.

— Merci, marmonna-t-il d'une voix rauque.

Le silence s'installa entre eux.

— C'est bizarre comme conversation, lâcha-t-il enfin, avec un sourire penaud.

— Hyperbizarre.

— La clôture n'a rien ! cria Julie devant eux. On rentre ?

# 30.

*— Carter ?*

*Allie hurlait, mais la neige étouffait ses cris.*

*— Où es-tu ?*

*Il n'y eut aucune réponse. La neige lui montait jusqu'aux genoux. Elle fouillait l'obscurité. Chaque pas devenait de plus en plus difficile, mais elle devait retrouver Carter. Il était là, dehors, quelque part, seul.*

*Il faisait si froid !*

*Une pie vola au-dessus de sa tête, si près qu'elle distingua nettement ses plumes noires et blanches.*

*— Carter ! hurla-t-elle de nouveau.*

*Cette fois, elle crut entendre une faible réponse. Elle tenta d'accélérer, mais ses jambes refusaient d'avancer. Le froid la glaçait, et elle ne voyait rien !*

*Où diable avait disparu la lune ?*

*Soudain, le vent lui apporta les paroles de Carter.*

*— Allie, fais attention ! Tu es en danger !*

*Sa mise en garde la terrifia et une larme coula sur sa joue.*

*— Ne t'inquiète pas, Carter, tout ira bien.*

*— Fais attention, Allie ! Et réveille-toi. Réveille-toi !*

Allie poussa un cri et se réveilla, se redressant si vite dans son lit qu'elle faillit heurter Rachel.

— Qu'est-ce que… ?

Allie cligna des yeux sous la lumière du plafonnier.

— Qu'est-ce qui se passe ?

Rachel était assise sur son lit, et lui frottait la main, comme pour la réchauffer.

— Tu criais dans ton sommeil. Je t'ai entendue depuis ma chambre. Bon sang, tu es gelée ! Tu as dû faire un cauchemar.

Par chance, ses visions d'horreur s'évanouissaient déjà.

— Quelle heure est-il ? demanda Allie en se penchant vers son réveil.

— Presque midi, espèce de feignasse.

Allie s'étira.

— On a patrouillé si tard, hier soir !

— Il paraît que vous n'avez rien trouvé..., hasarda Rachel.

Allie secoua la tête.

— Rien du tout. C'était une fausse alarme. Mais l'équipe de sécurité n'a décidé de lever l'alerte qu'à deux heures du matin, genre. Putain, j'ai tellement faim que je pourrais dévorer ce bureau.

— Ou alors, tu pourrais venir déjeuner avec moi.

Rachel se leva et se dirigea vers la porte.

— On se retrouve au réf' ?

Quand elle fut partie, Allie bondit de son lit, donna un coup d'œil dans son miroir et fit la grimace.

— Bordel ! J'avais oublié mes cheveux.

Lorsqu'ils étaient rentrés, au milieu de la nuit, elle s'était contentée de retirer ses chaussures avant de se jeter dans son lit. Son maquillage avait coulé sur son visage et ses cheveux étaient quasi dressés sur son crâne.

Elle attrapa une serviette de toilette et fonça vers la salle de bains. Le couloir était d'un calme étrange – plusieurs élèves avaient déjà quitté Cimmeria cette nuit avec leurs parents. D'autres s'en iraient ce matin. Bientôt, le bâtiment serait de nouveau presque vide.

Après une bonne douche chaude, Allie se sentit mieux. Une fois de retour dans sa chambre, elle ouvrit les volets. La lumière entra à flots dans la pièce et elle observa le grand tapis blanc qui, dehors, recouvrait tout.

Elle enfila son uniforme et un pull bien épais, se sécha les cheveux et appliqua un soupçon de mascara et une couche de gloss.

Durant tout ce temps, elle ne pensait qu'à son baiser avec Sylvain. Ça avait été une mauvaise idée. Pourvu que personne ne l'apprenne !

Pourtant, elle brûlait d'envie de recommencer.

Quand Allie pénétra dans le réfectoire, Zoé et Jo étaient déjà installées à leur table, en compagnie de Lucas et Rachel. Les cheveux de Jo formaient une couronne rose vif autour de son visage.

— Je meurs de faim ! clama Allie en guise de bonjour.

— Tiens, il est au fromage, annonça Zoé en posant un sandwich sur son assiette.

— Je t'adore, Zoé Glass, répondit Allie, attaquant son en-cas avec voracité.

— Tu aurais dû te lever plus tôt. Tu as raté une super-bataille de boules de neige. Je crois que j'ai tué quelques élèves, lança Zoé, les yeux pétillants de joie.

— Zoé, intervint Rachel, pourrais-tu de temps en temps te rappeler les limites d'un comportement normal ?

— Pas de panique, ils survivront..., marmonna Zoé sur la défensive.

— Cette fois, compléta Lucas.

Tout le monde éclata de rire. Sylvain entra dans le réfectoire et vint s'installer à la place libre à côté d'Allie.

Elle déglutit avec peine.

— Salut, Sylvain. Alors, des nouvelles d'une quelconque intrusion ? demanda Lucas.

Sylvain secoua la tête.

— Non, rien. Tout est OK.

— Cool.

Sylvain prit un sandwich et s'enquit de la bataille de boules de neige. Ravie, Zoé reprit son histoire. Il l'écouta avec intérêt, comme si son récit était le plus fascinant qu'il ait jamais entendu. Allie sentit son cœur se serrer. Sylvain ne l'avait pas regardée une seule fois.

Qui sait ? Peut-être pensait-il lui aussi qu'ils avaient commis une erreur ? Peut-être était-il gêné ? Peut-être regrettait-il ?

« Bordel ! Et si jamais ce baiser n'était qu'une grosse connerie ? »

Juste au moment où sa paranoïa atteignait un pic, Allie sentit la main de Sylvain chercher la sienne, sous la nappe. Sans même tourner la tête vers elle, il enlaça ses doigts aux siens.

Elle eut alors la sensation qu'une nuée de papillons s'envolait de son ventre. Hélas, tout ceci n'était qu'une erreur. Ils ne pouvaient pas sortir ensemble, et elle devait le lui dire... Mais soudain, elle se rappela le bonheur qu'elle avait ressenti en l'embrassant.

Grâce à lui, sa solitude s'était envolée.

Sous la table, invisibles à tous, leurs mains étaient toujours unies.

Alors que le petit groupe racontait à Allie ce qu'elle avait raté dans la matinée – le pirate des neiges qu'ils avaient construit, avec son tricorne et son épée, le chaos de l'exode des élèves – elle jeta quelques coups d'œil en douce à Sylvain. Une fois, il le remarqua et, à son léger sourire, elle comprit qu'il pensait à la même chose qu'elle.

— Au fait, ton père est revenu ? demanda-t-elle à Rachel, un moment plus tard.

La rencontre du G8 était terminée. Raj Patel aurait déjà dû être là, mais Rachel secoua la tête.

— Non, il a du mal à rentrer de Londres. Plusieurs routes sont fermées à cause des intempéries. A priori, il sera de retour ce soir.

Les Aînés de la Night School eurent plusieurs réunions dans la journée. Allie n'eut donc pas l'occasion de discuter avec Sylvain. Elle passa la plupart de son temps avec Rachel et Jo, à lire et à papoter, puis elle regagna sa chambre et piqua un petit somme.

À vingt et une heures, elle était complètement réveillée. Toutes les émotions de ces dernières vingt-quatre heures avaient déclenché une véritable vague d'adrénaline en elle.

Quand elle enfila sa tenue pour patrouiller, elle était impatiente de partir inspecter le domaine. Les élèves des Nocturnes encore présents étaient répartis en équipes. Zoé et elle prendraient le premier tour de garde.

Il faisait plus froid que la veille. On leur avait donné des Moon Boot qui leur montaient jusqu'aux genoux, et des leggings plus épais, ainsi qu'une veste matelassée, et des gants. Zoé avait déjà revêtu sa tenue – qui incluait un masque de ski noir – et boxait dans le vide dans un coin de la pièce.

— Je ressemble à un ninja eskimo !

— Oui, tout à fait, répondit Allie en se levant du banc. Bordel, je suis tellement engoncée là-dedans que je ne peux même pas bouger. Je n'ai rien d'un ninja, moi, je suis plutôt un vrai bibendum.

— Ouais, il faut faire quelques mouvements pour que les couches se tassent.

Zoé essaya de fendre l'air d'un coup de pied, sans succès.

— Ça va pas être facile, poursuivit-elle. J'espère que personne n'a tenté d'effraction, ce soir.

Elle se dirigea vers le couloir.

— Avec ce froid de canard, ça m'étonnerait que quelqu'un tente de pénétrer ici, déclara Allie.

Quand elles arrivèrent en haut de l'escalier, Allie vit Sylvain posté près de la porte. Il affichait une certaine nonchalance, mais elle savait qu'il l'attendait. Quand leurs regards se croisèrent, elle se sentit fondre.

— Pars devant, Zoé, je te rattrape ! dit-elle, les yeux rivés sur Sylvain.

Toujours encombrée par son épaisse couche de vêtements, Zoé ne sembla pas remarquer quoi que ce soit.

— OK.

Sa jeune coéquipière fila vers la sortie, continuant à donner des coups en l'air.

Sylvain détailla la tenue d'Allie, une lueur d'amusement dans les yeux.

— Au moins, tu es sûre de ne pas mourir de froid.

— Pas la peine de te moquer. Toi aussi, tu porteras le même attirail quand ce sera ton tour. En fait, tant qu'on n'a pas besoin de trop bouger, ça va.

Sylvain l'attira à lui jusqu'à ce que leurs fronts se touchent. Il sentait le café, et le santal de son eau de toilette.

— Tu fais gaffe à toi, OK ? chuchota-t-il en lui effleurant la joue.

Elle frémit sous sa caresse.

— OK.

« On ne devrait pas être ensemble. »

Se haussant sur la pointe des pieds, elle l'embrassa avec ardeur. Lorsqu'elle s'écarta, le regard de Sylvain était lourd de passion.

— On se voit dans trois heures, lança-t-elle, étourdie.

Zoé avançait dans la neige, qui lui arrivait quasiment aux genoux.

— Allie, regarde ça. C'est magnifique !

La neige recouvrait les branches des arbres et formait un immense tapis blanc sur le sol. Les nuages avaient disparu et la lune ombrait de bleu le paysage enneigé.

Le souffle d'Allie se concentrait en petits nuages devant elle. Avec une telle tenue et une épaisseur de neige si profonde, le simple fait d'avancer était une véritable expédition. Elle transpirait déjà. Elle avait retiré son masque de ski et le tenait du bout des doigts. Dès qu'elle l'enfilait, elle en avait des démangeaisons au visage.

Zoé portait toujours le sien. Relevé sur sa tête, il la faisait ressembler à un membre des Forces spéciales.

— C'est curieux, tout ce calme...

— Il n'y a pas d'oiseaux, fit remarquer Zoé. Ni de renards. Peut-être qu'on ne peut pas les entendre à cause de la neige.

Il était presque vingt-trois heures. Elles avaient déjà effectué leur première ronde et entamaient la seconde, le long de la clôture, suivant les traces qu'elles avaient laissées plus tôt. Zoé était en tête. Elle s'était enfin accoutumée à sa tenue et avançait à la même vitesse que d'habitude.

— On a presque fini, dit-elle. Dès qu'on sera rentrées, je m'enfile une tasse de chocolat bien chaud.

Allie ne prêtait guère attention à ce qu'elle disait. Elle pensait à Sylvain. Son tour de garde ne commencerait qu'à trois heures du matin. Vu que l'école était quasiment vide, ils pourraient envisager de passer un moment en toute intimité avant qu'il n'effectue sa patrouille. À l'idée de l'embrasser encore, les battements de son cœur s'accélérèrent. Mais pas question d'évoquer ses désirs avec Zoé.

— Ouais, un chocolat chaud serait le bienvenu, acquiesça-t-elle.

— Y a un truc qui cloche.

Les paroles de Zoé étaient si hors de contexte, que durant une seconde, Allie crut qu'elle parlait toujours de chocolat. Puis elle vit sa coéquipière lui désigner quelque chose.

Devant elles s'étirait l'allée qui menait à la grande grille d'entrée. Intriguée, Allie observa le chemin.

— Ouais, il y a un truc bizarre, mais je ne parviens pas à saisir quoi.

— C'est la grille ! cria Zoé, les yeux écarquillés d'effroi. Quelqu'un l'a ouverte !

# 31.

— Comment la grille peut-elle être ouverte ? Je ne comprends pas.

Allie fixa le portail comme si son regard avait le pouvoir de le refermer.

— Elle ne devrait pas l'être, chuchota Zoé, inquiète.

Accroupies entre les arbres, elles avaient toutes les deux remis leur masque de ski.

— Tu crois que ça pourrait être Raj ? supposa Allie. Il a peut-être oublié de la refermer en rentrant.

Même à travers le masque elle vit le scepticisme s'afficher dans les yeux de Zoé.

— Raj ! Allie, tu es sérieuse ?

— Non, tu as raison. Il construirait une nouvelle grille à mains nues plutôt que de laisser celle-ci ouverte.

Allie prit une profonde inspiration.

— OK, Zoé, nous sommes entraînées pour ça. On va aller vérifier. Toi, tu passes par là.

Du doigt, elle indiqua le bâtiment de l'école.

— Descends l'allée un peu plus bas, ensuite, tu l'inspecteras de ce côté, et moi de l'autre. Si tu trouves quoi que ce soit, crie. Je crierai à mon tour pour te répondre. Si tu n'entends rien, fonce prévenir les vigiles.

Zoé s'élança à travers la neige. Comme elle semblait minuscule ! Soucieuse, Allie la regarda jusqu'à ce qu'elle disparaisse dans l'ombre.

Puis elle commença à se déplacer d'arbre en arbre, cherchant des signes d'intrusion. En avançant, elle songea à la nuit où elle avait rencontré Christopher… Et à la vitesse avec laquelle Gabe lui avait bondi dessus.

Elle n'avait absolument rien entendu !

Son cœur battait la chamade. Elle progressa dans les bois aussi prudemment que possible, consciente de laisser ses traces… qui permettraient facilement à un intrus de la suivre. Mais elle ne vit aucune empreinte devant elle – la neige était immaculée.

« Qu'est-ce que je fais ici ? C'est dingue ! On n'est encore que des ados ! »

Elle parvint à l'allée sans avoir trouvé quoi que ce soit, et jeta un coup d'œil à travers la grille ouverte, au-delà des limites de Cimmeria.

Il n'y avait personne.

Elle était sur le point de gagner le côté de l'allée que Zoé devait inspecter, quand quelque chose attira son regard. Oui, il y avait bien un truc, là-bas sur la route, juste après la clôture.

Plissant les yeux, elle essaya de comprendre ce que c'était, mais elle était trop loin.

Au-dessus de sa tête, une épaisse couche de neige tomba d'une branche, l'aspergeant de sa poudre blanche. Elle se brossa les épaules. Soudain, la lune surgit de derrière un nuage. Sous sa lueur pâle, elle fixa de nouveau la forme sur la route. Qu'est-ce que ça pouvait être ?

C'était rose.

On aurait cru une poupée…

L'horreur la glaça.

Elle ouvrit la bouche pour appeler Zoé, mais sa gorge était sèche – elle ne parvint pas à pousser le moindre cri.

Alors elle fonça. Elle courut jusqu'à la grille puis sur la route. Enfin, elle réussit à alerter Zoé, mais elle avait l'atroce sensation d'être en plein cauchemar. C'était comme si elle courait dans de la mélasse – ses jambes avançaient au ralenti et ses poumons la brûlaient.

Jo était allongée en travers de la route, ses jambes pliées sous elle en une position bizarre. Ses yeux bleus contemplaient le ciel sombre et elle était horriblement pâle.

— Jo ?

Allie retira son gant avec ses dents et posa un doigt tremblant sur la gorge de Jo, murmurant une prière. Mais ses mains étaient engourdies, elle ne sentait rien… seulement le froid.

Jo était glacée.

— Allie, que se passe-t-il ?

Zoé se tenait devant la grille et l'observait. Allie perçut la peur dans sa voix.

— C'est Jo ! cria-t-elle, affolée. Ne viens pas ici. Cours jusqu'à l'école aussi vite que tu peux ! Dis-leur qu'il est là ! Nathaniel est là ! Ramène de l'aide, Zoé !

— Elle est en vie ?

Allie hurla.

— Cours, Zoé !

La peur et la colère se mêlaient en elle, mais son cri se termina sur un sanglot. Déjà Zoé filait dans la nuit.

— Jo, tu m'entends ?

Allie s'agenouilla à côté d'elle, essayant de détecter ses blessures. Tout d'abord, elle ne vit rien, mais lorsque la lune émergea de derrière un autre nuage, elle remarqua, horrifiée, la tache sombre qui s'étalait sur la neige blanche.

— Oh, mon Dieu !

La terreur l'envahit.

— Jo, je ne sais pas quoi faire !

Les larmes roulaient sur ses joues. Durant une seconde, elle ferma les yeux, s'admonestant. Elle devait réfléchir. Il fallait qu'elle empêche Jo de continuer à se vider de son sang.

— Allie...

Jo semblait faire un effort surhumain pour chuchoter. Allie ouvrit les yeux.

— Mon Dieu, Jo ! Que s'est-il passé ? Qu'est-ce qu'ils t'ont fait ?

— Allie...

Sa voix était si rauque et si faible qu'Allie dut se pencher encore plus pour l'entendre.

— C'est Gabe.

Jo se passa lentement la langue sur les lèvres.

— C'est lui qui m'a fait ça. Il est... très rusé ! Fais attention !

Sa voix semblait s'éteindre, et elle était si pâle !

Paniquée, Allie avait du mal à respirer. Mais elle devait se ressaisir. Jo avait besoin d'elle.

— Jo, ça va aller. Les secours vont arriver. Accroche-toi !

À peine avait-elle prononcé ces mots, que soudain, tout devint noir.

Les pieds d'Allie quittèrent le sol. Elle était incapable de bouger ses bras et ses jambes.

Elle ne voyait rien.

Quelqu'un la portait.

Elle hurla, mais un tissu rêche lui recouvrait le visage. Rassemblant ses forces, elle donna des coups de pied en l'air. Enfin, elle atteignit sa cible et entendit son agresseur pousser un halètement. Celui qui la portait relâcha légèrement sa prise, et les pieds d'Allie touchèrent le sol. Plantant ses talons dans la neige, elle parvint presque à se libérer, mais l'inconnu la frappa et elle tomba. Ses côtes la brûlaient et, pendant un instant, elle resta sans bouger.

L'homme la redressa et la tint plus serrée, un bras passé autour de sa gorge, l'immobilisant.

— Continue à résister comme ça, et tu mourras toi aussi.

C'était la voix… si horriblement familière… de Gabe.

Allie entendit un bruit métallique et comprit qu'on la poussait dans une voiture. Ses épaules heurtèrent la portière, et elle se cogna la tête.

— Fais gaffe avec elle, cria une autre voix. Tu as compris ce qu'il a dit ? Elle ne doit pas être blessée.

— T'inquiète pas pour elle, ça va, rétorqua Gabe en grimpant à son tour en voiture. Vas-y, roule !

Le conducteur démarra, lentement d'abord, puis il prit de la vitesse, et bientôt ils s'engagèrent sur une route verglacée – toujours cagoulée, Allie ne voyait rien, mais elle sentait la glace sous les pneus. La voiture se mit à déraper dangereusement.

— Fais gaffe, bordel ! rugit Gabe, si près de son oreille qu'Allie sursauta.

Le conducteur ralentit.

« Il faut que je me libère. Que se passera-t-il si Zoé ne revient pas à temps ? Je dois aider Jo ! »

— Tu n'as pas besoin de faire ça, dit-elle, d'un ton calme, essayant d'empêcher ses dents de claquer.

Gabe ricana avec mépris.

— Tu pourrais me laisser partir, insista-t-elle. Qu'est-ce que Nathaniel me veut, de toute façon ?

— Ferme-la !

Gabe la poussa si fort que sa tête heurta la portière. Sous le choc, ses oreilles se mirent à bourdonner. Cependant, ce changement de position lui permit de se libérer les mains en toute discrétion.

Pendant un long moment, la route parut droite. Immobile, Allie retenait son souffle. Elle entendait

Gabe respirer juste à côté d'elle et en avait la chair de poule.

Combien de temps roulèrent-ils encore ainsi ? Elle l'ignorait, mais soudain la voiture prit un virage serré, un peu trop vite, et même sans le voir, elle comprit que le chauffeur avait du mal à garder le contrôle sur la glace. À ce moment-là, elle bondit en avant vers le siège du conducteur, et sentit les cheveux de l'homme sous ses doigts, puis son visage.

Alors, comme on le lui avait enseigné, elle lui planta ses ongles dans les yeux.

L'homme poussa un hurlement et la voiture fit une embardée.

Gabe lâcha un juron, et lui saisit les bras avec force, mais elle résista – Gabe ne fit que l'aider à enfoncer un peu plus ses doigts dans le visage de son complice, qui perdit cette fois complètement le contrôle du véhicule. Gabe la relâcha alors, et se pencha par-dessus le siège. Elle sentit qu'il faisait son possible pour attraper le volant, sans succès. Dans un bruit terrifiant, ils heurtèrent un obstacle, et soudain, tout bascula.

Était-elle morte ?

Allie ne voyait plus rien.

Chaque centimètre de son corps la faisait souffrir. Elle ne pouvait pas bouger son bras gauche. Quelque chose s'était enfoncé dans son dos.

Et, pire que tout, un liquide froid lui coulait sur le visage.

Se servant de son bras droit, elle porta la main à son visage – sous ses doigts elle sentit le tissu rêche et l'arracha d'un geste. Quand elle retira le sac de sa tête, ses épaules la brûlèrent comme du feu.

Sa vision était intacte, mais elle ne parvenait pas à comprendre ce qu'elle voyait. Il faisait sombre, et tout était bizarre. Que faisait le volant au-dessus de sa tête ?

Confuse, elle observa les clés de la voiture qui se balançaient en l'air. Soudain elle comprit qu'elle était allongée sur le toit du véhicule, qui était couché sur le capot, dans la neige.

Tournant la tête avec difficulté sur la gauche, elle vit un visage couvert de sang qui la regardait avec des yeux bleus dépourvus d'expression lui rappelant douloureusement ceux de Jo.

Elle réalisa ensuite qu'elle ne pouvait pas bouger, parce que Gabe était allongé sur son bras. Était-il mort ? Elle n'en était pas certaine. Gémissant de peur, elle le poussa, mais Gabe était lourd et, chaque fois qu'elle tentait de le faire bouger, elle avait l'impression qu'on lui plantait des coups de couteau dans l'épaule. Elle dut se servir de son bras valide et de ses deux jambes pour se dégager peu à peu – cependant, elle s'épuisait vite, et une fois libérée, elle resta allongée, pantelante. Sa vision s'assombrissait. Pourvu qu'elle ne s'évanouisse pas !

« Fous le camp, Allie ! cria une voix dans sa tête. Sors de la voiture ! »

Le moindre mouvement lui faisait souffrir le martyre. Rassemblant ses forces, elle se glissa lentement vers la portière. Décidément, elle ne parvenait pas à remuer son bras gauche – il pendouillait mollement sur son flanc.

De sa main droite, elle tâtonna contre la portière... puis agrippa la poignée. Tout d'abord, rien ne se passa. Elle tira plus fort, et le loquet céda. Soulagée, elle poussa la portière... Hélas, elle ne s'ouvrit que de quelques centimètres...

... et se bloqua contre un amas de neige et de branches.

Geignant de douleur, Allie tourna sur elle-même. Plaquant son dos contre le corps de Gabe, elle planta alors ses pieds contre la portière, puis donna un coup dans la vitre.

Et un autre.

À chaque nouveau coup, elle criait de douleur, mais la portière bougeait peu à peu. Au troisième coup, elle fut assez ouverte pour lui permettre de s'échapper.

Les pieds en avant, Allie se faufila à travers l'ouverture, et une fois dehors, se laissa tomber à genoux, poussant un cri de désespoir. Durant un moment, elle resta prostrée dans la neige, à sangloter.

La lune filtrait à travers les arbres autour d'elle. Allie agrippa une branche de son bras droit, et s'en servit pour se remettre sur pied, serrant les dents de douleur.

Une fois debout, elle pivota sur elle-même.

La voiture était au milieu d'un bois. Où diable pouvait se trouver la route ?

Sentant qu'elle était sur le point de perdre conscience, Allie s'adossa à la voiture. Une fois qu'elle eut repris son souffle, elle commença à suivre les traces laissées par le véhicule, titubant à travers les arbres et les buissons, puis, enfin, jusqu'à un talus au bord d'une petite route.

L'absence de réaction de son bras gauche l'inquiétait. Elle le soutint de sa main droite tandis qu'elle continuait à avancer, vacillant le long de la route. Elle marchait aussi vite qu'elle pouvait – son instinct la poussait à s'éloigner autant que possible de la voiture.

À terre elle voyait les marques de dérapage que l'auto avait laissées sur la route, avant d'aller s'écraser dans les bois.

Tout était flou. Quand elle leva la main pour se frotter les yeux, Allie vit du sang sur ses doigts.

« Je pisse le sang ! Pas étonnant, après ce tonneau ! »

Au loin, elle crut entendre le bruit d'un moteur. D'où venait-il ? Elle tenta d'accélérer le pas, mais alors qu'elle boitillait sur la route elle se rendit compte qu'elle titubait d'un côté à l'autre. À chaque pas, son sang coulait sur la neige, laissant une trace écarlate derrière elle.

Quand elle vit la voiture venir droit sur elle, elle était trop épuisée pour s'écarter de sa trajectoire. Pliée en deux par la douleur, elle se contenta de lever la main droit devant elle – comme si c'était suffisant pour la stopper – et fixa les phares.

La voiture pila.

Elle entendit une portière s'ouvrir, mais les phares l'aveuglaient.

— Qui est-ce ?

Avait-elle prononcé ces paroles à voix haute ou les avait-elle rêvées ? Elle l'ignorait.

— Allie ? C'est toi ? Oh, mon Dieu !

Une voix d'homme.

Le conducteur s'approcha, et elle aperçut son visage horrifié.

« Raj Patel. »

Il tendit la main vers elle, et elle s'évanouit dans ses bras.

## 32.

Des lumières dorées. Des draps blancs et des couvertures. La chaleur. La douleur.

Allie entendait des voix, mais elle était incapable de se réveiller.

— Comment va-t-elle ?

— Toujours inconsciente.

— C'est mauvais signe ?

— En tout cas, ce n'est pas bon. Mon Dieu, regardez-la !

Quelqu'un lui prit la main et lui chuchota à l'oreille.

Une aiguille.

Le silence.

Poussant un halètement, Allie ouvrit les yeux. Ses paupières semblaient collées et lourdes.

Sa vision s'ajusta lentement – elle ne voyait que du blanc. Un lit blanc. Une lumière blanche qui perçait à travers des rideaux de même couleur. Et des murs… tout aussi blancs.

Chaque centimètre de son corps la faisait souffrir. Lorsqu'elle se passa la langue sur les lèvres, elle se rendit compte qu'elles étaient gonflées et fendillées. Elle voulut parler, mais sa bouche était trop sèche.

Elle mourait de soif !

Au prix d'un grand effort, elle tourna la tête sur la droite. Ouille !

Sylvain était endormi dans le fauteuil à côté d'elle, les bras croisés sur le torse. Il avait l'air jeune et vulnérable.

Quand elle tendit la main vers lui, la douleur la transperça et elle poussa un gémissement. Sylvain ouvrit les yeux et ses prunelles couleur saphir la fixèrent.

— Allie ?

Il s'approcha et saisit sa main valide – la droite.

— Tout va bien, tu es en sécurité.

Allie éprouvait un curieux sentiment. Elle avait l'impression de se trouver dans un immense cocon... et de revenir de très loin.

— Tu as eu un accident, expliqua Sylvain.

— Je sais, chuchota-t-elle.

Ses paroles étaient confuses, comme si elle avait la bouche pleine de gaze.

— J'y étais, poursuivit-elle.

Un sourire de soulagement s'étira sur le visage de Sylvain. Il se pencha pour lui embrasser le bout des doigts.

— Docteur ! appela-t-il par-dessus son épaule.

Une femme en tenue blanche apparut, et la scruta.

— Bonjour, Allie. Ne bouge pas, s'il te plaît.

Elle s'approcha et lui prit le poignet entre les doigts, vérifiant son pouls tout en observant sa montre. Puis elle consulta les chiffres qui s'affichaient sur un écran à côté du lit, et nota les résultats sur une fiche.

— Comment te sens-tu ? demanda la doctoresse.

— J'ai mal partout... et je meurs de soif.

— Je vais te donner quelque chose contre la douleur.

Elle tendit à Sylvain un gobelet avec une paille.

— Ne la laissez pas boire trop... et seulement à petites gorgées. Je reviens bientôt.

Sylvain lui tint le gobelet devant la bouche. L'eau tiède était délicieuse – elle aurait voulu terminer le verre d'une traite, mais Sylvain l'écarta bientôt. En fait, c'était aussi bien comme ça. Boire lui faisait mal à la gorge.

Elle chercha le regard de Sylvain.

— Jo… ?

Sylvain pâlit.

— Ne parle pas, Allie. La doctoresse ne veut pas que tu t'agites. Nous discuterons plus tard.

Soudain, la panique la saisit – le moniteur cardiaque à côté d'elle émit un bip strident.

« Jo ? »

Sylvain se levait déjà.

— Docteur ? appela-t-il.

— Je suis là.

La doctoresse approcha, une seringue à la main.

— Ne bouge pas, Allie. Tu dois rester tranquille.

Elle injecta le contenu de la seringue dans le goutte-à-goutte, pendant qu'Allie l'observait, désespérée.

Quelque chose clochait, mais quoi ?

Elle n'eut pas le temps de s'interroger davantage.

Un voile noir descendit sur ses paupières.

Quand Allie s'éveilla, il faisait nuit. Son lit était baigné d'une lumière dorée. Isabelle lisait une pile de documents, assise dans le fauteuil à côté d'elle. Ses lunettes lui glissaient sur le nez.

Allie voulut l'appeler, mais sa gorge était de nouveau trop sèche. Cependant, leur directrice avait dû sentir qu'elle s'était réveillée, car elle posa ses papiers et se pencha vers elle.

— Allie, tiens, dit-elle en lui présentant un verre d'eau.

Allie but quelques gorgées. Son visage lui semblait toujours enflé, mais la douleur avait diminué. Avec précaution, elle tourna la tête. À part Isabelle, il n'y avait personne.

— Sylvain ?

— Je l'ai envoyé dormir un peu, Allie. Ça fait des jours qu'il te veille. Il est épuisé.

— Des jours ?

Elle chercha le regard d'Isabelle.

— Depuis combien… ?

— Tu es restée inconsciente trois jours. Tu avais des blessures sévères, dont l'une à la tête. Ton bras gauche est cassé.

Allie hocha lentement la tête, pour lui faire comprendre qu'elle n'était pas surprise. Puis elle soutint le regard d'Isabelle.

— Jo ?

Un silence s'installa, puis Isabelle s'adressa à elle d'une voix douce, comme si elle s'était préparée à cet instant.

— Jo n'a pas survécu, Allie…

Allie poussa alors un long cri. Aussitôt, Isabelle lui prit la main et la tint fermement.

— Zoé a couru aussi vite que l'éclair… Mais Jo avait perdu trop de sang.

Sa voix se brisa. Elle s'interrompit pendant un moment.

— Il n'y avait plus rien à faire, Allie. Jo était déjà morte quand nous sommes arrivés.

Des larmes roulèrent sur les joues d'Allie.

— Comment… ?

Les lèvres d'Isabelle tremblaient.

— Nous avons trouvé plusieurs choses dans sa chambre.

— Quoi ? demanda Allie tout en étant certaine d'avoir deviné.

— Des lettres et des messages de Gabe.

La haine emplit le cœur d'Allie.

— Cela faisait pas mal de temps qu'ils étaient en contact, poursuivit Isabelle. Gabe faisait croire à Jo qu'elle lui manquait – qu'il voulait discuter et lui présenter ses excuses. Il a joué sur ses émotions – sur les sentiments qu'elle éprouvait toujours pour lui. Ils ont dû convenir d'un rendez-vous pour cette nuit-là. Quand elle est arrivée, la grille était déjà ouverte. Ils se sont disputés. Jo a essayé de s'enfuir. Il avait un couteau…

Allie fut secouée d'un sanglot et lâcha la main d'Isabelle pour se couvrir le visage.

— Oh, Jo…

Était-ce de sa faute ? D'une certaine façon, Jo l'avait prévenue, non ? Ne lui avait-elle pas dit : « Je n'ai jamais eu l'opportunité de lui demander pourquoi il a commis ces horreurs. » Pourquoi n'avait-elle pas compris que Jo ne se contenterait pas de rester dans l'ignorance ? Qu'elle insisterait pour savoir ?

À présent, Isabelle pleurait, elle aussi.

— Tu as fait tout ce que tu pouvais, Allie. Personne n'aurait pu la sauver.

« Ça, c'est un mensonge, non ? »

De bonne heure, le lendemain matin, Rachel apparut dans sa chambre avec un plateau contenant une tasse de café fumant, un bol de céréales et un petit pot de lait. Elle avait les yeux rouges et gonflés.

— Je me demandais si on te donnait à manger ici, dit-elle avec un sourire triste.

Elle s'installa dans le siège à côté du lit, et mélangea les céréales au lait.

— Elles sont à la cannelle et au sucre brun, comme tu les aimes.

Avec sa mâchoire enflée et sa gorge encore douloureuse, Allie avait du mal à manger, mais elle découvrit avec stupéfaction qu'elle était affamée. Rachel la nourrit à la petite cuillère, et attendit patiemment entre chaque bouchée qu'elle avalait. Quand elle fut rassasiée, Rachel ferma la porte de la chambre, écarta la table d'appoint et grimpa sur le lit pour s'allonger à côté d'elle, prenant bien soin de ne pas heurter son bras cassé. Puis, lui tenant la main droite, elle raconta ce qu'elle savait.

— A priori, Gabe faisait passer des messages à Jo grâce à l'espion de Nathaniel. Son dernier billet a dû arriver la nuit du bal. C'était probablement ses empreintes que les gardes ont vues dans la neige. La sécurité a cru à une attaque contre Cimmeria. C'est ça qui a déclenché la panique. La taupe a ensuite glissé le billet dans la chambre de Jo. On ignore si Jo connaissait l'espion ou non, ou si Gabe avait mis au point un plan pour que Jo puisse lui répondre sans jamais rencontrer la taupe...

Rachel fit une pause et poursuivit :

— Puis, le lendemain, juste avant vingt-trois heures, cette personne, quelle qu'elle soit, a ouvert la grille.

Les battements du cœur d'Allie s'intensifièrent.

— La grille ne peut s'actionner qu'avec une télécommande conservée dans le bureau d'Isabelle, expliqua Rachel. Donc, celui qui l'a ouverte est suffisamment proche de nous pour pouvoir pénétrer dans le bureau d'Isabelle sans se faire remarquer. C'est sûrement un professeur. Ou bien un Aîné de la Night School.

Allie eut l'horrible sensation qu'une main géante lui broyait les poumons. Elle se força à respirer profondément.

— Isabelle et mon père sont persuadés que le conducteur a dû se garer dans la forêt, à environ cent mètres de l'entrée. Puis Gabe est venu à pied retrouver Jo. On ne comprend pas pourquoi il l'a tuée. Peut-être avait-elle prévu de révéler leur rencontre à mon père ou à Isabelle.

La main de Rachel serra un peu plus fort la sienne.

— Ou peut-être qu'il l'a juste blessée, mais qu'ensuite la situation a dérapé. En tout cas, mon père est convaincu que Gabe savait que Zoé et toi patrouilleriez à ce moment-là. Et que tu ne quitterais jamais l'enceinte du lycée... Sauf pour porter secours à une personne qui t'était chère.

Une larme roula sur la joue d'Allie. Elle ferma les yeux.

— Il n'avait plus qu'à attendre que tu arrives pour tenter de sauver Jo, continua Rachel dans un souffle.

Allie fondit à nouveau en larmes. Rachel se remit à pleurer, elle aussi, et lui caressa les cheveux.

— Mais ce qu'il ignorait en s'en prenant à toi, chuchota-t-elle d'une voix tremblante, c'est que tu étais douée pour la riposte…

Jo fut enterrée la veille de Noël, à Londres, au cimetière d'Highgate. C'était une semaine calme. Les journaux s'emparèrent de l'affaire et rapportèrent tous le tragique décès d'une belle et riche jeune fille dans un accident de voiture sur une route de campagne verglacée.

# Épilogue

*Dix pas, onze pas, douze pas…*

Allie avançait avec lenteur dans le couloir de l'infirmerie. Elle avait si mal ! Il y avait dix-sept pas du couloir à la fenêtre, et autant du couloir à l'escalier. Ses jambes tremblaient. En chaussons, elle traînait les pieds comme un zombie.

— Tu t'entraînes encore ?

L'infirmière s'arrêta et lui jeta un regard d'encouragement.

— Tu vas de mieux en mieux, Allie.

Serrant les dents, Allie effectua son dix-septième pas, et fit une pause pour reprendre son souffle, le visage couvert de sueur.

— Merci.

Elle voulut esquisser un sourire, mais n'y parvint pas. Ces derniers temps, elle ne souriait guère.

— Ne force pas trop, dit l'infirmière en montant l'escalier. Prends ton temps.

On lui avait enlevé les bandages au-dessus de l'œil gauche, et à présent Allie voyait mieux, même si sa paupière était encore gonflée. Elle avait des points de suture dans les cheveux, là où elle s'était violemment cogné la tête. Son bras gauche et son épaule étaient toujours plâtrés.

— D'accord, répondit-elle docilement en pivotant pour reprendre ses pérégrinations dans l'autre direction.

... *Cinq pas, six, sept...*

— Pourquoi tu fais ça toute seule ?

Allie leva les yeux et vit Carter en haut de l'escalier. Il observait ses progrès.

— Tant que je n'exagère pas...

— Tu exagères ? s'enquit-il en lui faisant les gros yeux.

— Sûrement.

— C'est bien ce que je me disais.

— Comment vas-tu ? demanda-t-elle. Je veux dire... depuis... tout.

Elle ne l'avait vu qu'une fois après le décès de Jo. Ce jour-là, Carter était d'une extrême pâleur et perdu dans ses pensées, et elle-même – submergée par la douleur – avait tant de colère en elle qu'ils avaient à peine discuté.

— C'est toi qui me poses cette question. Ils n'ont pas de miroirs ici ?

— Non, les médecins ne peuvent pas y voir leurs reflets. Ça les rend dingues.

— Je croyais que ça, ça concernait les vampires.

Elle haussa les épaules, et grimaça aussitôt – tous ses os la faisaient encore souffrir.

— C'est pareil.

— Eh bien, j'ai du temps devant moi, répondit Carter, alors je vais t'accompagner dans ta petite promenade. J'aime bien la vue : la salle de bains, le lit, l'escalier, les murs...

Comme tout le monde, il essayait de la dérider. Mais les gens tristes ne sont pas les mieux placés pour rendre leurs semblables heureux.

Lui tenant le bras, il arpenta le couloir avec elle.

— Au fait, j'ai rencontré tes parents, lâcha-t-il au bout d'un moment. Ils ont l'air sympa.

Crispant la mâchoire sous l'effort, Allie leva le pied pour avancer.

— Sympa ? Tu es sûr qu'il s'agissait bien de mes parents ? Tu as dû les confondre avec d'autres personnes.

Carter esquissa un sourire.

— Eh bien, ils se sont présentés comme Mme et M. Sheridan, donc je suis certain que c'étaient eux.

— Ne les crois pas ! Ce ne sont que des menteurs !

La douleur lui coupait le souffle.

— Cela dit, j'espère qu'ils vont me ramener à la maison, maintenant que je vais mieux.

— C'est bien qu'ils soient là pour toi.

Allie ne répondit rien.

— Je peux te poser une question ? demanda doucement Carter, une fois qu'ils eurent effectué un aller-retour dans le couloir. Pourquoi est-ce que tu fais tout ça, Allie ?

— Parce qu'on ne me laissera pas rentrer chez moi tant que je ne pourrai pas faire dix allers-retours dans ce couloir sans tomber ni m'évanouir, expliqua Allie, d'un ton détaché. Et j'en ai assez d'être cloîtrée ici.

— Combien tu en as fait aujourd'hui ? s'enquit Carter alors qu'ils atteignaient le bout du couloir.

— Huit.

Épuisée, Allie s'adossa au mur pour se reposer.

Carter l'observa avec inquiétude.

— Tu devrais peut-être en rester là.

Elle haussa les épaules et grimaça de nouveau.

— Non, j'adore ça !

Elle écarta une mèche de cheveux de son visage.

— Cela dit, si, toi, tu es épuisé, tu peux te reposer, plaisanta-t-elle.

À sa grande surprise, Carter se pencha et déposa un léger baiser sur ses cheveux.

— Je suis tellement désolé, Allie.

Détournant le regard, elle cilla pour chasser les larmes qui menaçaient de couler sans plus jamais s'arrêter.

— Moi aussi. J'ai l'impression de vivre un cauchemar. Elle me manque tant !

Allie se retourna, fit un pas, et faillit perdre l'équilibre. Carter la rattrapa à temps et l'entraîna vers sa chambre.

— OK, mademoiselle Sheridan, je pense que vous avez fait assez d'exercice pour cet après-midi.

Allie grimpa dans son lit sans protester. Avec précaution, Carter remonta les draps et les couvertures sur ses jambes, et remit la table d'appoint en place. Quand elle fut bien installée, il s'avança vers la porte. Durant un instant, elle crut qu'il allait partir sans même lui dire au revoir.

Mais à la dernière seconde, Carter se retourna et la regarda avec intensité.

— N'oublie pas de survivre, Allie.

Elle acquiesça d'un faible mouvement de tête, essayant de ne pas pleurer. Puis, elle compta ses pas tandis qu'il s'éloignait.

Quand elle se retrouva seule, elle chuchota :

— Carrément !

# Remerciements

Aucun des livres que j'ai écrits ne serait aussi bon sans les longues balades avec mon mari, Jack Jewers. Il sait m'écouter calmement lorsque je lui expose mes blocages et m'aide à trouver les solutions, en général avant que le chien ne saute dans le cours d'eau et nous éclabousse de la tête aux pieds. Merci, mon amour, pour ta patience, ton attention permanente et ton génie.

Un énorme merci à tous mes éditeurs à l'international d'avoir amené Cimmeria aux lecteurs du monde entier. Votre créativité et vos innovations me font me sentir toute petite.

Vous ne liriez pas ceci sans mon merveilleux agent, Madeleine Milburn, qui s'est battue bec et ongles pour cette série. Merci d'être mon amie et toujours la première à monter au créneau. Ensemble, nous allons conquérir le monde !

Merci à mes trois muses Kate Bell, Hélène Rudyk et Laura Barbey qui ont lu ce livre avant tout le monde. Merci du temps passé, de votre intelligence et de votre honnêteté. Ce livre est meilleur grâce à vos lumières.

À mes bons amis Mark Lacey et Paul (« Harry ») Harrison, merci de m'avoir laissée emprunter vos noms. Ce sont d'excellents noms.

Et pour finir… des remerciements spéciaux à Blacks sur Dean Street à Londres pour fournir un havre de paix aux écrivains et m'avoir permis d'enfreindre « les règles » en utilisant mon ordinateur portable après six heures. Le chapitre douze est LE VÔTRE.

## DÉJÀ PARUS

# VERSION BETA

Rachel Cohn

*Elle est l'absolue perfection.*
*Son seul défaut sera la passion.*

Née à seize ans, Elysia a été créée en laboratoire. Elle est une version beta, un sublime modèle expérimental de clone adolescent, une parfaite coquille vide sans âme.

La mission d'Elysia : servir les habitants de Demesne, une île paradisiaque réservée aux plus grandes fortunes de la planète. Les paysages enchanteurs y ont été entièrement façonnés pour atteindre la perfection tropicale. L'air même y agit tel un euphorisant, contre lequel seuls les serviteurs de l'île sont immunisés.

Mais lorsqu'elle est achetée par un couple, Elysia découvre bientôt que ce petit monde sans contraintes a corrompu les milliardaires. Et quand elle devient objet de désir, elle soupçonne que les versions BETA ne sont pas si parfaites : conçue pour être insensible, Elysia commence en effet à éprouver des émotions violentes. Colère, solitude, terreur... amour.

Si quelqu'un s'aperçoit de son défaut, elle risque pire que la mort : l'oubli de sa passion naissante pour un jeune officier...

*« Un roman à la fois séduisant et effrayant,*
*un formidable page-turner ! »*

Melissa De La Cruz,
auteur de la saga *Les Vampires de Manhattan*

**Tome 1 d'une tétralogie bientôt adaptée au cinéma par le réalisateur de Twilight II – Tentation.**

# CONFUSION

Cat Clarke

*La vie est un beau mensonge.*

Grace, 17 ans se réveille enfermée dans une mystérieuse pièce sans fenêtres, avec une table, des stylos et des feuilles vierges. Pourquoi est-elle là ? Et quel est ce beau jeune homme qui la retient prisonnière ? Elle n'en a aucune idée. Mais à mesure qu'elle couche sur le papier les méandres de sa vie, Grace est frappée de plein fouet par les vagues de souvenirs enfouis au plus profond d'elle-même. Il y a cet amour sans espoir qu'elle voue à Nat, et la lente dégradation de sa relation avec sa meilleure amie Sal. Mais Grace le sent, quelque chose manque encore. Quelque chose qu'elle cache.

**De dangereux et inavouables secrets,**
**une amitié intense et exclusive, une attirance fatale...**
**Un roman qui a bouleversé l'Angleterre.**

# LES CENDRES DE L'OUBLI

-Phænix-

Livre 1

de Carina Rozenfeld

*Elle a 18 ans, il en a 20. À eux deux ils forment le Phœnix, l'oiseau mythique qui renaît de ses cendres. Mais les deux amants ont été séparés et l'oubli de leurs vies antérieures les empêche d'être réunis...*

Anaïa a déménagé en Provence avec ses parents et y commence sa première année d'université. Passionnée de musique et de théâtre, elle mène une existence normale. Jusqu'à cette étrange série de rêves troublants dans lesquels un jeune homme lui parle et cette mystérieuse apparition de grains de beauté au creux de sa main gauche. Plus étrange encore : deux beaux garçons se comportent comme s'ils la connaissaient depuis toujours...

Bouleversée par ces événements, Anaïa devra comprendre qui elle est vraiment et souffler sur les braises mourantes de sa mémoire pour retrouver son âme sœur.

La nouvelle série envoûtante de Carina Rozenfeld, auteur jeunesse récompensé par de nombreux prix, dont le prestigieux prix des Incorruptibles en 2010 et 2011.

**Second volet à paraître en avril 2013**

# GLITCH

de Heather Anastasiu

*L'amour est une arme*

*Dans une société souterraine où toute émotion a été éradiquée, Zoe possède un don qu'elle doit à tout prix dissimuler si elle ne veut pas être pourchassée par la dictature en place.*

*L'amour lui ouvrira-t-il les portes de sa prison ?*

Lorsque la puce de Zoe, une adolescente technologiquement modifiée, commence à glitcher (bugger), des vagues de sentiments, de pensées personnelles et même une étrange sensation d'identité menacent de la submerger. Zoe le sait, toute anomalie doit être immédiatement signalée à ses Supérieurs et réparée, mais la jeune fille possède un noir secret qui la mènerait à une désactivation définitive si jamais elle se faisait attraper : ses glitches ont éveillé en elle d'incontrôlables pouvoirs télékinésiques...

Tandis que Zoe lutte pour apprivoiser ce talent dévastateur tout en restant cachée, elle va rencontrer d'autres Glitchers : Max le métamorphe et Adrien, qui a des visions du futur. Ensemble, ils vont devoir trouver un moyen de se libérer de l'omniprésente Communauté et de rejoindre la Résistance à la surface, sous peine d'être désactivés, voire pire...

La trilogie dystopique de l'éditeur américain des séries best-sellers *La Maison de la nuit* et *Éternels.*

**Tome 2 à paraître en mars 2013**

# Kaleb

de Myra Eljundir

SAISON 1

*C'est si bon d'être mauvais...*

À 19 ans, Kaleb Helgusson se découvre empathe : il se connecte à vos émotions pour vous manipuler. Il vous connaît mieux que vous-même. Et cela le rend irrésistible. Terriblement dangereux. Parce qu'on ne peut s'empêcher de l'aimer. À la folie. À la mort.

Sachez que ce qu'il vous fera, il n'en sera pas désolé. Ce don qu'il tient d'une lignée islandaise millénaire le grise. Même traqué comme une bête, il en veut toujours plus. Jusqu'au jour où sa propre puissance le dépasse et où tout bascule... Mais que peut-on contre le volcan qui vient de se réveiller ?

La première saison d'une trilogie qui, à l'instar de la série Dexter, offre aux jeunes adultes l'un de leurs fantasmes : être dans la peau du méchant.

Déconseillé aux âmes sensibles et aux moins de 15 ans.

**Saison 2 à paraître en février 2013**

# LA COULEUR DE L'AME DES ANGES

de Sophie Audouin-Mamikonian

*Laissez-vous porter par les ailes du désir...*

Sauvagement assassiné à 23 ans, Jeremy devient un Ange... et réalise avec effroi que l'on peut mourir aussi dans l'au-delà. Pour ne pas disparaître, en effet, tout Ange doit se nourrir des sentiments humains et même... les provoquer ! Invisible et immatériel, Jeremy décide d'enquêter sur sa mort et tombe amoureux de la ravissante Allison, une vivante de 20 ans, témoin de son meurtre. Or l'assassin de Jeremy traque la jeune fille... Jeremy parviendra-t-il à sauver Allison ? Sera-t-il capable de sacrifier ses sentiments et de vivre à jamais séparé d'elle ?

Le premier volet de la duologie événement de Sophie Audouin-Mamikonian.

# LA SÉLECTION

de Kiera Cass

*35 candidates, 1 couronne, la compétition de leur vie.*

Elles sont trente-cinq jeunes filles : la « Sélection » s'annonce comme l'opportunité de leur vie. L'unique chance pour elles de troquer un destin misérable contre un monde de paillettes. L'unique occasion d'habiter dans un palais et de conquérir le cœur du prince Maxon, l'héritier du trône. Mais pour America Singer, cette sélection relève plutôt du cauchemar. Cela signifie renoncer à son amour interdit avec Aspen, un soldat de la caste inférieure. Quitter sa famille. Entrer dans une compétition sans merci. Vivre jour et nuit sous l'œil des caméras... Puis America rencontre le Prince. Et tous les plans qu'elle avait échafaudés s'en trouvent bouleversés...

Le premier tome d'une trilogie pétillante, mêlant dystopie, téléréalité et conte de fées moderne.

Bientôt adaptée en série TV par les réalisateurs de *The Vampire Diaries* !

**Tome 2 à paraître en avril 2013**

# STARTERS

de Lissa Price

*Vous rêvez d'une nouvelle jeunesse ?*
*Devenez quelqu'un d'autre !*

Dans un futur proche : après les ravages d'un virus mortel, seules ont survécu les populations très jeunes ou très âgées : les Starters et les Enders. Réduite à la misère, la jeune Callie, du haut de ses seize ans, tente de survivre dans la rue avec son petit frère. Elle prend alors une décision inimaginable : louer son corps à un mystérieux institut scientifique, la Banque des Corps. L'esprit d'une vieille femme en prend possession pour retrouver sa jeunesse perdue. Malheureusement, rien ne se déroule comme prévu... Et Callie prend bientôt conscience que son corps n'a été loué que dans un seul but : exécuter un sinistre plan qu'elle devra contrecarrer à tout prix !

Le premier volet du thriller dystopique phénomène aux États-Unis.

« Les lecteurs de *Hunger Games* vont adorer ! », Kami Garcia, auteur de la série best-seller, *16 Lunes*.

**Second volet à paraître en mai 2013**

# LA FILLE DE BRAISES ET DE RONCES

de Rae Carson

*Le Destin l'a choisie, elle est l'Élue, qu'elle le veuille ou non.*

Princesse d'Orovalle, Elisa est l'unique gardienne de la Pierre Sacrée. Bien qu'elle porte le joyau à son nombril, signe qu'elle a été choisie pour une destinée hors normes, Elisa a déçu les attentes de son peuple, qui ne voit en elle qu'une jeune fille paresseuse, inutile et enveloppée... Le jour de ses seize ans, son père la marie à un souverain de vingt ans son aîné. Elisa commence alors une nouvelle existence loin des siens, dans un royaume de dunes menacé par un ennemi sanguinaire prêt à tout pour s'emparer de sa Pierre Sacrée.

La nouvelle perle de l'*heroic fantasy*.
Le premier tome d'une trilogie « unique, intense... À lire absolument ! » (Veronica Roth, auteur de la trilogie *Divergent*).

**Tome 2 à paraître en mai 2013**

Cet ouvrage a été imprimé
en novembre 2012 par

CPI
FIRMIN-DIDOT

27650 Mesnil-sur-l'Estrée
N° d'édition : 52683/01
N° d'impression : 113517
Dépôt légal : novembre 2012

*Imprimé en France*

*Composé par Nord Compo Multimédia*
*7, rue de Fives, 59650 Villeneuve-d'Ascq*